中國語言文字研究輯刊

七 編

許 錟 輝 主編

第 7 冊

傳鈔古文《尚書》文字之研究（第五冊）

許 舒 絜 著

花木蘭文化出版社

國家圖書館出版品預行編目資料

傳鈔古文《尚書》文字之研究（第五冊）／許舒絜 著—初
版—新北市：花木蘭文化出版社，2014〔民103〕
目 6+364 面；21×29.7 公分
（中國語言文字研究輯刊 七編；第 7 冊）
ISBN 978-986-322-847-9（精裝）
1.尚書 2.研究考訂
802.08 103013629

ISBN-978-986-322-847-9

9 789863 228479

中國語言文字研究輯刊

七 編 第七冊 ISBN：978-986-322-847-9

傳鈔古文《尚書》文字之研究（第五冊）

作 者 許舒絜
主 編 許錟輝
總 編 輯 杜潔祥
副總編輯 楊嘉樂
編 輯 許郁翎
出 版 花木蘭文化出版社
社 長 高小娟
聯絡地址 235 新北市中和區中安街七二號十三樓
電話：02-2923-1455／傳眞：02-2923-1452
網 址 http://www.huamulan.tw 信箱 hml810518@gmail.com
印 刷 普羅文化出版廣告事業
初 版 2014 年 9 月
定 價 七編 19 冊（精裝）新台幣 46,000 元

傳鈔古文《尚書》文字之研究（第五冊）

許舒絜 著

目

次

第一冊

凡 例

第一部份 緒 論 ……………………………………… 1

第一章 前 言 ………………………………………… 3

　第一節 研究動機與研究目的 ……………………… 3

　　一、研究動機 ……………………………………… 3

　　二、研究目的 ……………………………………… 7

　第二節 研究材料與研究方法 ……………………… 9

　　一、研究材料 ……………………………………… 9

　　二、研究方法 ……………………………………… 26

　第三節 前人研究概述 ……………………………… 29

第二章 《尚書》流傳、字體變遷與傳鈔古文《尚
　　　　書》之序列 ………………………………… 41

　第一節 《尚書》流傳及字體變遷概述 ………… 41

　第二節 傳鈔古文《尚書》之序列 ……………… 44

第二部份 傳鈔古文《尚書》文字辨析 ………… 53

凡 例 …………………………………………………… 55

〈虞書〉 ………………………………………………… 59

　　一、堯典 …………………………………………… 59

第二冊

　　二、舜典 …………………………………………… 399

第三冊

三、大禹謨 ……………………………………………… 643

四、皋陶謨 ……………………………………………… 821

五、益稷 ………………………………………………… 865

第四冊

〈夏書〉 ………………………………………………… 951

六、禹貢 ………………………………………………… 951

七、甘誓 ……………………………………………… 1092

八、五子之歌 ………………………………………… 1111

九、胤征 ……………………………………………… 1174

第五冊

〈商書〉 ……………………………………………… 1209

十、湯誓 ……………………………………………… 1209

十一、仲虺之誥 ……………………………………… 1226

十二、湯誥 …………………………………………… 1276

十三、伊訓 …………………………………………… 1298

十四、太甲上 ………………………………………… 1321

十五、太甲中 ………………………………………… 1342

十六、太甲下 ………………………………………… 1357

十七、咸有一德 ……………………………………… 1368

十八、盤庚上 ………………………………………… 1388

十九、盤庚中 ………………………………………… 1443

二十、盤庚下 ………………………………………… 1467

二十一、說命上 ……………………………………… 1486

二十二、說命中 ……………………………………… 1504

二十三、說命下 ……………………………………… 1516

二十四、高宗肜日 …………………………………… 1532

二十五、西伯戡黎 …………………………………… 1541

二十六、微子 ………………………………………… 1550

第六冊

〈周書〉 ……………………………………………… 1573

二十七、泰誓上 ……………………………………… 1573

二十八、泰誓中 ……………………………………………… 1588

二十九、泰誓下 ……………………………………………… 1599

三十、牧誓 …………………………………………………… 1609

三十一、武成 ………………………………………………… 1632

三十二、洪範 ………………………………………………… 1658

三十三、旅獒 ………………………………………………… 1702

三十四、金縢 ………………………………………………… 1717

三十五、大誥 ………………………………………………… 1739

三十六、微子之命 …………………………………………… 1762

三十七、康誥 ………………………………………………… 1772

三十八、酒誥 ………………………………………………… 1805

三十九、梓材 ………………………………………………… 1827

四十、召誥 …………………………………………………… 1836

四十一、洛誥 ………………………………………………… 1859

四十二、多士 ………………………………………………… 1887

第七冊

四十三、無逸 ………………………………………………… 1907

四十四、君奭 ………………………………………………… 1936

四十五、蔡仲之命 …………………………………………… 1973

四十六、多方 ………………………………………………… 1981

四十七、立政 ………………………………………………… 2010

四十八、周官 ………………………………………………… 2032

四十九、君陳 ………………………………………………… 2048

五十、顧命 …………………………………………………… 2057

五十一、康王之誥 …………………………………………… 2097

五十二、畢命 ………………………………………………… 2106

五十三、君牙 ………………………………………………… 2122

五十四、冏命 ………………………………………………… 2132

五十五、呂刑 ………………………………………………… 2142

五十六、文侯之命 …………………………………………… 2175

五十七、費誓 ………………………………………………… 2184

五十八、秦誓 ………………………………………………… 2198

第八冊

第三部份　綜　論 ⋯⋯⋯⋯⋯⋯⋯⋯⋯⋯⋯⋯⋯⋯⋯ 2211
第一章　傳鈔古文《尚書》文字與今本《尚書》文
　　　　字構形異同探析 ⋯⋯⋯⋯⋯⋯⋯⋯⋯⋯⋯⋯ 2213

　　第一節　出土文獻所引《尚書》文字與今本《尚書》
　　　　　　文字構形異同之探析 ⋯⋯⋯⋯⋯⋯⋯⋯⋯ 2213

　　　一、戰國楚簡所引《尚書》文字與今本《尚書》
　　　　　文字構形異同探析 ⋯⋯⋯⋯⋯⋯⋯⋯⋯⋯⋯ 2213

　　　二、魏石經《尚書》三體字形與今本《尚書》
　　　　　文字構形異同之探析 ⋯⋯⋯⋯⋯⋯⋯⋯⋯⋯ 2226

　　第二節　傳鈔著錄古《尚書》文字與今本《尚書》
　　　　　　文字構形異同探析 ⋯⋯⋯⋯⋯⋯⋯⋯⋯⋯ 2257

　　　一、《說文》引古文《尚書》文字、魏石經《尚
　　　　　書》古文、《汗簡》、《古文四聲韻》、《訂正
　　　　　六書通》著錄古《尚書》文字、今本《尚
　　　　　書》文字構形異同之對照 ⋯⋯⋯⋯⋯⋯⋯⋯ 2257

　　　二、《汗簡》、《古文四聲韻》、《訂正六書通》等
　　　　　傳鈔古《尚書》文字與今本《尚書》文字
　　　　　構形異同觀察 ⋯⋯⋯⋯⋯⋯⋯⋯⋯⋯⋯⋯⋯ 2292

　　　三、《汗簡》、《古文四聲韻》、《訂正六書通》著
　　　　　錄古《尚書》文字與今本《尚書》構形相
　　　　　異之特點 ⋯⋯⋯⋯⋯⋯⋯⋯⋯⋯⋯⋯⋯⋯⋯ 2316

　　　四、《說文》引《尚書》文字與今本《尚書》文
　　　　　字構形異同之觀察 ⋯⋯⋯⋯⋯⋯⋯⋯⋯⋯⋯ 2329

　　　五、《說文》引古文《尚書》文字與今本《尚書》
　　　　　文字構形相異之特點 ⋯⋯⋯⋯⋯⋯⋯⋯⋯⋯ 2330

　　第三節　隸古定本《尚書》文字與今本《尚書》文
　　　　　　字構形異同之探析 ⋯⋯⋯⋯⋯⋯⋯⋯⋯⋯ 2332

　　　一、隸古定本《尚書》文字與今本《尚書》文
　　　　　字構形異同之對照 ⋯⋯⋯⋯⋯⋯⋯⋯⋯⋯⋯ 2332

　　　二、隸古定本《尚書》文字與今本《尚書》構
　　　　　形異同觀察 ⋯⋯⋯⋯⋯⋯⋯⋯⋯⋯⋯⋯⋯⋯ 2332

　　　三、隸古定本《尚書》文字與今本《尚書》構
　　　　　形相異之特點 ⋯⋯⋯⋯⋯⋯⋯⋯⋯⋯⋯⋯⋯ 2357

　　第四節　小　結 ⋯⋯⋯⋯⋯⋯⋯⋯⋯⋯⋯⋯⋯⋯⋯ 2374

第二章　傳鈔古文《尚書》隸古定本之文字形體類
　　　　別及其探源 ……………………………… 2377
　第一節　隸古定《尚書》敦煌等古寫本文字形體探
　　　　　源 ……………………………………… 2379
　　一、源自古文字形之隸定、隸古定或隸古訛變‥ 2379
　　二、源自篆文字形之隸古定或隸變，與今日楷
　　　　書形體相異 ……………………………… 2403
　　三、由隸書、隸變俗寫而來 ………………… 2408
　　四、字形爲俗別字 …………………………… 2417
　第二節　隸古定《尚書》日本古寫本文字形體之探
　　　　　源 ……………………………………… 2426
　　一、源自古文字形之隸定、隸古定或隸古訛變‥ 2426
　　二、源自篆文字形之隸古定或隸變，與今日楷
　　　　書形體相異 ……………………………… 2467
　　三、由隸書、隸變俗寫而來 ………………… 2474
　　四、字形爲俗別字 …………………………… 2490
　第三節　隸古定《尚書》刻本文字形體之探源 …… 2523
　　一、源自古文字形之隸定、隸古定或隸古訛變‥ 2523
　　二、源自篆文字形之隸古定或隸變，與今日楷
　　　　書形體相異 ……………………………… 2587
　　三、由隸書書寫、隸變俗寫而來 …………… 2601
　　四、字形爲俗別字 …………………………… 2604
　第四節　小　結 ………………………………… 2607

第九冊
第三章　傳鈔古文《尚書》隸古定本文字之探析 …… 2613
　第一節　傳鈔古文《尚書》隸古定本之文字特點 … 2615
　　一、字體兼有楷字、隸古定字形、俗字，或有
　　　　古文形體摹寫 …………………………… 2615
　　二、字形兼雜楷字、隸古定字、俗字、古文形
　　　　體筆畫或偏旁 …………………………… 2617
　　三、字形多割裂、位移、訛亂、混淆 ……… 2617
　　四、文字多因聲假借或只作義符或聲符 …… 2618
　　五、文字多作同義字換讀 …………………… 2620

第二節　傳鈔古文《尚書》隸古定本之特殊文字形
　　　　體探析 …………………………………… 2620
　　一、隸古定《尚書》寫本特殊文字形體──俗
　　　　字形體 …………………………………… 2621
　　二、《書古文訓》特殊文字形體──俗字形體 … 2625
　　三、隸古定《尚書》寫本特殊文字形體──隸
　　　　古定字形 ………………………………… 2626
　　四、《書古文訓》特殊文字形體──隸古定字 … 2636
第三節　傳鈔古文《尚書》隸古定本文字形體變化
　　　　類型 ……………………………………… 2642
　　一、隸古定《尚書》寫本文字形體變化類型 … 2642
　　二、《書古文訓》文字形體變化類型 ………… 2704
第四節　隸古定本《尚書》隸古定字形體變化類型 · 2712
　　一、隸古定《尚書》寫本隸古定字形體變化類
　　　　型 ………………………………………… 2712
　　二、隸古定刻本《書古文訓》隸古定字形體變
　　　　化類型 …………………………………… 2726
　第五節　小　結 ………………………………… 2737
第四部份　結　論 ………………………………… 2741
第一章　本論文研究成果 ………………………… 2743
第二章　傳抄古文《尚書》文字研究之價值與展望 · 2751
參考書目 …………………………………………… 2755
附錄一：尚書文字合編收錄諸本起訖目 ………… 2775
附錄二：漢石經《尚書》殘存文字表 …………… 2793
　　　　魏石經《尚書》殘存文字表 ……………… 2798
　　　　國內所見尚書隸古定本古寫本影本各篇殘
　　　　存情況及字數表 ………………………… 2806

第十冊
附錄三：傳鈔古文《尚書》文字構形異同表 ……… 2815
檢字索引 …………………………………………… 3243
後　記 ……………………………………………… 3263

〈商書〉

十、湯　誓

唐石經	書古文訓	晁刻古文尚書	上圖本（八）	上圖本（影）	足利本	古梓堂本	天理本	觀智院本	上圖本（元）	內野本	島田本	九條本	神田本	岩崎本		敦煌本	魏石經	漢石經	戰國楚簡	湯誓
伊尹相湯伐桀升自陑	伊尹眛湯伐坒陞自陑	伊尹相湯代桀升自陑	伊尹相湯代桀升自陑	伊尹相湯伐桀升自陑					伊尹相湯伐桀升自陑	伊尹相湯伐桀外自陑						伊尹相湯我桀拼自陑				伊尹相湯伐桀升自陑
遂與桀戰于鳴條之野作湯誓	遂烏坒弄于鳴條山坒迻湯誓	遂與桀戰于鳴條之坒作湯誓	遂与桀戦于鳴條山坒作湯誓	遂与桀戦于鳴條山坒作湯誓					遂与桀戦于鳴條山坒作湯誓	遂与桀戦于鳴條山坒作湯誓						遂與桀戰予鳴條之埜作湯誓				遂與桀戰于鳴條之野作湯誓

858、伐

「伐」字在傳鈔古文《尚書》有下列不同字形：

（1）代

「伊尹相湯伐桀升自陑」「伐」字上圖本（八）少一畫作代，俗書「弋」「戈」相混作，此作「代」當為「伐」之俗字。

【傳鈔古文《尚書》「伐」字構形異同表】

伐	戰國楚簡	石經	敦煌本	岩崎本	神田本b	九條本	島田本b	內野本	上圖（元）	觀智院b	天理本	古梓堂b	足利本	上圖本（影）	上圖本（八）	古文尚書晁刻	書古文訓	尚書篇目
伊尹相湯伐桀升自陑															代			湯誓

859、代

「代」字在傳鈔古文《尚書》有下列不同字形：

（1）伐伐1伐2

內野本、足利本〈伊訓〉「代虐以寬兆民允懷」「代」字多一畫各作伐代1，敦煌本 S2074〈多方〉「簡代夏作民主」「代」字作伐1，為俗書作「伐」。上圖本（影）作伐2，偏旁「弋」右上點寫作撇，亦作「伐」。

【傳鈔古文《尚書》「代」字構形異同表】

代	戰國楚簡	石經	敦煌本	岩崎本	神田本b	九條本	島田本b	內野本	上圖（元）	觀智院b	天理本	古梓堂b	足利本	上圖本（影）	上圖本（八）	古文尚書晁刻	書古文訓	尚書篇目
代虐以寬兆民允懷								伐					代					伊訓
簡代夏作民主			伐 S2074					代 代						伐				多方

860、桀

「桀」字在傳鈔古文《尚書》有下列不同字形：

（1）桂汗6.73楚1

《汗簡》錄《古尚書》「桀」字作：桂汗6.73，從土，黃錫全謂此「蓋桀字

異體。「木」「土」義近，<del>好</del>叁壺「土」字作 ✦ ，中山王鼎「社」字作「 ✦ 」〔註304〕。

《書古文訓》「桀」字皆作 ✦ **1**，為 ✦ 汗 **6.73** 之隸定。

（2） ✦ 四 **5.14**

《古文四聲韻》錄《古尚書》「桀」字作： ✦ 四 **5.14**，此為「舛」字，假「舛」為「桀」字。

（3） ✦ ✦ **1** ✦ ✦ ✦ **2** ✦ **3** ✦ ✦ **4** ✦ **5** ✦ ✦ **6** ✦ **7**

上圖本（八）「桀」字或作 ✦ ✦ **1**，其右上或少一畫、或變似「牛」形；內野本、足利本、上圖本（影）或作 ✦ ✦ ✦ **2**，右上或多一點；內野本或作 ✦ **3**，左上形或多一畫；P2630、上圖本（八）或作 ✦ ✦ **4**，左上或變似「歹」；九條本或作 ✦ **5**，敦煌本 S2074、九條本或作 ✦ ✦ **6**，S2074 或作 ✦ **7** 其上形左右皆變作同形，皆變作「牛」、「歹」、「厶」形。

【傳鈔古文《尚書》「桀」字構形異同表】

桀 傳抄古尚書文字 ✦汗6.73 ✦四5.14	戰國楚簡	石經	敦煌本	岩崎本b	神田本b	九條本 島田本b	內野本	上圖(元)b 觀智院b	天理本 古梓堂b	足利本	上圖本（影）	上圖本（八）	古文尚書晁刻	書古文訓	尚書篇目
伊尹相湯伐桀升自陑						✦	✦			✦	✦	✦		✦	湯誓
遂與桀戰于鳴條之野作湯誓						✦	✦			✦	✦			✦	湯誓
成湯放桀于南巢						✦	✦			✦	✦	✦		✦	仲虺之誥
有夏桀弗克			✦b							✦				✦	泰誓中
桀德惟乃弗作往任	✦ S2074 ✦ P2630					✦	✦			✦	✦	✦		✦	立政

〔註304〕參見黃錫全，《汗簡注釋》，武漢：武漢大學出版社，1993，頁221。

唐石經	書古文訓	晁刻古文尚書	上圖本（八）	上圖本（影）	足利本	古梓堂本	天理本	觀智院本	上圖本（元）	內野本	島田本	九條本	神田本	岩崎本		敦煌本	魏石經	漢石經	戰國楚簡	湯誓
王曰格爾眾庶悉聽朕言	王曰截尒㸚庶恩聽朕言	王曰格尒眾庶悉聽朕言	王曰格尒眾庶悉聽般言	王曰格尒眾庶悉聽般言	王曰格尒眾庶悉聽般言				王曰格尒眾庶悉聽般言	王曰執雨眾庶悉聽般言		王曰格尒眔庶恙聽朕言								王曰格爾眾庶悉聽朕言

861、悉

「悉」字在傳鈔古文《尚書》有下列不同字形：

（1）〔圖〕汗4.59 〔圖〕四5.7 恩1 恩2

《汗簡》、《古文四聲韻》錄《古尚書》「悉」字作：〔圖〕汗4.59 〔圖〕四5.7，《說文》古文作〔圖〕。〔圖〕汗4.59之上〔圖〕形與「睦」字古文〔圖〕所從「目」〔圖〕、《汗簡》偏旁「目」字〔圖〕形近，舒連景以爲此「殆『自』之訛，从自从心，古文『息』字也。〔註305〕」黃錫全謂「證以此文，〔圖〕應是〔圖〕訛。古璽『鼻』字有作〔圖〕（字表4.4），〔圖〕即自，知舒說甚是。悉屬心母質部，息屬心母職部，二字音近，是六國古文假『息』爲『悉』」〔註306〕。

《書古文訓》「悉」字或作恩1 恩2，爲《說文》古文〔圖〕之隸古定訛變。

（2）悉

敦煌本 P2748、岩崎本、九條本、內野本、上圖本（元）、足利本、上圖本（影）、上圖本（八）「悉」字多作悉悉，篆文作〔圖〕，所從釆變作「米」，與漢碑作〔圖〕帝堯碑〔圖〕曹全碑同形。

〔註305〕參見舒連景，《說文古文疏證》，商務印書館，1937。

〔註306〕參見黃錫全，《汗簡注釋》，武漢：武漢大學出版社，1993，頁377。

【傳鈔古文《尚書》「悉」字構形異同表】

尚書篇目	書古文訓	古文尚書晁刻	上圖本（八）	上圖本（影）	足利本	古梓堂本b	天理本b	觀智院b	上圖（元）	內野本	島田本b	九條本	神田本b	岩崎本b	敦煌本	石經	戰國楚簡	悉　傳抄古尚書文字 ![汗4.59] ![四5.7]
湯誓	恩		悉	悉											悉 悉			格爾眾庶悉聽朕言
盤庚上	恩		悉							悉					悉			王命眾悉至于庭
洛誥	恩														悉 P2748			乃汝其悉自教工孺子其朋
君奭			悉	悉						悉	悉				悉 P2748			前人敷乃心乃悉命汝

唐石經	書古文訓	晁刻古文尚書	上圖本（八）	上圖本（影）	足利本	古梓堂本	天理本	觀智院本	上圖本（元）	內野本	島田本	九條本	神田本	岩崎本	敦煌本	魏石經	漢石經	戰國楚簡	湯誓
非台小子敢行稱亂	非台小子敢行再亂	非台小子敢行再	非台小子敢行再	非台小子敢行再	非台小子敢行再					非台小子敢行再		非台小子敢行再	非台小子敢行再		非台小子敢行再				非台小子敢行稱亂

862、稱

「稱」字在傳鈔古文《尚書》有下列不同字形：

（1）再：![再汗1.13] ![再四2.28] ![再六136] ![魏三體] 再再再1 ![再]2 ![再]3

《汗簡》、《古文四聲韻》、《訂正六書通》錄《古尚書》「稱」字作：![再汗1.13] ![再四2.28] ![再六136]，魏三體石經〈君奭〉「惟茲惟德稱」「稱」字古文作![再]，「再」為「稱」之本字，甲金文作![再]鐵102.2 ![再]前5.23.2 ![再]佚139 ![再]乙3412 ![再]仲●簋 ![再]衛盂 ![再]榮又司●鬲 ![再]趩簋等形。

敦煌本 S799、S6017、岩崎本、九條本、內野本、上圖本（八）、《書古文訓》「稱」字或作「再」![再再再]1，足利本、上圖本（影）或變作![再]2，上所從「爪」訛作「木」；觀智院本或省變作![再]3。

（2）稱稱₁稱₂称₃祢₄

敦煌本 P2748、內野本、上圖本（八）「稱」字或作稱稱₁，與稱漢帛書老子乙前 2 上稱孫子 23 稱史晨碑同形，爲篆文隸變俗寫；觀智院本或作稱₂，與稱兩詔精量稱一號墓泥鄄稱 110 稱武榮碑等同形，稱₂ 偏旁「冉」之下形當由咼乙3412 咼仲●盨 咼榮又司●鬲等下形咼咼演變〔註307〕。足利本、上圖本（影）、上圖本（八）或作称₃，偏旁「冉」字省變作「尔」，與「爾」字作「尔」同；上圖本（影）或作祢₄，復偏旁「禾」字訛作「礻」。

【傳鈔古文《尚書》「稱」字構形異同表】

傳抄古尚書文字 稱 汗 1.13 四 2.28 六 136	戰國楚簡	石經	敦煌本	岩崎本b	神田本b 九條本	島田本b	內野本	上圖（元）	觀智院b	天理本	古梓堂b	足利本	上圖本（影）	上圖本（八）	古文尚書晁刻	書古文訓	尚書篇目
非台小子敢行稱亂						稱	稱					稱	稱	稱		稱	湯誓
稱爾戈比爾干			稱 S799	稱			稱					称	称	称		稱	牧誓
王肇稱殷禮祀于新邑			稱 P2748									稱	称	稱		稱	洛誥
公稱丕顯德			稱 P2748 稱 S6017				稱					稱	称	稱		稱	洛誥
居師惇宗將禮稱秩元祀			稱 P2748									✓	✓	稱		稱	洛誥
惟茲惟德稱		魏	稱 P2748				稱					称	称	稱		稱	君奭
惟冒丕單稱德			稱 P2748			稱	稱					称	称	稱		稱	君奭
稱匪其人惟爾不任							稱	稱b				称	称	稱		稱	周官
賓稱奉圭兼幣							稱	稱b				称	称	稱		稱	康王之誥

〔註307〕張涌泉謂稱爲俗字「按：稱爲省筆俗書，漢李翊碑已見稱字。敦煌卷子中『冉』或書作冉，可以比勘。《字鑑》去聲證韻：『稱俗作稱』可參」，《敦煌俗字研究》，頁 425，上海：上海教育出版社，1996。

湯誓	戰國楚簡	漢石經	魏石經	敦煌本			岩崎本	神田本	九條本	島田本	內野本	上圖本（元）	觀智院本	天理本	古梓堂本	足利本	上圖本（影）	上圖本（八）	晁刻古文尚書	書古文訓	唐石經
有夏多罪天命殛之今爾有眾				〔文夏多辠天命極之余公有眾〕							〔才夏多辠天命殛出今甬有眾〕					〔才夏多辠天命殛之今尔有眾〕	〔有夏多辠天命殛之今尔有眾〕	〔有夏多辠天命殛之今尔有眾〕	〔才夏多辠兄命極出今不才眾〕	〔才夏多辠兄命極出今不才眾〕	〔有夏多罪天命殛之今爾有眾〕
汝日我后不恤我眾舍我穡事而割正夏				〔女日我后弗䘏我眾舍我穡事而剆正夏〕							〔汝曰我后弗䘏我眾舍我穡事而剆正夏〕					〔汝日我后恤我眾舍我穡事而剆正夏〕	〔女曰我后弗恤我眾舍我穡事而剆正夏〕	〔女日我后弗䘏我眾舍我晉事而剆正夏〕	〔女曰我后弔卹我眾舍我嗇事而剆正夏〕	〔女曰我后弔卹我眾舍我嗇事而剆正夏〕	〔汝日我后不恤我眾舍我穡事而割正夏〕

863、穡

「穡」字在傳鈔古文《尚書》有下列不同字形：

（1）穡：〔穡〕〔穡〕

內野本、足利本、上圖本（影）、上圖本（八）「穡」字作〔穡〕〔穡〕，爲篆文之隸變俗寫。

（2）嗇：〔嗇〕隸釋〔嗇〕1〔嗇〕2〔嗇〕3〔晉〕晉4

《隸釋》錄漢石經〈無逸〉「穡」字作〔嗇〕1、敦煌本 P2748 作〔嗇〕1，皆《說文》「嗇」字篆文〔嗇〕之隸變俗寫，「嗇」乃「穡」之本字，《詩·大雅》「好是稼

穡」《釋文》云：「穡本亦作嗇」，《史紀‧殷本紀》「舍我嗇事而割政」、《漢書‧成帝紀》「不云乎服田力嗇乃亦有秋」「穡」字皆作「嗇」。內野本、足利本、上圖本（影）、上圖本（八）或作![字]2，與![字]漢帛書老子乙195上![字]壽成室鼎等同形；《書古文訓》或作![字]3，其上訛多「人」；岩崎本、九條本、上圖本（元）或作![字][字]4，其下形訛作「日」。

（3）![字]1![字]2

《書古文訓》「穡」字或作![字]1，為《說文》「嗇」字古文作![字]之隸古定，敦煌本 P2748、島田本或變作![字]2。

【傳鈔古文《尚書》「穡」字構形異同表】

穡	戰國楚簡	石經	敦煌本	岩崎本	神田本b	九條本 島田本b	內野本	上圖本（元） 觀智院b	天理本b	古梓堂b	足利本	上圖本（影）	上圖本（八）	古文尚書晁刻	書古文訓	尚書篇目
舍我穡事而割正夏							晉	穡				穡	穡		會	湯誓
若農服田力穡乃亦有秋			晉				嗇	晉							嗇	盤庚上
土爰稼穡							嗇								嗇	洪範
天惟喪殷若穡夫予曷敢不終						嗇b	嗇				壽	嗇	嗇		嗇	大誥
先知稼穡之艱難乃逸			嗇 P2748				嗇				穡	穡	穡		嗇	無逸
厥父母勤勞稼穡			嗇 P2748				嗇				穡	穡			嗇	無逸
厥子乃不知稼穡之艱難		壽 隸釋	壽 P2748				嗇				穡	穡	穡		嗇	無逸
生則逸不知稼穡之艱難			壽 P2748				穡								嗇	無逸

湯誓	戰國楚簡	漢石經	魏石經	敦煌本			岩崎本	神田本	九條本	島田本	內野本	上圖本（元）	觀智院本	天理本	古梓堂本	足利本	上圖本（影）	上圖本（八）	晁刻古文尚書	書古文訓	唐石經
予惟聞汝眾言夏氏有罪								予惟眚女眾言夏氏有皋			承惟聞汝眾言夏氏ナ皋	予惟聞汝眾言夏氏ナ皋				予惟聞汝安言箕氏ナ皋	予惟聞汝眾言夏氏ナ皋	予惟聞汝眾言夏氏有皋	予惟眚女繇屮夏氏ナ皋	予惟聞女眾言夏氏有罪
予畏上帝不敢不正								予畏上帝弗敢弗正			予畏上帝弗敢弗正	予畏上帝弗敢弗正				予畏上帝弗敢弗正	予畏上帝弗敢弗正	予畏上帝弗敢弗正	予畏上帝亞敢亞正	予畏上帝不敢不正
今汝其曰夏罪其如台								今女亓曰夏皋亓如台			今女亓曰夏皋亓如台	今汝亓曰夏皋亓如台				今女亓曰夏皋亓如台	今汝亓曰夏皋亓如台	今女亓曰夏皋亓如㠯	今女亓曰夏皋亓如㠯	今汝其曰夏罪其如台
夏王率遏眾力率割夏邑								夏王率遏眾力率割夏邑			夏王率遏眾力率割夏邑	夏王率遏眾力率割夏邑				夏王率遏眾力率割夏邑	夏王率遏眾力率割夏邑	夏王率遏扁力率割夏邑	夏王衛遏扁力衛創夏邑	夏王率遏眾力率割夏邑

864、致

「致」字在傳鈔古文《尚書》有下列不同字形：

（1）致_{隸釋}

《隸釋》錄漢石經〈多方〉「我則致天之罰」「致」字作致，《說文》夂部「致」字从夂从至，偏旁「夂」字變作「友」，由秦簡隸變作致_{睡虎地 10.11}、漢代作致_{漢帛書老子乙前 100 下}致_{流沙簡.屯戍 8.4} 而變作，此形與漢碑作致_{孔宙碑}致_{華山廟碑}致_{曹全碑}致_{北海相景君碑}類同。

（2）致致₁致致₂致₃

敦煌本 P2748、九條本、上圖本（元）、上圖本（八）「致」字或作致致₁，亦由致_{睡虎地 10.11}致_{漢帛書老子乙前 100 下}而變，偏旁「夂」字變作「攴」，與漢

碑作**致**尹宙碑同形；敦煌本 P3670、P2643、P2748、S5626、P2630、S2074、岩崎本、島田本、九條本多作**致 致**₂，復「攴」形右上多一點，或由**致**孔宙碑再變。上圖本（八）「致」字或作**致**₃，所從「攵」變作「攴」，由**致 致**₁再變。

【傳鈔古文《尚書》「致」字構形異同表】

致	戰國楚簡	石經	敦煌本	岩崎本b	神田本b	九條本	島田本b	內野本	上圖（元）	觀智院b	天理本	古梓堂b	足利本	上圖本（影）	上圖本（八）	古文尚書晁刻	書古文訓	尚書篇目
爾尚輔予一人致天之罰							致										致	湯誓
凡爾眾其惟致告			致 P3670 / 致 P2643					致										盤庚上
致于異姓之邦						致b												旅獒
自洗腆致用酒							致										致	酒誥
將天明威致王罰			致 P2748												致			多士
厥惟廢元命降致罰			致 P2748															多士
我乃明致天罰移爾遐逖			致 P2748												致			多士
予亦致天之罰于爾躬			致 P2748															多士
乃致辟管叔于商			致 P2748 / 致 S5626			致												蔡仲之命
我則致天之罰		致 隸釋	致 P2630 / 致 S2074			致									致			多方

湯誓	戰國楚簡	漢石經	魏石經	敦煌本		岩崎本	神田本	九條本	島田本	內野本	上圖本（元）	觀智院本	天理本	古梓堂本	足利本	上圖本（影）	上圖本（八）	晁刻古文尚書	書古文訓	唐石經
予其大賚汝爾無不信							予其大賚女尒無弗信		予其大賚汝雨無弗信	予其大賚汝尒無弗信				子其大賚汝尒無弗信	予其大賚汝尒無弗信	予其大賚汝尒無弗信		予亓大賚女尒亡弗信	予其大賚汝爾無不信	

865、賚

「賚」字在傳鈔古文《尚書》有下列不同字形：

（1）賚 賚 賚₁ 賚₂ 賚₃

敦煌本 P2643、P2516、S799、S2074、岩崎本、九條本、上圖本（元）「賚」字多作賚 賚 賚₁，上從「來」之隸變俗寫；內野本、足利本、上圖本（影）或作賚₂，所從「來」變似「夾」；上圖本（八）或省變作賚₃。

（2）賚

九條本「賚」字或作賚，上從「來」之隸變，復偏旁「貝」字俗寫變似「耳」。

【傳鈔古文《尚書》「賚」字構形異同表】

賚	戰國楚簡	石經	敦煌本	岩崎本	神田本b	九條本	島田本b	內野本	上圖本（元）	觀智院b	天理本	古梓堂b	足利本	上圖本（影）	上圖本（八）	古文尚書晁刻	書古文訓	尚書篇目
予其大賚汝爾無不信							賚						賚	賚	賚			湯誓
夢帝賚予良弼其代予言			賚 (P2643) / 賚 (P2516)			賚		賚										說命上
大賚于四海而萬姓悅服			賚 (S799)												賚			武成

天惟畀矜爾我有周惟其大介賚爾		P2630 S2074	賚 賚	賚			賚	賚	賚		賚	多方
用賚爾秬鬯一卣彤弓一彤矢百			賚	賚			賚	賚	賚		賚	文侯之命
祗復之我商賚爾乃越逐			賚	賚			賚	賚	賚		賚	費誓

866、信

「信」字在傳鈔古文《尚書》有下列不同字形：

（1）[魏三體字形]**魏三體**

魏三體石經〈君奭〉「信」字古文作[字形]，與[字形]璽彙 0650、[字形]璽彙 3703、[字形]郭店.成之 2、[字形]郭店.忠信 8、[字形]包山 144 等同形。

（2）[伯伯字形]

敦煌本 S799、P3767、神田本、岩崎本、九條本、內野本、觀智院本、足利本、上圖本（影）、上圖本（八）《書古文訓》「信」字多作[伯伯伯字形]，爲《說文》古文作[字形]之隸定。

【傳鈔古文《尚書》「信」字構形異同表】

信	戰國楚簡	石經	敦煌本	岩崎本b 神田本b 九條本 島田本b	內野本 上圖（元） 觀智院b 天理本 古梓堂b	足利本 上圖本（影） 上圖本（八）	古文尚書晁刻	書古文訓	尚書篇目
予其大賚汝爾無不信								伯	湯誓
彰信兆民乃葛伯仇餉				伯（神田本） 伯（九條本）		伯 伯		伯	仲虺之誥
今汝聒聒起信險膚			伯		伯			伯	盤庚上
作威殺戮毒痛四海崇信姦回		伯 S799		伯b				伯	泰誓下
是崇是長是信是使		伯 S799	伯		伯			伯	牧誓
惇信明義崇德報功垂拱而天下治		伯 S799		伯				伯	武成

經文									篇名
對日信噫公命我勿敢言			伯					伯	金縢
小人怨汝詈汝則信之則若時	魏 / P3767		伯伯					伯	無逸
又日天不可信我道惟寧王德延	魏		信			伯		伯	君奭
厎至齊信用昭明于天下			伯 伯b			伯		伯	康王之誥
罔中于信以覆詛盟		扗	和			和		伯	呂刑

湯誓	戰國楚簡	漢石經	魏石經	敦煌本		岩崎本	神田本	九條本	島田本	內野本	上圖本（元）	觀智院本	天理本	古梓堂本	足利本	上圖本（影）	上圖本（八）	晁刻古文尚書	書古文訓	唐石經
朕不食言爾不從誓言								朕弗食言爾弗從誓言		朕弗食言爾弗從誓言					朕弗食言爾弗從誓言	朕弗食言爾弗從誓言	朕不食言爾不從誓言	朕弜食言不弜從	朕不食言爾不從誓言
予則孥戮汝罔有攸赦								予則俀努女宲大迺赦		予則孥戮女宲大迺赦					予則孥戮汝宲有迺赦	予則孥戮汝宲有迺赦	予則孥戮汝宲有迺赦	予則俀努女宲大迺赦	予則孥戮汝罔有攸赦

湯既勝夏欲遷其社不可作夏社疑至臣扈

夏師敗績湯遂從之遂伐三朡

俘厥寶玉誼伯仲伯作典寶

867、寶

「寶」字在傳鈔古文《尚書》有下列不同字形：

（1）　四3.21　保.汗3.41　魏三體

《古文四聲韻》錄《古尚書》「寶」字作寶.四3.21，與魏三體石經〈大誥〉

「寧王遺我大寶龜」「寶」字古文 ^保寶.魏 三體形類同，與《汗簡》錄《古尚書》「保」字 ^保保.汗 3.41 同形，右上從「玉」，從「保」得聲，爲「寶」字之異體（參見 "保" 字）。

（2） 宙汗 3.39

《汗簡》錄《古尚書》「寶」字又作： 宙汗 3.39，《說文》古文省「貝」作 圓，與此類同，源自 宙 乍鐘 宙 弔父丁簋 宙 格伯作晉姬簋 宙 貯子己父匜 宙 鄅子行盆 宙 番君鬲 等形。

（3） 玨汗 1.4 玨四 3.21 珏珛珛1 珏珛珛2 玨珛珛3珣4 泩5 瑤6

《汗簡》、《古文四聲韻》錄《古尚書》「寶」字又作： 玨汗 1.4 玨四 3.21，爲 宙汗 3.39 形之省。

敦煌本 P2643、岩崎本、島田本、內野本、足利本、《書古文訓》「寶」字作 珏珛珛1，爲 玨汗 1.4 玨四 3.21 之隸定。P2516 作 珛2、九條本作 珛珛2，上圖本（元）作 珛2，觀智院本 珛3，上圖本（八）或作 珏珛3珣4，上圖本（影）或作 泩5，此諸形之右皆「缶」之訛變；珣4 之右形與「陶」作 陶 之偏旁「匋」訛混，泩5 之左形爲偏旁「玉」字省訛作「氵」。島田本〈旅獒〉「分寶玉于伯叔之國」「寶」字作 瑤6，其右形爲「缶」之訛，而與「瑤」字訛近。

（4） 宝1 室2

足利本、上圖本（影）、上圖本（八）「寶」字或作 宝1，爲 宙汗 3.39 圓說文古文寶形之省「缶」，上圖本（影）或少一點作 室2。

【傳鈔古文《尚書》「寶」字構形異同表】

傳抄古尚書文字 寶 保.汗 3.41 玨汗 1.4 宙汗 3.39 珛玨四 3.21	戰國楚簡	石經	敦煌本	岩崎本	神田本b	九條本	島田本b	內野本	上圖（元）	觀智院b	天理本b	古梓堂b	足利本	上圖本（影）	上圖本（八）	古文尚書晁刻	書古文訓	尚書篇目
俘厥寶玉誼伯仲伯作典寶							珛							宝	室		珛	湯誓
俘厥寶玉誼伯仲伯作典寶						珛珛	珛							珛	泩	宝	珛	湯誓
若否罔有弗欽無總于貨寶			珏珛 P2643 珛 P2516	珛				玨						宝	室		珛	盤庚下

分寶玉于伯叔之國			瑤b	珤		宝	宝		珤	旅獒
不寶遠物則遠人格			琦b	珤		宝	宝		珤	旅獒
嗚呼無墜天之降寶命			瑤b	珤		宝		珵	珤	金縢
寧王遺我大寶龜	魏			珤		宝		宝	珤	大誥
越玉五重陳寶				珤	珵b	宝	宝	珵	珤	顧命
獄貨非寶	魏	珠		珤		宝	宝	珣	珤	呂刑

十一、仲虺之誥

仲虺之誥	戰國楚簡	漢石經	魏石經	敦煌本		岩崎本	神田本	九條本	島田本	內野本	上圖本（元）	觀智院本	天理本	古梓堂本	足利本	上圖本（影）	上圖本（八）	晁刻古文尚書	書古文訓	唐石經
湯歸自夏至于大坰仲虺作誥								湯歸自夏至于大洞仲虺作誥		湯歸自夏至于大坰仲虺作誥					湯歸自夏至于大坰仲虺作誥	湯歸自夏至于大坰仲虺作誥	湯歸自夏至于大坰仲虺作誥	湯歸自夏至于大洞仲虺作誥	湯歸自夏至于大洞仲虺作誥	湯歸自夏至于大坰仲虺作誥

868、坰

「坰」字在傳鈔古文《尚書》有下列不同字形：

（1）洞：洞

《書古文訓》「坰」字作洞，訓「大洞，榮澤也，在鄭衛州界，跨湖南北」，《集韻》平聲四 15 青韻「洞」：「大洞，地名」，此當本作「洞」，與「坰」音同而借之。

（2）洞

九條本「坰」字作洞，偏旁「同」字誤上多一畫作从「向」，爲「洞」字之誤，與《書古文訓》同。

（3）坰

上圖本（影）、上圖本（八）「坰」字作坰，偏旁「冋」誤內多一短橫作「同」。

【傳鈔古文《尚書》「坰」字構形異同表】

坰	戰國楚簡	石經	敦煌本	岩崎本	神田本b	九條本	島田本b	內野本	上圖（元）	觀智院b	天理本	古梓堂b	足利本	上圖本（影）	上圖本（八）	古文尚書晁刻	書古文訓	尚書篇目
湯歸自夏至于大坰仲虺作誥						洞								坰	坰		洞	仲虺之誥

869、虺

「虺」字在傳鈔古文《尚書》有下列不同字形：

（1）虺：虺₁蚝₂

內野本「虺」字作虺₁，偏旁「虫」字下形變作「山」；九條本作蚝₂，左形訛多一畫作从「元」。

（2）䨄

《書古文訓》「虺」字作䨄，《史記・殷本紀》作「中䨄作誥」，〈索隱〉云：「仲虺二音，作畾，音如字，尚書又作虺也」，《集韻》上聲五 7 尾韻「䨄蕌蘲：闗，人名，仲䨄，湯左相，或作蕌蘲，通作虺」。䨄、䨄、蘲皆爲「雷」字，與「虺」音近通假。《書古文訓》〈禹貢〉「九河既道雷夏既澤」「雷」字作䨄，《汗簡》、《古文四聲韻》錄《古尚書》「雷」字作：⊕⊕汗 6.74⊗⊗汗 6.82⊕⊕四 1.29 形，金文作：𐅺師旂鼎𐅺洺䨄𐅺對䨄等（參見 "雷" 字），䨄、蘲即金文之隸古定。

【傳鈔古文《尚書》「虺」字構形異同表】

虺	戰國楚簡	石經	敦煌本	岩崎本b 神田本b	九條本 島田本b	內野本	上圖（元） 觀智院b	古梓堂b 天理本	足利本	上圖本（影）	上圖本（八）	古文尚書晁刻	書古文訓	尚書篇目
湯歸自夏至于大坰仲虺作誥					蚝	虺							䨄	仲虺之誥
仲虺乃作誥					蚝	虺							䨄	仲虺之誥

870、誥

「誥」字源自金文作 𐅺何尊 𐅺史䛝簋 𐅺王孫誥鐘，楚簡上博 1〈緇衣〉、郭店〈緇衣〉各作 𐅺上博 1 緇衣 15𐅺郭店緇衣 28，皆从言从収（𐅺），《說文》「誥」字古文作𐅺即源於此。《汗簡》錄𐅺汗 1.12 王庶子碑與金文、楚簡同形，《箋正》謂今本《說文》古文𐅺當依此改正。又唐蘭云：「『𥪡』字應是『誥』字的別體。《說文》『誥』的古文作𐅺，……《說文》裡的古文都指六國古文，就是壁中經，像《尚書》之類。《尚書・大誥》《釋文》『諸本亦作𥪡』那麼許慎所見的古文

是从言从収作『𡄹』，傳寫《說文》的人把収誤爲𦥑了。……因爲『言』本作 〔glyph〕 和『告』作 〔glyph〕 相近，就把从言从収的『𡄹』改爲从𦥑告聲的『𡄹』字了。其實『𡄹』的从言从収是由於誥是由上告下，作誥的是奴隸主貴族，用雙手捧言，以示尊崇之義」其說是也，《集韻》去聲八 37 号韻「誥」字古作「𡄹」、「𠭞」，「𠭞」即 〔glyph〕 說文古文誥所傳寫其左形不誤之隸定，與 〔glyph〕 王孫誥鐘 〔glyph〕 上博 1 緇衣 15 〔glyph〕 郭店緇衣 28 等類同。

「誥」字在傳鈔古文《尚書》有下列不同字形：

（1） 〔glyph〕 上博 1 緇衣 3 〔glyph〕 上博 1 緇衣 15 〔glyph〕 郭店緇衣 5 〔glyph〕 郭店緇衣 28

楚簡上博 1〈緇衣〉、郭店〈緇衣〉引今本《尚書》〈咸有一德〉作〈尹誥〉〔註308〕，「誥」字各作 〔glyph〕 上博 1 緇衣 3 〔glyph〕 郭店緇衣 5，又引〈康誥〉〔註309〕「誥」字各作 〔glyph〕 上博 1 緇衣 15 〔glyph〕 郭店緇衣 28，从言从収（𦥑），源自金文作 〔glyph〕 何尊 〔glyph〕 史話簋 〔glyph〕 王孫誥鐘。

（2） 〔glyph〕四 4.29 〔glyph〕魏三體 〔glyph〕弄1 〔glyph〕弄2 〔glyph〕弄3

魏三體石經〈多方〉「誥」字古文作 〔glyph〕，《古文四聲韻》錄《古尚書》「誥」字作： 〔glyph〕四 4.29，《汗簡》亦錄 〔glyph〕汗 1.6 形，與三體石經同形，乃「誥」字金文作 〔glyph〕 何尊 〔glyph〕 史話簋 〔glyph〕 王孫誥鐘形从言从収（𦥑）之誤，所从収（𦥑）訛作「丌」。

《書古文訓》「誥」字作 〔glyph〕弄1 〔glyph〕弄2，與 〔glyph〕四 4.29 〔glyph〕魏三體形類同，其下作「𠀇」則从収之隸定而不誤，與《汗簡》錄 〔glyph〕汗 1.6 王存乂切韻、《集韻》「誥」字古作「𡄹」同；《書古文訓》或作弄3，所从「𠀇」上多一畫，或 〔glyph〕四 4.29 〔glyph〕魏三體形从「丌」寫作「亓」形（參見"其"字）。

（3） 〔glyph〕告

九條本〈酒誥〉「厥或誥曰群飲汝勿佚」「誥」字作 〔glyph〕告，告、誥音義近同。

〔註308〕郭店〈緇衣〉5 引作〈尹誥〉員：「隹尹躬（躬）及湯，咸又（有）一惪。」

上博〈緇衣〉3 引〈尹誥〉員：「隹尹躬（躬）及康（湯），咸又（有）一惪。」

今本〈緇衣〉引〈尹吉〉曰：「惟尹躬及湯，咸有壹德。」

今本《尚書》〈咸有一德〉作：「惟尹躬暨湯，咸有一德。」

《禮記》鄭注云：「吉當爲告。告，古文誥之誤也。尹誥，伊尹之誥也。《書序》以爲〈咸有一德〉，今亡。咸，皆也。君臣皆有一德不二，則無惑也。」

〔註309〕引今本《尚書》〈康誥〉「敬明乃罰」句。

【傳鈔古文《尚書》「誥」字構形異同表】

傳抄古尚書文字 誥 （四4.29）	戰國楚簡	石經	敦煌本	岩崎本	神田本b	九條本	島田本b	內野本	上圖（元）	觀智院本b	天理本	古梓堂本b	足利本	上圖本（影）	上圖本（八）	古文尚書晁刻	書古文訓	尚書篇目
湯歸自夏至于大坰仲虺作誥																	〔古文〕	仲虺之誥
仲虺乃作誥曰嗚呼惟天生民有欲																	〔古文〕	仲虺之誥
王庸作書以誥																	〔古文〕	說命上
殷既錯天命微子作誥父師少師																	〔古文〕	微子
猷大誥爾多邦越爾御事																	〔古文〕	大誥
周公咸勤乃洪大誥治																	〔古文〕	康誥
厥誥毖庶邦庶士																	〔古文〕	酒誥
文王誥教小子																	〔古文〕	酒誥
厥或誥曰群飲汝勿佚						告											〔古文〕	酒誥
使召公先相宅作召誥																	〔古文〕	召誥
誥爾多方非天庸釋有夏		〔魏〕															〔古文〕	多方
今我曷敢多誥		〔魏〕															〔古文〕	多方
我不惟多誥																	〔古文〕	多方
康王既尸天子遂誥諸侯作康王之誥																	〔古文〕	康王之誥
惟予一人釗報誥																	〔古文〕	康王之誥

唐石經	書古文尚書	晁刻古文尚書	上圖本（八）	上圖本（影）	足利本	古梓堂本	天理本	觀智院本	上圖本（元）	內野本	島田本	九條本	神田本	岩崎本		敦煌本	魏石經	漢石經	戰國楚簡	仲虺之誥
成湯放桀于南巢惟有慙德	成湯放桀于辛巢惟有慙㥵	成湯放桀于南巢惟有慙德	成湯放桀于南巢惟有慙德	成湯放桀于南巢惟有慙德	成湯故桀于南巢惟有慙德					成湯放桀于南巢惟有慙德			成湯故桀于南巢惟又慙德							成湯放桀于南巢惟有慙德

871、慙

「慙」字在傳鈔古文《尚書》有下列不同字形：

（1）慙

《書古文訓》「慙」字作慙，乃假「慙」爲「慙」字。

【傳鈔古文《尚書》「慙」字構形異同表】

慙	戰國楚簡	石經	敦煌本	岩崎本 神田本 b	九條本 島田本 b	內野本	上圖（元） 觀智院 b	天理本 古梓堂本 b	足利本	上圖本（影）	上圖本（八）	古文尚書晁刻	書古文訓	尚書篇目
惟有慙德				慙 慙					慙	慙	慙		慙	仲虺之誥

仲虺之誥	戰國楚簡	漢石經	魏石經	敦煌本		岩崎本	神田本	九條本	島田本	內野本	上圖本（元）	觀智院本	天理本	古梓堂本	足利本	上圖本（影）	上圖本（八）	晁刻古文尚書	書古文訓	唐石經
曰予恐來世以台爲口實						曰予忢来世釟台爲口實				曰予忢来世昌爲口實	曰予忢来去目气爲口實				曰予忢来去目昌台爲口實	曰予恐来去目昌台爲口實	曰予恐徠去目气爲口實	曰予忢徠去目台爲口實		曰予恐來世以台爲口實

872、恐

「恐」字在傳鈔古文《尚書》有下列不同字形：

（1）忢忢忢

敦煌本 P2643、岩崎本、九條本、內野本、上圖本（元）、足利本、上圖本（影）、上圖本（八）、《書古文訓》「恐」字多作忢忢忢，與《說文》古文作𢘒同形，源自𢘒中山王鼎𢘒九店.621.13 等。

（2）恐₁㤟恐₂恐₃

足利本、上圖本（影）、上圖本（八）「恐」字或作恐₁，右上俗變作「几」，秦漢代隸變俗書作𢖏睡虎地 15.105𢖏漢帛書老子甲 6𢖏孫臏 284𢖏相馬經 24 下，此形與漢碑作恐孔龢碑同；觀智院本、上圖本（元）或作㤟恐₂，右上變作「口」，由𢖏孫臏 284𢖏相馬經 24 下等再變；敦煌本 P2516 或作恐₃，復左上省變作「冫」。

【傳鈔古文《尚書》「恐」字構形異同表】

恐	戰國楚簡	石經	敦煌本	岩崎本	九條本	島田本 b	神田本 b	內野本	上圖本（元）	觀智院本 b	天理本	古梓堂本 b	足利本	上圖本（影）	上圖本（八）	古文尚書晁刻	書古文訓	尚書篇目
予恐來世以台爲口實								忢	忢				忢	忢	恐		忢	仲虺之誥
而胥動以浮言恐沈于眾		忢	忢 P2643					忢							恐		忢	盤庚上

恐人倚乃身迂乃心		志 恐 P2643 P2516	志	忐	忑	恐	恐	恐	忐	盤庚中
惟恐德弗類茲故弗言 恭默思道		志 恐 P2643 P2516	志	忑	侶	恐	恐	恐	忑	說命上
周人乘黎祖伊恐		志 恐 P2643 P2516	志	忐	恐	恐	恐	恐	忑	西伯戡黎
邦人大恐				忑		恐	恐	恐	忐	金縢
既彌留恐不獲誓言				忐	恐b	恐		忐	忐	顧命

873、實

「實」字在傳鈔古文《尚書》有下列不同字形:

（1）實1實2

敦煌本 P2516「實」字作實1，所從「毌」寫作「田」，與漢碑作實無極山碑同形；九條本或作實2，所從「毌」變作「世」，與漢碑作實孫叔敖碑同。

（2）寔寔

《書古文訓》「實」字皆作寔寔，與漢碑「實」字或作寔鄭固碑寔劉熊碑同，《隸辨》云:「按『實』與『寔』古蓋通用，《詩·召南》『寔命不同』《釋文》云:『寔《韓詩》作實』，《左傳》桓六年『寔來』杜注云:『寔，實也』」。「實」「寔」同音通假。

（3）実

足利本、上圖本（影）「實」字或作日本俗字実。

【傳鈔古文《尚書》「實」字構形異同表】

實	戰國楚簡	石經	敦煌本	岩崎本	神田本b	九條本	島田本b	內野本	上圖（元）	觀智院b	天理本	古梓堂本b	足利本	上圖本（影）	上圖本（八）	古文尚書晁刻	書古文訓	尚書篇目
日予恐來世以台爲口實													実			宲	寔	仲虺之誥
實萬世無疆之休王拜手稽首日													実	実		宲	寔	太甲中
汝克黜乃心施實德于民														実			寔	盤庚上
嗚呼知之日明哲明哲實作則			實（P2643）實（P2516）										実			宲	寔	說命上
天惟純佑命則商實百姓													実	実		宲	寔	君奭
以蕩陵德實悖天道														実			寔	畢命
實賴左右前後有位之士													実	実		宲	寔	呂刑
閱實其罪劓辟疑赦其罰惟倍													実	実			寔	呂刑

仲虺之誥	戰國楚簡	漢石經	魏石經	敦煌本		岩崎本	神田本	九條本	島田本	內野本	上圖本（元）	觀智院本	天理本	古梓堂本	足利本	上圖本（影）	上圖本（八）	晁刻古文尚書	書古文訓	唐石經
仲虺乃作誥曰嗚呼惟天生民有欲							仲虺乃作誥曰嗚呼惟天生民又欲	仲虺乃作誥曰嗚呼惟天生民大欲		仲虺乃作誥曰嗚呼惟天生民大欲					仲虺乃作誥曰嗚呼惟天生民大欲	仲虺乃作誥曰嗚呼惟天生民大欲	仲虺乃作誥曰嗚呼惟天生民有欲	仲虺乃作誥曰嗚呼惟天生民大欲	仲虺乃作誥曰嗚呼惟天生民大欲	仲虺乃作誥曰嗚呼惟天生民已有欲

無主乃亂惟天生聰明時乂							二主乃卒拖坐聰明旹乂	無主延率雄天生聰明旹乂		似無主延率惟天生聰明旹乂	無主延率惟天生聰明旹乂	無主延率雄天生聰明旹乂	亡主卤啇惟尧生聰明旹乂	無主乃亂惟生聰明時乂
有夏昏德民隆塗炭							又夏昏惠民墜塗炭	有夏昏惠邑隊塗炭		才莫辱德民隆塗炭	才夏辱伦民隊塗炭	有夏辱德民隆塗炭	才夏昰惠民隊廷炭	有夏昏德邑隊塗炭
天乃錫王勇智表正萬邦							夭乃錫王勇智表正方邦	天延鈱王勇智表正万邦		天延錫王勇智表正万邦	天延錫王勇智表正方邦	天延錫王勇智表正萬邦	天卤錫王愿知表正万當	天乃錫王勇愿知表正萬邦

874、勇

「勇」字在傳鈔古文《尚書》有下列不同字形：

（1）愿：愿汗4.59愿1

《汗簡》錄《古尚書》「勇」字作：愿汗4.59，《說文》古文从心作愿，《古文四聲韻》錄古老子作愿四3.3、古孝經「踊」字作愿四3.3，愿汗4.59上形稍變，秦漢代亦或同作此形：愿睡虎地53.34愿孫子36愿居延簡甲19A。

《書古文訓》「勇」字作愿1，爲此形之隸定。

（2）勇：勇勇勇1勇2

九條本、上圖本（元）、足利本、上圖本（影）「勇」字或作勇勇勇1，爲篆

文隸變俗寫，所從「甬」之上形俗省作 ⌣ ；上圖本（八）或少一畫作勇₂。

【傳鈔古文《尚書》「勇」字構形異同表】

勇	傳抄古尚書文字 勇 汗4.59	戰國楚簡	石經	敦煌本	岩崎本	神田本b	九條本	島田本b	內野本	上圖本（元）觀智院b	天理本 古梓堂b	足利本	上圖本（影）	上圖本（八）	古文尚書晁刻	書古文訓	尚書篇目
天乃錫王勇智表正萬邦								勇					勇	勇	勇	悳	仲虺之誥
仡仡勇夫					勇			勇					勇	勇	勇	悳	秦誓

875、智

「智」字在傳鈔古文《尚書》有下列不同字形：

（1）知 知

「智」字內野本、《書古文訓》或作知 知，「知」「智」古今字。

【傳鈔古文《尚書》「智」字構形異同表】

智	戰國楚簡	石經	敦煌本	岩崎本	神田本b	九條本	島田本b	內野本	上圖本（元）觀智院b	天理本 古梓堂b	足利本	上圖本（影）	上圖本（八）	古文尚書晁刻	書古文訓	尚書篇目
天乃錫王勇智表正萬邦															知	仲虺之誥
茲服厥命厥終智藏瘝在								知								召誥

876、知

「知」字在傳鈔古文《尚書》有下列不同字形：

（1）智 魏三體

「知」字魏三體石經〈康誥〉、〈君奭〉三體皆作「智」，古文作智，《汗簡》錄智 汗2.25 天台碑文，古璽作智 璽彙3497，《說文》古文作智，其下（益、益、益）皆從「皿」之變。此乃假「智」爲「知」字。

【傳鈔古文《尚書》「知」字構形異同表】

知	戰國楚簡	石經	敦煌本	岩崎本	神田本b	九條本	島田本b	內野本	上圖（元）	觀智院b	天理本	古梓堂b	足利本	上圖本（影）	上圖本（八）	古文尚書晁刻	書古文訓	尚書篇目
宅心知訓別求聞由古先哲王		魏																康誥
我有周既受我不敢知曰		魏																君奭
我亦不敢知曰其終出于不祥		魏																君奭
亦惟純佑秉德迪知天威		魏																君奭

仲虺之誥	戰國楚簡	漢石經	魏石經	敦煌本		岩崎本	神田本	九條本	島田本	內野本	上圖本（元）	觀智院本	天理本	古梓堂本	足利本	上圖本（影）	上圖本（八）	晁刻古文尚書	書古文訓	唐石經
續禹舊服茲率厥典								續余舊服茲率厥典		續命茲服亦率本典						續禹旧服茲率式典	續禹舊服茲率式典	續命舊航絲衛年簠		續禹舊服茲率厥典

877、續

「續」字在傳鈔古文《尚書》有下列不同字形：

（1）續續1續2

九條本、內野本、足利本、上圖本（八）、《書古文訓》「續」字或作續續1，右上形俗寫作重「夫」，與漢代作續漢印徵、續張遷碑等同形；足利本、上圖本（影）或作續2，右上形變作重「天」；續續1續2皆从偏旁「賣」之隸變俗書。

（2）績

上圖本（影）、上圖本（八）「續」字或作「績」績，上圖本（影）旁更注「續」字績，作「績」字乃「續」之誤。

（3）纘

岩崎本「纘」字或作纘，右爲偏旁「贊」之訛。

【傳鈔古文《尚書》「纘」字構形異同表】

纘	戰國楚簡	石經	敦煌本	岩崎本	神田本b	九條本	島田本b	內野本	上圖（元）	觀智院b	天理本	古梓堂本b	足利本	上圖本（影）	上圖本（八）	古文尚書晁刻	書古文訓	尚書篇目
纘禹舊服茲率厥典						纘	纘						纘	纘	纘		纘	仲虺之誥
纘乃舊服						續		續					纘	纘	纘		纘	君牙

仲虺之誥	戰國楚簡	漢石經	魏石經	敦煌本			岩崎本	神田本	九條本	島田本	內野本	上圖本（元）	觀智院本	天理本	古梓堂本	足利本	上圖本（影）	上圖本（八）	晁刻古文尚書	書古文訓	唐石經
奉若天命夏王有罪									奉若天命夏王有罪	奉若天命夏王有罪						奉若天命夏王有罪	奉若天命夏王有罪	奉若天命夏王有罪	奉若天命夏王有罪	奉若天命夏王有罪	奉若天命夏王有罪
矯誣上天以布命于下									矯誣上天以布命于下	矯誣上天以布命于下						矯誣上天以布命于下	矯誣上天以布命于下	矯誣上天以布命于下	矯誣上天以布命于下	矯誣上天以布命于下	矯誣上天以布命于下

878、矯

「矯」字在傳鈔古文《尚書》有下列不同字形：

（1）矯₁矯₂

岩崎本「矯」字或作矯₁，右从偏旁「喬」字之俗寫，如漢碑「喬」字作喬陳球碑，所从「夭」變作宀；九條本或作矯₂，偏旁「喬」與漢印作喬.喬漢印徵

類同。

【傳鈔古文《尚書》「矯」字構形異同表】

矯	戰國楚簡	石經	敦煌本	岩崎本	神田本b	九條本	島田本b	內野本	上圖（元）b	觀智院b	天理本	古梓堂b	足利本	上圖本（影）	上圖本（八）	古文尚書晁刻	書古文訓	尚書篇目
矯誣上天						矯												仲虺之誥
姦宄奪攘矯虔				矯														呂刑

879、誣

「誣」字在傳鈔古文《尚書》有下列不同字形：

（1）誣

九條本、上圖本（八）「誣」字作誣，偏旁「巫」字下多一畫，與漢印「巫」字作巫漢印徵同。

【傳鈔古文《尚書》「誣」字構形異同表】

誣	戰國楚簡	石經	敦煌本	岩崎本	神田本b	九條本	島田本b	內野本	上圖（元）b	觀智院b	天理本	古梓堂b	足利本	上圖本（影）	上圖本（八）	古文尚書晁刻	書古文訓	尚書篇目
矯誣上天						誣									誣			仲虺之誥

880、布

「布」字在傳鈔古文《尚書》有下列不同字形：

（1）帘

《書古文訓》〈伊訓〉「布昭聖武」「布」字作帘，爲《說文》篆文帘之隸古定，從巾父聲，與帘睡虎地33.23帘江陵十號墓木牘6帘居延簡甲789帘校官碑類同，隸變作「布」，如帘睡虎地13.65帘漢帛書老子乙前12上帘一號墓木牌5帘孔宙碑陰布曹全碑等形。

（2）条

《書古文訓》〈仲虺之誥〉「以布命于下」「布」字作条，乃篆文隸古定（1）
帝形之訛，所从「巾」誤作「牛」，誤爲「条」字。

（3）敕

觀智院本〈康王之誥〉「皆布乘黃朱」「布」字作敕，爲「陳」字之異體「敕」
字，孔〈傳〉云：「諸侯皆陳四黃馬朱鬣以爲庭實」，〈正義〉亦謂「布陳一乘四
匹之黃馬朱鬣」，「布」、「陳」二字同義。

【傳鈔古文《尚書》「布」字構形異同表】

布	戰國楚簡	石經	敦煌本	岩崎本b	神田本b	九條本b	島田本b	內野本	上圖本（元）	觀智院b	天理本	古梓堂b	足利本	上圖本（影）	上圖本（八）	古文尚書晁刻	書古文訓	尚書篇目
以布命于下																	条	仲虺之誥
布昭聖武																	帝	伊訓
皆布乘黃朱								帝	敕b									康王之誥

仲虺之誥	戰國楚簡	漢石經	魏石經	敦煌本		岩崎本	神田本	九條本	島田本	內野本	上圖本（元）	觀智院本	天理本	古梓堂本	足利本	上圖本（影）	上圖本（八）	晁刻古文尚書	書古文訓	唐石經
帝用不臧式商受命用爽厥師				帝用弗臧式商受命用爽升師		帝用弗臧式商受命用爽我師				帝用不臧式商受余用爽我師	帝用弗臧式商受余用爽我師	帝用不臧式商受余用爽我師						帝用亞臧式商受命用爽年師	帝用不臧式商受命用爽厥師

881、臧

「臧」字在傳鈔古文《尚書》有下列不同字形：

（1）臧臧

岩崎本、九條本、上圖本（八）「臧」字或作臧臧，《說文》臣部「臧」從臣戕聲，此形所從「戕」其左變作「冫」，與 漢帛書老子甲後279 臧漢石經.易.說卦等類同。

（2）牋

敦煌本 P2643「臧」字作牋，所從「爿」俗寫似「牛」，「臣」省變作「吕」，與 臧白石神君碑 牋楊統碑等相類。

（3）戚臧

敦煌本 P3670、九條本「臧」字或作戚臧，所從「戕」省變作「戌」，與漢碑作 臧鮮于璜碑同形。

【傳鈔古文《尚書》「臧」字構形異同表】

臧	戰國楚簡	石經	敦煌本	岩崎本	神田本b	九條本	島田本b	內野本	上圖（元）	觀智院b	天理本b	古梓堂b	足利本	上圖本（影）	上圖本（八）	古文尚書晁刻	書古文訓	尚書篇目
帝用不臧式商受命							臧						臧	臧	臧			仲虺之誥
用德彰厥善邦之臧			戚 P3670 牋 P2643	臧														盤庚上
邦之不臧			戚 P3670 臧 P2643	臧														盤庚上
惟土物愛厥心臧							臧	臧					臧	臧	臧			酒誥
政由俗革不臧厥臧			臧			臧							臧	臧	臧			畢命
發號施令罔有不臧			臧			臧							臧	臧	臧			冏命

882、式

「式」字在傳鈔古文《尚書》有下列不同字形：

（1）式式

　　岩崎本、九條本、內野本、上圖本（元）、上圖本（影）、上圖本（八）「式」字或作，所從「工」直筆與上橫筆合書。

　　（2）

　　岩崎本、上圖本（影）「式」字或作，所從「弋」多一畫混作「戈」。

　　（3）

　　內野本、上圖本（八）「式」字或作，所從「工」缺直筆，混作「式」。

　　（4）

　　九條本「式」字或作，「工」下多二點，與尚書寫本「戒」字或作形混同（參見 “戒” 字）。

【傳鈔古文《尚書》「式」字構形異同表】

式	戰國楚簡	石經	敦煌本	岩崎本b	神田本b / 九條本 / 島田本b	內野本	上圖（元）	觀智院b / 天理本 / 古梓堂b	足利本	上圖本（影）	上圖本（八）	古文尚書晁刻	書古文訓	尚書篇目
式商受命用爽厥師														仲虺之誥
天子惟君萬邦百官承式			P2643 P2516											說命上
其永無戁惟說式克欽承			P2643 P2516											說命下
式勿替有殷歷年														召誥
我式克至于今日休			P2748											君奭
天惟式教我														多方
克即俊嚴惟丕式														立政
用丕式見德														立政

式敬爾由獄以長我王國			弎			式		立政
茲式有慎以列用中罰			弎			式	弎	式	立政
爾尚式時周公之猷訓				弎b		式	式	君陳
式化厥訓		弎		弎		式		式	畢命
子孫訓其成式惟乂		式				式	弎	式	畢命
式和民則爾身克正罔敢弗正		式				式		弎	君牙

883、商

「商」字在傳鈔古文《尚書》有下列不同字形:

（1）高魏三體高1

魏三體石經〈君奭〉「商」字古文作高，與 高 蔡侯盤同形，《說文》古文一作高。源自甲金文作 高 甲2365 高 甲2416 高 商婦甗 高 康侯簋 高 商尊 高 揚鼎 高 商丘弔 高 曾侯乙鐘；其下內或多一短橫作 高，如 高 曾侯乙鐘；或變作 高 商叔簋 高 庚壺 高 蔡侯盤；又增「口」或「⊙」作 高 函尊 高 秦公鎛。

《書古文訓》「商」字或作隸古定字高1，與高魏三體類同，惟其下內少一短橫。

（2）高汗1.11 高四2.14 高六116

《汗簡》、《古文四聲韻》、《訂正六書通》錄《古尚書》「商」字作：高汗1.11 高四2.14 高六116，前者由 高 商叔簋而變，後二者變自 高 庚壺，其下內多一短橫，與《說文》籀文作高相類，惟所從「口」變作「日」形，又較《說文》古文一作高形二口上少一畫。

（3）高1高2高3

《書古文訓》「商」字或作高1，或其下內多一橫作高2，或變作高3，乃《說文》籀文作高之隸古定，當源自金文 高 函尊 高 秦公鎛。

（4）高1高2

《書古文訓》「商」字或作高1，乃《說文》古文一作高之隸古定，與 高 曾侯乙鐘同形。《書古文訓》或隸古定訛變作高2。

（5）商₁商₂商₃

　　《書古文訓》「商」字或作商₁，乃《說文》篆文商之隸古定，與甲金文作商
甲2416、商尊、商丘弔匕、曾侯乙鐘同形。敦煌本 S5626、P2630、內野本、上
圖本（影）、上圖本（八）或俗寫變作商商₂；岩崎本〈畢命〉「商俗靡靡利口」
「商」字省訛作商₃。

【傳鈔古文《尚書》「商」字構形異同表】

傳抄古尚書文字 商 汗1.11 四2.14 六116	戰國楚簡	石經	敦煌本	岩崎本	神田本b	九條本	島田本b	內野本	上圖本（元）	觀智院本b	天理本b	古梓堂本b	足利本	上圖本（影）	上圖本（八）	古文尚書晁刻	書古文訓	尚書篇目
式商受命用爽厥師							商						商	商			商	仲虺之誥
民之戴商								商					商	商	商		商	仲虺之誥
惟我商王布昭聖武								商					商		商		商	伊訓
皇天眷佑有商								商	商				商		商		商	太甲中
非天私我有商								商	商				商	商	商		商	咸有一德
多瘠罔詔商			商 P2643														商	微子
今商王受力行無度								商									商	泰誓中
王朝至于商郊牧野乃誓			商														商	牧誓
以姦宄于商邑今予發								商						商			商	牧誓
王來自商至于豐																	商	武成
底商之罪告于皇天后土																	商	武成
既克商二年王有疾弗豫														商			商	金縢
辜在商邑越殷國滅無罹							商										商	酒誥

用例								篇名
用告商王士				商		商 商	商	多士
肆予敢求爾于天邑商				商		商	商	多士
天惟純佑命則商實百姓	寶（魏）			商		商 商 商	商	君奭
乃致辟管叔于商	商 S5626			商			商	蔡仲之命
有邦閒之乃惟爾商後王	魏		商 商			商	商	多方
克用三宅三俊其在商邑	魏		商			商	商	立政
式商受命			商			商	商	立政
自古商人亦越我周文王	商 P2630		商				商	立政
商俗靡靡利口		商	商		商 商 商		商	畢命
祗復之我商賚爾乃越逐			商 商		商 商 商		商	費誓

884、爽

「爽」字在傳鈔古文《尚書》有下列不同字形：

（1）爽四3.24　爽1

《古文四聲韻》錄《古尚書》「爽」字一作：爽四3.24，《說文》𣦳部「爽」作爽，其下𦇧云：「篆文爽」，爽當為古籀，與此同形，源自金文作 𣃓 姒丙肜日大乙爽 𣃓 班簋 𣃓 散盤。上圖本（影）「爽」字或作爽1，為爽說文篆文爽之隸變俗寫，所從「㸚」之乂形變作人形，與夫縱橫家書18所從同形。

（2）爽爽1　奭爽2

《書古文訓》「爽」字作爽爽1，為《說文》篆文爽之隸古定；敦煌本P2643、P2516、S799、P2748、S6017、岩崎本、九條本、內野本、上圖本（元）、足利本、上圖本（影）、上圖本（八）多作奭爽2，所從「㸚」之乂形皆變作人形，奭爽2亦爽說文篆文爽之隸古定。

（3）爽四3.24

《古文四聲韻》錄《古尚書》「爽」字又作：爽四3.24，《汗簡》亦錄爽汗

1.15 形，黃錫全謂「此形下作三又，與『文』字作 旂鼎、也作 改盨 師害簋，『異』字作 盂鼎 石鼓文、也作 三體石經類同」〔註310〕。

　　（4）

　　足利本、上圖本（影）「爽」字或作，所从「㸚」之乂形皆隸變作人形，復其中訛多一橫筆。

【傳鈔古文《尚書》「爽」字構形異同表】

爽　傳抄古尚書文字 四 3.24	戰國楚簡	石經	敦煌本	岩崎本 神田本b 九條本	島田本b	內野本	上圖 （元）	觀智院b 天理本 古梓堂b	足利本	上圖本 （影）	上圖本 （八）	古文尚書晁刻	書古文訓	尚書篇目
式商受命用爽厥師														仲虺之誥
先王昧爽丕顯坐以待旦														太甲上
故有爽德			P2643 P2516											盤庚中
時甲子昧爽			S799											牧誓
甲子昧爽受率其旅若林			S799											武成
爽邦由哲亦惟十人														大誥
王曰封爽惟民迪吉康														康誥
惟事其爽侮			P2748 S6017											洛誥

〔註310〕參見黃錫全，《汗簡注釋》，武漢：武漢大學出版社，1993，頁155。

仲虺之誥	戰國楚簡	漢石經	魏石經	敦煌本			岩崎本	神田本	九條本	島田本	內野本	上圖本（元）	觀智院本	天理本	古梓堂本	足利本	上圖本（影）	上圖本（八）	晁刻古文尚書	書古文訓	唐石經
簡賢附勢寔繁有徒肇我邦								〔書〕			〔書〕						〔書〕	〔書〕	〔書〕		〔書〕

885、勢

「勢」字在傳鈔古文《尚書》有下列不同字形：

（1）勢 勢1 勢2

「勢」字見《說文》力部新附：「盛力權也，从力埶聲。經典通用『埶』。」岩崎本、九條本、上圖本（影）、上圖本（八）「勢」字或作勢 勢1，所從「埶」變作「執」；上圖本（元）或作勢2，所從「埶」之左形訛作「生」。

（2）執

《書古文訓》「勢」字作執，《說文》丮部「埶」訓穜也，力部新附「勢」字下云：「經典通用『埶』」，《禮記・禮義》「刑仁講義，示民有常，如有不由此者，在埶者去，眾以爲殃。」《漢書・地理志》「秦得百二地埶便利」，「埶」皆讀世音，假「埶」爲「勢」字。

【傳鈔古文《尚書》「勢」字構形異同表】

勢	戰國楚簡	石經	敦煌本	岩崎本	神田本b	九條本	島田本b	內野本	上圖本（元）	觀智院b	天理本	古梓堂b	足利本	上圖本（影）	上圖本（八）	古文尚書晁刻	書古文訓	尚書篇目
簡賢附勢						勢		勢							勢		執	仲虺之誥
無依勢作威								勢	勢b					執	勢		執	君陳

886、寔

「寔」字在傳鈔古文《尚書》有下列不同字形：

（1）

　　九條本「寔」字作，偏旁「宀」字俗訛作「穴」，與樊敏碑作樊敏碑
同形。

【傳鈔古文《尚書》「寔」字構形異同表】

寔	戰國楚簡	石經	敦煌本	岩崎本	神田本b	九條本	島田本b	內野本	上圖（元）	觀智院b	天理本	古梓堂b	足利本	上圖本（影）	上圖本（八）	古文尚書晁刻	書古文訓	尚書篇目
簡賢附勢寔繁有徒																		仲虺之誥

887、繁

「繁」字在傳鈔古文《尚書》有下列不同字形：

（1）番

　　九條本、《書古文訓》「繁」字各作「番」番，「繁」與「蕃」音同相通，
「蕃」或省作「番」，《左傳》昭公28年「司馬叔游曰：『鄭書有之，惡直醜正，
寔蕃有徒』」，《史記・卜式傳》「隨牧畜番」注云：「同蕃」，〈白石神君碑〉「永
永番昌」《隸釋》謂「以番爲蕃」。〔註311〕

【傳鈔古文《尚書》「繁」字構形異同表】

繁	戰國楚簡	石經	敦煌本	岩崎本	神田本b	九條本	島田本b	內野本	上圖（元）	觀智院b	天理本	古梓堂b	足利本	上圖本（影）	上圖本（八）	古文尚書晁刻	書古文訓	尚書篇目
簡賢附勢寔繁有徒																	番	仲虺之誥

〔註311〕參見李遇孫，《尚書隸古定釋文》卷 5.1，劉世珩輯，《聚學軒叢書》7，台北：藝
　　　　文印書館。

仲虺之誥	戰國楚簡	漢石經	魏石經	敦煌本	岩崎本	神田本	九條本	島田本	內野本	上圖本（元）	觀智院本	天理本	古梓堂本	足利本	上圖本（影）	上圖本（八）	晁刻古文尚書	書古文訓	唐石經
予有夏若苗之有莠若粟之有秕							于又憂若苗之有莠若粟之有秕		亏ナ夏若苗出ナ莠若粟出ナ秕					于ナ夏若苗之有莠若粟之ナ秕	亏刃㞢名苗之ナ莠若粟之ナ秕	亏有夏若苗之有莠若粟之有秕	亐ナ夏若苗之ナ莠若粟之ナ秕	于ナ夏若苗之有莠若粟之ナ秕	

888、秕

「秕」字在傳鈔古文《尚書》有下列不同字形：

（1）粃

九條本「秕」字從米作粃，《玉篇》米部：「粃，俗秕字」，偏旁「禾」、「米」義類相通。

【傳鈔古文《尚書》「秕」字構形異同表】

秕	戰國楚簡	石經	敦煌本	岩崎本	神田本b	九條本	島田本b	內野本	上圖（元）	觀智院b	天理本	古梓堂b	足利本	上圖本（影）	上圖本（八）	古文尚書晁刻	書古文訓	尚書篇目
若粟之有秕						粃												仲虺之誥

889、懼

「懼」字在傳鈔古文《尚書》有下列不同字形：

（1）汗4.59　四4.10　1　2　3

《汗簡》、《古文四聲韻》錄《古尚書》「懼」字作：汗4.59、四4.10，其上皆為「目」字目小且壬爵之訛變，《說文》「懼」字古文作，為戰國作中山王鼎、璽彙3413、璽彙2813、陶彙3.234等之省形，與戰國玉印玉印26作同

形，其聲符「瞿」省減作「䀠」。

《書古文訓》「懼」字或作愳1，爲傳抄古文愳汗 4.59 愳四 4.10 形之隸古定訛變，《集韻》去聲七 10 遇韻「懼」字「古作愳愳」。《書古文訓》或作愳2，內野本、上圖本（八）或作愳3，爲愳說文古文懼之隸定，愳2 上形作古文字形。

（2）懼1懼2懼3

內野本「懼」字或作懼1，偏旁「忄」字與「十」混同；足利本、上圖本（影）或作懼2，右上訛省；上圖本（影）或作懼3，右上省變似艹。

【傳鈔古文《尚書》「懼」字構形異同表】

懼	傳抄古尚書文字 愳汗 4.59 愳四 4.10	戰國楚簡	石經	敦煌本	岩崎本	神田本b	九條本	島田本b	內野本	上圖（元）	觀智院b	天理本	古梓堂b	足利本	上圖本（影）	上圖本（八）	古文尚書晁刻	書古文訓	尚書篇目
小大戰戰罔不懼于非辜									懼									愳	仲虺之誥
慄慄危懼若將隕于深淵									懼									愳	湯誥
予小子夙夜祗懼									愳					懼	懼	愳		愳	泰誓上
自度治民祗懼														懼	懼			愳	無逸
朕言多懼朕敬于刑有德惟刑														懼	懼			愳	呂刑

仲虺之誥	戰國楚簡	漢石經	魏石經	敦煌本		岩崎本	神田本	九條本	島田本	內野本	上圖本（元）	觀智院本	天理本	古梓堂本	足利本	上圖本（影）	上圖本（八）	晁刻古文尚書	書古文訓	唐石經
小大戰戰罔不懼于非辜								小大戰〻罔弗懼亐非辜		小大戰〻罔弗懼亐非辜					小大戰〻罔弗懼亐非辜	小大戰〻罔弗懼亐非辜	小大戰〻罔不懼亐非辜		小大㦰㦰宀亡愳亐非辜	小大戰戰罔不懼于非辜

890、足

「足」字在傳鈔古文《尚書》有下列不同字形：

（1）

寫本「足」字或作，與漢代作漢帛書老子甲 20 漢帛書老子乙前 2 上漢石經.易.鼎等同形，爲隸寫草化。

【傳鈔古文《尚書》「足」字構形異同表】

足	戰國楚簡	石經	敦煌本	岩崎本b	神田本b	九條本	島田本b	內野本	上圖（元）	觀智院b	天理本	古梓堂b	足利本	上圖本（影）	上圖本（八）	古文尚書晁刻	古文訓	書古文訓	尚書篇目
矧予之德言足聽聞							足							足	足				仲虺之誥
若跣弗視地厥足用傷			足 P2643 足 P2516				足	足							足				說命上
我聞吉人爲善惟日不足			足																泰誓中
凶人爲不善亦惟日不足			足																泰誓中
不貴異物賤用物民乃足			足																旅獒

仲虺之誥	戰國楚簡	漢石經	魏石經	敦煌本		岩崎本	神田本	九條本	島田本	內野本	上圖本（元）	觀智院本	天理本	古梓堂本	足利本	上圖本（八）	上圖本（影）	晁刻古文尚書	書古文訓	唐石經
不殖貨利德懋懋官功懋懋賞						弗殖貨利德懋之官功楙之賞		弗殖貨利憙楙之官功楙之賞		弗殖貨利憙懋之官功楙之賞					弗殖貨利德懋之官功懋之賞	不殖貨利德懋之官功懋之賞	不殖貨利德懋之官功懋之賞	亞殖賸秒㤅楙楙官珍楙楙賞		不殖貨利德懋懋官功懋懋賞

891、殖

「殖」字在傳鈔古文《尚書》有下列不同字形：

（1）殖殖

岩崎本、九條本「殖」字或作殖殖，偏旁「直」字上直筆變作點。

（2）䝨

上圖本（八）「殖」字或作䝨，偏旁「直」字訛似「眞」，其上「十」形變似「匕」形，下訛作从「貝」。

（3）植

內野本〈呂刑〉「農殖嘉穀」「殖」字作植，植、殖音同通假。

【傳鈔古文《尚書》「殖」字構形異同表】

尚書篇目	殖	戰國楚簡	石經	敦煌本	岩崎本 神田本 b	九條本	島田本 b	內野本	上圖本（元） 觀智院本 b	天理本 古梓堂本 b	足利本	上圖本（影）	上圖本（八）	古文尚書晁刻	書古文訓
仲虺之誥	不殖貨利					殖		殖					䝨		
湯誥	兆民允殖												殖		
呂刑	農殖嘉穀					殖		植							

892、貨

「貨」字在傳鈔古文《尚書》有下列不同字形：

（1）⿰貝爲

《書古文訓》「貨」字除〈仲虺之誥〉「不殖貨利」一例外皆作⿰貝爲，《說文》貝部「⿰貝爲，資也，从貝爲聲，或曰此古貨字，讀若貴」，郭店楚簡作⿱化貝**郭店.語叢3.60**，「貨」「⿰貝爲」乃聲符更替。

（2）貨**隸釋**

《隸釋》錄漢石經〈洪範〉「（上缺）食二曰貨」「貨」字作貨，島田本亦作此形貨，爲篆文之隸變。

（3）⿰月爲

〈仲虺之誥〉「不殖貨利」《書古文訓》「貨」字作⿰月爲，乃「⿰貝爲」字之訛，偏旁「貝」俗混作「月」。

【傳鈔古文《尚書》「貨」字構形異同表】

貨	戰國楚簡	石經	敦煌本	岩崎本	神田本b	九條本	島田本b	內野本	上圖（元）	觀智院b	天理本	古梓堂b	足利本	上圖本（影）	上圖本（八）	古文尚書晁刻	書古文訓	尚書篇目
不殖貨利																	⿰月爲	仲虺之誥
敢有殉于貨色																	⿰貝爲	伊訓
念敬我眾朕不肩好貨			⿱代貝 P2643	⿱代貝													⿰貝爲	盤庚下
一曰食二曰貨		貨 隸釋					貨 b										⿰貝爲	洪範
殺越人于貨																	⿰貝爲	康誥
非人其吉惟貨其吉																	⿰貝爲	冏命
惟時庶威奪貨																	⿰貝爲	呂刑
惟內惟貨惟來其罪惟均																	⿰貝爲	呂刑
獄貨非寶																	⿰貝爲	呂刑

仲虺之誥	戰國楚簡	漢石經	魏石經	敦煌本		岩崎本	神田本	九條本	島田本	內野本	上圖本（元）	觀智院本	天理本	古梓堂本	足利本	上圖本（影）	上圖本（八）	晁刻古文尚書	書古文訓	唐石經
用人惟己改過不吝克寬克仁				用人惟己改過弗吝克寬克仁			用人惟己改過弗吝克寬克仁			用人惟己改過弗吝克寬克仁					用人惟己改過弗吝克寬克仁	用人惟己改過弗吝克寬克仁	用人惟己改過弗吝克寬克仁		惟己改過弜厷吂寬吂忈	用人惟己改過不吝克寬克仁

893、改

（1）改 **改**₁ **敢**₂

敦煌本 S6259、S2074、九條本、內野本、上圖本（影）、上圖本（八）「改」字多作**改改**₁，左形似「巳」，九條本、足利本、上圖本（影）或作**敢**₂，左形復多一點。

【傳鈔古文《尚書》「改」字構形異同表】

改	戰國楚簡	石經	敦煌本	岩崎本	神田本b	九條本	島田本b	內野本	上圖（元）	觀智院本b	天理本	古梓堂本b	足利本	上圖本（影）	上圖本（八）	古文尚書晁刻	書古文訓	尚書篇目
用人惟己改過不吝						敗							改	改				仲虺之誥
改厥元子茲大國殷之命					改	改							改	改	改			召誥
小子胡惟爾率德改行			改 S2074			改								改	改			蔡仲之命
罔以側言改厥度			改 S6259 改 S2074			改							改	改	改			蔡仲之命

894、咨

「咨」字在傳鈔古文《尚書》有下列不同字形：

（1）若₁厷₂

九條本「吝」字作若₁，《書古文訓》作厷₂，厷₂與若₁同，與漢石經隸書作吝漢石經.易.家人同形，厷₂吝漢石經.易.家人「口」寫作「厶」，若₁厷₂吝漢石經.易.家人「文」皆作錯畫形。

【傳鈔古文《尚書》「吝」字構形異同表】

吝	戰國楚簡	石經	敦煌本	岩崎本	神田本b	九條本	島田本b	內野本	上圖（元）	觀智院b	天理本	古梓堂b	足利本	上圖本（影）	上圖本（八）	古文尚書晁刻	書古文訓	尚書篇目
改過不吝克寬克仁						若											厷	仲虺之誥

895、仁

「仁」字在傳鈔古文《尚書》有下列不同字形：

（1）忎

《書古文訓》「仁」字皆作忎，為《說文》古文從千心作忎之隸定，郭店楚簡作忎郭店.忠信 8 與此同。

【傳鈔古文《尚書》「誣」字構形異同表】

仁	戰國楚簡	石經	敦煌本	岩崎本	神田本b	九條本	島田本b	內野本	上圖（元）	觀智院b	天理本	古梓堂b	足利本	上圖本（影）	上圖本（八）	古文尚書晁刻	書古文訓	尚書篇目
克寬克仁																	忎	仲虺之誥
民罔常懷懷于有仁																	忎	太甲下
雖有周親不如仁人																	忎	泰誓中
以旦代某之身予仁若考																	忎	金縢

仲虺之誥	戰國楚簡	漢石經	魏石經	敦煌本			岩崎本	神田本	九條本	島田本	內野本	上圖本（元）	觀智院本	天理本	古梓堂本	足利本	上圖本（影）	上圖本（八）	晁刻古文尚書	書古文訓	唐石經
彰信兆民乃葛伯仇餉									敦伯㐭民𢓜葛拓仇餉		彰伯兆民𢓜葛伯仇餉						敦伯兆民乃葛伯仇餉	彰信兆民𢓜葛伯仇餉	彰伯州民乃葛伯仇餉	彰信兆民乃葛伯仇餉	彰信兆民乃葛伯仇餉

896、餉

「餉」字在傳鈔古文《尚書》有下列不同字形：

（1）**錦** 汗 2.26　**餉** 四 4.34　餉

《汗簡》、《古文四聲韻》錄《古尚書》「餉」字作：**錦** 汗 2.26 **餉** 四 4.34，从尚，《書古文訓》作餉，爲此形之隸定。《箋正》云：「薛本〈仲虺之誥〉一見如此，从尚。〈漢章帝紀〉『賜給公田，爲雇耕傭賃種餉』注：『餉，糧也，古餉字』此所取。」尚、向韻同屬陽部，此爲聲符更替。

【傳鈔古文《尚書》「餉」字構形異同表】

餉 傳抄古尚書文字 **錦** 汗 2.26 **餉** 四 4.34	戰國楚簡	石經	敦煌本	岩崎本	神田本b	九條本	島田本b	內野本	上圖（元）	觀智院b	天理本	古梓堂b	足利本	上圖本（影）	上圖本（八）	古文尚書晁刻	書古文訓	尚書篇目
侯以明彰信兆民乃葛伯仇餉之																	餉	仲虺之誥

仲虺之誥	戰國楚簡	漢石經	魏石經	敦煌本		岩崎本	神田本	九條本	島田本	內野本	上圖本（元）	觀智院本	天理本	古梓堂本	足利本	上圖本（影）	上圖本（八）	晁刻古文尚書	書古文訓	唐石經
初征自葛東征西夷怨南征北狄怨								初征自葛東征西尼怨南征北狄怨	初征自葛東征西尼怨南征北狄怨	初征自葛東征西尼怨南征北狄怨					初征自葛東征西尼怨南征北狄怨	初征自葛東征西尼怨南征北狄怨	初征自葛東征西尼怨南征北狄怨	初征自葛東延鹵尼怨半延北狄怨	初征自葛東延鹵尼怨南征北狄怨	初征自葛東征西夷怨南征北狄怨
曰奚獨後予攸徂之民室家相慶								曰奚獨後予攸徂山邑室家相慶	曰奚獨後予攸徂山邑室家相慶	曰奚獨後予攸徂山邑室家相慶					曰奚獨後予攸徂出邑室家相慶	曰奚獨後予攸徂之民室家相慶	曰奚獨後予攸徂之民室家相慶	曰奚獨逡予卣徂出民室家眛慶	曰奚獨後予攸徂之巨室家相慶	

897、奚

「奚」字在傳鈔古文《尚書》有下列不同字形：

（1）奚

上圖本（影）「奚」字作奚，其下「大」形訛作「女」。

【傳鈔古文《尚書》「奚」字構形異同表】

奚	戰國楚簡	石經	敦煌本	岩崎本	神田本b	九條本	島田本b	內野本	上圖（元）	觀智院b	天理本	古梓堂b	足利本	上圖本（影）	上圖本（八）	古文尚書晁刻	書古文訓	尚書篇目
奚獨後予						奚								奚				仲虺之誥

898、獨

「獨」字在傳鈔古文《尚書》有下列不同字形：

（1）𤟎1独2

足利本「獨」字或作𤟎1，足利本、上圖本（影）或省作独2，爲俗字。

【傳鈔古文《尚書》「獨」字構形異同表】

獨	戰國楚簡	石經	敦煌本	岩崎本	神田本b	島田本b 九條本	內野本	上圖 （元） 觀智院b	天理本 古梓堂b	足利本	上圖本（影）	上圖本（八）	古文尚書晁刻	書古文訓	尚書篇目
奚獨後予										独	独				仲虺之誥
獨夫受洪惟作威										𤟎					泰誓下
煢獨而畏高明										独	独				洪範

899、慶

「慶」字金文作 [象形] 秦公簋 [象形] 伯其父㠱，从鹿从文，「文」字或作 [象形] 君夫簋 [象形]
友簋 [象形] 利鼎 [象形] 史喜鼎 [象形] 啓尊 [象形] 保卣等形，中象刻畫之形（參見"文"字），金
文「慶」字又作 [象形] 五祀衛鼎 [象形] 召伯簋 [象形] 弔慶父鬲 [象形] 異伯盨 [象形] 異伯盨 [象形] 蔡侯鐘，
「鹿」與「文」合書，「文」字或从心，故金文「慶」字亦或从心〔註312〕，省
變作 [象形] 璽彙3071 [象形] 璽彙1489 上博1緇衣8。

「慶」字在傳鈔古文《尚書》有下列不同字形：

（1）[象形]汗4.59 [象形]四4.35 [象形]上博1緇衣8 [象形]郭店緇衣13 愗愻1愻2愻3愻4

《汗簡》、《古文四聲韻》錄《古尚書》「慶」字作：[象形]汗4.59 [象形]四4.35，上
博1〈緇衣〉8引〈呂刑〉「一人有慶，兆民賴之」〔註313〕句「慶」字作 [象形]上博1
緇衣8，古璽作 [象形]璽彙3071 [象形]璽彙1489，包山楚簡或作 [象形]包山136 當即傳抄古文 [象形]汗

〔註312〕參見黃錫全，《汗簡注釋》，武漢：武漢大學出版社，1993，頁379。

〔註313〕上博〈緇衣〉8引作〈呂型〉員：「一人又（有）慶，壥（萬）民訰（賴）之。」

郭店〈緇衣〉13引作〈呂型〉員：「一人又（有）慶，壥（萬）民膭之。」

今本〈緇衣〉引〈甫刑〉云：「一人有慶，兆民賴之。」

・1257・

4.59 四 4.35 形所源。郭店〈緇衣〉13〈呂刑〉此句「慶」字作郭店緇衣 13，與

璽彙 2557 同形，其中形爲「心」之變，楚簡或作包山 136，皆源自金文「慶」

字从鹿从文、文或从心而作五祀衛鼎 召伯簋 昜弔慶父鬲 異伯盨 蔡侯

鐘〔註314〕，省變作璽彙 3071 璽彙 1489 上博 1 緇衣 8 形。

《書古文訓》「慶」字或作1，爲傳抄古文汗 4.59 四 4.35 形之隸古

定，或訛變作234。

（2）

上圖本（影）「慶」字或作，其下形俗訛作「友」。

【傳鈔古文《尚書》「慶」字構形異同表】

傳抄古尚書文字 慶 汗 4.59 四 4.35	戰國楚簡	石經	敦煌本	岩崎本	神田本b 九條本	島田本b	內野本	上圖（元）	觀智院b	天理本	古梓堂b	足利本	上圖本（影）	上圖本（八）	古文尚書晁刻	書古文訓	尚書篇目
室家相慶																	仲虺之誥
爾惟德罔小萬邦惟慶																	伊訓
用孝養厥父母厥父母慶																	酒誥
一人有慶兆民賴之〔註315〕	上博 1 緇衣 8 郭店 緇衣 13																呂刑
咸中有慶受王嘉師監于茲祥刑																	呂刑
邦之榮懷亦尚一人之慶																	秦誓

〔註314〕參見黃錫全，《汗簡注釋》，武漢：武漢大學出版社，1993，頁 379。

〔註315〕同注 283。

仲虺之誥	戰國楚簡	漢石經	魏石經	敦煌本			岩崎本	神田本	九條本	島田本	內野本	上圖本（元）	觀智院本	天理本	古梓堂本	足利本	上圖本（影）	上圖本（八）	晁刻古文尚書	書古文訓	唐石經
曰徯予后后來其蘇											曰徯我后后來其蘇	曰徯我后台來其蘇				曰徯予后台來其蘇	曰徯我后台來亓蘇	曰徯予后后來亓蘇	曰徯予后后徯亓蘇	曰徯予后后徯亓蘇	曰徯予后后來其蘇

900、蘇

「蘇」字在傳鈔古文《尚書》有下列不同字形：

（1）蘇₁ 藣藣襪₂ 襪₃

上圖本（八）「蘇」字或作蘇₁，敦煌本 P2630、九條本、內野本、足利本、上圖本（影）、上圖本（八）或作藣藣襪₂，下所從「魚」「禾」位置互換，與漢代作藣孫子128藣漢印徵藣徐氏紀產碑類同；九條本或作襪₃，左下所從「禾」俗混作「礻」。

【傳鈔古文《尚書》「蘇」字構形異同表】

蘇	戰國楚簡	石經	敦煌本	岩崎本 神田本b	九條本	島田本b	內野本	上圖（元）	觀智院本b	天理本b	古梓堂本b	足利本	上圖本（影）	上圖本（八）	古文尚書晁刻	書古文訓	尚書篇目
徯予后后來其蘇					藣							藣	襪	蘇			仲虺之誥
周公若曰太史司寇蘇公			藣 P2630	藣	藣							藣	襪	藣			立政

唐石經	書古文訓	晁刻古文尚書	上圖本（八）	上圖本（影）	足利本	古梓堂本	天理本	觀智院本	上圖本（元）	內野本	島田本	九條本	神田本	岩崎本			敦煌本		魏石經	漢石經	戰國楚簡	仲虺之誥
民之戴商厥惟舊哉佑賢輔德	民出戴爾手惟舊才佑叞補惪	民之戴商戒惟舊才一各賢輔惪	民之戴商戒惟應式佑賢補惪	民之戴商戒惟舊才右賢輔惪	民出戴商式惟舊才右賢輔惪				民出戴商本惟舊才右賢輔惪	戰之戴商戒許惟舊才右叞補藥												民之戴商厥惟舊哉佑賢輔德

901、佑

「佑」字在傳鈔古文《尚書》有下列不同字形：

（1）右：**魏三體** 右右右₁各₂

魏三體石經〈君奭〉「佑」字古文作，《說文》又部「右」字：「手口相助也」徐鉉謂「今俗別作『佑』」，「右」為「佑助」之本字。

敦煌本 P2643、P2516、P2748、岩崎本、九條本、內野本、上圖本（元）、足利本、上圖本（影）、上圖本（八）、《書古文訓》「佑」字多作 右右右₁，上圖本（八）或作各₂，與漢代隸變俗作否—號墓竹簡 10 吾孫臏 86 右漢石經.詩.校記同形。

（2）祐：祐

敦煌本 P2748〈多士〉「我有周佑命」「佑」字作祐，《說文》示部「祐」字：「助也」，與「佑」（右）字音義皆同通用。

（3）佐：佐₁佐₂

上圖本（影）「佑」字或作佐₁，島田本、足利本、上圖本（影）「佑」字或作佐₂，為「佐」字之俗寫，《說文》左部「左」字：「手相左助也」徐鉉謂「今俗別作『佐』」，「佐」（左）、「佑」（右）字義相近同而通用。

【傳鈔古文《尚書》「佑」字構形異同表】

佑	戰國楚簡	石經	敦煌本	岩崎本 神田本b	九條本 島田本b	內野本	上圖 觀智院b 上圖（元）	天理本 古梓堂b	足利本	上圖本（影）	上圖本（八）	古文尚書晁刻	書古文訓	尚書篇目
佑賢輔德					右	右			右	吞				仲虺之誥
孚佑下民						右			右	右	右		右	湯誥
皇天眷佑有商						右	右		右	右			右	太甲中
惟天佑于一德						右	右						右	咸有一德
佑我烈祖			右 P2643 右 P2516	右									右	說命下
作之君作之師			右			右					右			泰誓上
天乃佑命成湯			右			右					右		右	泰誓中
乃命于帝庭敷佑四方					隨b	右				佑	右		右	金縢
皇天眷佑誕受厥命			右							佑			右	微子之命
我有周佑命			裙 P2748										右	多士
天惟純佑命		右 魏	右 P2748			右				右			右	君奭
亦惟純佑秉德迪知天威			右 P2748			右			佑		右		右	君奭
亂爾有政以佑乃辟						右				佑	右		右	周官
啓佑我後人咸以正罔缺			右							佑	佑		右	君牙

仲虺之誥	戰國楚簡	漢石經	魏石經	敦煌本			岩崎本	神田本	九條本	島田本	內野本	上圖本（元）	觀智院本	天理本	古梓堂本	足利本	上圖本（影）	上圖本（八）	晁刻古文尚書	書古文訓	唐石經
顯忠遂良兼弱攻昧取亂侮亡				顯忠遂良兼弱攻昧取亂侮亡					顯忠遂良兼弱攻昧取亂侮亡		顯忠遂良兼弱攻昧取亂侮亡					顯忠遂良兼弱攻昧取亂侮亡	顯忠遂良兼弱攻昧取亂侮亡	顯仲遂良兼弱攻昧取亂侮亡	㬎忠遹皂兼棘攻昭取亂肖侮亡	顯忠遂良兼弱攻昧取亂侮亡

902、顯

「顯」字在傳鈔古文《尚書》有下列不同字形：

（1）汗 5.71　四 3.17　㬎_1

《汗簡》、《古文四聲韻》錄《古尚書》「顯」字作：汗 5.71　四 3.17，《說文》日部「㬎」字下云：「古文以爲『顯』字」，侯馬盟書宗盟類序篇「□顯皇君晉公」、納室類「丕顯晉公大冢」「顯」字作侯馬 67.6　侯馬 67.18，亦作侯馬 67.3　侯馬 67.36。

《書古文訓》「顯」字多作㬎_1，與傳抄《古尚書》汗 5.71　四 3.17同形。

（2）顯：顯_1　題_2　顕_3

敦煌本 P2516、S6017、岩崎本、九條本、上圖本（元）、觀智院本「顯」字或作顯_1，所從「㬎」下之點或省作一畫、「絲」形或省；內野本、足利本、上圖本（影）、上圖本（八）或作題_2，所從「㬎」之「絲」形省似「並」之下半；足利本、上圖本（影）或作顕_3，偏旁「頁」字草化省寫作「氵」、「彡」之連筆。

·1262·

【傳鈔古文《尚書》「顯」字構形異同表】

傳抄古尚書文字 顯 汗5.71 四3.17	戰國楚簡	石經	敦煌本	岩崎本b	神田本b	九條本	島田本b	內野本	上圖(元)	觀智院b	天理本b	古梓堂本b	足利本	上圖本(影)	上圖本(八)	古文尚書晁刻	書古文訓	尚書篇目
顯忠遂良								顯					顯	顯	顯		㬎	仲虺之誥
先王昧爽丕顯坐以待旦								顯	顯				顯	顯	顯		㬎	太甲上
自河徂亳暨厥終罔顯			顯 P2516							顯			顯	顯			㬎	說命下
天有顯道								顯					顯	㬎			㬎	泰誓下
惟乃丕顯考文王													㬎	顯			㬎	康誥
矧曰其尚顯聞于天								顯					顯	㬎	顯			康誥
顯小民經德秉哲			顯					顯					顯	顯	顯		㬎	酒誥
惟助成王德顯								顯					顯	顯	顯			酒誥
越王顯上下勤恤								顯					顯	顯	顯		㬎	召誥
公稱丕顯德			顯 S6017					顯					顯	顯	顯		㬎	洛誥
在今後嗣王誕罔顯于天								顯					顯	㬎	顯		㬎	多士
罔顯于天顯民祗								顯					顯	顯	顯		㬎	多士
乃大降顯休命于成湯						顯		顯					顯	顯	顯		㬎	多方
不訓于德是罔顯在厥世								顯					顯	㬎	顯		㬎	立政
臣人咸若時惟良顯哉									顯b				顯	顯	顯		㬎	君陳
嗚呼丕顯哉文王謨			顯										㬎	㬎	顯		㬎	君牙
父義和丕顯文武									顯b				顯	㬎	顯		㬎	文侯之命
父義和汝克紹乃顯祖								顯					㬎	㬎	顯		㬎	文侯之命

903、忠

「忠」字在傳鈔古文《尚書》有下列不同字形：

（1）仲

「顯忠遂良」「忠」字上圖本（八）作仲，假「仲」爲「忠」。

【傳鈔古文《尚書》「忠」字構形異同表】

忠	戰國楚簡	石經	敦煌本	岩崎本	神田本b	九條本島田本b	內野本	上圖（元）	觀智院b	天理本	古梓堂b	足利本	上圖本（影）	上圖本（八）	古文尚書晁刻	書古文訓	尚書篇目
顯忠遂良														仲			仲虺之誥

904、兼

「兼」字在傳鈔古文《尚書》有下列不同字形：

（1）𥡝四2.27秉

《古文四聲韻》錄《古尚書》「兼」字作：𥡝四2.27，《說文》禾部「兼」字「从又持秝，兼持二禾，秉持一禾」，此形从二「秉」，《集韻》平聲四 25 沾韻「兼」字下「秉」字云：「古从二秉」，漢碑「廉」字或从之作廉袁良碑。

《書古文訓》「兼」字从二「秉」作秉。

（2）𥡝汗3.36黃蒹1焦蒹2蒹3

《汗簡》錄《古尚書》𥡝汗3.36形，注作「廉」字，然此形爲「兼」字。

上圖本（影）、上圖本（八）、觀智院本「兼」字或作黃蒹1，其下俗寫四筆筆畫變化作「从」；敦煌本 S2074、P2630、九條本、內野本或作焦蒹2，與漢簡作焦居延簡甲 2042A蒹武威簡.有司 15、漢碑作蒹華山廟碑同形，下形由「从」再變作「灬」；內野本或作蒹3，其上訛似从「艹」。

【傳鈔古文《尚書》「兼」字構形異同表】

尚書篇目	書古文訓	古文尚書晁刻	上圖本（八）	上圖本（影）	足利本	古梓堂本 b	天理本	觀智院 b	上圖（元）	內野本	島田本 b	九條本	神田本 b	岩崎本	敦煌本	石經	戰國楚簡	傳抄古尚書文字 兼 鰜四2.27 鰜汗3.36
仲虺之誥	鰜									蕪	蕪							兼弱攻昧取亂侮亡
立政	鰜	鰜								蒹	蕪				蕪 S2074 蕪 P2630			文王罔攸兼于庶言庶獄庶慎
康王之誥	鰜	蕪	蕪						鹿 b	蒹	蒹							賓稱奉圭兼幣

唐石經	書古文訓	晁刻古文尚書	上圖本（八）	上圖本（影）	足利本	古梓堂本	天理本	觀智院本	上圖本（元）	內野本	島田本	九條本	神田本	岩崎本	敦煌本		魏石經	漢石經	戰國楚簡	仲虺之誥
推亡固存邦乃其昌德日新	推亡固存邦乃亓昌惠日新	推亡志存當卤亓昌惠日新	推亡固存邦乃亓昌德日新	推亡固存邦乃亓昌德日新					推亡固存邦乃亓昌德日新	推亡固存邦乃亓昌惠日新				推亡固存邦乃亓昌惠日新	推亡固存邦乃亓昌惠日新					推亡固存邦乃其昌德日新

905、新

「新」字在傳鈔古文《尚書》有下列不同字形：

（1）親新

《書古文訓》〈金縢〉「其新逆我國家禮亦宜之」「新」字作親，「親」即「親」字，乃假同音之「親」字爲「新」。「親」字金文作 克鐘，或增宀作「親」：史懋壺「△令史懋」 咢侯鼎「王△易」，復或聲符更替从「新」作 中山王鼎「嬰邦難△」，「薪」亦「親」字（參見 "親" 字）；又郭店楚簡以「新」爲「親」：

郭店緇衣 17「大人不△其所以（賢）」[新] 郭店緇衣 17「又（有）△信以結之」，「親」、「新」音同通用。〈洛誥〉「惟以在周工往新邑」「新」字左上少一點作新。

【傳鈔古文《尚書》「新」字構形異同表】

新	戰國楚簡	石經	敦煌本	岩崎本	神田本b	九條本	島田本b	內野本	上圖本（元）	觀智院b	天理本	古梓堂本	足利本	上圖本（影）	上圖本（八）	古文尚書晁刻	書古文訓	尚書篇目
邦乃其昌德日新															新			仲虺之誥
其新逆我國家禮亦宜之																	寴	金縢
則達觀于新邑營								新										召誥
惟以在周工往新邑																	新	洛誥
亂為四方新辟作周恭先															新			洛誥

仲虺之誥	戰國楚簡	漢石經	魏石經	敦煌本		岩崎本	神田本	九條本	島田本	內野本	上圖本（元）	觀智院本	天理本	古梓堂本	足利本	上圖本（影）	上圖本（八）	晁刻古文尚書	書古文訓	唐石經
萬邦惟懷志自滿九族乃離								方邦惟褱志自蒲九尖乃離	萬邦惟褱志自滿九尖乃離		萬邦惟褱志自滿九尖方離					万邦惟褱志自滿九尖方離	万邦惟褱志自滿九尖方離		万邦惟褱志自滿九尖卣離	萬邦惟懷志自滿九族乃離
王懋昭大德建中于民										王懋昭大德建中于民						王懋昭大德建中于民	王懋昭大德建中于民		王懋昭大惪建中于民	王懋昭大德建中于民

以義制事以禮制心垂裕後昆

（空欄）

昌誼事昌禮制心垂裒後昆

昌誼制事昌礼制心垂裒後昆

昌誼制事昌礼制心垂裒後昆

昌誼制　　　　昌礼制心垂裒後昆

以義制事以禮制心垂裒後昆

906、制

「制」字在傳鈔古文《尚書》有下列不同字形：

（1）割割割割₁割割剔₂

《說文》刀部「制」字从刀从未，古文作，《汗簡》錄《說文》古文作汗2.21，《古文四聲韻》錄四4.15古孝經義雲章，皆同形而較說文古文制左上少一ㄑ，乃源自王子午鼎形。《書古文訓》「制」字或作割割割割₁，為傳抄古文之隸古定，或訛變作割割剔₂形。

（2）割

觀智院本「制」字作割，左下變作「内」形，疑為足利本、上圖本（八）左直筆連寫偏旁刂作割形訛變。

（3）斷

上圖本（八）〈酒誥〉「定辟矧汝剛制于酒」「制」字作斷，此為「斷」字俗寫，「制」、「斷」字義近同而更替。

【傳鈔古文《尚書》「制」字構形異同表】

尚書篇目	書古文訓	古文尚書晁刻	上圖本（八）	上圖本（影）	足利本	古梓堂b	天理本	觀智院b	上圖（元）	內野本	島田本b	九條本	神田本b	岩崎本	敦煌本	石經	戰國楚簡	制
仲虺之誥	割																	以義制事
伊訓	割		割															俾輔于爾後嗣制官刑

矧予制乃短長之命						𠜘	盤庚上
定辟矧汝剛制于酒					斷	𠜘	酒誥
若昔大猷制治于未亂				制	制	𠜘	周官
考制度于四岳			制b	制	制	𠜘	周官
議事以制政			制b		制	𠜘	周官
寬而有制			制b	制	制	𠜘	君陳
苗民弗用靈制以刑						𠜘	呂刑
越茲麗刑并制罔差有辭						𠜘	呂刑
惟時庶威奪貨斷制五刑						𠜘	呂刑

907、裕

「裕」字在傳鈔古文《尚書》有下列不同字形：

（1）魏三體衰褱褱₁褱₂褱₃

魏三體石經〈君奭〉「告君乃猷裕」「裕」字古文作，〈康誥〉隸體作，《說文》衣部「裕」篆文作，戰國作十六年戟，此形移「谷」於中，與金文「裕」字作敔簋「遣殳入伐涓參泉△（裕）敏陰陽」同形。金文「衺」字作吳方彝「玄△（衺）衣」亦作묘壺「玄△（衺）衣」，爲「衺」之異形，與「容」字古文从「公」作、「松」字或體从容作相類，敔簋.裕묘壺.衺爲形近混用。

敦煌本 S2074、內野本、足利本、上圖本（影）、上圖本（八）「裕」字或作衰褱褱₁，爲魏三體之隸定，敦煌本 S6017 或作₂，訛多「衣」之上半；上圖本（八）或訛作₃。

（2）衰₁褱₂褱₃

《書古文訓》「裕」字皆作衰₁，此形與《說文》衣部「衺」字同，「衺」从衣公聲，金文作吳方彝「玄△（衺）衣」亦作묘壺「玄△（衺）衣」，與移「谷」於中之「裕」字爲形近而混用，古文字形从谷、从公可通，疑移「谷」於中之「裕」字亦有从「公」作形，故《書古文訓》隸定爲「衺」字衰₁。九條本

或作◇₂，中亦从「公」，其下訛多「衣」之上半；上圖本（八）或作◇₃，疑亦由从「公」之「裕」字所變。

（3）◇

九條本「裕」字或作◇，與楚簡〈郭店〉六德10 ◇郭店.六德10「以△六德」〔註316〕形同，疑此即从「公」且移於中之「裕」字而省「厶」形。

（4）◇

敦煌本P2748、足利本、上圖本（影）、上圖本（八）「裕」字或作◇◇，偏旁「衤」字少一點訛與「礻」混同。

【傳鈔古文《尚書》「裕」字構形異同表】

裕	戰國楚簡	石經	敦煌本	岩崎本b	神田本b	九條本	島田本b	內野本	上圖（元）	觀智院b	天理本b	古梓堂b	足利本	上圖本（影）	上圖本（八）	古文尚書晃刻	書古文訓	尚書篇目
垂裕後昆								◇					◇	◇	◇		◇	仲虺之誥
好問則裕自用則小								◇					◇	◇	◇		◇	仲虺之誥
用康保民弘于天若德裕乃身不廢在王命		◇魏						◇							◇		◇	康誥
乃由裕民								補							◇		◇	康誥
惟文王之敬忌乃裕民								◇					◇	◇	◇		◇	康誥
惇大成裕汝永有辭			裕 P2748					◇						裕	◇		◇	洛誥
茲予其明農哉彼裕我民			裕 P2748 / ◇ S6017					◇						裕	◇		◇	洛誥

〔註316〕《郭店楚簡研究第一卷文字編》，釋◇郭店.六德10為「依」字，並云：「『依』讀『裕』亦可通。」見頁8、頁63。徐在國，《隸定古文疏證》，頁180則引◇為「裕」字（《隸定古文疏證》，合肥：安徽大學出版社，2002），《戰國文字編》亦列入卷八「裕」字下，二書皆誤注之為「郭店.緇衣10」，當正為「郭店.六德10」。

告君乃猷裕	P2748 魏	裕	襄 襃		裕 裕 裕	褢	君奭
爾曷不忱裕之于爾多方	褢 S2074	褢 褢	褢	裕 裕 裕	褢	多方

仲虺之誥	戰國楚簡	漢石經	魏石經	敦煌本		岩崎本	神田本	九條本	島田本	內野本	上圖本（元）	觀智院本	天理本	古梓堂本	足利本	上圖本（影）	上圖本（八）	晁刻古文尚書	書古文訓	唐石經
予聞曰能自得師者王										予聲曰能自得師者王						予聞曰能自得師者王	予聲曰能自得師者王	予聲古龍自得師者王	予聲曰耐自罖帶者王	予聞曰得自得師者王

908、得

「得」字古本作从手持貝，有所得之意，作 前 7.42.2、乙 930、得觚、亞父癸卣、師望鼎、克鼎，或加「彳」作 前 5.29.4、京都 2113、中得觚、得鼎、得罍、師旂鼎、舀鼎，又變作 子禾子釜、陳章壺、中山王鼎、畚壺，所从「貝」省變作「目」。

「得」字在傳鈔古文《尚書》有下列不同字形：

（1） 汗 1.14 罖₁ 寻₂ 寻₃ 寻₄

《汗簡》錄《古尚書》「得」字作 汗 1.14，魏三體石經僖公「得」字古文作 寻，《說文》古文作 寻，从「見」乃「貝」之誤， 汗 1.14 上形寫誤。

《書古文訓》「得」字或作 罖₁，為傳抄古文 汗 1.14 形之隸古定，或作 寻₂，為 說文古文得之隸定。敦煌本 P2643 或作 寻₃，P2516、岩崎本、內野本、上圖本（元）或作 寻₄，皆 說文古文得之隸變，源自 子禾子釜、陳章壺、中山王鼎 等形。

（2） 得得₁ 得淂₂

上圖本（影）、上圖本（八）「得」字或作 得得₁，偏旁「彳」字寫作「亻」，

上圖本（影）、上圖本（八）或作得浔2，偏旁「彳」字由「彳」再變作「氵」。

【傳鈔古文《尚書》「得」字構形異同表】

傳抄古尚書文字 得 （汗1.14）	戰國楚簡	石經	敦煌本	岩崎本b	神田本b	九條本	島田本b	內野本	觀智院b	上圖本（元）	天理本	古梓堂本	足利本	上圖本（影）	上圖本（八）	古文尚書晁刻	書古文訓	尚書篇目
予聞曰能自得師者王																	寻	仲虺之誥
高宗夢得說使百工營求諸野			寻 P2643 / 寻 P2516					寻		得		得		得			寻	說命上
得諸傅巖作說命三篇			寻 P2643 / 寻 P2516					寻		得		得		浔			寻	說命上
則罪人斯得																	寻	金縢
予得吉卜							寻										寻	大誥
唐叔得禾異畝同穎							寻										寻	微子之命
凡民自得罪							寻										寻	康誥

仲虺之誥	戰國楚簡	漢石經	魏石經	敦煌本	岩崎本	神田本	九條本	島田本	內野本	上圖本（元）	觀智院本	天理本	古梓堂本	足利本	上圖本（影）	上圖本（八）	晁刻古文尚書	書古文訓	唐石經
謂人莫己若者亡好問則裕自用則小									謂人莫己若者亡好問則裕自用則小	謂人莫己若者亡好問則裕自用則小					謂人莫己若者亡好問則裕自用則小	謂人莫己若者亡好問則裕自用則小	謂人莫己若者亡好問則裕自用則小	胃人莫己若者亡好問則裕自用則小	胃人莫己若者亡好問則裕自用則小

909、謂

「謂」字在傳鈔古文《尚書》有下列不同字形：

（1）胃₁胃曾₂胃₃

敦煌本 P2643、P2516「謂」字作胃₁，金文 🗡 吉日壬午劍亦以「胃」爲「謂」；岩崎本、內野本、上圖本（元）、上圖本（八）或作胃曾₂，偏旁「月」橫筆下移與「日」混同；岩崎本或作胃₃，偏旁「月」多一畫與「目」混同。以上皆假「胃」爲「謂」字。

（2）謂₁謂謂₂

島田本、內野本、足利本、上圖本（影）、上圖本（八）「謂」字或作謂₁，右下所從「月」與「日」混同；足利本、上圖本（影）、上圖本（八）或作謂謂₂，右下所從「月」作省略符號「=」。

（3）惠

《隸釋》錄漢石經〈盤庚下〉「爾謂朕曷震動萬民以遷」作「今爾惠朕（缺）震動萬民以遷」「謂」字作惠，「惠」爲「謂」之假借字。

【傳鈔古文《尚書》「謂」字構形異同表】

謂	戰國楚簡	石經	敦煌本	岩崎本b	神田本b九條本	島田本b	內野本	上圖本（元）觀智院b	天理本b古梓堂b	足利本	上圖本（影）	上圖本（八）	古文尚書晁刻	書古文訓	尚書篇目
謂人莫己若者亡							謂				謂	謂	謂	胃	仲虺之誥
酣歌于室時謂巫風							謂				謂	謂	謂	胃	伊訓
時謂淫風							謂				謂	謂	謂	胃	伊訓
爾謂朕曷震動萬民以遷		惠隸釋	胃 P2643 胃 P2516	胃							胃		謂	胃	盤庚下
政事惟醇釐于祭祀時謂弗欽			胃 P2643 胃 P2516	胃			謂			胃	謂	謂	謂	胃	說命中

賊虐諫輔謂己有天命				冐		冐			謂	謂	謂		冐	泰誓中
謂敬不足行						冐			謂	謂	冐		冐	泰誓中
是之謂大同					謂b	謂			謂	謂	謂		冐	洪範

仲虺之誥	戰國楚簡	漢石經	魏石經	敦煌本			岩崎本	神田本	九條本	島田本	內野本	上圖本（元）	觀智院本	天理本	古梓堂本	足利本	上圖本（影）	上圖本（八）	晁刻古文尚書	書古文訓	唐石經
嗚呼慎厥終惟其始殖有禮											嗚呼昚卆㚖惟亓始殖ナ乱					嗚呼昚弌㚖惟亓始殖ナ乱	嗚呼昚弌㚖惟亓始殖ナ乱	嗚呼昚戎㚖惟亓始殖有礼		烏虖昚氒𠂢惟亓乿殖ナ礼	嗚呼慎厥終惟其始殖有禮
覆昏暴欽崇天道永保天命											覆昏暴欽崇天道永保天命					覆昏暴欽崇天道永保天命	覆昏暴欽崇天道永保天命	覆昏暴欽崇天道永保天命		覆旦虣欽宗兲衜永保兲命	覆昏暴欽崇天道永保天命

910、暴

「暴」字在傳鈔古文《尚書》有下列不同字形：

（1）虣虣

《書古文訓》「暴」字作虣虣，與漢碑虣脩華嶽碑「誅強△」同，《玉篇》「虣」字下云「今作暴」。裘錫圭謂甲骨文戱乙 2661 从虎从戈「虣」字，爲「虣」字的古體，釋䚆方鼎䙒䚆方鼎爲从衣虣聲的形聲字，爲「襮」字之異體，其云：「从古書和古文字資料來看，虣應是虣字的古體。古代稱搏虎爲暴，《詩・小雅・小旻》說『不敢暴虎，不敢馮河』《鄭風・大叔于田》也有『襢裼暴虎』之語。

古書裡有時把疾暴的暴寫作虣，例如《周禮》的『暴』字就大都寫作虣〔註317〕，應該就是暴虎之暴的本字。〔註318〕」詛楚文作[字形]詛楚文「內之則△虐不辜」，與《集韻》去聲八37号韻「虣」字或體「虣」字相合，下云「或从戈廾，通作暴」，郭沫若云：「戒虎即暴虎馮河之暴，字不从戒，實象兩手執戈以搏虎。《周禮》古文作虣，从虎，殆系訛誤。」〔註319〕其說可從。

(2) 暴暴暴₁暴₂暴₃暴₄

內野本、足利本、上圖本（影）、上圖本（八）「暴」字多作暴暴₁，其下少一畫訛作「●　」，上圖本（影）或作暴₂，其下訛作「小」；神田本、九條本、觀智院本或作暴₃，敦煌本 S799、S2074、P2630 或作暴₄，上形復變似「異」而其中直筆下貫。

【傳鈔古文《尚書》「暴」字構形異同表】

暴	戰國楚簡	石經	敦煌本	岩崎本	神田本b	九條本	島田本b	內野本	上圖（元）	觀智院b	天理本b	古梓堂本b	足利本	上圖本（影）	上圖本（八）	古文尚書晁刻	書古文訓	尚書篇目
覆昏暴								暴									虣	仲虺之誥
敢行暴虐			暴 b					暴					暴	暴	暴		虣	泰誓上
謂暴無傷			暴 S799					暴					暴	暴	暴		虣	泰誓中
是以爲大夫卿士俾暴虐于百姓于商郊			暴 S799	暴 b				暴					暴	暴	暴		虣	牧誓
暴殄天物害虐烝民			暴 S799	暴 b				暴					暴		暴		虣	武成
桀德惟乃弗作往任是惟暴德罔後			暴 S2074 暴 P2630	燕											暴		虣	立政

〔註317〕如《周禮·地官·大司徒》「以刑教中，則民不虣」。

〔註318〕參見裘錫圭，〈說「玄衣朱襮袡」——兼釋甲骨文「虣」字〉，《古文字論集》，頁350～352，北京：中華書局，1992。

〔註319〕見《詛楚文考釋》，轉引自前注引書。

惟羞刑暴德之人		暴 S2074 暴 P2630		暴					暴			虣	立政
詰姦慝刑暴亂					暴	暴b		暴			虣		周官

十二、湯　誥

唐石經	書古文訓	晁刻古文尚書	上圖本（八）	上圖本（影）	足利本	古梓堂本	天理本	觀智院本	上圖本（元）	內野本	島田本	九條本	神田本	岩崎本			敦煌本	魏石經	漢石經	戰國楚簡	湯　誥
湯既黜夏命復歸于亳作湯誥	湯既黜夏命復歸于亳𢓊作湯誥	湯既黜夏令復歸亏亳作湯誥	湯既黜夏令復歸亏亳作湯誥	湯旡黜夏令復敀于亳作湯誥	渴旡黜夏令復敀于亳作湯誥					湯旡黜夏令復歸亏亳作湯誥											湯既黜夏命復歸于亳作湯誥
王歸自克夏至于亳誕告萬方	王歸自戶夏皇亏亳誕𢓊萬方	王歸自克夏至亏亳誕告萬方	王歸自克夏至亏亳誕告万方	王敀自克夏至于亳誕告万方	王敀自克夏至于亳誕告百方					王歸自克夏至亏亳誕告万方											王歸自克夏至于亳誕告萬方
王曰嗟爾萬方匹大邲明聽予弍人𦣻	王曰嗟尒万方有眾明聽予一人誥	王曰嗟尒万方有眾明聽予一人誥	王曰嗟尒万方大眾明聽予一人誥	王曰嗟尒万方大眾明聽予一人誥	王曰嗟尒百方大眾明聽予一人誥					王曰嗟爾万方大眾明聽予一人誥											王曰嗟爾萬方有眾明聽予一人誥

										惟皇上帝降衷于下民
惟皇上帝降衷于下民							惟皇上帝降衷亐丅民	惟皇上帝降衷亐丅民	惟皇山帝降衷亐丅民	惟皇上帝冬衷亐丅民

911、衷

「衷」字在傳鈔古文《尚書》有下列不同字形：

（1）哀

「衷于下民」上圖本（八）作「哀下民」，「衷」字少一直筆，混作「哀」。

【傳鈔古文《尚書》「衷」字構形異同表】

衷	戰國楚簡	石經	敦煌本	岩崎本	神田本b	九條本	島田本b	內野本	上圖（元）/觀智院b	天理本	古梓堂b	足利本	上圖本（影）	上圖本（八）	古文尚書晁刻	書古文訓	尚書篇目
惟皇上帝降衷于下民									裒					哀		衷	湯誥

湯誥	戰國楚簡	漢石經	魏石經	敦煌本			岩崎本	神田本	九條本	島田本	內野本	上圖本（元）	觀智院本	天理本	古梓堂本	足利本	上圖本（影）	上圖本（八）	晁刻古文尚書	書古文訓	唐石經
若有恆性克綏厥猷惟后											若有恆性克綏厥猷惟后	若有恆性克綏厥猷惟后				若有恆性克綏厥猷惟后	若有恆性克綏厥猷惟后	若有恆性克綏厥猷惟后	若大恆性克綏厥猷惟后	若大恆性克綏厥猷惟后	若有恆性克綏厥猷惟后

夏王滅德作威以敷虐于爾萬方百姓								夏王臧惪任景呂嘉虐亐雨万方否姓		夏王滅惪作農呂專虐于介万方百姓	夏王臧惪作農呂專虐亐介万方百姓	夏王滅德作威呂敷虐于爾萬方百姓
爾萬方百姓罹其凶害弗忍荼毒								雨万方百姓羅亦山虐弗忍荼毒		介萬方百姓羅亦凶虐弗忍荼毒	介万方百姓羅亦凶害亞忍荼毒罰	爾萬方百姓罹其凶害弗忍荼毒

912、罹

「罹」字在傳鈔古文《尚書》有下列不同字形：

（1）罹₁ 罹₂ 罹₃

《書古文訓》「罹」字作罹₁，內野本或作罹₂，其上「网」爲偏旁「网」字隸省作「冈」，如 曹全碑 買 睡虎地 10.18，罹₂ 形所從「忄」與「十」混同；內野本又或作罹₃，所從「忄」變似「才」。

（2）羅

〈洪範〉「不協于極不罹于咎」岩崎本「罹」字本作「羅」其下改正作「罹」罹，上圖本（八）則作「羅」羅，乃形近而誤。

【傳鈔古文《尚書》「罹」字構形異同表】

罹	戰國楚簡	石經	敦煌本	岩崎本	神田本b	九條本	島田本b	內野本	上圖（元）	觀智院b	天理本	古梓堂b	足利本	上圖本（影）	上圖本（八）	古文尚書晁刻	書古文訓	尚書篇目
罹其凶害弗忍荼毒								羅									罹	湯誥
不協于極不罹于咎							羅	羅							羅		罹	洪範
辜在商邑越殷國滅無罹								羅									罹	酒誥

913、害

「害」字在傳鈔古文《尚書》有下列不同字形：

（1）〔害〕

〈湯誥〉「罹其凶害弗忍荼毒」內野本、足利本、上圖本（八）「害」字則作「虐」，「虐」、「害」為同義字。岩崎本、島田本、足利本、上圖本（影）、上圖本（八）「害」字亦作〔害〕形，敦煌本 S799 作〔害〕，《古文四聲韻》錄古孝經「害」字作〔害〕四4.12，秦簡「害」字作〔害〕睡虎地8.1，即少一畫，漢代或作〔害〕漢帛書.老子甲後193〔害〕孫臏167〔害〕淮源廟碑與此類同。

【傳鈔古文《尚書》「害」字構形異同表】

害	戰國楚簡	石經	敦煌本	岩崎本	神田本b	九條本	島田本b	內野本	上圖（元）	觀智院b	天理本	古梓堂b	足利本	上圖本（影）	上圖本（八）	古文尚書晁刻	書古文訓	尚書篇目
罹其凶害弗忍荼毒								虐					虐	害	虐			湯誥
以殘害于爾萬姓			害					害					害	害				泰誓上
暴殄天物害虐烝民			害 S799					害					害	害	害			武成
不作無益害有益								害b					害	害				旅獒
公曰體王其罔害予小子新命于三王								害b					害	害	害			金縢

914、毒

「毒」字在傳鈔古文《尚書》有下列不同字形：

（1）劃

《書古文訓》「毒」字作劃，爲《說文》古文从刀萬作𠚴之隸定，段注云：「从刀者，刀所以害人，从𥅆爲聲。𥅆，厚也，讀若篤。𥅆字鍇本（按云：从刀𥅆。臣鎧曰竹亦有毒，南方有竹傷人則死）及《汗簡》（按錄作𥅆汗 2.21 演說文）、《古文四聲韻》（按錄作𥅆四 5.5 說文）上从竹不誤，而下譌爲从副从劃，鉉本則竹又誤爲艸矣。古文築作𥅆，亦𥅆聲。」楚帛書𥅆字作〔註320〕 𥅆楚帛書丙 2.2「可目出師△邑」，黃錫全以爲𥅆字當與𥅆字同：「類似《說文》𥅆字或作劃。𥅆从𥅆聲，𥅆同竺、篤，與毒音義均近，《說文》並訓『厚也』。馬王堆漢墓帛書毒作竺。」〔註321〕其說可從。𥅆說文古文毒即𥅆楚帛書丙 2.2、「𥅆」字，假借爲「毒」。

【傳鈔古文《尚書》「毒」字構形異同表】

毒	戰國楚簡	石經	敦煌本	岩崎本	神田本b	九條本	島田本b	內野本	上圖（元）	觀智院b	天理本b	古梓堂b	足利本	上圖本（影）	上圖本（八）	古文尚書晁刻	書古文訓	尚書篇目
弗忍荼毒																	劃	湯誥
乃不畏戎毒于遠邇																	劃	盤庚上
惟汝自生毒																	劃	盤庚上
王子天毒降災荒殷邦																	劃	微子
流毒下國																	劃	泰誓中
毒痛四海崇信姦回																	劃	泰誓下

〔註320〕嚴一萍以爲此字即「築」字，謂此字从攴𥅆聲，「築」字無疑：「築」字古文段玉裁改𥅆爲𥅆，从土𥅆聲，《汗簡》錄裴光遠集綴「築」作𥅆汗 5.67，《箋正》云：「左旁當从𥅆，古築如此，或省作𥅆」。《楚繪書新考》中，頁 19。

〔註321〕參見：黃錫全，《汗簡注釋》，武漢：武漢大學出版社，1993，頁 189。

湯誥	戰國楚簡	漢石經	魏石經	敦煌本		岩崎本	神田本	九條本	島田本	內野本	上圖本（元）	觀智院本	天理本	古梓堂本	足利本	上圖本（影）	上圖本（八）	晁刻古文尚書	書古文訓	唐石經
並告無辜于上下神祇										並告無辜亏上下神祇					並告無辜亏上下神祇	並告無辜亏上十神祇	並告無辜亏上十神祇	竝告亡辜亏上下　神示	並告無辜于上下　神祇	並告無辜于上下神祇
天道福善禍淫降災于夏以彰厥罪										天道福善禍淫降災亏夏吕彰本辠					天道福善禍淫降災亏夏吕彰式	天道福善禍淫降災亏夏吕彰式	天道福善禍淫降災亏夏吕彰戎辠	天道福善禍淫降災亏夏吕彰戎辠	昊衛福譱祗至冬灾亏憂吕彰乒皋	天道福善禍淫降災于夏以彰厥罪

915、祇

「祇」字在傳鈔古文《尚書》有下列不同字形：

（1）[字形]1[字形]2

內野本「祇」字或作[字形]1，左從古文示[字形]，其形隸古定訛變似「爪」，足利本、上圖本（影）、上圖本（八）或多一點作[字形]2。

（2）[字形]

敦煌本 P2516、神田本、岩崎本、上圖本（元）、足利本「祇」字或作[字形]，偏旁氏字右上多一飾點，寫本中常見。

（3）示：[字形]

《書古文訓》「祇」字作[字形]，《古文四聲韻》錄《汗簡》「祇」字作[字形]四1.15與「示」字形近，疑即「示」字之訛變。《集韻》平聲5支韻「祇」字下云「古作示」，示、祇二字古相通，《周禮・天官・大宰》「祀大神示」《釋文》：「示本

又作祇」，又《周禮・春官・大宗伯》「掌天神人鬼地示之禮。」《釋文》：「示或作祇」。

（4）祇：祇

內野本「祇」字或作祇，其下加一畫誤爲「祇」字，亦从古文示。漢碑「祇」字或混作「祇」，如：祇唐扶頌「靈△穆瑞應」，《隸辨》謂「從『氐』者，『祇敬』之『祇』也，諸碑或誤用無別」。（參見"祇"字）

【傳鈔古文《尚書》「祇」字構形異同表】

祇	戰國楚簡	石經	敦煌本	岩崎本	神田本b	九條本	島田本b	內野本	上圖本（元）	觀智院b	天理本	古梓堂b	足利本	上圖本（影）	上圖本（八）	古文尚書晁刻	書古文訓	尚書篇目
並告無辜于上下神祇								祇						祇	祇	祇	示	湯誥
以承上下神祇								祇	祇						祇		示	太甲上
乃攘竊神祇之犧牷牲用			祇 P2516	祇				祇	祇				祇		祇		示	微子
乃夷居弗事上帝神祇			祇b					祇					祇	祇	祇		示	泰誓上

916、福

（1）福福₁福₂福福₃

「福」字內野本、足利本、上圖本（影）、上圖本（八）或作福福₁，从古文「示」字爪之隸古定訛變；《書古文訓》或作福₂，偏旁古文「示」字變作爪；岩崎本、上圖本（元）或多一畫作福福₃，與福居延簡甲 421B福禮器碑等同形，由金文作福士父鐘福弔向簋福善鼎隸變俗作福春秋事語 56福居延簡甲 1220福漢印徵福漢帛書老子乙前 3 上等再變。

【傳鈔古文《尚書》「福」字構形異同表】

福	戰國楚簡	石經	敦煌本	岩崎本	神田本b	九條本	島田本b	內野本	上圖本（元）	觀智院b	天理本	古梓堂b	足利本	上圖本（影）	上圖本（八）	古文尚書晁刻	書古文訓	尚書篇目
天道福善禍淫													福	福	福			湯誥

	戰國楚簡	石經	敦煌本	岩崎本b	神田本b	九條本	島田本b	內野本	上圖（元）	觀智院b	天理本	古梓堂b	足利本	上圖本（影）	上圖本（八）	古文尚書晁刻	書古文訓	尚書篇目
作福作災													福	福				盤庚上
嚮用五福威用六極								福							福			洪範
惟予一人膺受多福								福							福			君陳
予小子永膺多福					福			福							福		福	畢命

917、禍

「禍」字在傳鈔古文《尚書》有下列不同字形：

（1）禍禍禍

內野本、上圖本（元）、足利本、上圖本（影）「禍」字或作禍禍禍，左從古文「示」字丌之隸古定訛變。

（2）既

《書古文訓》「禍」字作既，《說文》无部「䄏」字「屰惡驚詞也，從无咼聲」，段注云：「假借為『禍』字。《史記》、《漢書》多假『䄏』為『禍』字，『䄏』即『䄏』也。」《漢書・五行志》「數其䄏福」，顏師古注曰：「䄏古文禍字」，漢帛書「禍」字或作䄏漢帛書老子甲 72 形。

【傳鈔古文《尚書》「禍」字構形異同表】

禍	戰國楚簡	石經	敦煌本	岩崎本b	神田本b	九條本	島田本b	內野本	上圖（元）	觀智院b	天理本	古梓堂b	足利本	上圖本（影）	上圖本（八）	古文尚書晁刻	書古文訓	尚書篇目
天道福善禍淫													禍	禍			既	湯誥
乃敗禍姦宄								禍	禍								咼既	盤庚上

湯誥	戰國楚簡	漢石經	魏石經	敦煌本			岩崎本	神田本	九條本	島田本	內野本	上圖本（元）	觀智院本	天理本	古梓堂本	足利本	上圖本（影）	上圖本（八）	晁刻古文尚書	書古文訓	唐石經
肆台小子將天命明威不敢赦											肆台小子將天命明威畏不敢赦					肆台小子將天命明畏不敢赦	肆台小子將天命明畏不敢赦	肆台小子辦天命明畏不敢赦	絲台小學將天命明畏弜敢赦	肆台小子將天命明威弗敢赦	肆台小子將天命明威弗敢赦
敢用玄牡敢昭告于上天神后											敢用玄牡敢昭告于上天神后					敢用玄牡敢昭告于上天神后	敢用玄牡敢昭告于上天神后	敢用玄牡敢昭告于上天神后	敢用玄牡敢昭告亐上天神后	敢用玄牡敢昭告亐上天神后	敢用玄牡敢昭告于上天神后
請罪有夏聿求元聖與之戮力											請辠大夏聿求元聖与之勠力					請辠大夏聿求元聖与之勠力	請辠大夏聿求元聖与之勠力	請辠大夏聿求元聖與之勠力	請辠有夏聿求元聖与之勠力	請罪大夏聿求元聖與之勠力	請罪有夏聿求元聖與之勠力

918、聿

「聿」字在傳鈔古文《尚書》有下列不同字形：

（1）業

內野本、足利本、上圖本（影）、上圖本（八）「聿」字作業，右下皆增一飾點，寫本中從「聿」之字多作此形（參見"律""建"字）。

【傳鈔古文《尚書》「畫」字構形異同表】

畫	戰國楚簡	石經	敦煌本	岩崎本	神田本b	九條本	島田本b	內野本	上圖本（元）	觀智院本b	天理本	古梓堂本	足利本	上圖本（影）	上圖本（八）	古文尚書晁刻	書古文訓	尚書篇目
畫求元聖與之戮力								畫						畫	畫	畫		湯誥

湯誥	戰國楚簡	漢石經	魏石經	敦煌本			岩崎本	神田本	九條本	島田本	內野本	上圖本（元）	觀智院本	天理本	古梓堂本	足利本	上圖本（影）	上圖本（八）	晁刻古文尚書	書古文訓	唐石經
以與爾有眾請命上天孚佑下民																					
罪人黜伏天命弗僭賁若草木																					

919、僭

「僭」字在傳鈔古文《尚書》有下列不同字形：

（1）[古文字形]汗2.16

《汗簡》錄《古尚書》「僭」字一作：[古文字形]汗2.16，《箋正》云：「考其形，蓋依『僭』之隸『僭』字，橫書人於上，二夫重作，而變同火，[字形]又訛[字形]，此失

邯鄲氏法者」，此形爲「僭」隸變俗寫「僣」之訛變，如「僭」字日古寫本或作**僣**、**僭**，「潛」字漢碑作**潛**夏承碑、日古寫本或作**潛**等。

（2）**慧**汗 2.23 **朁**1 **朁**2

《汗簡》錄古尚書「僭」字作：**慧**汗 2.23，與《說文》日部「朁」字篆文作**朁**同形，乃假「朁」爲「僭」字。

《書古文訓》「僭」字作**朁**1，岩崎本、島田本或作**朁**2，爲「朁」字之隸變，與**潛**夏承碑偏旁「朁」字同形，所從**兓**變作**兯**（參見"潛"字）。

（3）**僣**1 **僣**2

足利本、上圖本（影）「僭」字或作**僣**1，偏旁「朁」字所從**兓**變作**兯**，此形復省其下一橫，變作重「天」之形；內野本、上圖本（元）、足利本、上圖本（影）、上圖本（八）或作**僣**2，乃右上「天」形出頭變作「夫」形，與「潛」字或作**潛**偏旁「朁」字同形。

（4）**潛**

岩崎本〈洪範〉「人用側頗僻民用僭忒」「僭」字作**潛**，爲「潛」字，寫本偏旁「彳」字或寫作「亻」，變作「氵」，再變作「氵」與「氵」混同，此當爲「僭」字訛誤作「潛」。

【傳鈔古文《尚書》「僭」字構形異同表】

傳抄古尚書文字 僭 **磨**汗 2.16 **慧**汗 2.23	戰國楚簡	石經	敦煌本	岩崎本	神田本b	九條本	島田本b	內野本	上圖本（元）	觀智院b	天理本b	古梓堂b	足利本	上圖本（影）	上圖本（八）	古文尚書晁刻	書古文訓	尚書篇目
罪人黜伏天命弗僭								**僣**					**僭**	**僣**	**僣**		**朁**	湯誥
惟吉凶不僭在人								**潛**	**僣**				**僣**	**僣**	**僣**		**朁**	咸有一德
人用側頗僻民用僭忒				**潛**													**朁**	洪範
日僭恆暘若曰豫恆燠若																	**朁**	洪範
天命不僭卜陳惟若茲							**朁**b										**尗日**	大誥
無僭亂辭勿用不行				**朁**				**僣**					**僣**	**僣**	**僣**		**朁**	呂刑

唐石經	書古文訓	晁刻古文尚書	上圖本（八）	上圖本（影）	足利本	古梓堂本	天理本	觀智院本	上圖本（元）	內野本	島田本	九條本	神田本	岩崎本			敦煌本	魏石經	漢石經	戰國楚簡	湯誥
兆民允殖俾予一人輯寧爾邦家	兆民允殖舁予弍人輯寧尒邦家	兆民允殖舁予弍人輯寧余邦家	兆民允殖俾予一人輯寧余邦家	兆民允殖俾予一人輯寧余邦家	兆民允殖俾予一人輯寧爾邦家					兆民允殖俾予一人輯寧爾邦家											兆民允殖俾予一人輯寧爾邦家
茲朕未知獲戾于上下	絲朕禾知獄戾于上丅	絲朕禾知獲獄戾于上丅	茲朕未知獄戾于上下	茲朕未知獄戾于上下	茲朕未知獄戾于上下					茲朕未知獄戾于上下											茲朕未知獲戾于上下

920、獲

「獲」字在傳鈔古文《尚書》有下列不同字形：

（1）𨕒**魏三體**

魏三體石經〈微子〉「乃罔恆獲」「獲」字古文作𨕒，甲骨文以「隻」爲或作𨾊甲90，从隹从又象手持隹鳥之形，《說文》犬部「獲」字篆文作𤢚，从犬蒦聲，變爲形聲字。𨕒**魏三體**形疑其左爲偏旁「犭」字之訛變，類同古璽作𤟭形，如「狂」字作𤟯**璽彙0289**𤟮**璽彙1013**；其右則「蒦」之省「又」，如秦印作𤢔**秦代印風86**形。

（2）𤢚𤢚𫎇₁𤢏₂𤢝₃

敦煌本P2643、岩崎本、上圖本（元）、觀智院本「獲」字或作𤢚𤢚𫎇₁，右下所从「又」與上形合書訛變，敦煌本S799或作𤢏₂，復變右上「艹」爲「业」；上圖本（影）或訛作𤢝₃。

（3）猒

〈湯誥〉「茲朕未知獲戾于上下」內野本、足利本、上圖本（影）「獲」字作猒，《玉篇》、《集韻》「戾」古文作「獻」，乃與下文「戾」相涉而誤作其古文。

【傳鈔古文《尚書》「獲」字構形異同表】

獲	戰國楚簡	石經	敦煌本	岩崎本b	神田本b	九條本	島田本b	內野本	上圖（元）	觀智院b	天理本b	古梓堂b	足利本	上圖本（影）	上圖本（八）	古文尚書晁刻	書古文訓	尚書篇目
茲朕未知獲戾于上下								猒					猒	猒	猒			湯誥
嗚呼弗慮胡獲弗爲胡成								獲	獲				獲	獲	獲			太甲下
匹夫匹婦不獲自盡								獲					獲	獲	獲			咸有一德
學于古訓乃有獲事不師古以克永世			獲 P2643 獲 P2516					獲										說命下
一夫不獲則曰時予之辜			獲 P2643 獲 P2516				獲	獲					獲			獲		說命下
乃罔恆獲		獲 魏 P2643	獲					獲						獲				微子
予小子既獲仁人			獲 S799															武成
既彌留恐不獲誓言									獲b						猒			顧命

921、戾

「戾」字在傳鈔古文《尚書》有下列不同字形：

（1）猒 **魏三體**

魏三體石經〈多士〉「予亦念天即于殷大戾」「戾」字古文作猒，從犬從立，與甲骨文猒 **後 2.42.8** 同形，《說文》闕，章太炎謂「狋，從犬立聲。〈周官〉故書以『立』爲『涖』，《說文》作『埭』，知古音『立』可讀『埭』，故『戾』之古

文从立聲，《說文》未錄〔註322〕。」魏三體石經當是假「狀」為「戾」字。

（2）獻

《書古文訓》「戾」字或作獻，《玉篇》、《集韻》「戾」古文作「獻」，陳世輝謂「獻」所从「雇」乃涉「戶」而誤〔註323〕。

（3）戾₁戾₂戾₃

內野本、上圖本（八）「戾」字或作戾₁，所从「犬」少一點作「大」；上圖本（影）或作戾₂，偏旁「犬」點上移變作「夭」；P2748、S6017、島田本或作戾戾₃，與「夭」作夭混同。

【傳鈔古文《尚書》「戾」字構形異同表】

戾	戰國楚簡	石經	敦煌本	岩崎本b	神田本b	九條本	島田本b	內野本	上圖（元）	觀智院b	天理本	古梓堂b	足利本	上圖本（影）	上圖本（八）	古文尚書晁刻	書古文訓	尚書篇目
茲朕未知獲戾于上下																	獻	湯誥
欲敗度縱敗禮以速戾于厥躬							戾										獻	太甲中
矧今天降戾于周邦						戾b											獻	大誥
今惟民不靜未戾厥心														戾			獻	康誥
無遠用戾			戾 P2748 戾 S6017														獻	洛誥
予亦念天即于殷大戾		戾 魏	戾 P2748												戾		獻	多士

〔註322〕章炳麟，《新出三體石經考》，頁26。

〔註323〕轉引自：徐在國，《隸定古文疏證》，「戾」字條，頁209，合肥：安徽大學出版社，2002。

湯誥	戰國楚簡	漢石經	魏石經	敦煌本			岩崎本	神田本	九條本	島田本	內野本	上圖本（元）	觀智院本	天理本	古梓堂本	足利本	上圖本（影）	上圖本（八）	晁刻古文尚書	書古文訓	唐石經
慄慄危懼若將隕于深淵											危懼若將隕于深淵						慄々危懼若將隕于深淵	慄々危懼若將隕于深淵		慄々栗危懼若將隕于深淵	慄慄危懼若將隕于深淵

922、隕

「隕」字在傳鈔古文《尚書》有下列不同字形：

（1）隕₁隕₂

內野本、足利本、上圖本（八）「隕」字作隕₁，所从「口」隸變作「厶」；上圖本（影）訛作隕₂。

（2）霝

《書古文訓》「隕」字作霝，爲《說文》雨部「霣」字古文作霝之隸古定訛變，其偏旁「雨」訛作⺀，「隕」「霣」音同相通，《史記・宋世家》「霣星如雨」，《漢書・司馬相如傳》「霣墜」，顏師古注云：「即『隕』字」。

【傳鈔古文《尚書》「隕」字構形異同表】

隕	戰國楚簡	石經	敦煌本	岩崎本	神田本b	九條本	島田本b	內野本	上圖本（元）	觀智院本b	天理本b	古梓堂本	足利本	上圖本（影）	上圖本（八）	古文尚書晁刻	書古文訓	尚書篇目
若將隕于深淵								隕					隕	隕	隕		霝	湯誥

923、深

「深」字在傳鈔古文《尚書》有下列不同字形：

（1）深

內野本、足利本、上圖本（影）、上圖本（八）「深」字或作 深，右下所從「木」與上形合書俗變作「米」形。

【傳鈔古文《尚書》「深」字構形異同表】

深	戰國楚簡	石經	敦煌本	岩崎本	神田本b	九條本	島田本b	內野本	上圖（元）	觀智院b	天理本	古梓堂b	足利本	上圖本（影）	上圖本（八）	古文尚書晁刻	書古文訓	尚書篇目
若將隕于深淵								深						深	深	深		湯誥

924、淵

「淵」字在傳鈔古文《尚書》有下列不同字形：

（1）囦汗5.61 囦四2.3 囦囦囦1

《汗簡》、《古文四聲韻》錄《古尚書》「淵」字作：囦汗5.61 囦四2.3，《說文》古文從口水作囦，源自甲骨文作囦後1.15.2，郭店楚簡作囦郭店.性自62 與此同形，中山王鼎變作 囦中山王鼎弓。

敦煌本 S799、岩崎本、島田本、內野本、足利本、上圖本（影）、上圖本（八）、《書古文訓》「淵」字或作囦囦囦，爲囦說文古文淵之隸定。

（2）渕

「淵」字足利本、上圖本（影）、上圖本（八）或作渕，乃因毛筆書寫筆畫省便而俗訛，五代本《切韻》一：「渕，烏玄反，深水。……古囦。」敦煌 P2633 劉長卿〈酒賦〉：「孔夫子，並顏渕，古今高哲稱大賢」魏張猛龍碑已見渕字，渕渕皆「淵」字之俗寫，其右訛作「刂」形，渕形則「胐」右少一畫「丿」，與渕齊宋敬業造像 渕魏比丘僧智造像 〔註324〕 渕隋唐世榮墓誌 〔註325〕 類同，亦「淵」之俗訛字。《古文四聲韻》錄剙四2.3崔希裕纂古形，當爲囦說文或體淵之訛，渕之右形或變自此。

〔註324〕字形轉引自：徐在國，《隸定古文疏證》，「淵」字條，頁228，合肥：安徽大學出版社，2002。

〔註325〕字形轉引自：張涌泉，《敦煌俗字研究》，「淵」字條，頁301，上海：上海教育出版社，1996。張涌泉謂渕形爲唐代避李淵諱，「淵」字多從俗缺筆。

【傳鈔古文《尚書》「淵」字構形異同表】

傳抄古尚書文字 淵 汗5.61 四2.3	戰國楚簡	石經	敦煌本	岩崎本	神田本b	九條本	島田本b	內野本	上圖(元)觀智院b	天理本	古梓堂b	足利本	上圖本(影)	上圖本(八)	古文尚書晁刻	書古文訓	尚書篇目
若將隕于深淵								囦				囦	囦	囦	囦	囦	湯誥
爲天下逋逃主萃淵藪			囦 S799	囲				渊				渊	渊	渊	囦	囦	武成
已予惟小子若涉淵水								囦				渊	渊	囦	囦	囦	大誥
嗚呼乃祖成湯克齊聖廣淵							圐b	囦				渊	渊		囦	囦	微子之命

湯誥	戰國楚簡	漢石經	魏石經	敦煌本			岩崎本	神田本	九條本	島田本	內野本	上圖本(元)	觀智院本	天理本	古梓堂本	足利本	上圖本(影)	上圖本(八)	晁刻古文尚書	書古文訓	唐石經
凡我造邦無從匪彝無即慆淫											凡我造邦已刃匪彝亡即慆淫					凡我造邦已刃匪彝亡即慆淫	凡我造邦已刃匪彝亡即慆淫	凡我造邦三刃匪彝亡即慆淫	凡我艁邦宫亡刃匪彝亡即慆淫	凡我造邦無從匪彝無即慆淫

925、造

「造」字在傳鈔古文《尚書》有下列不同字形：

（1）艁₁艁艁₂

《書古文訓》「造」字作艁₁艁艁₂等形，爲《說文》古文从舟作艁之隸定或隸古定，艁艁₂偏旁「告」字上半作古文字形，與艁羊子戈艁滕侯耆戈艁淳于戟艁郊大司馬戟等同形。

【傳鈔古文《尚書》「造」字構形異同表】

造	戰國楚簡	石經	敦煌本	岩崎本b	神田本b	九條本 島田本b	內野本	上圖（元）	觀智院b	天理本 古梓堂b	足利本	上圖本（影）	上圖本（八）	古文尚書晁刻	書古文訓	尚書篇目
凡我造邦無從匪彝															艁	湯誥
造攻自鳴條朕哉自亳惟我商王布昭聖武															艁	伊訓
咸造勿褻在王庭															艁	盤庚中
弗造哲迪民康															艁	大誥
用肇造我區夏															艁	康誥
則有固命厥亂明我新造邦															艁	君奭
兩造具備															艁	呂刑
嗚呼閔予小子嗣造天丕愆															艁	文侯之命

926、慆

「慆」字在傳鈔古文《尚書》有下列不同字形：

（1）慆₁慆₂

足利本、上圖本（影）、上圖本（八）「慆」字作慆₁形，右下形俗變作「旧」，內野本作慆₂，偏旁「忄」字變與「十」混同，右上變作「夕」。

【傳鈔古文《尚書》「慆」字構形異同表】

慆	戰國楚簡	石經	敦煌本	岩崎本b	神田本b	九條本 島田本b	內野本	上圖（元）	觀智院b	天理本 古梓堂b	足利本	上圖本（影）	上圖本（八）	古文尚書晁刻	書古文訓	尚書篇目
無即慆淫							慆				慆	慆	慆		慆	湯誥

唐石經	書古文訓	晁刻古文尚書	上圖本（八）	上圖本（影）	足利本	古梓堂本	天理本	觀智院本	上圖本（元）	內野本	島田本	九條本	神田本	岩崎本			敦煌本	魏石經	漢石經	戰國楚簡	湯　誥
各守爾典以承天休	各守尒箅吕承兖休	各守尔典吕兼天休	各守尔典吕兼天休	各守尒典吕兼天休	各守尒典吕兼天休																各守爾典以承天休
爾有善朕弗敢蔽罪當朕躬	尒才譱朕亞敢蔽皐當朕躬	尒有善朕弗敢蔽皐當朕躬	尒有善朕弗敢蔽皐當躬	尒有善朕弗敢蔽皐當躬	尒有善朕弗敢蔽皐躬				爾ナ善朕弗敢蔽皐當朕躬												爾有善朕弗敢蔽罪當朕躬
亞敢自赦惟簡在上帝之心	弗敢自赦惟柬圣上帝之心	不敢自赦惟柬在上帝之心	弗敢自赦惟柬在上帝之心	弗敢自敢惟柬在上帝之心	弗敢自赦惟柬在上帝之心				弗敢自赦惟柬在上帝之心												弗敢自赦惟簡在上帝之心
亓尒萬方有罪在予弍人	亓尒万方ナ皐在予一人	亓尒万方有皐在予一人	亓尒万方有皐在予一人	亓尒万方ナ皐在予一人	亓尒万方ナ皐在予一人				尒萬方ナ皐在予一人												其爾萬方有罪在予一人

予一人有罪無以爾萬方									予一人有辜比吕介萬方		予一人有辜亡吕介萬方	予一人有辜亡吕介万方	予弍人有大辜亡吕介万	予一人有罪無以爾萬方
嗚呼尚克時忱乃亦有終									嗚呼尚克眚忱乃亦有終		嗚呼尚克眚忱乃亦有終	嗚呼尚克眚忱乃亦有參	亡經庠尚眚眚忱豈亦有十奕	嗚呼尚克時忱乃亦有終

927、忱

「忱」字在傳鈔古文《尚書》有下列不同字形：

（1）忱 魏三體（隸）忱₁忱₂忱₃悦₄忱₅

尚書敦煌本諸本「忱」字多作忱₁，與魏三體石經〈君奭〉「忱」字（今本作諶）隸體作忱同形，內野本、上圖本（八）或作忱₂，偏旁「忄」與「十」混同；上圖本（八）或變作忱₃悦₄，岩崎本或變作忱₅，4、5 形與「悅」字訛近。

【傳鈔古文《尚書》「忱」字構形異同表】

忱	戰國楚簡	石經	敦煌本	岩崎本b	神田本b 九條本 島田本b	內野本	上圖（元）觀智院b	天理本 古梓堂本b 足利本	上圖本（影）	上圖本（八）	古文尚書晁刻	書古文訓	尚書篇目
嗚呼尚克時忱乃亦有終						忱			忱	悦			湯誥
欽念以忱動予一人			忱 P3670 忱 P2643 / 忱										盤庚中
爾忱不屬惟胥以沈			忱 P2643										盤庚中

王忱不艱允協于先王成德	忱 P2643 忱 P2516				說命中
迪知上帝命越天棐忱爾時			忱		大誥
厥基永孚于休若天棐忱	忱 P2748	忱			君奭
爾曷不忱裕之于爾多方	忱 S2074				多方
爾乃自作不典圖忱于正			忱		多方
爾不克勸忱我命	忱 P2630	忱			多方
籲俊尊上帝迪知忱恂于九德之行		忱			立政

湯誥	戰國楚簡	漢石經	魏石經	敦煌本		岩崎本	神田本	九條本	島田本	內野本	上圖本（元）	觀智院本	天理本	古梓堂本	足利本	上圖本（影）	上圖本（八）	晁刻古文尚書	書古文尚書	唐石經
咎單作明居										咎單作明居						咎單作明居	咎單作明居	咎單作明居	咎單炎明居	咎單作明居

928、單

「單」字在傳鈔古文《尚書》有下列不同字形：

（1）單

敦煌本 P2748「單」字作單，所從「口」皆隸變作「厶」形，與漢石經作單漢石經.春秋.文14同形。

（2）單1單2單3

上圖本（八）「單」字或作單1，足利本、上圖本（影）或作單2，上圖本（八）「單」字或作單3，所從「口」省變各作四點、三點、二點。

【傳鈔古文《尚書》「單」字構形異同表】

單	戰國楚簡	石經	敦煌本	岩崎本	神田本b	九條本	島田本b	內野本	上圖（元）	觀智院b	天理本	古梓堂b	足利本	上圖本（影）	上圖本（八）	古文尚書晁刻	書古文訓	尚書篇目
咎單作明居													單	單				湯誥
咎單遂訓伊尹事作沃丁														單				咸有一德
乃單文祖德伻來毖殷乃命寧														單	單			洛誥
惟冒丕單稱德今在予小子旦			單 P2748															君奭

十三、伊 訓

伊訓	戰國楚簡	漢石經	魏石經	敦煌本			岩崎本	神田本	九條本	島田本	內野本	上圖本（元）	古梓堂本	天理本	觀智院本	足利本	上圖本（影）	上圖本（八）	晁刻古文尚書	書古文訓	唐石經
成湯既沒太甲元年伊尹作伊訓肆命徂后											成湯既沒太甲元年伊尹作伊訓肆命徂后	成湯无歿太甲元年伊尹作伊訓肆命徂后				成湯无歿太甲元年伊尹作伊訓肆命徂后	成湯既歿太甲元年伊尹作伊訓肆命徂后	成湯无歿太甲元年伊尹作伊訓肆命徂后	成湯无歿太甲元年伊尹延肄言肆命於后	成湯无歿太甲元年伊尹延肄言肆命於后	成湯既沒太甲元年伊尹作伊訓肆命徂后
惟元祀十有二月乙丑伊尹祠于先王											惟元祀十有二月乙丑伊尹祠于先王	惟元祀十有二月乙丑伊尹祠于先王				惟元祀十有二月乙丑伊尹祠于先王	惟元祀十有二月乙丑伊尹祠于先王	惟元祀十有二月乙丑伊尹祠于先王	惟元祀十有二月乙丑伊尹祠于先王	惟元禩十有式月乙丑伊尹祠于先王	惟元祀十有二月乙丑伊尹祠于先王

929、祠

「祠」字在傳鈔古文《尚書》有下列不同字形:

（1）祠祠

內野本、足利本、上圖本（影）、上圖本（八）「祠」字作祠祠形,左形為古文「示」字示之隸古定訛變。

【傳鈔古文《尚書》「祠」字構形異同表】

祠	戰國楚簡	石經	敦煌本	岩崎本	神田本b	九條本	島田本b	內野本	上圖本（元）	觀智院本b	天理本	古梓堂本b	足利本	上圖本（影）	上圖本（八）	古文尚書晁刻	書古文訓	尚書篇目
伊尹祠于先王								祠						祠	祠			伊訓

伊訓	戰國楚簡	漢石經	魏石經	敦煌本		岩崎本	神田本	九條本	島田本	內野本	上圖本（元）	觀智院本	天理本	古梓堂本	足利本	上圖本（影）	上圖本（八）	晁刻古文尚書	書古文訓	唐石經
奉嗣王祗見厥祖侯甸群后咸在										奉嗣王祗見厥祖侯甸群后咸在					奉嗣王祗見厥祖侯甸群后咸在	奉嗣王祗見厥祖侯甸群后咸在	奉嗣王祗見厥祖侯甸群后咸在	奉嗣王祗見厥祖侯甸群后咸至	奉嗣王祗見厥祖侯甸群后咸在	奉嗣王祗見厥祖侯甸群后咸在
百官總己以聽冢宰										百官總己以聽冢宰					百官總己以聽冢宰	百官總己以聽冢宰	百官總己以聽冢宰	百官總己以聽冢宰	百官總正以聽冢宰	百官總己以聽冢宰

930、宰

「宰」字在傳鈔古文《尚書》有下列不同字形：

（1）宰宰宰

敦煌本 P2748、S5626、九條本、上圖本（元）「宰」字或作宰宰宰形，所從「辛」字下多一畫。

【傳鈔古文《尚書》「宰」字構形異同表】

尚書篇目	書古文訓	古文尚書晁刻	上圖本（八）	上圖本（影）	足利本	古梓堂本	天理本	觀智院b	上圖（元）	內野本	島田本b	九條本	神田本b	岩崎本	敦煌本	石經	戰國楚簡	宰
伊訓																		百官總己以聽冢宰
蔡仲之命														岩崎本	P2748 S5626			惟周公位冢宰正百工
周官								宰										冢宰掌邦治

唐石經	書古文訓	晁刻古文尚書	上圖本（八）	上圖本（影）	足利本	古梓堂本	天理本	觀智院本	上圖本（元）	內野本	島田本	九條本	神田本	岩崎本	敦煌本	魏石經	漢石經	戰國楚簡	伊訓
伊尹乃明言烈祖之成德以訓于王	勅尹乃明削祖出咸惪昌譽亐王	伊尹乃明言烈祖之成德昌譽亐王	伊尹乃明言烈祖之成德昌譽亐王	伊尹乃明言烈祖之成德昌譽亐王	伊尹乃明言烈祖出咸惪昌譽亐王					伊尹乃明言烈祖出咸惪昌譽亐王									伊尹乃明言烈祖之成德以訓于王
曰緦庤古ナ夏先后匹㳘㐅惪	曰嗚呼古ナ夏先后方懋武惪	曰嗚呼古ナ夏先后方懋武惪	曰嗚呼古ナ夏先后方懋武惪	曰嗚呼古有夏先后方懋武惪						曰嗚呼古ナ夏先后方懋本惪									曰嗚呼古有夏先后方懋厥德

| 罔有天災山川鬼神亦莫不寧 | | | | | | | 宣有天災山川魄神亦莫弗寧 | | 宣有天災山川魄神亦莫弗寧 | 宅有天災山川魄神亦莫弗寧 | 宜有天災山川魄神亦莫弗寧 | 壱大災災山川禰禮亦莫弖寧 | 罔有天災山川鬼神亦莫不寧 |
| 暨鳥獸魚鼈咸若于其子孫弗率 | | | | | | | 暨鳥獸魚鼈咸若于其子孫弗率 | | 暨鳥獸魚鼈咸若于其子孫弗率 | 暨鳥獸魚鼈咸若于其子孫弗率 | 暨鳥獸魚鼈咸若于其子孫弗率 | 暨鳥獸魚鼈咸若于其學孫弗衝 | 暨鳥獸魚鼈咸若于其子孫弗率 |

931、鼈

「鼈」字在傳鈔古文《尚書》有下列不同字形：

（1）鼈鼈1鼈2

足利本、上圖本（影）「鼈」字作鼈鼈1，上圖本（八）或作鼈2，偏旁「敝」字由漢碑變作蔽.漢石經論語殘碑幣.孫叔敖碑而俗寫混作「敞」（參見"蔽"字），復其下「黽」字與「龜」字形混。

【傳鈔古文《尚書》「鼈」字構形異同表】

尚書篇目	書古文訓	古文尚書晁刻	上圖本（八）	上圖本（影）	足利本	古梓堂本b	天理本	觀智院b	上圖（元）	內野本	島田本b	九條本	神田本b	岩崎本b	敦煌本	石經	戰國楚簡	鼈
伊訓			鼈	鼈	鼈													暨鳥獸魚鼈咸若

唐石經	書古文訓	晁刻古文尚書	上圖本（八）	上圖本（影）	足利本	古梓堂本	天理本	觀智院本	上圖本（元）	內野本	島田本	九條本	神田本	岩崎本			敦煌本	魏石經	漢石經	戰國楚簡	伊訓
皇天降災假手于我有命	皇天冬災假手亏我ナ命		皇天降災假手亏我有命	皇夫際災假手亏我有余	皇天降災假手亏我有命					皇天降災假手亏我ナ命											皇天降災假手于我有命
鮚攻自鳴條朕才	鮚攻自鳴條朕才		造攻自鳴條朕才	造攻自鳴條朕戈	造攻自鳴條朕才					造攻自鳴條朕才											造攻自鳴條朕哉
自亳惟我爾王帝昭聖武	自亳惟我商王布昭聖武		自亳惟我商王布昭聖武	自亳惟我商王布昭聖武	自亳惟我商王布昭聖武					自亳惟我商王布昭聖武											自亳惟我商王布昭聖武
代虐以寬兆民允襄	代虐吕寬兆民允懷		代虐吕寬兆民允襄	代虐吕寬兆民允襄	代虐吕寬兆民允襄					代虐吕寬兆民允襄											代虐以寬兆民允懷

伊訓	戰國楚簡	漢石經	魏石經	敦煌本		岩崎本	神田本	九條本	島田本	内野本	上圖本（元）	觀智院本	天理本	古梓堂本	足利本	上圖本（影）	上圖本（八）	晁刻古文尚書	書古文訓	唐石經
今王嗣厥德罔不在初										今王嗣厥德罔不在初						今王嗣厥德宜帝在初	今王嗣厥德宜帝在初	今王尋厥德宜帝在初	今王尋年惠室亞至初	今王嗣厥德罔不在初
立愛惟親立敬惟長始于家邦終于四海										立愛惟親立敬惟長于家邦象亐三泉						立愛惟親立敬惟兵亂亐家邦象亐三泉	立愛惟親立敬惟兵亂亐家邦象亐三泉	立愛惟親立敬惟兵亂亐家邦象亐三泉	立悉惟親立敬惟夫亂亐家當宾亐三泉	立愛惟親立敬惟長始于家邦終于四海
嗚呼先王肇修人紀從諫弗咈										嗚于先王肇修人紀刀諫弗咈						嗚呼先王肇修人紀刀諫弗咈	嗚呼先王肇修人紀刀諫弗咈	嗚呼先王肇修人紀刀諫亞咈	繩亨先王肇修人紀刀諫亞咈	嗚呼先王肇修人紀從諫弗咈
先民時若居上克明爲下克忠										先民皆若居上克明爲下克忠						先民皆若居上克明爲下克忠	无民皆若居上克明爲下克忠	先民皆居上克明爲下克忠	先民皆熊居上亖明爲下亖忠	先民時若居上克明爲下克忠

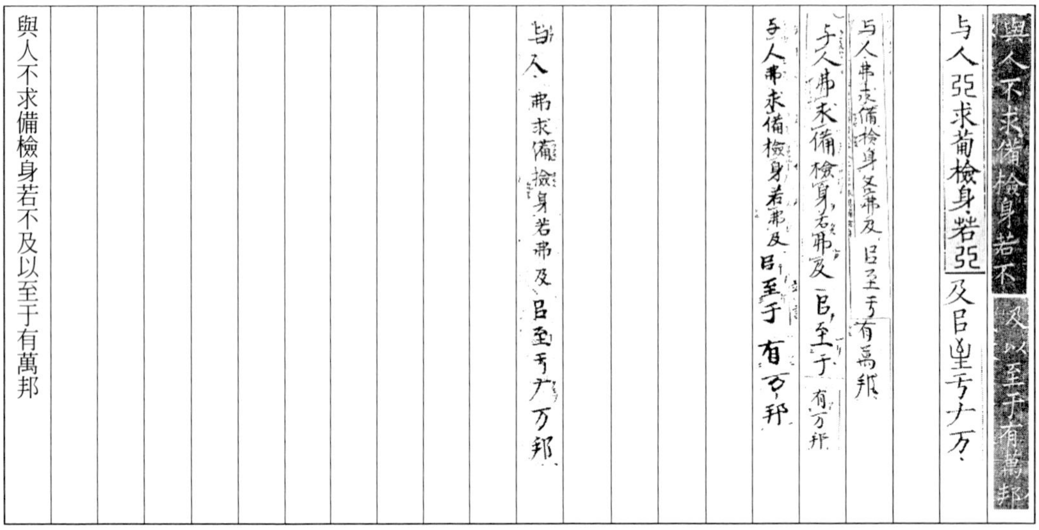

與人不求備檢身若不及以至于有萬邦						与人 帶求蒲檢身若帶 及 弖至亐广万邦	夭人求備檢身若那及 弖至亐有万邦 与人弗求備檢身若亞及 弖至亐有爲邦 与人弜求蒲檢身若亞 及弖至亐十万.	（圖）與人不求備檢身若不 又以至于有萬邦

932、備

「備」字金文作 （圖）�篕、（圖）洹子孟姜壺 （圖）洹子孟姜壺，變作 （圖）中山王鼎，楚簡作 （圖）楚帛書 （圖）郭店.成之 7 （圖）包山 214，楚簡又作 （圖）郭店.語叢 1.94 （圖）郭店.語叢 3.54 （圖）郭店.成之 3 甲，乃 （圖）、（圖）形中筆拉長下變作「人」或加「（圖）」變作「女」，《說文》古文作 （圖）當源於此形，其上「攵」形為 （圖）、（圖）之訛或 （圖） 之省變。

「備」字在傳鈔古文《尚書》有下列不同字形：

（1） （圖）六 251

《訂正六書通》錄《古尚書》「備」字作：（圖）六 251，與《說文》古文作 （圖）相類，源自楚簡作 （圖）楚帛書 （圖）郭店.成之 7 （圖）包山 214，（圖）六 251 之中下形與此相類，惟少兩側各兩點飾筆；（圖）六 251（圖）說文古文備其上「攵」形為 （圖）、（圖）之訛或 （圖）之省變。

（2） （圖）備（圖）倫 1 （圖）倫 2

敦煌本 2643、岩崎本、上圖本（元）、上圖本（八）「備」字或作 （圖）備（圖）倫 1，P2516、岩崎本、九條本或作 （圖）倫 2，右上變作又、攵，為篆文 （圖）之隸變俗寫，與 （圖）睡虎地 23.1 （圖）漢帛書.老子乙前 18 上 （圖）西狹頌 （圖）白石神君碑 （圖）無極山碑相類。

（3） （圖）葡 1 （圖）蒲 2

《書古文訓》「備」字或作 （圖）葡 1 （圖）蒲 2，為《說文》用部「蒲」篆文 （圖）之隸古定、隸變，由甲金文作：（圖）鐵 2.4 （圖）前 5.9.6 （圖）丙申角 （圖）毛公鼎 （圖）番生簋演變，（圖）鐵 2.4 （圖）前 5.9.6 （圖）丙申角象矢形倒置，篆文誤作从用。「蒲」訓具也，段注云：「具，

供置也。人部曰『備，慎也』然則防備字當作『備』，全具字當作『葡』義同而略有區別。今則專用『備』而『葡』廢矣。」「葡」、「備」音義近同而通假，今作「備」爲假借字。

（4）糒

《書古文訓》〈呂刑〉、〈費誓〉「備」字作糒，《說文》米部「糒」字「乾也，从米葡聲」，乃假「糒」爲「備」字。

【傳鈔古文《尚書》「備」字構形異同表】

傳抄古尚書文字 備 腸六251	戰國楚簡	石經	敦煌本	岩崎本b	神田本b	九條本b	島田本b	內野本	上圖（元）	觀智院b	天理本b	古梓堂b	足利本	上圖本（影）	上圖本（八）	古文尚書晁刻	書古文訓	尚書篇目
與人不求備								備						備	備		葡	伊訓
喪厥功惟事事乃其有備			備 P2643 俗 P2516	俗				猗	俗									葡	說命中
有備無患無啓寵納侮			備 P2643														✓		說命中
五者來備各以其敘			俗											備	俗		葡	洪範
一極備凶			✓												✓		葡	洪範
官不必備								備	俗								葡	周官
無求備于一夫									俗					備			葡	君陳
何度非及兩造具備師聽五辭			俗 俗					備									糒	呂刑
其刑上備有并兩刑			俗					備									糒	呂刑
備乃弓矢							俗										糒	費誓

933、檢

「檢」字在傳鈔古文《尚書》有下列不同字形：

（1）撿撿₁撿₂

內野本、足利本「檢」字作撿撿₁，上圖本（八）作撿₂，偏旁「木」字

右少一畫訛與「才」、「才」混同；檢₂形所從「僉」字作**僉**，與該本「命」字作**命**形混同（參見"命""僉"字）。

【傳鈔古文《尚書》「檢」字構形異同表】

檢	戰國楚簡	石經	敦煌本	岩崎本b	神田本b	九條本b	島田本b	內野本	上圖本（元）	觀智院b	天理本	古梓堂b	足利本	上圖本（影）	上圖本（八）	古文尚書晁刻	書古文訓	尚書篇目
檢身若不及								撿					檢	檢	檢			伊訓

伊訓	戰國楚簡	漢石經	魏石經	敦煌本		岩崎本	神田本	九條本	島田本	內野本	上圖本（元）	觀智院本	天理本	古梓堂本	足利本	上圖本（影）	上圖本（八）	晁刻古文尚書	書古文訓	唐石經
茲惟艱哉敷求哲人										茲推難才專求詰人	茲惟難才專求詰人		茲惟難戈專求詰人	茲惟雜才專求詰人	茲惟難寸專求話人			曹絲惟蘗才專求讀人	茲惟艱哉敷求哲人	茲惟艱哉敷求哲人
俾輔于爾後嗣制官刑										俾輔亏爾後嗣制官刑			俾輔亏尒後嗣制官刑		俾輔亏尒後嗣制官刑	俾輔亏尒後嗣制官刑	伊輔亏甫後嗣制官刑	鼻輔亏尒後嗣制官刑	俾輔于爾後嗣制官刑	俾輔于爾後嗣制官刑
儆于有位曰敢有恆舞于宮										儆亏大位曰敢大恆舞亏宮			儆亏大位曰敢大恆舞亏宮		儆亏大位曰敢大恆舞亏宮	儆亏大位曰敢大恆舞亏宮	儆亏有位曰敢有恆舞亏宮	儆亏大位曰敢大恆舞亏宮	儆于有位曰敢有恆舞于宮	儆于有位曰敢有恆舞于宮

934、宮

「宮」字在傳鈔古文《尚書》有下列不同字形：

（1）宮₁宮₂

〈太甲上〉「營于桐宮」和闐本「宮」字作宮₁，與「官」字混同；〈呂刑〉「宮罰之屬三百」上圖本（影）「宮」字作宮₂，旁注「宮」。

【傳鈔古文《尚書》「宮」字構形異同表】

宮	戰國楚簡	石經	敦煌本	岩崎本b	神田本b	九條本	島田本b	內野本	上圖本（元）	觀智院b	天理本	古梓堂b	足利本	上圖本（影）	上圖本（八）	古文尚書晁刻	書古文訓	尚書篇目
敢有恆舞于宮								宮						宮	宮	宮	宮	伊訓
予弗狎于弗順營于桐宮			宮（和闐本）					宮		宮				宮	宮	宮	宮	太甲上
太保命仲桓南宮毛								宮										顧命
宮罰之屬三百								宮						宮	宮		宮	呂刑

伊訓	戰國楚簡	漢石經	魏石經	敦煌本		岩崎本	神田本	九條本	島田本	內野本	上圖本（元）	觀智院本	天理本	古梓堂本	足利本	上圖本（影）	上圖本（八）	晁刻古文尚書	書古文訓	唐石經
醑歌于室時謂巫風										醑歌于宮皆謂巫風					醑哥于室皆謂巫風	醑哥于室皆謂巫風	醑哥于室皆謂巫風		醑哥于室皆胃舞風	醑歌于室時謂巫風

935、醑

「醑」字在傳鈔古文《尚書》有下列不同字形：

（1）佃汗2.23　佃四2.13　佃₁

《汗簡》、《古文四聲韻》錄《古尚書》「醑」字作：佃汗2.23　佃四2.13，《書古文訓》〈酒誥〉「在今後嗣王醑身」「醑」字作佃₁，為此形之隸古定，《玉篇》

人部「佄，佄酒，與『酖』同」，《集韻》平聲四 23 談韻「酖」亦作「佄」。「酖」字作「佄」爲形符更替。

（2）甘

《書古文訓》〈伊訓〉「酖歌于室時謂巫風」「酖」字作甘，《集韻》「酖」字或省作「甘」，此假「甘」爲「酖」字。

（3）酣酣₁酣₂

上圖本（影）「酖」字或作酣酣₁，偏旁「甘」字下形與「耳」混同；九條本或作酣₂，偏旁「酉」字與 魯三體同形。

【傳鈔古文《尚書》「酖」字構形異同表】

酖 傳抄古尚書文字 佄汗2.23 佄四2.13	戰國楚簡	石經	敦煌本	岩崎本	神田本b	九條本	島田本b	內野本	上圖（元）	觀智院b	天理本b	古梓堂b	足利本	上圖本（影）	上圖本（八）	古文尚書晁刻	書古文訓	尚書篇目
酖歌于室時謂巫風								酣						酣	酣	酣		甘	伊訓
在今後嗣王酖身						酣	酣							酣	酣	酣		佄	酒誥

936、室

「室」字在傳鈔古文《尚書》有下列不同字形：

（1）室：室

《書古文訓》「室」字或作室，「至」部分作古文字形。

（2）宮

〈伊訓〉「酖歌于室時謂巫風」內野本、上圖本（八）「室」字作「宮」宮，二字義近同而更替。

【傳鈔古文《尚書》「室」字構形異同表】

室	戰國楚簡	石經	敦煌本	岩崎本	神田本b	九條本	島田本b	內野本	上圖（元）	觀智院b	天理本b	古梓堂b	足利本	上圖本（影）	上圖本（八）	古文尚書晁刻	書古文訓	尚書篇目
酖歌于室時謂巫風								宮							宮			伊訓

延入翼室												窒	顧命

937、巫

「巫」字在傳鈔古文《尚書》有下列不同字形：

（1）䨻魏三體

魏三體石經〈君奭〉「巫」字古文作䨻，侯馬盟書「巫」字或作䨻，「覡」字作䨻䨻，其偏旁「巫」與䨻魏三體同形，郭店楚簡「筮」字作䨻䨻郭店.緇衣46，所从「巫」字下亦增口。

（2）䨻1䨻2

《書古文訓》「巫」字或作䨻1，《說文》竹部䨻（筮）字篆文作䨻，从竹从䨻，䨻古文巫字，䨻1為此形之隸古定，䨻2為隸古定訛變之形。

（3）坙

敦煌本 P2748「巫」字多一畫作坙，與漢印「巫」字作王漢印徵同。

【傳鈔古文《尚書》「巫」字構形異同表】

巫	戰國楚簡	石經	敦煌本	岩崎本b	神田本b	九條本	島田本b	內野本	上圖本（元）	觀智院b	天理本	古梓堂b	足利本	上圖本（影）	上圖本（八）	古文尚書晁刻	書古文訓	尚書篇目
酣歌于室時謂巫風																	䨻	伊訓
伊陟贊于巫咸作咸乂四篇																	䨻	咸有一德
格于上帝巫咸乂王家		坙魏	坙 P2748														䨻	君奭
在祖乙時則有若巫賢		坙魏	坙 P2748														䨻	君奭

伊訓	戰國楚簡	漢石經	魏石經	敦煌本		岩崎本	神田本	九條本	島田本	內野本	上圖本（元）	觀智院本	天理本	古梓堂本	足利本	上圖本（影）	上圖本（八）	晁刻古文尚書	書古文訓	唐石經
敢有殉于貨色恆于遊畋時謂淫風										敢大殉亏貨色恆亏遊畋旹謂淫風			敢大殉亏貨色恒亏遊畋旹謂淫風		敢有殉亏貨色恆亏遊畋旹謂淫風	敢有殉亏貨色恆旹遊畋旹謂淫風	敢大殉亏騙色恆亏遊田旹胃至風	敢有殉于貨色恒于遊畋時謂淫風	

938、殉

「殉」字在傳鈔古文《尚書》有下列不同字形：

（1）殉

上圖本（影）「殉」字作殉，偏旁「歹」（歺）字訛作「弓」。

【傳鈔古文《尚書》「殉」字構形異同表】

殉	戰國楚簡	石經	敦煌本	岩崎本	神田本b	九條本	島田本b	內野本	上圖本（元）	觀智院本b	天理本	古梓堂b	足利本	上圖本（影）	上圖本（八）	古文尚書晁刻	書古文訓	尚書篇目
敢有殉于貨色														殉			殉	伊訓

唐石經	書古文訓	晁刻古文尚書	上圖本（八）	上圖本（影）	足利本	古梓堂本	天理本	觀智院本	上圖本（元）	內野本	島田本	九條本	神田本	岩崎本			敦煌本	魏石經	漢石經	戰國楚簡	伊訓
敢有侮聖言逆忠直	敢大侮聖亡市忠枲	敢大侮 聖亡市忠枲	敢有侮聖言逆忠直	敢大侮聖言逆忠直	敢大侮聖言逆忠直					敢大侮聖言逆忠直											敢有侮聖言逆忠直
遠耆德比頑童時謂亂風	遠耆惪妖頑童枲胃矞風	遠耆德比頑童枲謂亂風	遠耆德比頑童皆謂乱風	遠耆德比頑童皆謂乱風	遠耆德比頑童皆謂乱風					遠耆德比頑童皆謂乱風											遠耆德比頑童時謂亂風

939、耆

「耆」字在傳鈔古文《尚書》有下列不同字形：

（1）耆1春2

九條本、足利本、上圖本（影）「耆」字或作耆1，其下「日」形多一畫與「目」混同，上圖本（八）或作春2，其中「匕」形變作「工」。

【傳鈔古文《尚書》「耆」字構形異同表】

耆	戰國楚簡	石經	敦煌本	岩崎本 神田本b	九條本 島田本b	內野本	上圖本（元） 觀智院本b	天理本 古梓堂本b	足利本	上圖本（影）	上圖本（八）	古文尚書晁刻	書古文訓	尚書篇目
遠耆德比頑童時謂亂風									春					伊訓
罔或耆壽					耆					耆	春			文侯之命

940、比

「比」字在傳鈔古文《尚書》有下列不同字形：

（1）**夶**₁**炗**₂

《書古文訓》「比」字多作**夶**₁，爲《說文》古文作**𠤎𠤎**之隸古定。〈呂刑〉「上下比罪」「比」字作**炗**₂，左「大」形訛作「火」，乃因俗寫「火」「大」相混。金文「比」字作**𠤎𠤎**比簋 **𠤎𠤎**比甗 **𠤎𠤎**鬲攸比鼎 **𠤎𠤎**班簋，古幣其上各加一筆變作**𠤎𠤎**貨系 4179，侯馬盟書或作**夶**侯馬 **夶**侯馬 **夶**侯馬等形，古璽作**𠤎𠤎**璽彙 3057 **𠤎𠤎**璽彙 5377 **𠤎𠤎**璽彙 3066，其上「一」、「∨」、其下「·」、「一」等皆爲飾筆，《汗簡》錄裴光遠集綴作：**林夶**汗 3.42，《古文四聲韻》錄古老子作：**夶**四 3.6 **𠤎𠤎**四 4.7，**林**說文古文比當源於上述諸形，《玉篇》「比」字古文作「芘」則爲諸形之隸定。

【傳鈔古文《尚書》「比」字構形異同表】

比	戰國楚簡	石經	敦煌本	岩崎本b	神田本b	九條本 島田本b	內野本	上圖（元）	觀智院b 天理本 古梓堂b	足利本	上圖本（影）	上圖本（八）	古文尚書晁刻	書古文訓	尚書篇目
遠耆德比頑童時謂亂風														夶	伊訓
非汝有咎比于罰														夶	盤庚中
協比讒言予一人														夶	盤庚下
釋箕子囚封比干墓														夶	武成
人無有比德														夶	洪範
比介于我有周御事														夶	召誥
比事臣我宗多遜														夶	多士
上下比罪														炗	呂刑

唐石經	書古文訓	晁刻古文尚書	上圖本（八）	上圖本（影）	足利本	古梓堂本	天理本	觀智院本	上圖本（元）	內野本	島田本	九條本	神田本	岩崎本			敦煌本	魏石經	漢石經	戰國楚簡	伊訓
惟茲三風十愆卿士有一于身家必喪	惟絲弍風十愆卿士大戈亐身冢必喪	惟茲三風十愆卿士有一于身家必喪	惟茲三風十愆卿士有一于身家必喪	惟茲三風十愆鄉士有一于身家必喪	惟茲三風十愆鄉士有一于身家必喪					惟茲三風十愆鄉士有一于身家必喪				惟茲三風十愆鄉士有一于身家必喪							惟茲三風十愆卿士有一于身家必喪
㞢商大戈亐身國必亡	㞢商大戈亐身國必亡	邦君有一于身國必亡	邦君有一于身國必亡	邦君有一于身國必亡	邦君有一于身國必亡					邦君有一于身國必亡											邦君有一于身國必亡

941、國

《說文》戈部「或」字「邦也，从口从戈从一。一，地也。」或體从土作，又或增从口作「國」，「或」即「國」之本字，金文作保卣何尊班簋兮甲盤，變作召伯簋二毛公鼎毛公鼎秦公鎛，皆爲邦國字。

「國」字在傳鈔古文《尚書》有下列不同字形：

（1）魏三體12

魏三體石經〈立政〉「以長我王國」「國」字古文作，《汗簡》錄義雲章作汗6.74與此同形，即《說文》「或」字或體作（域），移「土」於下。

岩崎本、九條本、內野本、足利本、上圖本（影）、上圖本（八）、《書古文訓》「國」字或作1，與魏三體同形，即「域」字，移「土」於下，與「或」所从一合書；《書古文訓》或作2，其下多一畫，或爲異體从「王」。

（2）123

敦煌本 S2074、岩崎本、島田本、九條本、足利本「國」字或作〔形〕1或〔形〕2，九條本或作〔形〕3，乃「域」字作（1）〔形〕1形之訛變，所從「口」寫作「厶」與「戈」之橫筆、「土」合書訛混作「至」；〔形〕2〔形〕3皆多一畫。

（3）〔形〕1〔形〕2〔形〕3

敦煌本 P2748「國」字作〔形〕1，所從口隸變作「厶」；上圖本（影）、上圖本（八）或作〔形〕2，「厶」復與「一」合書變似「幺」；觀智院本或變作〔形〕3。

（4）囯

足利本、上圖本（八）「國」字或作俗字囯。

【傳鈔古文《尚書》「國」字構形異同表】

國	戰國楚簡	石經	敦煌本	神田本b/岩崎本	島田本b/九條本	內野本	觀智院本b/上圖本（元）	天理本b	古梓堂本b	足利本	上圖本（影）	上圖本（八）	古文尚書晁刻	書古文訓	尚書篇目
邦君有一于身國必亡						或				或	或	或		或	伊訓
流毒下國			或			或				囯		或		或	泰誓中
其害于而家凶于而國						或				囯	囯			或	洪範
珍禽奇獸不育于國						✓				✓	✓	囯		或	旅獒
分寶玉于伯叔之國				或b		或				囯	囯			或	旅獒
我國家禮亦宜之				或b		或				囯	囯			或	金縢
與國咸休永世無窮				或b		或				囯	囯	囯		或	微子之命
作新大邑于東國洛						或				囯	囯	或		或	康誥
肇國在西土					或	或				或				或	酒誥
越殷國滅無罹					或	或				囯				或	酒誥
改厥元子茲大國殷之命					或	或				囯			或	或	召誥
非我小國敢弋殷命						或				囯			或	囯	多士
予大降爾四國民命			國 P2748			或				囯			或	或	多士

經文	伊訓	戰國楚簡	漢石經	魏石經	敦煌本		岩崎本	神田本	九條本	島田本	內野本	上圖本（元）	觀智院本	天理本	古梓堂本	足利本	上圖本（影）	上圖本（八）	晁刻古文尚書	書古文訓	唐石經
肆高宗之享國五十有九年											戠					戠		戠		戠	無逸
肆祖甲之享國三十有三年					國 P2748						戠					国		戠		戠	無逸
文王蔑德降于國人					國 P2748						戠					国		戠		戠	君奭
我惟大降爾四國民命					戠 S2074					戠	戠					國	國	戠		戠	多方
克由繹之茲乃俾乂國										戠	戠					国	國	戠		戠	立政
相我國家										戠	戠					国		戠		戠	立政
以長我王國				魏						戠	戠					国		戠		戠	立政
統六師平邦國										戠	国					国		戠		戠	周官
惟呂命王享國百年耄荒										戠	戠					国				戠	呂刑
我國家純										戠	戠					国		戠		戠	文侯之命

伊訓	戰國楚簡	漢石經	魏石經	敦煌本		岩崎本	神田本	九條本	島田本	內野本	上圖本（元）	觀智院本	天理本	古梓堂本	足利本	上圖本（影）	上圖本（八）	晁刻古文尚書	書古文訓	唐石經
臣下不匡其刑墨具訓于蒙士										臣下弗匡亓刑墨具訓亏蒙士					臣下弗匡亓刑墨具訓亏蒙士	臣下弗匡亓刑墨具訓亏蒙士	臣下弗匡亓刑墨具訓亏蒙士	臣下弗匡亓刑墨具訓亏蒙士	臣下弱匡亓刑墨具訓于蒙士	臣下不匡其刑墨具訓于蒙士

942、匡

「匡」字在傳鈔古文《尚書》有下列不同字形：

（1）匡匡₁ 匡匡₂ 匡₃ 匡₄ 匡₅

足利本、《書古文訓》「匡」字或作匡匡₁，所從「王」（王）之下橫筆與偏旁「匚」共用，古陶、古璽亦有作此共筆者，如匡璽彙4061 匡陶彙4.96 匡山

東 002；上圖本（影）或作 匡 匡₂，復變作从「于」（丁）；上圖本（八）或作 匡₃，則其中之上橫筆與偏旁「匚」共用；敦煌本 P2643、P2516 或作 匡₄，偏旁「匚」之上橫筆變作點；內野本、岩崎本或多一點作 匡 匡₅。

（2） 迋迋

上圖本（元）「匡」字作 迋迋，偏旁「匚」析離，乚形訛變作「辶」，上橫筆變作一短橫或一點。

【傳鈔古文《尚書》「匡」字構形異同表】

匡	戰國楚簡	石經	敦煌本	岩崎本	神田本b	九條本	島田本b	內野本	上圖本（元）	觀智院b	天理本b	古梓堂b	足利本	上圖本（影）	上圖本（八）	古文尚書晁刻	書古文訓	尚書篇目
臣下不匡其刑墨														迋	匡		匡	伊訓
民非后罔克胥匡以生									迋					匡	匡		匡	太甲中
尚賴匡救之德圖惟厥終									迋					匡	匡		匡	太甲中
不能胥匡以生									迋					匡			匡	盤庚上
罔不同心以匡乃辟			匡 P2643 迋 P2516						迋									說命上
匡其不及繩愆糾謬			匡				迋								匡		匡	冏命

943、墨

「墨」字在傳鈔古文《尚書》有下列不同字形：

（1） 墨₁墨₂

岩崎本「墨」字或作 墨₁，偏旁「土」字作「圡」，上圖本（八）或作 墨₂，所从「灬」作「火」之變。

【傳鈔古文《尚書》「墨」字構形異同表】

墨	戰國楚簡	石經	敦煌本	岩崎本	神田本b	九條本	島田本b	內野本	上圖（元）	觀智院b	天理本	古梓堂b	足利本	上圖本（影）	上圖本（八）	古文尚書晁刻	書古文訓	尚書篇目
臣下不匡其刑墨																		伊訓
具嚴天威墨辟疑赦其罰百鍰			墨															呂刑
閱實其罪墨罰之屬千劓罰之屬千			墨												墨			呂刑

伊訓	戰國楚簡	漢石經	魏石經	敦煌本		岩崎本	神田本	九條本	島田本	內野本	上圖本（元）	觀智院本	天理本	古梓堂本	足利本	上圖本（影）	上圖本（八）	晁刻古文尚書	書古文訓	唐石經
嗚呼嗣王祇厥身念哉聖謨洋洋										嗚呼嗣王祇弔身念才聖謨彡子	嗚呼嗣王祇弍身念文聖謨洋々				嗚呼嗣王祇弍身念文聖謨洋々	嗚呼嗣王祇我身念才聖謨洋		羅庠尋王祇弔身忘才聖慕彡彡	嗚呼嗣王祇弔身念哉聖慕洋洋

944、洋

「洋」字在傳鈔古文《尚書》有下列不同字形：

(1) 𢓍汗4.48 𢒎四2.13 彣彣

《汗簡》、《古文四聲韻》錄《古尚書》「洋」字作：𢓍汗4.48 𢒎四2.13，上圖本（八）、《書古文訓》作彣彣，為此形之隸定，其偏旁「氵」字移於右作「彡」，與古璽「治」字或作𝄆璽彙4888、𝄇璽彙4887、秦印「汪」字作𝄈秦代印風87類同；偏旁「氵」字有作「彡」、「氵」者，如𝄊汾.年臨汾守戈𝄋漆.38年上郡守戈𝄌泝.秦陶1251 𝄍波.雲夢.日甲142反，有移於右者，如𝄎濮.璽彙3982 𝄏沽.璽彙2354 𝄐波.璽彙2485。

【傳鈔古文《尚書》「洋」字構形異同表】

傳抄古尚書文字 洋 彩汗4.48 彩四2.13	戰國楚簡	石經	敦煌本	岩崎本	神田本b	九條本	島田本b	內野本	上圖本（元）	觀智院本b	天理本	古梓堂本b	足利本	上圖本（影）	上圖本（八）	古文尚書晁刻	書古文訓	尚書篇目
聖謨洋洋								彩									彩	伊訓

伊訓	戰國楚簡	漢石經	魏石經	敦煌本			岩崎本	神田本	九條本	島田本	內野本	上圖本（元）	觀智院本	天理本	古梓堂本	足利本	上圖本（影）	上圖本（八）	晁刻古文尚書	書古文訓	唐石經
嘉言孔彰惟上帝不常											嘉言孔彰惟上帝弗常					嘉言孔彰一惟上帝弗常	嘉言孔彰惟上帝弗常	嘉言孔彰惟上帝弗常	嘉言孔彰惟上帝弗覺	嘉言孔彰惟上帝弗常	嘉言孔彰惟上帝弗常
作善降之百祥作不善降之百殃											作善降出百祥作不善降出百殃					作善降出百祥作不善降出百殃				作善降出百祥進彊善降出百殃	
爾惟德罔小萬邦惟慶											尔惟惪罔小萬邦惟慶					尔惟惪罔小万邦惟慶				尔惟惪罔小万邦惟慶	

爾惟不德罔大墜厥宗								雨惟末惠宦犬墜本宗		余惟弗王□真宮大墜式宗	余惟不惠宦天墜我宗	甬惟末德宦央墜我宗	余惟不惠宦央墜我宗	余惟亞惠宦　大隊年宗	爾惟不德罔大墜厥宗
肆命徂后								肆命徂后		肆命徂后	肆命俎后	肆登祖后	肄登徂后	肆命徂后	肆命祖㢟

945、祥

「祥」字在傳鈔古文《尚書》有下列不同字形：

（1）魏三體

魏三體石經〈君奭〉「祥」字古文作魏三體，从古文「示」字，《書古文訓》作祥1，為此形之隸古定，偏旁古文「示」隸古定訛變；岩崎本、內野本、上圖本（元）、足利本、上圖本（影）、上圖本（八）作祥祥2，左形為古文「示」字之變。

（2）永

《隸釋》錄漢石經〈盤庚中〉「迪高后丕乃崇降弗祥」「弗祥」作「不永」「祥」字作永，《撰異》謂「永，古音讀如羊，祥亦讀如羊」乃以同音之「永」字通假為「祥」。

【傳鈔古文《尚書》「祥」字構形異同表】

祥	戰國楚簡	石經	敦煌本	岩崎本	神田本b	九條本	島田本b	內野本	上圖本（元）	觀智院b	天理本	古梓堂本	足利本	上圖本（影）	上圖本（八）	古文尚書晁刻	書古文訓	尚書篇目
作善降之百祥								祥					祥	祥	祥			伊訓
惟天降災祥在德																	祥	咸有一德
亳有祥桑穀共生于朝																	祥	咸有一德

迪高后丕乃崇降弗祥	永 隸釋		祥	祥					祥	盤庚中
襲于休祥戎商必克	祥 S799		祥				祥	祥	泰誓中
其終出于不祥	祥 魏		祥				祥	祥	君奭
吁來有邦有土告爾祥刑		祥	祥						呂刑
監于茲祥刑		祥	祥					祥	呂刑

946、殃

「殃」字在傳鈔古文《尚書》有下列不同字形：

（1）殊1殃2

上圖本（八）「殃」字作殊1，訛與「殊」字混同；《書古文訓》作殃2，偏旁「歺」（歹）字訛變。

【傳鈔古文《尚書》「殃」字構形異同表】

殃	戰國楚簡	石經	敦煌本	岩崎本b	神田本b	九條本	島田本b	內野本	上圖（元）b	觀智院b	天理本b	古梓堂b	足利本	上圖本（影）	上圖本（八）	古文尚書晁刻	書古文訓	尚書篇目
作不善降之百殃															殊		殃	伊訓

十四、太甲上

唐石經	書古文訓	晁刻古文尚書	上圖本（八）	上圖本（影）	足利本	古梓堂本	天理本	觀智院本	上圖本（元）	內野本	島田本	九條本	神田本	岩崎本			敦煌本	魏石經	漢石經	戰國楚簡	太甲上
太甲既立不明伊尹放諸桐三年	太甲既立亞明��尹放彭��弍秊	太甲既立亞明��尹放彭��弍年	太甲既立不明伊尹放彭��三年	太甲元立弗明伊尹放��顯三年	太甲元立帝明伊尹放��顯三年		太甲既立帝明伊尹放彭��三年	太甲既立帝明伊尹放諸桐三季		太甲既立帝明伊尹放��顯三年											太甲既立不明伊尹放諸桐三年
復歸于亳恩賓��尹延太甲弍篇	復歸于亳恩賓��尹延太甲弍篇	復歸于亳恩賓��尹延太甲弍篇	復歸于亳思庸伊尹作太甲三篇	復歸于亳思庸伊尹作太甲三篇	復歸于亳思庸伊尹作太甲三篇		復歸于亳思庸伊尹作太甲三篇	復歸于亳思庸伊尹作太甲三篇		復歸于亳思庸伊尹作太甲三篇										復歸于亳思庸伊尹作太甲三篇	復歸于亳思庸伊尹作太甲三篇
惟嗣王亞慈于阿奧��尹延書曰	惟嗣王亞慈于阿奧��尹延書曰	惟嗣王亞慈于阿奧��尹延書曰	惟嗣王弗惠于阿衡伊尹作書曰	惟嗣王弗惠于阿衡伊尹作書曰	惟嗣王弗惠于阿衡伊尹作書曰		惟嗣王弗惠于阿衡伊尹作書曰	惟嗣王弗惠于阿衡伊尹作書曰		惟嗣王弗惠于阿衡伊尹作書曰										惟嗣王不惠于阿衡伊尹作書曰	惟嗣王不惠于阿衡伊尹作書曰

先王顧諟天之明命以承上下神祇							先王顧諟天业明命呂棄上丁神祗	先王顧諟天之明命以棄上下神祇	先王顧諟天业明命呂棄上丁神祇	先王顧諟天业明命呂棄上丁神祗	先王顧諟天之明命呂棄上丁神祗

947、顧

「顧」字在傳鈔古文《尚書》有下列不同字形：

（1）魏三體

魏三體石經〈多方〉「顧」字古文作，《說文》頁部「顧」字篆文作，與此形同。上圖本（影）或作₁，偏旁「頁」字省形似「氵」、「彡」之連筆（參見 "顯" 字）。

（2）顧₁顧顧頁₂

上圖本（影）「顧」字或作顧₁，與 街談碑 樊敏碑類同，《隸釋》謂 顧 即「顧」字，當是「顧」之俗省字，左下「隹」省形；岩崎本、九條本、內野本、古梓堂本、足利本、上圖本（影）或作顧頁₂，《玉篇》頁部「顧」字俗作「頋」，爲 街談碑 樊敏碑形再變。

（3）鶚

《書古文訓》「顧」字或作鶚，此即《說文》隹部「雇」字或體从雩作，乃音同通假爲「顧」字，《集韻》去聲七11莫韻「顧」字下云：「古作『鶚』，俗作『顧』非是」。

【傳鈔古文《尚書》「顧」字構形異同表】

尚書篇目	書古文訓	古文尚書晁刻	上圖本（八）	上圖本（影）	上圖本（元）	觀智院本b	天理本	古梓堂本b	足利本	內野本	島田本b	九條本	神田本b	岩崎本	敦煌本	石經	戰國楚簡	顧
太甲上				顧														先王顧諟天之明命
盤庚上															顧			猶胥顧于箴言
微子	鸛																	我不顧行遯
康誥	鸛																	顧乃德
召誥			顧	顧							顧							王不敢後用顧畏於民碞
多方				雈								頌						大動以威開厥顧天
多方				雈								顧				魏		罔堪顧之
康王之誥				顧b														尚胥暨顧綏爾先公之臣

唐石經	書古文訓	晁刻古文尚書	上圖本（八）	上圖本（影）	上圖本（元）	觀智院本	天理本	古梓堂本	足利本	內野本	島田本	九條本	神田本	岩崎本	敦煌本	魏石經	漢石經	戰國楚簡	太甲上
社稷宗廟罔不祗肅天監厥德	埜稷宗廟空亞祗肅天監厥悳	埜稷宗廟空亞祗肅天監厥悳	社稷宗廟空帝祗肅天監我德	社稷宗廟空帝祗肅天監我德		社稷廟空帝祗肅天監厥悳		社稷宗廟空帝祗肅天監厥悳	社稷宗廟空帝祗肅天監厥悳	社稷宗廟空帝祗肅天監厥悳				社稷宗廟空帝祗肅天監厥悳					社稷宗廟罔不祗肅天監厥德

948、廟

「廟」字在傳鈔古文《尚書》有下列不同字形：

（1）廟庿₁庿庿₂庿庿₃

觀智院本、上圖本（元）、足利本、上圖本（影）、《書古文訓》「廟」字或作廟庿₁，為《說文》古文作庿之隸定，與戰國作 中山王壺 郭店.性自20 同形，敦煌本 S799、岩崎本、上圖本（元）或訛多一畫作庿₂；敦煌本 S799、岩崎本「廟」字或作庿庿₃，亦庿說文古文廟之訛變，由庿₂再變，所從「艹」（屮.艸）寫混作「廿」，又「田」訛混作「日」，广下之形訛與「昔」混同。

【傳鈔古文《尚書》「廟」字構形異同表】

廟	戰國楚簡	石經	敦煌本	岩崎本	神田本b	九條本	島田本b	內野本	上圖本（元）	觀智院b	天理本	古梓堂b	足利本	上圖本（影）	上圖本（八）	古文尚書晁刻	書古文訓	尚書篇目
社稷宗廟罔不祗肅								廟	庿					庿			庿	太甲上
嗚呼七世之廟可以觀德								廟	庿								庿	咸有一德
遺厥先宗廟弗祀犧牲粢盛			庿											庿			庿	泰誓上
郊社不修宗廟不享			庿 S799	庿										庿			庿	泰誓下
丁未祀于周廟			庿 S799	庿										庿			庿	武成
拜王荅拜太保降收諸侯出廟門俟								廟	庿b				庿	庿			庿	顧命

949、監

「監」字在傳鈔古文《尚書》有下列不同字形：

（1）臤魏三體臨漢石經臨監盗₁盗₂盗₃

魏三體石經〈無逸〉「監」字古文作臤，《說文》篆文作監，源自甲金文作 由前 4.17.3 乙 6978 史反簋 應監甗 頌簋 頌簋 鄧孟壺 攻吳王鑑 等形，從皿或從血，《隸釋》錄漢石經〈無逸〉「監」字作臨。

敦煌本 P2748、足利本、上圖本（影）、上圖本（八）「監」字或省作臨監盗₁，左上「臣」省作「リ」；九條本或作盗₂，右上「𠂉」（人）形變作「又」；上圖本（影）或作盗₃，右上復變作「攵」。

（2）警₁譬₂

《書古文訓》「監」字或作警₁，爲《說文》古文作𦣞之隸訛，右上所從人形訛作「夂」，《書古文訓》又或作譬₂，乃从監从言。

（3）鑒₁鑒鑑鉴₂

《書古文訓》「監」字或作鑒₁，內野本、足利本、上圖本（影）「監」字或省皿作鑒鑑鉴₂，「鑒」（鑑）、「監」二字音近通假，《說文》金部「鑑」字「大盆也。一曰鑑諸可以取明水於月」。

（4）藍

九條本〈酒誥〉「人無於水監」「監」字或作藍，乃誤爲「藍」字。

【傳鈔古文《尚書》「監」字構形異同表】

監	戰國楚簡	石經	敦煌本	岩崎本	神田本b	九條本	島田本b	內野本	上圖（元）	觀智院b	天理本	古梓堂b	足利本	上圖本（影）	上圖本（八）	古文尚書晁刻	書古文訓	尚書篇目
天監厥德									監					監	監		譬	太甲上
今王嗣有令緒尚監茲哉									鑒				監	監	警			太甲下
監于萬方啓迪有命									監				監	鑒	監		警	咸有一德
厥德脩罔覺監于先王成憲			監 P2643 監 P2516										監	鑒	監		譬	說命下
惟天監下民典厥義			監 P2643 鑒 P2516										監	鑒	監		鑒	高宗肜日
以容將食無災降監殷民用乂			監 P2643 監 P2516										鑒	監	監	監	譬	微子
厥監惟不遠在彼夏王													監	監	監		鑒	泰誓中

人無於水監當於民監					藍	鑒			鑒	监			譼	酒誥
人無於水監當於民監					監	鑒			鑒	监			譼	酒誥
我其可不大監撫于時						鑒			鑒	鑒			譼	酒誥
戕敗人宥王啓監厥亂爲民					監	鑒			鑒	鑒			譼	梓材
自古王若茲監罔攸辟					✓	鑒			鑒	监			鑒	梓材
用懌先王受命己若茲監					監	鑒			鑒	监	監		譼	梓材
我不可不監于有夏					監	監				监	監		譼	召誥
亦不可不監于有殷					監	鑒			鑒	鑒			譼	召誥
監我士師工			監 P2748			監			监	监	监		譼	洛誥
嗚呼嗣王其監于茲		臨 隸釋 [illegible] 魏	监 P2748			監				监	监		譼	無逸
公曰嗚呼君肆其監于茲			監 P2748		監				监	监			譼	君奭
今爾奔走臣我監五祀					監					监			譼	多方
上帝監民罔有馨香				監					监	监			譼	呂刑
監于茲祥刑				[illegible]					✓	✓	✓		譼	呂刑

太甲上	戰國楚簡	漢石經	魏石經	敦煌本			岩崎本	神田本	九條本	島田本	內野本	上圖本（元）	觀智院本	天理本	古梓堂本	足利本	上圖本（影）	上圖本（八）	晁刻古文尚書	書古文訓	唐石經
用集大命撫綏萬方											用集大命攷綏万邦			用集大命撫綏万方		用集大命敉綏万方	用集大命敉綏万方	用集大命撫綏萬方		用集大命敉綏方匚	用集大命撫綏萬方

惟尹躬克左右厥辟宅師					惟尹躬克左右厥辟宅師	惟尹躬克左右本俾宅師	惟尹躬克左右式侵宅師	惟尹躬克左右厥辟宅師	惟尹躬克左右式俾定師	惟尹躬克左右乎保宅師	惟尹克左右厥辟宅字師
肆嗣王丕承基緒惟尹躬先見于西邑夏					肆嗣王丕承基緒惟尹躬先見于西邑夏	肆嗣左丕承室緒惟尹躬洗見于西邑夏	肆嗣王丕承室緒惟尹躬洗見于西邑夏	肆司王丕承立緒惟尹躬先見于西邑夏	肆嗣王丕承基緒惟尹躬先見于西邑夏	肆嗣王丕承丕緒惟尹躬先見于西邑夏	肆嗣王丕承丕緒惟尹躬先見于西邑夏

950、基

「基」字在傳鈔古文《尚書》有下列不同字形：

（1）丌 魏三體

魏三體石經〈君奭〉「厥基永孚于休」「基」字古文作丌，篆隸二體皆作「基」，「丌」、「基」同聲通假，此假「丌」爲「基」字古文。《說文》丌字「下基也，薦物之丌，象形。……讀若箕同」，金文作丌 欽罍 丌子禾子釜，或上多一飾筆作丌子禾子釜 丌中山王兆域圖。

（2）坖 汗6.73 坖立坖1室2

《汗簡》錄《古尚書》「基」字作：坖汗6.73，《古文四聲韻》錄《汗簡》作坖四1.20，《集韻》平聲一7之韻「基」字古作「坖」，坖汗6.73上少一畫，从「丌」與从「亓」無別。「基」字作「坖」（坖）爲聲符更替（參見"其"字）。

內野本、足利本、上圖本（影）、上圖本（八）、《書古文訓》「基」字或作坖立坖1，與坖漢帛書老子甲7坖漢帛書老子乙前46上同形；上圖本（元）作室2，

偏旁土字作「圡」。

（3）其 隸釋

《隸釋》〈立政〉「以並受此丕丕基」「基」字作其，乃假同音之「其」爲「基」字。

（4）𡏳𡎛𡎞

敦煌本 S799、岩崎本、九條本「基」字或作𡏳𡎛𡎞，所從「丌」爲「亓」之訛變，復偏旁土字作「圡」。

（5）基₁基₂

敦煌本 P2748、P2630「基」字各作基₁基₂，基₁偏旁土字作「圡」而下少一畫，基₂偏旁土字中少一畫。

（6）𡉌

上圖本（八）〈武成〉「肇基王跡」「基」字作𡉌，疑爲「𡉈」字訛變。

【傳鈔古文《尚書》「基」字構形異同表】

基 傳抄古尚書文字 𡉈汗6.73	戰國楚簡	石經	敦煌本	岩崎本	神田本b	九條本 島田本b	內野本	上圖（元） 觀智院b	天理本 古梓堂b	足利本	上圖本（影）	上圖本（八）	古文尚書晁刻	書古文訓	尚書篇目
肆嗣王丕承基緒							𡉈	𡉈			𡉈	𡉈		𡉈	太甲上
肇基王跡			𡏳 S799	𡎛			𡉈					𡉌		𡉈	武成
嗚呼天明畏弼我丕丕基							𡉈							𡉈	大誥
惟三月哉生魄周公初基							𡉈							𡉈	康誥
王如弗敢及天基命定命							𡉈			基		𡉈		𡉈	洛誥
其基作民明辟予惟乙卯							𡉈			基		𡉈		𡉈	洛誥
厥基永孚于休若天棐忱		魏	基 P2748				𡉈					𡉈		𡉈	君奭
以並受此丕丕基		其 隸釋	基 P2630				𡎞 𡉈					𡉈		𡉈	立政

建無窮之基			歪	立				立	歪	畢命

太甲上	戰國楚簡	漢石經	魏石經	敦煌本		岩崎本	神田本	九條本	島田本	內野本	上圖本（元）	觀智院本	天理本	古梓堂本	足利本	上圖本（影）	上圖本（八）	晁刻古文尚書	書古文訓	唐石經
自周有終相亦惟終										自周大彔相亦惟集		自周有終相亦惟終	自周大彔相亦惟集		自周有終相亦惟集	自周大彔相亦惟集	自周有終相亦惟集	自周大彔眛亦惟集	自周有終相亦惟集

951、周

「周」字在傳鈔古文《尚書》有下列不同字形：

(1) 周[魏三體] 周₁ 用₂

魏三體石經〈君奭〉「周」字古文作周，《書古文訓》或作周₁，爲《說文》篆文周之隸古定；上圖本（八）或作用₂，爲《說文》古文周之隸古定，許慎謂「从古文及」，然此形疑由用孟爵用格伯簋而變，乃从「口」之省，「周」字甲金文本作用甲419田乙8894用乙2170田德方鼎田成周戈用無夷鼎，或增口作用何尊用成周鈴用獻侯鼎用孟鼎用象伯簋。

【傳鈔古文《尚書》「周」字構形異同表】

周	戰國楚簡	石經	敦煌本	岩崎本	神田本b	九條本	島田本b	內野本	上圖（元）	觀智院b	天理本	古梓堂b	足利本	上圖本（影）	上圖本（八）	古文尚書晁刻	書古文訓	尚書篇目
自周有終相亦惟終															周		周	太甲上
同心同德雖有周親不如仁人																	周	泰誓中
王朝步自周于征伐商																	周	武成
周公曰未可以戚我先王																	周	金縢
曰予復反鄙我周邦																	周	大誥

經文	魏石經	隸古定字形	篇名
俾我有周無斁		周	微子之命
惟太保先周公相宅		周	召誥
周公曰嗚呼繼自今嗣王	周〔魏〕		無逸
周公若曰君奭弗弔	周〔魏〕	周	君奭
惟周公位冢宰正百工		周	蔡仲之命
惟我周王靈承于旅		用	多方
周公若曰太史司寇蘇公	周〔魏〕		立政
昔周公師保萬民		周	君陳
以成周之眾命		周	畢命

太甲上	戰國楚簡	漢石經	魏石經	敦煌本		岩崎本	神田本	九條本	島田本	內野本	上圖本（元）	觀智院本	天理本	古梓堂本	足利本	上圖本（影）	上圖本（八）	晁刻古文尚書	書古文訓	唐石經
其後嗣王罔克有終相亦罔終										〔隸古定字形〕			〔隸古定字形〕		〔隸古定字形〕	〔隸古定字形〕	〔隸古定字形〕		〔古文字形〕	〔唐石經字形〕
嗣王戒哉祗爾厥辟										〔隸古定字形〕			〔隸古定字形〕		〔隸古定字形〕	〔隸古定字形〕	〔隸古定字形〕		〔古文字形〕	〔唐石經字形〕

辟不辟忝厥祖王惟庸罔念聞										
伊尹乃言曰先王昧爽丕顯坐以待旦										

952、坐

「坐」字在傳鈔古文《尚書》有下列不同字形：

（1）坐

內野本、上圖本（元）、足利本、上圖本（影）、上圖本（八）「坐」字作坐，《說文》篆文作𡉄，漢代隸變或从二口：坐孫子186 坐孫臏36 坐武威簡.有司7 坐史晨碑坐漢石經.儀禮.燕禮，《說文》古文从二人相對作𡊅，坐形之左上「人」隸變作「口」，「脞」字敦煌本P3605、內野本作脞脞之偏旁「坐」字與此同。

【傳鈔古文《尚書》「坐」字構形異同表】

坐	戰國楚簡	石經	敦煌本	岩崎本	神田本b	九條本	島田本b	內野本	上圖（元）	觀智院本b	天理本	古梓堂本b	足利本	上圖本（影）	上圖本（八）	古文尚書晁刻	書古文訓	尚書篇目
坐以待旦								坐	坐					坐	坐	坐		太甲上

太甲上	戰國楚簡	漢石經	魏石經	敦煌本		岩崎本	神田本	九條本	島田本	內野本	上圖本（元）	觀智院本	天理本	古梓堂本	足利本	上圖本（影）	上圖本（八）	晁刻古文尚書	書古文訓	唐石經
旁求俊彥啓迪後人										旁求畯彥啓迪後人	旁求畯彥啓迪後人		旁求畯彥啓迪後人		旁求畯彥啓迪後人	旁求俊彥啓迪後人	旁求俊彥啓迪後人	旁求畯彥啟迪後人	旁求畯彥啟迪後人	旁求俊彥啓迪後人

953、旁

「旁」字在傳鈔古文《尚書》有下列不同字形：

（1）[旁]

內野本「旁」字作[旁]，爲《說文》古文作[旁]之隸古定。

（2）[旁][旁]

《書古文訓》「旁」字或作[旁][旁]，爲《說文》古文或體作[旁]說文古文旁字形。

（3）[旁]

《書古文訓》「旁」字或作[旁]，爲《說文》篆文[旁]之隸古定。

【傳鈔古文《尚書》「旁」字構形異同表】

旁	戰國楚簡	石經	敦煌本	岩崎本	神田本b	九條本	島田本b	內野本	上圖本（元）	觀智院本b	天理本b	古梓堂本b	足利本	上圖本（影）	上圖本（八）	古文尚書晁刻	書古文訓	尚書篇目
旁求俊彥啓迪後人								旁										太甲上
俾以形旁求于天下																	㝧	說命上
旁招俊乂列于庶位																	两	說命下
惟一月壬辰旁死魄																	丙	武成

954、迪

「迪」字在傳鈔古文《尚書》有下列不同字形：

（1）魏三體（古）■■魏三體（篆）迪迪₁迪₂

魏三體石經〈君奭〉「迪」字古文作，篆體作，王國維謂「此字从篆體爲正。所从之屮即『由』字也。余曩作〈釋由〉二篇，據敦煌所出漢人手書〈急就章〉木簡定《說文》部首，訓『缶』之屮即『由』字，復徵之古書及古文得五六證，今此經二『迪』字篆體均从屮作，又得一佳證。古文从由，亦屮之變〔註326〕」是此字當从「屮」爲正。

《書古文訓》「迪」字皆作迪迪₁，九條本或作迪₂，偏旁「辶」「攴」寫本多不分。

（2）厥厥₁年₂

〈咸有一德〉「監于萬方啓迪有命」上圖本（元）、上圖本（八）「迪」字各作厥厥₁，內野本作年₂，皆爲「厥」字，「迪」「厥」皆語詞，二字相通。

〔註326〕王國維《殘字考》，頁30。

【傳鈔古文《尚書》「迪」字構形異同表】

迪	戰國楚簡	石經	敦煌本	岩崎本	神田本b	九條本	島田本b	內野本	上圖（元）	觀智院b	天理本	古梓堂b	足利本	上圖本（影）	上圖本（八）	古文尚書晁刻	書古文訓	尚書篇目
禹曰惠迪吉從逆凶惟影響																		大禹謨
旁求俊彥啓迪後人																	迪	太甲上
監于萬方啓迪有命								年			厎				厎			咸有一德
在昔殷先哲王迪畏天																	迪	酒誥
相古先民有夏天迪從子保							迪											召誥
今爾又曰夏迪簡在王庭																	迪	多士
迪惟前人光施于我沖子	悳 魏																	君奭
茲迪彝教	㠯 魏																	君奭

太甲上	戰國楚簡	漢石經	魏石經	敦煌本		岩崎本	神田本	九條本	島田本	內野本	上圖本（元）	觀智院本	天理本	古梓堂本	足利本	上圖本（影）	上圖本（八）	晁刻古文尚書	書古文訓	唐石經
無越厥命以自覆愼乃儉德										無越厥命以自覆春迪儉悳			無越厥命以自覆愼乃儉真		森粵氏命㠯自覆春迪儉德	㪅粵氏命㠯自覆春迪儉德	上粵氏命㠯自覆春迪儉悳	亡越乎命㠯自覆春迪儉悳	無越厥命以自覆愼乃儉德

惟懷永圖若虞機張								惟懷永圖若虞機張	懷永圖若虞機張	惟懷永圖若虞機張	惟懷永圖若虞機張	惟懷永圖若虞機張	惟懷永圖若虞機張

955、機

「機」字在傳鈔古文《尚書》有下列不同字形：

（1）幾：芺

《書古文訓》「機」字作芺，《集韻》平聲 8 微韻「幾」古作「芺」，此形多一畫，「芺」字下从「人」之隸古定「几」形，爲「幾」字省「戈」之形（參見 "幾" 字）。此假「幾」爲「機」字。

（2）機：桄

足利本、上圖本（影）「機」字作桄，偏旁「幾」字作省「戈」之芺形。

【傳鈔古文《尚書》「機」字構形異同表】

機	戰國楚簡	石經	敦煌本	岩崎本b	神田本b	九條本	島田本b	內野本	上圖（元）	觀智院b	天理本	古梓堂b	足利本	上圖本（影）	上圖本（八）	古文尚書晁刻	書古文訓	尚書篇目
惟懷永圖若虞機張													桄	桄			芺	太甲上

956、張

「張」字在傳鈔古文《尚書》有下列不同字形：

（1）張1張2

〈泰誓中〉「我伐用張」上圖本（影）「張」字作張1，偏旁「弓」字下訛多「土」，〈康王之誥〉「張皇六師」觀智院本作張2，偏旁「弓」字混作「方」。

【傳鈔古文《尚書》「張」字構形異同表】

張	戰國楚簡	石經	敦煌本	岩崎本	神田本b	九條本	島田本b	內野本	上圖（元）	觀智院b	天理本	古梓堂b	足利本	上圖本（影）	上圖本（八）	古文尚書晁刻	書古文訓	尚書篇目
惟懷永圖若虞機張																		太甲上
我伐用張															張			泰誓中
張皇六師														䦯b				康王之誥

唐石經	書古文訓	晁刻古文尚書	上圖本（八）	上圖本（影）	古梓堂本	天理本	觀智院本	上圖本（元）	內野本	島田本	九條本	神田本	岩崎本	和闐本	敦煌本	魏石經	漢石經	戰國楚簡	太甲上
往省括于度則釋欽厥止率迺祖攸行	徃省抵亐庄則釋欽身止衖鳥祖迪行	往省抵于庄則釋欽身止衖鳥祖迪行	徃省栝亐度則釋欽弎止率迺徂迪行	徃省栝亐度則釋欽弎止率迺徂迪行			往省栝亐度則釋欽弎止率迺祖迪行	往逌括亐度則釋欽弎止羍迺祖迺迪行	往逌括亐度則釋欽弎止羍迺祖迺迪行											往省括于度則釋欽厥止率乃祖攸行

957、括

「括」字在傳鈔古文《尚書》有下列不同字形：

（1）栝₁抵₂

〈太甲上〉「往省括于度」日古寫本（內野本、上圖本（元）、足利本、上圖本（影）、上圖本（八））「括」字皆作栝₁，偏旁「扌」字訛作「木」，從舌乃從昏之隸變。《書古文訓》作抵₂，為《說文》篆文𣥠隸定，異於今楷書作「括」。

【傳鈔古文《尚書》「括」字構形異同表】

括	戰國楚簡	石經	敦煌本	岩崎本b	神田本b	九條本	島田本b	內野本	上圖本（元）	觀智院本b	天理本	古梓堂本b	足利本	上圖本（影）	上圖本（八）	古文尚書晁刻	書古文訓	尚書篇目
往省括于度								括	稻					棺	秳	桰	挓	太甲上
有若南宮括																	挰	君奭

太甲上	戰國楚簡	漢石經	魏石經	敦煌本	和闐本		岩崎本	神田本	九條本	島田本	內野本	上圖本（元）	觀智院本	天理本	古梓堂本	足利本	上圖本（影）	上圖本（八）	晁刻古文尚書	書古文訓	唐石經
惟朕以懌萬世有辭王未克變	惟朕以懌萬世有辭王未克變			惟朕昌懌万世大辟王未克變							惟朕昌懌万世大辝王未克變	惟朕以懌万世有辝王未克變		惟朕昌懌万世大辝王未克變		惟朕昌懌万世有事王未克變	惟朕昌懌万世有事王未克變	惟朕昌懌万世有辝王未克變錄	惟朕昌懌万世有辝王未克變	惟朕昌懌万坴大司王未辝彭變	惟朕以罸萬世有辝王未克變	

958、懌

「懌」字在傳鈔古文《尚書》有下列不同字形：

（1）懌₁懌₂懌懌₃懌₄忧₅

《說文》心部新附「懌」字「說也，從心睪聲，經典通用『釋』」。

《書古文訓》「懌」字或作懌₁，所從「睪」字（睪）下形隸古定訛變，內野本、觀智院本、上圖本（八）或作懌₂，所從「睪」字上多一畫（參見“釋”字）；內野本或作懌懌₃，偏旁「忄」字與「十」混同；上圖本（八）或變作懌₄；足利本、上圖本（影）或作忧₅，爲俗字。

（2）斁：斁斁

九條本、《書古文訓》「懌」字或作斁斁，《說文》攴部「斁」字「解也」與「懌」字音義近同，二字相通用。

（3）𣤩

九條本「懌」字或作𣤩，爲「斁」字之訛誤，偏旁「攵」字訛作「欠」。

（4）澤：澤

和闐本〈太甲上〉「惟朕以懌萬世有辭」「懌」字作澤，乃假「澤」爲「懌」字。

【傳鈔古文《尚書》「懌」字構形異同表】

懌	戰國楚簡	石經	敦煌本	岩崎本	神田本b	九條本b	島田本b	內野本	上圖（元）	觀智院b	天理本	古梓堂b	足利本	上圖本（影）	上圖本（八）	古文尚書晁刻	書古文訓	尚書篇目
惟朕以懌萬世有辭			澤 和闐本					懌						懌	懌	懌	懌	太甲上
則予一人以懌															懌		𣤩	康誥
王惟德用和懌先後迷民							𣤩	懌							懌			梓材
用懌先王受命己若茲監							𣤩	懌							懌		𣤩	梓材
惟四月哉生魄王不懌								懌	懌b				怢	怢	懌			顧命

太甲上	戰國楚簡	漢石經	魏石經	敦煌本	和闐本	岩崎本	神田本	九條本	島田本	內野本	上圖本（元）	觀智院本	天理本	古梓堂本	足利本	上圖本（影）	上圖本（八）	晁刻古文尚書	書古文訓	唐石經
伊尹曰茲乃不義習與性成					伊尹曰茲乃弗誼習与性成					伊尹曰茲迺弗義習与性成		伊尹曰茲乃弗誼習与性成			伊尹曰茲迺弗義習与性成	伊尹曰茲迺弗義習与性成	伊尹曰茲迺弗義習与性成	㪅尹曰丝迺亞誼習與性成	㪅尹曰丝迺亞誼習與性成	

959、性

「性」字在傳鈔古文《尚書》有下列不同字形：

（1）性：性

內野本「性」字或作性，偏旁「忄」字與「十」混同。

（2）生：

內野本、上圖本（八）〈旅獒〉「犬馬非其土性不畜」「性」字作「生」生，「生」「性」古相通用，且俗書有省略形符以聲符爲字者。

【傳鈔古文《尚書》「性」字構形異同表】

性	戰國楚簡	石經	敦煌本	岩崎本b	神田本b	九條本	島田本b	內野本	上圖（元）	觀智院b	天理本	古梓堂b	足利本	上圖本（影）	上圖本（八）	古文尚書晁刻	書古文訓	尚書篇目
若有恆性克綏厥猷惟后								性										湯誥
茲乃不義習與性成								性										太甲上
犬馬非其土性不畜				性b				生							生			旅獒

太甲上	戰國楚簡	漢石經	魏石經	敦煌本	和闐本	岩崎本	神田本	九條本	島田本	內野本	上圖本（元）	觀智院本	天理本	古梓堂本	足利本	上圖本（影）	上圖本（八）	晁刻古文尚書	書古文訓	唐石經
予弗狎于弗順營于桐宮					予狎于不順營于同本宮					予弗狎于弗順營于同宮	予弗狎于弗順營于桐宮				予弗狎于弗順營于同宮	予弗狎于弗順營于果宮	予弗狎于弗順營于果宮	予弗狎于弗順營于果宮	予弜狎亏弗順營亏果宮	予弗狎于弗順營于桐宮

960、順

「順」字在傳鈔古文《尚書》有下列不同字形：

（1）八

上圖本（影）「順」字或作八，从偏旁「頁」字草化省形（參見"顯""顧"字）。

【傳鈔古文《尚書》「順」字構形異同表】

順	戰國楚簡	石經	敦煌本	岩崎本	神田本b	九條本	島田本b	內野本	上圖（元）	觀智院b	天理本b	古梓堂本b	足利本	上圖本（影）	上圖本（八）	古文尚書晁刻	書古文訓	尚書篇目
予弗狎于弗順			順 和闐本										頋					太甲上
予弗順天厥罪惟鈞														所				泰誓上
爾乃順之于外													頋	以				君陳

961、營

「營」字在傳鈔古文《尚書》有下列不同字形：

（1）營

「營」字足利本、上圖本（影）或作營，其上炊省作三點。

（2）夐夐汗 2.16　夐夐四 4.36　薆薆四 2.20

《說文》夐部「夐」字「營求也」，下引「商書曰『高宗夢得說使百宮夐求得之傅巖』」，小徐本引作「營求」，今本〈書序・說命上〉「夐求」字亦作「營求」，《史記・夏本紀》、《國語・楚語》韋昭注引〈書序〉作「營求」，陳喬樅《引經考》謂「許引作『夐求』是據古文《尚書》，《史記》韋注是據今文《尚書》。陸氏《釋文》所見馬、鄭、王本《尚書》皆作『營』字，故無同異之文，由魏晉以來轉寫者改從今文耳」。古文《尚書》作「夐」，乃營求之本字。

《汗簡》、《古文四聲韻》錄《古尚書》「夐」字作：夐夐汗 2.16　夐夐四 4.36，其形寫訛，《古文四聲韻》又錄「薆」字作薆薆四 2.20，則字形不誤，皆證古文《尚書》之作「夐」字。

【傳鈔古文《尚書》「營」字構形異同表】

尚書篇目	古文尚書晁刻	書古文訓	上圖本（八）	上圖本（影）	足利本	古梓堂本b	天理本	觀智院b	上圖（元）	內野本	島田本b	九條本	神田本b	岩崎本	敦煌本	石經	戰國楚簡	傳抄古尚書文字 營（夔汗2.16、夔四4.36、夔四2.20）
太甲上																		營于桐宮
說命上			営													善 P2643		高宗夢得說使百工營求諸野
洛誥				営												營			周公往營成周

唐石經	書古文訓	晁刻古文尚書	上圖本（八）	上圖本（影）	足利本	古梓堂本	天理本	觀智院本	上圖本（元）	內野本	島田本	九條本	神田本	岩崎本	和闐本	敦煌本	魏石經	漢石經	戰國楚簡	太甲上
密邇先王其訓無俾世迷	密邇先王亓營亡畀丗悆		密迲先王亓營亡俾丗迷	密迲先王亓營亡俾丗迷	密迲先王亓訓亡俾丗迷		客迲先王其訓無俾丗迷	密適先王亓營亡俾丗迷								密適先王亓其					密邇先王其訓無俾世迷
王徂桐宮居憂克終允德	王徂桐宮居憂克終允德		王徂桐宮居憂克終允德	王徂桐宮居憂克終允德	王徂桐宮居憂克終允德		王徂桐宮居憂克終允德	王徂桐宮居憂克終允德													王徂桐宮居憂克終允德

十五、太甲中

太甲中	戰國楚簡	漢石經	魏石經	敦煌本			岩崎本	神田本	九條本	島田本	內野本	上圖本（元）	觀智院本	天理本	古梓堂本	足利本	上圖本（影）	上圖本（八）	晁刻古文尚書	書古文訓	唐石經
惟三祀十有二月朔伊尹以冕服											惟三祀十有二月朔伊尹呂冕服		惟三祀十有二月朔伊尹以冕服				惟三祀十有二月朔伊尹呂冕服	惟三祀十有二月朔伊尹呂冕服	惟弍禩十有弍月胐劅尹呂絻舩	惟三祀十有二月朔伊尹呂絻服	惟三祀十有二月朔伊尹以冕服

962、冕

「冕」字在傳鈔古文《尚書》有下列不同字形：

（1）冕 冕₁ 冕₂ 冕₃ 冕₄

內野本、觀智院本、足利本、上圖本（影）、上圖本（八）「冕」字或作冕₁，偏旁「冃」字中「二」變作「人」形，與「网」字或作冈混同，上圖本（八）或變作冕₂；上圖本（元）或作冕₃，復所從「免」其上二筆與上形共用；觀智院本或作冕₄；其偏旁「冃」皆混作「罒」（网）。

（2）絻

《書古文訓》「冕」字多作絻，即《說文》或體从糸作䋝。

【傳鈔古文《尚書》「冕」字構形異同表】

冕	戰國楚簡	石經	敦煌本	岩崎本	神田本b	九條本b	島田本b	內野本	上圖（元）	觀智院b	天理本b	古梓堂本	足利本	上圖本（影）	上圖本（八）	古文尚書晁刻	書古文訓	尚書篇目
伊尹以冕服								冕	冕				冕	冕	冕		絻	太甲中

相被冕服憑玉几						冕	冕 b	冕	冕	絻	顧命
一人冕執劉立于東堂						冕	冕 b	冕	冕		顧命
王麻冕黼裳由賓階隮						冕	冕 b	✓	冕	絻	顧命
相揖趨出出釋冕反喪服						冕	b	冕	冕 冕	絻	康王之誥

963、免

（1）免免免（字形說明參見 "冕" 字）

【傳鈔古文《尚書》「免」字構形異同表】

免	戰國楚簡	石經	敦煌本	岩崎本 b	神田本 b	九條本 b	島田本 b	內野本	上圖（元）	觀智院b	天理本	古梓堂 b	足利本	上圖本（影）	上圖本（八）	古文尚書晁刻	書古文訓	尚書篇目
思免厥愆								免						免	免 免			囧命

太甲中	戰國楚簡	漢石經	魏石經	敦煌本		岩崎本	神田本	九條本	島田本	內野本	上圖本（元）	觀智院本	天理本	古梓堂本	足利本	上圖本（影）	上圖本（八）	晁刻古文尚書	書古文訓	唐石經
奉嗣王歸于亳作書曰										奉嗣王歸于亳作書曰	奉嗣王歸于亳作書曰				奉嗣王歸于亳作書曰	奉嗣王歸于亳作書曰	奉嗣王歸于亳作書曰	奉嗣王歸于亳作書曰	奉嗣王歸于亳作書曰	奉嗣王歸于亳作書曰
民非后罔克胥匡以生										民非后罔克胥匡以生	民非后罔克胥匡以生				民非后罔克胥匡以生	民非后罔克胥匡以生	民非后罔克胥匡以生	民非后罔克胥匡以生	民非后罔克胥匡以生	民非后罔克胥匡以生

964、胥

「胥」字在傳鈔古文《尚書》有下列不同字形：

（1）胥〔魏石經〕胥〔隸釋〕胥1 胥2 胥胥3 胥胥4 胥5 胥6

魏三體石經〈無逸〉「胥」字古文作胥，與《說文》篆文作胥同形，從肉疋聲，《隸釋》錄漢石經〈盤庚中〉「保后胥慼鮮」作「保后胥慼鮮」，「胥」字作胥，上所從「疋」隸變俗作「正」，《隸辨》錄作胥石經尚書殘碑。敦煌本 P3767、內野本、上圖本（元）、上圖本（八）「胥」字或作胥1，所從「疋」之上筆作「一」；上圖本（影）或作胥2，偏旁「月」字變與「日」混同；上圖本（八）或作胥胥3，所從「疋」變似「匹」，乃「正」字之隸寫，與「正」字漢簡作正武威.有司 10、漢碑作正張景碑正史晨碑類同（參見"正"字）。敦煌本 P3670、P2516、P2748、S2074、岩崎本、上圖本（元）或作胥4、島田本或作胥4，篆文胥隸變作從足：胥縱橫家書 188 胥居延簡孫臏 224，此形所從「足」省形，與漢代作胥居延簡甲 564 胥居延破城子殘簡 胥桐柏廟碑胥胥禮器碑同形；上圖本（影）或作胥5，足利本、上圖本（影）或作胥6，偏旁「月」字俗訛作「目」、「日」，所從「疋」訛變作「尺」字。

（2）匹：匹

足利本、上圖本（影）、上圖本（八）「胥」字作匹，足利本此形旁注「胥」胥匹，乃（1）胥胥3 形之訛省，此形似「匹」，乃所從「疋」作「正」字而變。

（3）峑

《書古文訓》〈呂刑〉「民興胥漸泯泯棼棼」「胥」字作峑，字書未見，疑為「胥」字之誤。

【傳鈔古文《尚書》「胥」字構形異同表】

胥	戰國楚簡	石經	敦煌本	岩崎本	神田本b	九條本	島田本b	內野本	上圖（元）b	觀智院b	天理本b	古梓堂b	足利本	上圖本（影）	上圖本（八）	古文尚書晁刻	書古文訓	尚書篇目
民非后罔克胥匡以生								胥	胥				胥	胥				太甲中
盤庚五遷將治亳殷民咨胥怨作盤庚三篇								胥	胥				胥	胥				盤庚上

不能胥匡以生卜稽曰其如台		賣							盤庚上
猶胥顧于箴言		胥 P2643	賣	胥	骨		昏		盤庚上
而胥動以浮言恐沈于眾		骨 P3670	賣	胥	骨		昏		盤庚上
古我先王暨乃祖乃父胥及逸勤		肯 P3670	賣	胥	骨		昏		盤庚上
保后胥慼鮮以不浮于天時	胥 隸釋	肯 P3670	骨		骨	昏			盤庚中
爾忱不屬惟胥以沈		肾 P3670	骨			✓	✓		盤庚中
無胥絕遠汝分猷念以相從		肯 P2516							盤庚中
惟大艱人誕鄰胥伐于厥室			骨b	弖		昏	胥		大誥
曰無胥戕無胥虐			肯	歷		咎	昏	胥	梓材
曰無胥戕無胥虐			骨	歷			昏	胥	梓材
猶胥訓告胥保惠胥教誨	魏	胥 P3767 骨 P2748		胥		昏	胥		無逸
猶胥訓告胥保惠胥教誨	魏	胥 P3767 骨 P2748		胥		昏	胥		無逸
猶胥訓告胥保惠胥教誨	魏	胥 P3767 骨 P2748		胥		胥	胥		無逸
民無或胥譸張為幻		骨 P2748		歷		昏	胥		無逸
越惟有胥伯小大多正		骨 S2074	骨	胥		胥			多方
尚胥暨顧綏爾先公之臣				胥	骨	昏	胥		康王之誥
民興胥漸泯泯棼棼			骨	胥		匹	匹	匹 墅	呂刑
哀敬折獄明啓刑書胥占			骨	胥		昏	胥		呂刑

唐石經	書古文訓	晁刻古文尚書	上圖本（八）	上圖本（影）	足利本	古梓堂本	天理本	觀智院本	上圖本（元）	內野本	岩崎本		神田本	九條本	島田本	敦煌本	魏石經	漢石經	戰國楚簡	太甲中
后非民罔以辟四方	后非民宅吕傌亖匸	后非民宅吕傌三方	后非民宅吕辟三方	后非民宅吕辟三方	辰非民宅吕辟三方		后非民罔以辟四方			后非民宅吕辟三方										后非民罔以辟四方
皇天眷佑有商俾嗣王克終厥德	皇天眷右有商俾嗣王克終厥德	皇天眷佑有商俾嗣王克眾开惠	皇天眷佑有商俾嗣王克眾开惠	皇天眷右有商俾嗣王克終厥惠	皇天眷右有商俾嗣王克終厥惠		皇天眷右有商俾嗣王克終厥眞			皇天眷右有商俾嗣王克眞开惠										皇天眷佑有商俾嗣王克終厥德
實萬世無疆之休王拜手稽首曰	寔万世亡畺出休王擇手稽首曰	寔万世亡畺出休王拜手乱首曰		寔万世亡畺出休王拜手乱首曰	實万世亡畺之休王拜手稽首曰		實万世亡畺之徑王拜稽首曰			寔万世無畺出休王拜稽首曰										實萬世無疆之休王拜手稽首曰

965、疆

「疆」字在傳鈔古文《尚書》有下列不同字形：

（1）畺：[畺]魏石經 畺畺畺₁ 畺₂ 畺₃ 畺₄

魏三體石經〈君奭〉「我受命無疆惟休」「疆」字存隸體作[畺]，與金文毛伯簋同形，《說文》畕部「畺」字「界也，從畕三其界畫也」，或體從彊土作「疆」

畺（按段注本改作「从土彊聲」）。

　　敦煌本 S799、島田本、內野本、足利本、上圖本（影）、上圖本（八）《書古文訓》「疆」字多作畺畺畺₁，敦煌本 P2748 作畺₂，二「田」之中筆上下貫穿；岩崎本、九條本或作畺₃，復其下多一畫訛作「里」；上圖本（八）或作畺₄，「田」下之橫筆皆變爲四點作「灬」。

　　（2）疆：疆₁疆₂

　　足利本「疆」字作疆₁，所從「土」寫作「ㆍ」，上圖本（影）或作疆₂，「土」變作「壬」。

　　（3）彊：彊彊

　　神田本〈泰誓中〉「我武惟揚侵于之疆」、上圖本（元）〈太甲中〉「實萬世無疆之休」「疆」字作「彊」，分別寫作彊彊，金文「彊」字多作「畺」：畺盂鼎 畺五祀衛鼎 畺郑公華鐘 畺永盂 畺頌簋 畺中山王壺，亦增「土」作「疆」：疆秦公簋 疆吳王光鑑 疆蔡侯盤 疆庚兒鼎 疆庚兒鼎 疆中山王壺 疆王子啓疆尊。

【傳鈔古文《尚書》「疆」字構形異同表】

疆	戰國楚簡	石經	敦煌本	岩崎本b	神田本b	九條本b	島田本b	內野本	上圖(元)b	觀智院b	天理本	古梓堂b	足利本	上圖本(影)	上圖本(八)	古文尚書晁刻	書古文訓	尚書篇目
實萬世無疆之休									彊				疆				畺	太甲中
我武惟揚侵于之疆			畺 S799		彊b			畺					疆	疆	畺		畺	泰誓中
嗣無疆大歷服		畺魏						畺							畺		畺	大誥
率寧人有指疆土				畺b													畺	大誥
惟其陳修爲厥疆畎								畺							畺		畺	梓材
越厥疆土于先王								畺	畺						畺		畺	梓材
亦無疆惟恤								畺	畺					畺	畺		畺	召誥
惟王受命無疆惟休								畺	畺						畺		畺	召誥

我受命無疆惟休	疆 P2748		疆	疆			疆		疆	君奭
丕承無疆之恤	疆 P2748		疆	疆			疆	疆	疆	君奭
殊厥井疆俾克畏慕			疆	疆			疆		疆	畢命
無疆之辭屬于五極			疆	疆			疆		疆	呂刑

太甲中	戰國楚簡	漢石經	魏石經	敦煌本		岩崎本	神田本	九條本	島田本	內野本	上圖本（元）	觀智院本	天理本	古梓堂本	足利本	上圖本（影）	上圖本（八）	晁刻古文尚書	書古文訓	唐石經
予小子不明于德自底不類										予小子弗明于悫自底弗嗣			予小子弗明于德自底弗嗣		予小子弗明于德自底弗嗣	予小子弗明于德自底弗嗣	予小子弗明于德自底弗嗣	予小學亞明于悳自底亞嗣	予小子不明于德自底不類	
欲敗度縱敗禮以速戾于厥躬										欲敗度縱敗禮以速戾于年躬			學敗度縱敗禮以速戾于厥躬		欲敗度縱敗禮以速戾于亓躬	欲敗度縱敗禮以速戾于亓躬	欲敗度縱敗禮以速戾于亓躬	懲敗庀縱敗禮吕譬欷于年躬	欲敗度縱敗禮以速戾于厥躬	

966、縱

「縱」字在傳鈔古文《尚書》有下列不同字形：

（1）縱₁縱₂

內野本、上圖本（影）、上圖本（八）「縱」字或作縱₁，上圖本（元）、足利本或作縱₂，右爲「從」字之隸書（參見"從"字）。

（2）緂1 緂2

《書古文訓》「縱」字或作緂1緂2，右爲「从」之隸古定，「人」變作「刀」
（參見 "從" 字），緂2 則訛多一畫，「从」爲「從」字初文，《集韻》去聲七 3
用韻「縱」字古作「緂」。

（3）从

九條本〈酒誥〉「誕惟厥縱淫泆于非彝」「縱」字作从，乃假「从」爲「縱」
字。

【傳鈔古文《尚書》「縱」字構形異同表】

縱	戰國楚簡	石經	敦煌本	岩崎本	神田本b	九條本	島田本b	內野本	上圖（元）	觀智院b	天理本	古梓堂b	足利本	上圖本（影）	上圖本（八）	古文尚書晁刻	書古文訓	尚書篇目
欲敗度縱敗禮							縱	縱						縱	縱	緂	緂	太甲中
誕惟厥縱淫泆于非彝						从	緂							緂	緂 緂	緂	緂	酒誥

967、速

「速」字在傳鈔古文《尚書》有下列不同字形：

（1）謩1 逮2 遬3

《書古文訓》「速」字多作謩1，《說文》古文从欶从言作謩，此形所从「欠」
變作「攵」；九條本〈酒誥〉「惟民自速辜」「速」字作逮2，偏旁「辶」字變作
「廴」；〈多方〉「乃惟爾自速辜」「速」字上圖本（影）作遬，其上更正爲遬，
《書古文訓》作遬3，《說文》籀文从欶作遬，秦簡作遬睡虎地 4.3，漢印作遬漢
印徵，皆與此同。

【傳鈔古文《尚書》「速」字構形異同表】

速	戰國楚簡	石經	敦煌本	岩崎本	神田本b	九條本	島田本b	內野本	上圖（元）	觀智院b	天理本	古梓堂b	足利本	上圖本（影）	上圖本（八）	古文尚書晁刻	書古文訓	尚書篇目
以速戾于厥躬																	謩	太甲中

日乃其速由文王作罰													警	康誥
己汝乃其速由茲義率殺													警	康誥
惟民自速辜					速								警	酒誥
乃惟爾自速辜										遵			遬	多方

968、躬

「躬」字在傳鈔古文《尚書》有下列不同字形：

（1）躬：[圖]上博緇衣 3 [圖]郭店緇衣 5 [圖]躳躬₁

戰國楚簡上博〈緇衣〉、郭店〈緇衣〉引今本尚書〈咸有一德〉「惟尹躬暨湯，咸有一德。」〔註327〕作〈尹誥〉，「躬」字作[圖]上博緇衣 3 [圖]郭店緇衣 5，从身从呂，《說文》呂部「躬」字或體从弓作「躬」。敦煌本 P2643、岩崎本、上圖本（元）、《書古文訓》「躬」字或作[圖]躳躬₁。

（2）身：[圖]上博緇衣 18 [圖]郭店緇衣 37 身身

「躬」字戰國楚簡上博〈緇衣〉、郭店〈緇衣〉引〈君奭〉「其集大命于厥躬」〔註328〕作[圖]上博緇衣 18 [圖]郭店緇衣 37，為「身」字，敦煌本 P2748、內野本、上圖本（八）作「身」身身，〈文侯之命〉「惟祖惟父其伊恤朕躬」九條本、內野本、上圖本（八）亦作「身」身，《說文》「躳」（躬）「身也」，二字同義。

【傳鈔古文《尚書》「躬」字構形異同表】

躬	戰國楚簡	石經	敦煌本	岩崎本	神田本b	九條本	島田本b	內野本	上圖（元）b	觀智院b	天理本	古梓堂b	足利本	上圖本（影）	上圖本（八）	古文尚書晁刻	書古文訓	尚書篇目
以速戾于厥躬																	躬	太甲中

〔註327〕上博〈緇衣〉引作「〈尹誥〉員：『隹尹躬及康（湯），咸又（有）一惪。』」

郭店〈緇衣〉引作「〈尹誥〉員：『隹尹躬及湯，咸又（有）一惪。』」

今本〈緇衣〉引〈尹吉〉曰：「惟尹躬及湯，咸有壹德。」

〔註328〕上博〈緇衣〉引作「集大命于氏（是）身」

郭店〈緇衣〉引作「其集大命于㞷身」

今本〈緇衣〉引作「其集大命於厥躬」

惟尹躬暨湯咸有一德	上博1 緇衣18 / 郭店 緇衣37			躬					咸有一德
惟干戈省厥躬		君 P2643	躬	躬				躬	說命中
道積于厥躬		躬	躬						說命下
其于爾躬有戮								躬	牧誓
其集大命于厥躬	上博1 緇衣18 / 郭店 緇衣37	身 P2748		身				身	君奭
惟祖惟父其伊恤朕躬			身	身				躬	文侯之命

太甲中	戰國楚簡	漢石經	魏石經	敦煌本		岩崎本	神田本	九條本	島田本	內野本	上圖本（元）	觀智院本	天理本	古梓堂本	足利本	上圖本（影）	上圖本（八）	晁刻古文尚書	書古文訓	唐石經
天作孽猶可違自作孽不可逭										天作孽猶可違自作孽弗可逭			天作孽猶可違自作孽弗可逭		天作孽猶可違自作孽弗可逭	天作孽猶可違自作孽弗可逭	天作孽猶可違自作孽弗可逭	天作孽猶可違自作孽弗可逭	天作孽猶可莫自作孽亞可逭	天作孽猶可違自作孽不可逭

今本	古寫本
既往背師保之訓弗克于厥初	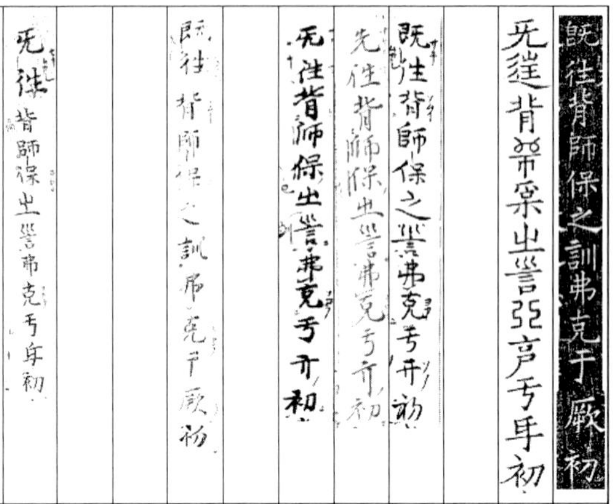
尚賴匡救之德圖惟厥終	
伊尹拜手稽首曰修厥身允德協于下	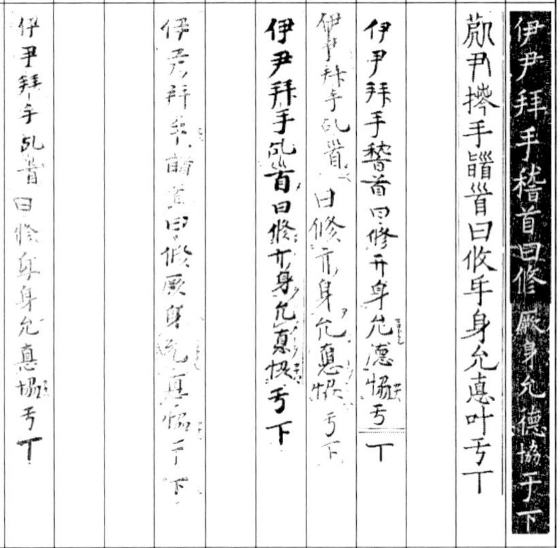
惟明后先王子惠困窮	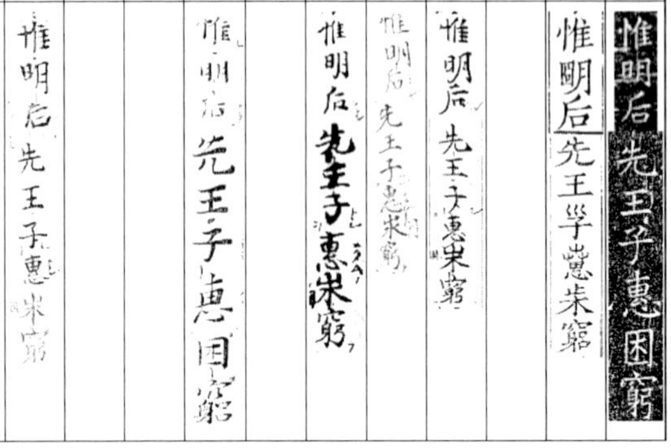

								民服厥命罔有不悅並其有邦厥鄰

（按：上表為各寫本字形欄，依原件保留）

969、悅

「悅」字在傳鈔古文《尚書》有下列不同字形：

（1）悅悅

敦煌本 S799、岩崎本、上圖本（元）「悅」字作悅悅，右從「兌」字之隸變，「口」變作「厶」。

（2）兊

《書古文訓》「悅」字皆作兊，爲「兌」字之隸變，「口」變作「厶」。《說文》言部「說」字「釋也」與「悅」字，偏旁「言」、「心」古相通，如《說文》「誩」字或體從心作「愬」。「兌」與「說」（悅）通，《禮記》引〈說命〉俱作〈兌命〉，鄭玄謂「『兌』當爲『說』」，「兌」「悅」古今字。

（3）逸

〈太甲中〉「民服厥命罔有不悅」足利本、上圖本（影）、上圖本（八）「悅」字從「辵」作逸，從「辵」當爲從「忄」之誤。

（4）匜

〈太甲中〉「民服厥命罔有不悅」內野本「悅」字或作匜，乃「悅」字變作（3）逸形再變。寫本偏旁「匚」之「凵」形常變作「辶」，此形乃誤以（3）逸爲匜之訛誤，而改「辶」、「兊」上二點合爲「匚」，遂成從匚從允之形。

【傳鈔古文《尚書》「悅」字構形異同表】

悅	戰國楚簡	石經	敦煌本	岩崎本	神田本b	九條本	島田本b	內野本	上圖本（元）觀智院b	古梓堂本b	天理本	足利本	上圖本（影）	上圖本（八）	晁刻古文尚書	古文尚書	書古文訓	尚書篇目
民服厥命罔有不悅										匹		悅		逸	逸	逸	兊	太甲中
作奇技淫巧以悅婦人			悅 S799	悅 b													兊	泰誓下
大賚于四海而萬姓悅服			悅 S799														兊	武成

唐石經	書古文訓	晁刻古文尚書	上圖本（八）	上圖本（影）	上圖本（元）	觀智院本	天理本	古梓堂本	足利本	內野本	島田本	九條本	神田本	岩崎本	敦煌本	魏石經	漢石經	戰國楚簡	太甲中
																			乃曰後我后后來無罰王懋乃德
																			視乃厥祖無時豫怠

奉先思孝接下思恭						奉先思孝接下思恭	奉先思孝接下思恭	奉先思孝接下思恭	奉先思孝接下思恭	奉先思孝接下思恭	奉先思孝接下思恭
視遠惟明聽德惟聰						視遠惟明聽惪惟聰	視遠惟明聽德惟聰	視遠惟明聽惪惟聰	視遠惟明聽惪惟聰	視遠惟明聽惪惟聰	晭遠惟明聽惪惟聰
朕承王之休無斁						朕承王出休亡斁	朕承王之休無斁	朕承王出休亡斁	朕承王出休亡斁	朕承王出休亡斁	朕承王出休亡斁

970、斁

「斁」字在傳鈔古文《尚書》有下列不同字形：

（1）汗2.20 四4.11 殬₁

《汗簡》、《古文四聲韻》錄《古尚書》「斁」字作：汗2.20、四4.11，《說文》歺部「殬」字下引「商書曰『彝倫攸殬』」，與此同形，《書古文訓》亦作殬₁，今本作〈洪範〉「攸斁」，段注云：「今作『斁』者，蓋漢人以今字改之，許所云者，壁中文也」。

（2）斁 斁₁ 斁₂ 斁₃

敦煌本P2748、上圖本（元）、上圖本（八）「斁」字或作斁、斁₁，右上「罒」多一畫作「宀」，寫本偏旁「睪」多作此形；內野本、足利本、上圖本（影）、上圖本（八）或作斁₂，移左偏旁「睪」之「罒」於上；上圖本（八）或作斁₃，偏旁「睪」字下形變似「夆」（參見 "釋" 字）。

（3）斁

島田本「斁」字或作斁，偏旁「攴」字作「殳」，偏旁「攴」、「殳」義類

相通。

【傳鈔古文《尚書》「斁」字構形異同表】

傳抄古尚書文字 斁 汗2.20 四4.11	戰國楚簡	石經	敦煌本	岩崎本	神田本b	九條本	島田本b	內野本	觀智院b 上圖(元)	天理本 古梓堂本b	足利本	上圖本(影)	上圖本(八)	古文尚書晁刻	書古文訓	尚書篇目
朕承王之休無斁								斁	斁		斁	斁斁	斁			太甲中
彝倫攸斁						斁b		斁					斁		殬	洪範
俾我有周無斁													斁			微子之命
我惟無斁其康事			斁 P2748					斁					斁			洛誥
永康兆民萬邦惟無斁									斁		斁	斁	斁			周官

十六、太甲下

太甲下	戰國楚簡	漢石經	魏石經	敦煌本			岩崎本	神田本	九條本	島田本	內野本	上圖本（元）	觀智院本	天理本	古梓堂本	足利本	上圖本（影）	上圖本（八）	晁刻古文尚書	書古文訓	唐石經
伊尹申誥于王曰鳴呼惟天無親克敬惟親											伊尹申誥亏王曰鳴呼惟天亡親克敬惟親			伊尹申誥亏王曰鳴呼惟天亡親克敬惟		伊尹申誥亏王曰鳴呼惟天亡親克敬惟親	伊尹申誥亏王曰鳴呼惟天亡親克級惟親	伊尹申誥亏王曰鳴呼惟天亡親克敬惟親	伊尹申彝亏王曰緢虖惟旲亡親戸敬惟窺	伊尹申誥亏王曰鳴呼惟天亡親克敬惟親
民罔常懷懷于有仁											民定常襄亏才仁			民罔常懷亏有仁		民罔常懷亏才仁	民罔常襄亏才仁	民定常襄亏才仁	民宅寏襄亏力惡	民罔常懷懷于有仁
鬼神無常享享于克誠											鬼神亡常享亏克誠			鬼神無常享亏克誠		神亡常享亏克誠	鬼神亡常享亏克誠	鬼神亡常享亏克誠	魏禮亡常畗亯亏卢誠	鬼神無常享享于克誠

971、享

「享」字在傳鈔古文《尚書》有下列不同字形：

（1）〔字形〕 魏石經 〔字形〕1 〔字形〕2 〔字形〕 〔字形〕 〔字形〕3 〔字形〕 〔字形〕4 〔字形〕5 〔字形〕6 〔字形〕 〔字形〕7 〔字形〕 〔字形〕8 〔字形〕9

〔字形〕10

魏三體石經〈多方〉「享」字古文作〔字形〕，源自金文作〔字形〕父乙簋 〔字形〕且辛且癸鼎

【字形】辛巳簋 【字形】孟鼎 【字形】伯孟 【字形】白者君盤形，《說文》「享」（亯）字作【字形】（當為古文）篆文作【字形】，【字形】與【字形】虢弔鐘 【字形】蔡侯盤 【字形】郤公華鐘 【字形】畬章作曾侯乙鎛 【字形】楚帛書乙 【字形】包山 237 類同。

敦煌本 P2643「享」（亯）字作【字形】1，即【字形】魏石經【字形】伯孟形之隸古定。《書古文訓》多作【字形】2，為《說文》「享」（亯）字作【字形】之隸古定，敦煌本 P2643、九條本、上圖本（元）或作【字形】3，敦煌本 P3670、岩崎本或作【字形】4，敦煌本 S799 或變作【字形】5內野本、上圖本（八）或變作【字形】6，皆為【字形】說文亯（亯）字【字形】虢弔鐘 【字形】郤公華鐘 【字形】畬章作曾侯乙鎛之隸變；內野本、上圖本（影）、上圖本（八）或作【字形】7，上形訛變作「令」，內野本、足利本、上圖本（影）、上圖本（八）或作【字形】8，復下形變作「目」、「月」形；上圖本（元）或訛作从合从月：【字形】9，九條本或變作【字形】10。

（2）【字形】【字形】【字形】

敦煌本 S2074、岩崎本「享」（亯）字或作【字形】【字形】【字形】，與金文【字形】乖伯簋 【字形】楚嬴匜類同。

（3）【字形】隸釋

《隸釋》錄漢石經〈無逸〉「肆高宗之享國五十有九年」作「肆高宗之【字形】國百年」「享」（亯）字作【字形】，二字音同（皆許兩切），乃假「饗」為「享」（亯）字。

（4）【字形】

上圖本（八）〈康誥〉、〈酒誥〉、〈梓材〉四處（詳下表）「享」（亯）字作【字形】，乃《說文》篆文【字形】之隸訛，秦、漢代隸變作【字形】52病方 239【字形】馬王堆.易 3，此與【字形】漢石經.易.困【字形】華山廟碑等同形。

（5）【字形】

《書古文訓》〈咸有一德〉「克享天心」「享」（亯）字作【字形】，疑為《說文》篆文【字形】之隸古定訛變，俗書有「宀」訛作「山」者，【字形】當由【字形】52病方 239【字形】馬王堆.易 3訛變，下形訛似「邑」之隸古定。

【傳鈔古文《尚書》「享」字構形異同表】

享	戰國楚簡	石經	敦煌本	岩崎本b 神田本b 九條本 島田本b	內野本	上圖本（元） 觀智院本b 天理本 古梓堂本	足利本	上圖本（影）	上圖本（八）	古文尚書晁刻	書古文訓	尚書篇目
鬼神無常享享于克誠					〔字形〕	〔字形〕	〔字形〕	〔字形〕	〔字形〕		亯	太甲下
克享天心					〔字形〕	〔字形〕		〔字形〕	〔字形〕		岸	咸有一德
茲予大享于先王			〔字形〕 P3670 〔字形〕 P2643		〔字形〕	〔字形〕		〔字形〕			亯	盤庚上
爾祖其從與享之			〔字形〕 P3670 〔字形〕 P2643		〔字形〕	〔字形〕		〔字形〕			亯	盤庚上
郊社不修宗廟不享			〔字形〕 S799	〔字形〕	〔字形〕					喬	亯	泰誓下
世世享德					〔字形〕					會	亯	微子之命
聽朕告汝乃以殷民世享										亯	亯	康誥
姑惟教之有斯明享				〔字形〕	〔字形〕		〔字形〕	〔字形〕	亯		亯	酒誥
懷爲夾庶邦享作兄弟				〔字形〕	〔字形〕		〔字形〕	〔字形〕	亯		亯	梓材
集庶邦丕享皇天既付中國民				〔字形〕	〔字形〕		〔字形〕	享	亯		亯	梓材
汝其敬識百辟享亦識其有不享			〔字形〕 P2748		〔字形〕				亯		亯	洛誥
汝其敬識百辟享亦識其有不享			〔字形〕 P2748		〔字形〕						亯	洛誥
惟日不享			享 P2748		〔字形〕					會	亯	洛誥
惟不役志于享			享 P2748 〔字形〕 S6017		〔字形〕				享	享	亯	洛誥
凡民惟日不享			享 P2748 〔字形〕 S6017		〔字形〕				會		亯	洛誥

句例	敦煌本		岩崎本						唐石經	篇目
拜手稽首休享予不敢宿	享 P2748		亯				亯	亯	亯	洛誥
肆中宗之享國七十有五年	亯 P2748		亯				亯	亯	亯	無逸
肆高宗之享國五十有九年	饗 隸釋 亯 P2748		亯				亯	亯	亯	無逸
肆祖甲之享國三十有三年	亯 P2748		亯				亯	亯	亯	無逸
不克永于多享惟夏之恭多士	亯 S2074		亯	亯		享 享	亯	亯	亯	多方
大不克明保享于民	魏 亯 S2074		亯	亯		享 享	亯	亯	亯	多方
今至于爾辟弗克以爾多方享天之命	亯 S2074		亯	亯		享 享	亯	亯	亯	多方
不集于享天降時喪	亯 S2074		亯	亯			亯	亯	亯	多方
又我周王享天之命	亯 S2074		亯	亯		享	亯	亯	亯	多方
爾亦則惟不克享	享 P2630 亯 S2074		亯	亯			亯	亯	亯	多方
惟呂命王享國百年耄荒		金	亯		亯	亯 亯	亯	亯	亯	呂刑
配享在下		亯	亯		亯	亯 亯	亯	亯	亯	呂刑

太甲下	戰國楚簡	漢石經	魏石經	敦煌本		岩崎本	神田本	九條本	島田本	內野本	上圖本（元）	觀智院本	天理本	古梓堂本	足利本	上圖本（影）	上圖本（八）	晁刻古文尚書	書古文訓	唐石經
天位艱哉德惟治否德亂										天位艱才惪惟治否惪亂		天位艱哉惪惟治否惪亂			天位艱哉惪惟治否惪亂	天位艱才惪惟治否惪亂	天位艱才惪惟治否惪亂	天位艱才惪惟亂不惪亂		

唐石經	書古文訓	晁刻古文尚書	上圖本（八）	上圖本（影）	足利本	古梓堂本	天理本	觀智院本	上圖本（元）	內野本	島田本	九條本	神田本	岩崎本			敦煌本	魏石經	漢石經	戰國楚簡	太甲下
與治同道罔不興與亂同事罔不亡																					與治同道罔不興與亂同事罔不亡
終始慎厥與惟明明后																					終始慎厥與惟明明后
先王惟時懋敬厥德克配上帝																					先王惟時懋敬厥德克配上帝
今王嗣有令緒尚監茲哉																					今王嗣有令緒尚監茲哉

・1361・

													若淌必自下
若升高必自下若陟遐必自邇						若外高必自下若陟遐必自邇		若外高必自下若陟遐必自遷	若升高必自下若陟遐必自達	若外高必自下若陟遐必自達	若陟高必自下若陟遐必自遷		若陟必自下陟遐必自遷
無輕民事惟難無安厥位惟危						無輕民事惟難無安厥位惟危		無輕民事惟難無安厥位惟危	無輕民事惟難無安厥位惟危	無輕民事惟難無安厥位惟危	亡輕民事惟難亡安厥位惟危		無輕民事惟難無安厥位惟危
慎終于始有言逆于汝心必求諸道						慎終于始有言逆于汝心必求諸道		慎終于始有言逆于汝心必求諸道	慎終于始有言逆于汝心必求	慎終于始有言逆于汝心必求	慎終于始有言逆于汝心必求諸道		慎終于始有言逆于汝心必求諸道
有言遜于汝志必求諸非道						有言遜于汝志必求諸非道		有言遜于汝志必求諸非道	有言遜于汝志必求諸非道	有言遜于汝志必求諸非道	有言遜于汝志必求諸非道		有言遜于汝志必求諸非道

972、非

「非」字在傳鈔古文《尚書》有下列不同字形：

（1）魏三體上博1緇衣14郭店緇衣26

魏三體石經〈多方〉、〈無逸〉、〈君奭〉「非」字古文作，戰國楚簡上博1〈緇衣〉14、郭店〈緇衣〉26引今本〈呂刑〉「苗民弗用靈〔註329〕」「弗」字作「非」：上博1緇衣14郭店緇衣26，與金文作傳卣班簋毛公鼎蔡侯鐘中山王鼎同形，《說文》篆文作。

【傳鈔古文《尚書》「非」字構形異同表】

非	戰國楚簡	石經	敦煌本	岩崎本	神田本b	九條本	島田本b	內野本	上圖本（元）	觀智院b	天理本	古梓堂b	足利本	上圖本（影）	上圖本（八）	古文尚書晁刻	書古文訓	尚書篇目
必求諸非道																		太甲下
罔非有辭于罰		魏																多士
非我一人奉德不康寧		魏																多士
非天攸若時人丕則有愆		魏																無逸
非克有正		魏																君奭

〔註329〕郭店〈緇衣〉引作〈呂型〉員：「非甬（用）瑆，折（制）以坓（刑），隹作五虐
　　　之坓（刑）曰濃。」

　　　上博〈緇衣〉引作〈呂型〉員：「蚝（苗）民非甬（用）霝（命），折（制）以型
　　　（刑），隹作五之型（刑）曰法。」

　　　今本〈緇衣〉引作〈甫刑〉曰：「苗民匪用命，制以刑，惟作五虐之刑曰法。」

　　　今本〈呂刑〉曰：「苗民弗用靈，制以刑，惟作五虐之刑曰法。」

唐石經	書古文訓	晁刻古文尚書	上圖本（八）	上圖本（影）	足利本	古梓堂本	天理本	觀智院本	上圖本（元）	內野本	島田本	九條本	神田本	岩崎本		敦煌本	魏石經	漢石經	戰國楚簡	太甲下
鳴呼弗慮胡獲弗爲胡成	弗慮胡獲亞爲胡成	亞慮胡獲亞爲胡成	鳴呼弗慮胡獲弗爲胡成	鳴呼弗慮胡獲弗爲胡成	鳥虖弗慮胡獲弗爲胡成		鳥虖弗慮胡獲弗爲胡成			鳥虖弗慮胡獲弗爲胡成										鳴呼弗慮胡獲弗爲胡成

973、胡

「胡」字在傳鈔古文《尙書》有下列不同字形：

（1）胡₁胡₂

足利本、上圖本（八）「胡」字或作**胡**₁，偏旁「古」字所從「十」作「宀」，直筆變作點（參見"古"字）。《書古文訓》或作作**胡**₂，偏旁「古」字訛作「占」。

【傳鈔古文《尙書》「胡」字構形異同表】

胡	戰國楚簡	石經	敦煌本	岩崎本	神田本b	九條本	島田本b	內野本	上圖（元）	觀智院b	天理本	古梓堂b	足利本	上圖本（影）	上圖本（八）	古文尚書晁刻	書古文訓	尚書篇目
弗爲胡成																	胡	太甲下
小子胡惟爾率德改行													胡					蔡仲之命
王曰鳴呼小子胡													胡		胡			蔡仲之命

太甲下	戰國楚簡	漢石經	魏石經	敦煌本			岩崎本	神田本	九條本	島田本	內野本	上圖本（元）	觀智院本	天理本	古梓堂本	足利本	上圖本（影）	上圖本（八）	晁刻古文尚書	書古文訓	唐石經
一人元良萬邦以貞											一人元良万邦以貞			一人元良万邦以貞		一人元良万邦以貞	一人元良萬邦以貞	一人元良萬邦以貞	弌人元良万邦吕貞	一人元良萬邦以貞	一人元良萬邦以貞
君罔以辯言亂舊政											君定吕辯言亂舊政			君同以辯言亂舊政		君宦吕辯言亂舊政	君罔以辯言亂舊政	君罔以辯言亂舊政	商宦吕辯言亂舊政		君罔以辯言亂舊政

974、辯

「辯」字在傳鈔古文《尚書》有下列不同字形：

（1）䛐

《書古文訓》「辯」字作䛐，《說文》辛部「䛐」字「罪人相與訟也」，《集韻》上聲六 28 獮韻「䛐」字或从言作「辯」，「䛐」增義符作「辯」。

（2）辨

足利本、上圖本（影）〈太甲下〉「君罔以辯言亂舊政」「辯」字作辨，乃假「辨」為「辯」字。

【傳鈔古文《尚書》「辯」字構形異同表】

辯	戰國楚簡	石經	敦煌本	岩崎本 神田本b	九條本 島田本b	內野本	上圖（元）	觀智院b	天理本 古梓堂b	足利本	上圖本（影）	上圖本（八）	古文尚書晁刻	書古文訓	尚書篇目
君罔以辯言亂舊政										辨	辨			䛐	太甲下
勿辯乃司民湎于酒	辯													䛐	酒誥

太甲下	戰國楚簡	漢石經	魏石經	敦煌本		岩崎本	神田本	九條本	島田本	內野本	上圖本（元）	觀智院本	天理本	古梓堂本	足利本	上圖本（影）	上圖本（八）	晁刻古文尚書	書古文訓	唐石經
臣罔以寵利居成功邦其永孚于休										臣亡寵秾屋成功邦亦永孚于休				臣同以寵利居成功邦其永孚于休	臣宝呂寵利居成功邦亦永孚于休	臣宣呂寵利若成玖邦亓永孚于休	臣罔以寵利居成功邦其永孚于休	臣罔以寵利居成功當亓彔孚于休	臣罔以寵利居成功邦其永孚于休	臣罔以寵利居成功邦其永孚于休

975、寵

「寵」字在傳鈔古文《尚書》有下列不同字形：

（1）𥨊₁𥨊₂𥨊₃寬₄

足利本、上圖本（影）、上圖本（八）「寵」字或作𥨊₁，《書古文訓》或作𥨊₂，其下所從「龍」字與隋〈董美人墓誌銘〉作�龍同形，《書古文訓》又作𥨊₃，《金石韻府》引義雲章「寵」字作𥨊〔註330〕，與此類同，皆從《汗簡》「龍」字𥪺汗5.63之隸古定訛變（參見"龍"字）；《書古文訓》或訛作寬₄。

（2）𥨊

內野本「寵」字或作𥨊，偏旁「宀」字作「冖」。

（3）𥨊𥨊

敦煌本 P2643、岩崎本、上圖本（元）「寵」字或作𥨊𥨊，偏旁「宀」字變作「穴」，與𥨊西晉左傳注同形，見於《廣韻》上聲1董韻「寵」字：「孔寵」。

〔註330〕轉引自李遇孫，《尚書隸古定釋文》卷5.4，〈太甲下〉「寵」字下說明，劉世珩輯，《聚學軒叢書》7，台北：藝文印書館。

【傳鈔古文《尚書》「寵」字構形異同表】

寵	戰國楚簡	石經	敦煌本	岩崎本	神田本b	九條本	島田本b	內野本	上圖（元）觀智院b	天理本	古梓堂本b	足利本	上圖本（影）	上圖本（八）	古文尚書晁刻	書古文訓	尚書篇目
臣罔以寵利居成功													寵	寵	寵	寵	太甲下
有備無患無啓寵納侮			寵 P2643	寵					寵				寵	寵	寵	寵	說命中
惟其克相上帝寵綏四方													寵	寵		寵	泰誓上
居寵思危罔不惟畏								寵					寵	寵	寵	寵	周官
席寵惟舊怙侈滅義			寵										寵	寵	寵	寵	畢命

十七、咸有一德

唐石經	書古文訓	晁刻古文尚書	上圖本（八）	上圖本（影）	足利本	古梓堂本	天理本	觀智院本	上圖本（元）	內野本	島田本	九條本	神田本	岩崎本			敦煌本	魏石經	漢石經	戰國楚簡	咸有一德
伊尹作咸有一德	覼尹㠯咸ナ弌悳	伊尹作咸有一德	伊尹作咸有一惪	伊尹作咸有一惪	伊尹作咸有一惪		伊君作咸有一直			伊君作咸ナ一惪											伊尹作咸有一德
伊尹既復政于侯將告歸	覼尹旡復政厾侯將告歸	伊尹既復政厥辟將告歸	伊尹旡復政厥辟將告歸	伊君旡復政其復將告歸	伊君既復政其復將告歸		伊君既復政厥辟持告歸			伊君旡復政身侵將告歸											伊尹既復政厥辟將告歸
乃敕戒亏悳曰祗虖�	乃敕戒亏悳曰祗虖癹難忱命靡悳	乃敕戒亏悳曰嗚呼天難諶命靡常	乃陳戒于德曰嗚呼天難諶命靡常	乃敕戒亏惪曰嗚呼天難諶念靡常	乃陳戒于惪曰嗚呼天難諶念靡常		乃陳戒于惪曰嗚呼天難諶命靡常			乃敕戒亏惪曰嗚呼天難諶命靡常											乃陳戒于德曰嗚呼天難諶命靡常

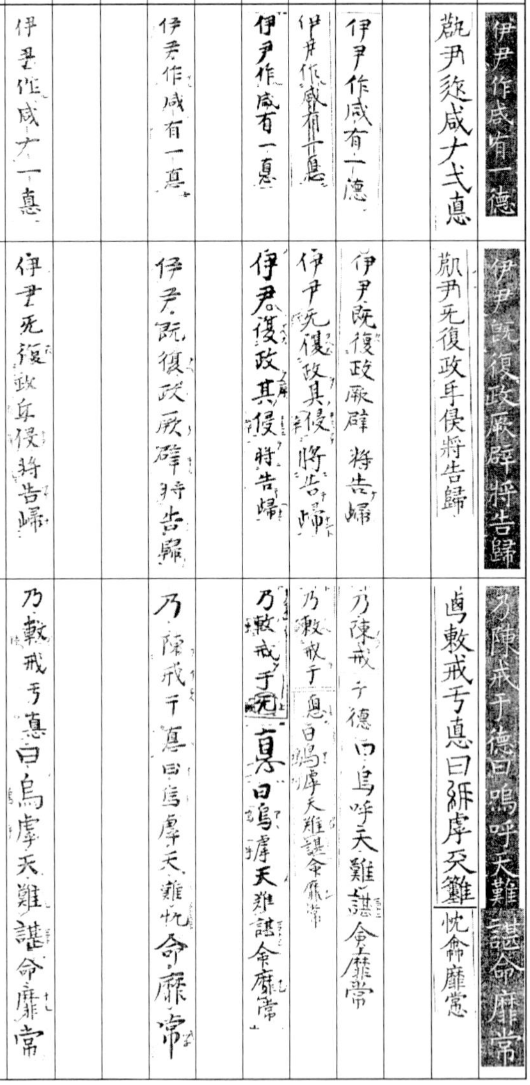

976、陳

「陳」字在傳鈔古文《尚書》有下列不同字形：

（1）[字形]魏石經

魏三體石經〈君奭〉「率惟茲有陳」「陳」字古文作[字形]，與[字形]齊陳曼臣[字形]陳逆簋[字形]陳猷釜[字形]子禾子釜[字形]陳章壺[字形]陳侯午錞[字形]𪔛志盤等同形，乃增偏旁「土」字，《古文四聲韻》錄《說文》一形作[字形]四1.31說文亦與此同。

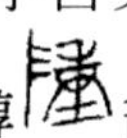

（2）〔字形〕汗 1.15〔字形〕四 1.31〔字形〕六 60〔字形〕**1**〔字形〕**2**〔字形〕**3**〔字形〕**4**〔字形〕**5**

《汗簡》、《古文四聲韻》、《訂正六書通》錄《古尚書》「陳」字作：〔字形〕汗 1.15〔字形〕四 1.31〔字形〕六 60，春秋陳國「陳」字或从攴作〔字形〕陳公子甗〔字形〕陳侯臣〔字形〕王仲嬀匜，此形省阜，與〔字形〕曾侯乙．匫器漆書同形（《古文字研究》10，頁 197）〔註331〕。

敦煌本 P2643、岩崎本、九條本、內野本、觀智院本、上圖本（元）、上圖本（影）、《書古文訓》「陳」字或作〔字形〕**1**，與傳抄《古尚書》「陳」字（〔字形〕汗 1.15 等）同形，《書古文訓》〈顧命〉「奠麗陳教」「陳」字訛作〔字形〕**2**；敦煌本 P2516、S799、岩崎本、島田本、內野本或作〔字形〕**3**，「東」形隸變作「車」；觀智院本或訛變作〔字形〕**4**；足利本或訛作从車从欠：〔字形〕**5**。

（3）迧：〔字形〕上博 1 緇衣 10〔字形〕郭店緇衣 19〔字形〕上博 1 緇衣 20〔字形〕郭店緇衣 39

戰國楚簡上博 1〈緇衣〉、郭店〈緇衣〉二處引〈君陳〉文句，篇名「陳」字作〔字形〕上博 1 緇衣 10〔字形〕郭店緇衣 19〔字形〕上博 1 緇衣 20〔字形〕郭店緇衣 39，皆爲从辵从申，乃假「迧」爲「陳」字。

（4）陣

上圖本（影）「陳」字作〔字形〕，金文作〔字形〕九年衛鼎〔字形〕陳侯簠，乃下筆隸變作一橫，「東」形變作「車」，「陳」、「陣」古爲一字。

【傳鈔古文《尚書》「陳」字構形異同表】

傳抄古尚書文字〔字形〕汗 1.15〔字形〕四 1.31〔字形〕六 60　陳	戰國楚簡	石經	敦煌本	岩崎本	神田本b / 九條本 / 島田本b	內野本	上圖（元）	觀智院b / 天理本b	古梓堂b	足利本	上圖本（影）	上圖本（八）	古文尚書晁刻	書古文訓	尚書篇目
乃陳戒于德						〔字形〕					〔字形〕	〔字形〕		〔字形〕	咸有一德
失于政陳于茲		〔字形〕	〔字形〕P2516〔字形〕P2643		〔字形〕 〔字形〕			〔字形〕		〔字形〕	〔字形〕			〔字形〕	盤庚中

〔註331〕參見黃錫全，《汗簡注釋》，武漢：武漢大學出版社，1993，頁 153。

我祖底遂陳于上		敕 P2516 敕 P2643	敕	敕					敕	微子
癸亥陳于商郊		敕 S799	敕	敕		陈			敕	武成
鯀陻洪水汩陳其五行			敕b 敕		敕 敕			敕	洪範
天命不僭卜陳惟若茲			敕b 敕					敕	大誥
王曰外事汝陳時臬司師								敕	康誥
惟其陳修為厥疆畎若作室家			敕 敕		敕			敕	梓材
率惟茲有陳	魏		敕		陣 敕		敕	君奭
周公既沒命君陳分正東郊成周作君陳			敕 敕b	陈		敕	敕	君陳
君陳惟爾令德孝恭			敕 敕b	陳			敕	君陳
君陳爾惟弘周公丕訓			敕 敕b	陳		敕	敕	君陳
奠麗陳教			敕 敕b			敕	敕	顧命
越玉五重陳寶赤刀大訓弘璧琬琰			敕 敕b	陳		敕	敕	顧命
惟君陳克和厥中		敕	敕			敕	敕	畢命

977、諶

「諶」字在傳鈔古文《尚書》有下列不同字形：

（1）忱：忱魏三體 忱1 忱2 忱3

〈咸有一德〉「嗚呼天難諶命靡常」《書古文訓》「諶」字作忱1，上圖本（元）作忱2，右形訛變作「九」，〈君奭〉「天命不易天難諶」魏三體石經「諶」字篆隸二體作忱，敦煌本 P2748 作忱3、《書古文訓》作忱1，與之相合，孫星衍《尚書今古文注疏云：「《釋詁》云：『諶，信也』，《詩·大明》云：『天難忱斯，不易維王』傳云：『忱，信也』」，「諶」、「忱」音義近同相通，偏旁「言」「忄」相通，聲符甚尤音近更替。

（2）㝢魏石經

〈君奭〉「天命不易天難諶」魏三體石經「諶」字古文作㝢，乃「忱」字

之異體，从口从尤，商承祚謂「古文从口即『訧』也」〔註332〕，偏旁「言」、「忄」可相通，乃義符更替。

（3）諶

內野本「諶」字作**諶**，其右下變作「正」，漢代作**諶**漢帛書.老子乙前 86 上言**諶**孔彪碑等形，右下與「正」作**正**武威.有司 10**正**張景碑**正**史晨碑同形。

【傳鈔古文《尚書》「諶」字構形異同表】

諶	戰國楚簡	石經	敦煌本	岩崎本 神田本b	九條本 島田本b	內野本	上圖本（元）觀智院b	天理本 古梓堂b	足利本	上圖本（影）	上圖本（八）	古文尚書晁刻	書古文訓	尚書篇目
嗚呼天難諶命靡常						諶	忱			諶		諶	忱	咸有一德
天命不易天難諶		**魏**	忱 P2748			諶				諶	諶	諶	忱	君奭

咸有一德	戰國楚簡	漢石經	魏石經	敦煌本			岩崎本	神田本	九條本	島田本	內野本	上圖本（元）	觀智院本	天理本	古梓堂本	足利本	上圖本（影）	上圖本（八）	晁刻古文尚書	書古文訓	唐石經
常厥德保厥位厥德匪常九有以亡											常厥惪保厥位厥惪匪常九ナ㠯亡		常厥眞保厥位厥惪匪常九有㠯亡			常ナ悳保厥位厥惪匪常九ナ目亡	常厥惪保厥位厥惪匪常九有㠯亡	常厥惪保厥位厥惪匪常九有㠯亡	常厥惪保厥位厥惪匪常九ナ目亡		

978、匪

「匪」字在傳鈔古文《尚書》有下列不同字形：

〔註332〕商承祚，《石刻篆文》卷 10.18，台北：世界書局，1983。

（1）匡：[古文字形]

上圖本（元）「匡」字作[古文字形]，偏旁「匚」字之「乚」形俗訛混作「辶」。

（2）非

足利本、上圖本（影）〈說命下〉「匪說攸聞」「匪」字作「非」[古文字形]，二字義同。

【傳鈔古文《尚書》「匡」字構形異同表】

匡	戰國楚簡	石經	敦煌本	岩崎本	神田本b	九條本	島田本b	內野本	上圖（元）	觀智院b	天理本	古梓堂b	足利本	上圖本（影）	上圖本（八）	古文尚書晁刻	書古文訓	尚書篇目
厥德匪常九有以亡									[古文字形]									咸有一德
匪說攸聞									[古文字形]					[古文字形非]	[古文字形非]			說命下

咸有一德	郭店楚簡	上博楚簡	漢石經	魏石經	敦煌本	岩崎本	神田本	九條本	島田本	內野本	上圖本（元）	觀智院本	天理本	古梓堂本	足利本	上圖本（影）	上圖本（八）	晁刻古文尚書	書古文訓	唐石經
夏王弗克庸德慢神虐民皇天弗保									夏王弗克庸惠慢神虐民皇天弗保	夏王弗克庸惠慢神虐民皇天弗保	夏王弗克庸惠慢神虐民皇天弗保	夏王弗克庸惠娛神虐民皇天弗保			夏王弗克庸惠慢神虐民皇天弗保	夏王弗克庸德慢神虐民皇天弗保	夏王弗克庸德慢神虐民皇天弗保	夏王亞克寶惠慢神啟民皇天亞保	夏王亞克寶惠慢神啟民皇天亞保	夏王弗克庸德慢神虐民皇天弗保

監于萬方啓迪有命									監亏万方啓厥有命	監于万方苔年有命	監于万方君迪方命	監于万方啓厥有命	眷求弌惠尹迮神主	監亏万亡启迪ナ命
眷求一德俾作神主									眷求一弌俾作神主	眷求一真俾作神主	眷求一真俾作神主	眷求一真俾作神主	眷求式惠尹迮神主	眷求一德俾作神主
惟尹躬暨湯咸有一德	辥尹𦥑𣇀湯咸ナ一德								惟尹躬𣃈湯咸ナ一真	惟尹躬𣇀湯咸有一真	惟尹躬𣇀湯咸有一真	惟尹躬𣇀湯咸有一德	惟尹躬𣇀湯咸ナ弌惠	惟尹躬𣇀湯咸有一德
克享天心受天明命									克享天心受天明命	克享天心受天明命	克享天心受天明命	克享天心受天明命	尸尹受心最兂明命	克享天心受天明命
以有九有之師爰革夏正									吕ナ九ナ出師爰革夏正	以有九有之師爰草夏正	吕有九有出師爰草夏	以有九有之師爰草爻正	吕ナ九ナ出帯爰革夏豆	以有九有之師爰革夏正

979、爰

「爰」字在傳鈔古文《尚書》有下列不同字形：

（1）爰爰爰₁爰₂

敦煌本 P2643、P2516、P2748、岩崎本、上圖本（元）、上圖本（八）「爰」字或作爰爰爰₁，上圖本（八）或少一畫作爰₂。

（2）奚

上圖本（八）〈咸有一德〉「爰革夏正」「爰」字作奚，乃字形訛混作「奚」字。

【傳鈔古文《尚書》「爰」字構形異同表】

爰	戰國楚簡	石經	敦煌本	岩崎本b	神田本b 九條本 島田本b	內野本	上圖（元） 觀智院b	天理本b 古梓堂b	足利本	上圖本（影）	上圖本（八）	古文尚書晁刻	書古文訓	尚書篇目
爰革夏正							爰				奚			咸有一德
既爰宅于茲											爰			盤庚上
綏爰有眾			爰 P2643 爰 P2516				爰							盤庚下
土爰稼穡											爰			洪範
舊勞于外爰暨小人			爰 P2748											無逸
作其即位爰知小人之依			爰 P2748								爰			無逸
爰始淫為劓刵椓黥			爰											呂刑

咸有一德	戰國楚簡	漢石經	魏石經	敦煌本		岩崎本	神田本	九條本	島田本	內野本	上圖本(元)	觀智院本	天理本	古梓堂本	足利本	上圖本(影)	上圖本(八)	晁刻古文尚書	書古文訓	唐石經
非天私我有商惟天佑于一德										非天私我有商惟天右于一悳			非天私我有商惟天右于一悳		非天私我有商惟天佑于一悳	非天私我有商惟天佑于一悳	非天私我有商惟天佑于一悳	非天厶戕尓爾惟天右于弌惪	非天厶戕尓爾惟天右于弌惪	非天私我有商惟天佑于一德

980、私

「私」字在傳鈔古文《尚書》有下列不同字形：

（1） ᇦ汗6.82　厶　厽　厶

《汗簡》錄《古尚書》「私」字作：ᇦ汗6.82，《說文》厶字「ᇦ，姦衺也，韓非曰：『倉頡作字，自營爲厶』」，厶爲「公私」字之本字，戰國作◯包山196 ◯郭店老子甲2 ▽璽彙4792等形，段注云：「公私字本如此，今字『私』行而厶廢矣，『私』者，禾名也。」「私」乃「厶」之假借字。敦煌本P2643、P2516、岩崎本、內野本、《書古文訓》或作 厶 厽 厶。

【傳鈔古文《尚書》「私」字構形異同表】

私　傳抄古尚書文字　ᇦ汗6.82	戰國楚簡	石經	敦煌本	岩崎本	神田本b	九條本	島田本b	內野本	上圖(元)	觀智院b	天理本	古梓堂本b	足利本	上圖本(影)	上圖本(八)	古文尚書晁刻	書古文訓	尚書篇目
非天私我有商																	厶	咸有一德
官不及私昵			厶 P2643 厽 P2516														厶	說命中
以公滅私								厶									厶	周官

咸有一德	戰國楚簡	漢石經	魏石經	敦煌本		岩崎本	神田本	九條本	島田本	內野本	上圖本（元）	觀智院本	天理本	古梓堂本	足利本	上圖本（影）	上圖本（八）	晁刻古文尚書	書古文訓	唐石經	呂刑
																					無或私家于獄之兩辭
																				缺	補
非商求于下民惟民歸于一德										非商求亏下民惟民歸亏式悳	非高求于下民惟民歸于式悳		非商求于下民惟民歸于弌悳		非商求亏下民惟延敀亏一悳	非商求亏下民惟延敀亏一悳	非商求于下民惟民歸于一悳	非爾求亏丁民惟民歸亏式悳			
德惟一動罔不吉德二三動罔不凶										悳惟一動宦帘吉惪二三動宦帘山	悳惟一動同帘吉惟惟一二三動习帘凶		悳惟一埻宜帘吉悳二三埻宜帘凶		德惟一埻宜弗吉惟二三埻宜帘凶	德惟一動国不吉悳二三動罔不凶	悳惟一動宜帘吉悳二三動宜帘凶	悳惟弌動宦亞吉悳弍弎埻宦亞凶			
惟吉凶不僭在人惟天降災祥在德										惟吉凶帘僭在人惟天降灾祥在悳	惟吉凶帘僭在人惟天降灾祥在悳		惟吉凶弗僭在人惟天降灾祥在悳		惟吉凶帘僭在人惟天降灾祥在悳	惟吉凶帘僭在人惟天降灾祥在悳	惟吉凶帘僭在人惟天降灾祥在悳	惟吉凶亞朁在人惟天朶灾祥在悳			

今嗣王新服厥命惟新厥德終始惟一																					
時乃日新任官惟賢材																					

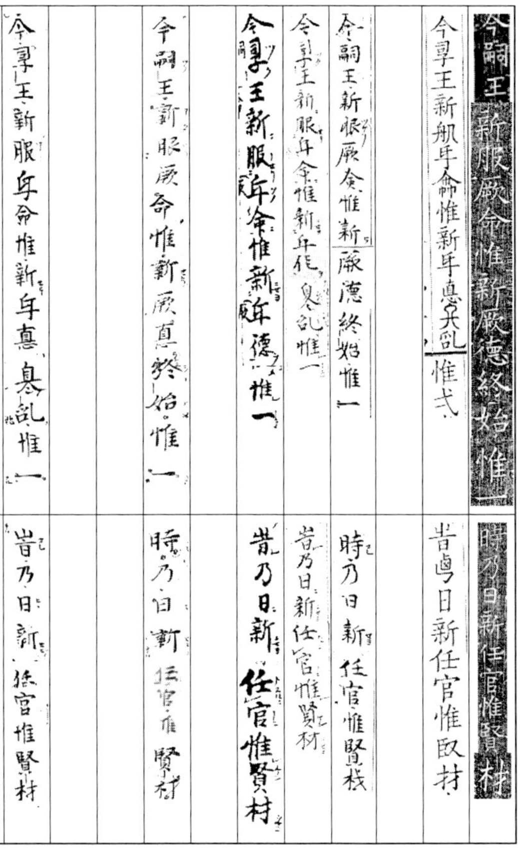

981、材

「材」字在傳鈔古文《尚書》有下列不同字形：

（1）魏三體（隸）$_{1}$$_{2}$

魏三體石經〈梓材〉「材」字隸體作，《書古文訓》多作$_{1}$，偏旁「木」字變作「才」；上圖本（影）、上圖本（八）或作$_{2}$，所从「才」訛變與「戈」近似。

【傳鈔古文《尚書》「材」字構形異同表】

材	戰國楚簡	石經	敦煌本	岩崎本	神田本b	九條本	島田本b	內野本	上圖（元）	觀智院b	天理本	古梓堂b	足利本	上圖本（影）	上圖本（八）	古文尚書晁刻	書古文訓	尚書篇目
時乃日新任官惟賢材																		咸有一德
能多材多藝能事鬼神																		金縢
不若旦多材多藝																		金縢

					康誥
封康叔作康誥酒誥梓材					材
惟其塗墍茨若作梓材	魏		枚	材材	梓材
伯相命士須材			材	材	顧命

咸有一德	戰國楚簡	漢石經	魏石經	敦煌本		岩崎本	神田本	九條本	島田本	內野本	上圖本（元）	觀智院本	天理本	古梓堂本	足利本	上圖本（影）	上圖本（八）	晁刻古文尚書	書古文訓	唐石經
左右惟其人臣為上為德為下為民										左右惟亓人臣為上為悳下為民			右右惟其人臣為上為悳為下為民	左右惟亓人臣為上為悳為下為民	左右惟亓人臣為上為悳為下為民	左右惟亓人臣為上為悳為下為民	左右惟其人臣為上為德為下為民	左右惟亓人臣為上為悳為下為民		左右惟其人臣為上為悳為下為民
其難其慎惟和惟一德無常師主善為師										亓難亓眷惟味惟一悳無常師主善為師			其難其慎惟和惟一悳無常師主善為師	亓難亓慎惟味惟一悳無常師主善為師	亓難亓眷惟味惟一悳無常師主善為師	亓難亓眷惟味惟一悳無常師主善為師	其難其慎惟和惟一悳無常師主善為師	亓難亓眷惟味惟弌悳亡黨師主善為師		其難其慎惟和惟一悳無常師主善為師

												善無常主協于克俾萬姓咸曰大哉王言
善無常主協于克一俾萬姓咸曰大哉王言								善無常主叶亏克一俾万姓咸曰大才王言		善亞常主協于克一俾万姓咸曰大夶王言	善無常主叶亏克一俾万姓咸曰大才王言	善亡惪主叶亏声弍界万姓咸曰大才王言
又曰一哉王心克綏先王之祿								又曰一才王心克綏先王出祿		又曰一夶王心宼綏先王之祿	又曰一才王心克綏先王出祿	又曰弍才王心声娞先王出蒹
永底烝民之生嗚呼七世之廟可以觀德								永底烝区出生焉摩七古立廟可呂觀惪		永底烝民之生烏摩七世之福可以觀厚	永底烝区出生焉摩七古出廟可呂觀德	昜底烝民出生繩摩七立出廟可呂觀惪
萬夫之長可以觀政								万夫出長可呂觀政		万夫之長可以觀政	万夫出長可呂觀政	万夫出房可呂觀政

后非民罔使民非后罔事							后非民宔使民非后宔事	后非民同使民非后同事	后非民同使民非后同事	后非民同使民非后同事	后非民宔使民	后非民罔使民非后罔事
無自廣以狹人匹夫匹婦不獲自盡							無自廣呂狹人匹夫匹婦弗獲自盡	無自廣以狹人匹夫匹婦弗獲自盡	無自廣呂狹人匹夫匹婦弗獲自盡	無自廣呂狹人匹夫匹婦不獲自盡	亡自廣呂狹人匹夫匹婦弜獲自盡	無自廣以狹人匹夫匹婦不獲自盡

982、匹

「匹」字在傳鈔古文《尚書》有下列不同字形：

（1）近₁ 込₂ 尽₃

上圖本（元）「匹」字或作近₁，古梓堂本或作込₂，偏旁「匸」字之「𠃊」形訛作「辶」，敦煌本 P2748 作尽₃，則「𠃊」形訛似「又」，與漢簡或作匹流沙簡.屯戍 **14.16** 類同。

【傳鈔古文《尚書》「匹」字構形異同表】

匹	戰國楚簡	石經	敦煌本	岩崎本b	神田本b	九條本	島田本b	內野本	上圖本（元）	觀智院b	天理本	古梓堂b	足利本	上圖本（影）	上圖本（八）	古文尚書晁刻	書古文訓	尚書篇目
匹夫匹婦不獲自盡									近									咸有一德
來相宅其作周匹休			尽 P2748															洛誥

盧弓一盧矢百馬四匹							込_b				文侯之命

983、盡

「盡」字在傳鈔古文《尚書》有下列不同字形：

（1）盡₁盡₂盍₃

內野本「盡」字或作盡₁，島田本、內野本、上圖本（元）、上圖本（八）或作盡₂，上圖本（八）或作盍₃，皆《說文》篆文盡之隸變，如秦、漢代作盡泰山刻石盡睡虎地 12 盡孫臏 12 盡武威簡.泰射 46 盡流沙簡.屯戍 6.15 盡漢石經.易.說卦等形。

（2）尽尽

足利本、上圖本（影）「盡」字作尽尽，草書楷化俗字，爲宋時常見俗字〔註333〕。

【傳鈔古文《尚書》「盡」字構形異同表】

盡	戰國楚簡	石經	敦煌本	岩崎本	神田本b	九條本	島田本b	內野本	上圖本（元）	觀智院b	天理本	古梓堂b	足利本	上圖本（影）	上圖本（八）	古文尚書晁刻	書古文訓	尚書篇目
無自廣以狹人匹夫匹婦不獲自盡							盡	盡					尽	尽	盡			咸有一德
既爰宅于茲重我民無盡劉													尽	尽	盡			盤庚上
德盛不狎侮狎侮君子罔以盡人心					盡b								尽	尽				旅獒
天大雷電以風禾盡偃大木斯拔													尽	尽				金縢
民情大可見小人難保往盡乃心													尽	尽	盍			康誥
盡執拘以歸于周予其殺								盡					尽	尽				酒誥

〔註333〕宋孫奕《履齋示兒編》卷九《文說》：「初，誠齋先生楊公考校湖南漕試，同僚有取《易》義爲魁，先生見卷子上書『盡』字作『尽』，必欲擯斥。」錢大昕《十駕齋養新錄》據此謂「尽」爲宋時俗字。參見張涌泉，《漢語俗字研究》，湖南：岳麓出版社，1995，頁 76。

咸有一德	戰國楚簡	漢石經	魏石經	敦煌本			岩崎本	神田本	九條本	島田本	內野本	上圖本（元）	觀智院本	天理本	古梓堂本	足利本	上圖本（影）	上圖本（八）	晁刻古文尚書	書古文訓	唐石經
民主罔與成厥功											民主罔與成厥功	民主罔與成厥功	民主罔與成厥功	民主罔與成厥功		民主罔与成厥功	民主罔与成厥功	民主罔与成厥功	民主宅與咸厎珍	民主宅與咸厎珍	民主罔與成厥功
沃丁既葬伊尹于亳							沃丁既葬伊尹于亳				沃丁无陛伊尹亐亳	沃丁无葬伊尹亐亳	沃丁既葬伊尹于亳	沃丁既葬伊尹于亳		沃丁无葬伊尹于亳	沃丁无葬伊尹亐亳	沃丁既葬伊尹亐亳	沃丁既葬伊尹亐亳	沃丁既葬尃尹亐亳	沃丁既葬尃尹亐亳

984、丁

「丁」字在傳鈔古文《尚書》有下列不同字形：

（1）┃魏三體 ▼丁 ┳丁

　　魏三體石經〈君奭〉「丁」字古文作┃，源自甲金文作囗乙7795囗後2.37.5▽王孫壽瓻，或填實作●甲2329●戊寅鼎▼虢季子白盤▼王孫鐘等形。上圖本（元）、上圖本（影）、上圖本（八）、《書古文訓》或作┳丁，與「下」字作丅混同。

【傳鈔古文《尚書》「丁」字構形異同表】

丁	戰國楚簡	石經	敦煌本	岩崎本 神田本b	九條本 島田本b	內野本	上圖（元） 觀智院b	天理本 古梓堂b	足利本	上圖本（影）	上圖本（八）	古文尚書晁刻	書古文訓	尚書篇目
沃丁既葬伊尹于亳							丁			丁				咸有一德
仲丁遷于囂作仲丁							丅							咸有一德

| 在武丁時則有若甘盤 | 魏 | | | | | | | | | | | 丁 | | 君奭 |
| 延入翼室恤宅宗丁卯命作冊度 | | | | | | | | 下 | | | | 丁 | 丁 | 顧命 |

985、葬

「葬」字在傳鈔古文《尚書》有下列不同字形：

（1）葬：葬₁葬₂

上圖本（元）「葬」字或作葬₁葬₂，其上「艹」、「死」之橫筆共用，葬₂形所從「死」訛變。

（2）墊：墊₁塋₂

內野本、足利本「葬」字或作墊₁，上圖本（影）或變作塋₂，漢簡「葬」字或作墊武威簡·服傳48，此即「墊」字之訛變，所從「茻」之下「艹」形變為「土」，義類可通。「墊」字見於《正字通》。

【傳鈔古文《尚書》「葬」字構形異同表】

葬	戰國楚簡	石經	敦煌本	岩崎本	神田本b	九條本 島田本b	內野本	上圖（元）b 觀智院	天理本 古梓堂b	足利本	上圖本（影）	上圖本（八）	古文尚書晁刻	書古文訓	尚書篇目
沃丁既葬伊尹于亳							墊	葬		墊	塋	葬			咸有一德
周公在豐將沒欲葬成周							葬	葬			葬				周官
公薨成王葬于畢告周公作亳姑							葬	葬			葬				周官

	咎單遂訓伊尹事作沃丁	伊陟相大戊亳有祥桑穀共生于朝	伊陟贊于巫咸作咸乂四篇
唐石經	咎單遂訓伊尹事作沃丁	伊陟相太戊亳有祥桑穀共生于朝	伊陟贊于巫咸作咸乂四篇
書古文訓	咎單繢訇𡚁尹曼迒沃丁	尹徝睞大戊亳ナ祥桑鰲共生亏翰	尹徝替亏彝咸迣咸乂四篇
晁刻古文尚書	咎單遂訓伊尹事作沃丁	伊陟相大戊亳有祥桑穀共生于朝	伊陟替于巫咸作咸乂四篇
上圖本（八）	咎單遂訓伊尹事作沃丁	伊陟相大戊亳有祥桑穀共生于朝	伊陟贊于巫咸作咸乂四篇
上圖本（影）	咎單遂訓伊尹事作沃丁	伊陟相大戊亳有祥桑穀共生于朝	伊陟贊于巫咸作咸乂四篇
足利本	咎單遂訓伊尹事作沃丁	伊陟相太戊亳有祥桑穀共生于朝	伊陟贊于巫咸作咸乂四篇
古梓堂本	咎單遂訓伊尹事作沃丁	伊陟相大戊亳有祥桑穀共生于朝	伊陟贊于巫咸作咸乂四篇
天理本			
觀智院本			
上圖本（元）			
內野本	咎單遂訓伊尹事作沃丁	伊陟相太戊亳有祥桑穀共生于朝	伊陟贊于巫咸作咸乂三篇
島田本			
九條本			
神田本			
岩崎本			
敦煌本			
魏石經			
漢石經			
戰國楚簡			
咸有一德	咎單遂訓伊尹事作沃丁	伊陟相大戊亳有祥桑穀共生于朝	伊陟贊于巫咸作咸乂四篇

						太戊贊于伊陟作伊陟原命	太戊贊于伊陟作伊陟原命	太戊贊于伊陟作伊陟原命	大戊替于伊陟作伊陟原命	大戊替于伊陟勑德延勑德原命	太戊替于伊陟作伊陟原命
仲丁遷于囂作仲丁						仲丁遷于囂作仲丁	仲丁遷于囂作仲丁	仲丁遷于囂作仲丁	仲丁遷于囂作仲丁	仲丁遷于囂延中丁	仲丁遷于囂作仲丁

986、囂

「囂」字在傳鈔古文《尚書》有下列不同字形：

（1）囂：顎

上圖本（元）、《書古文訓》「囂」字作顎，移「吅」於左右兩側，與顎武
威簡.泰射 114 囂漢印徵同形。

（2）囂：罵

上圖本（八）「囂」字作罵，《說文》「囂」字「語聲也」與「囂」字訓「聲
也」義近同。

【傳鈔古文《尚書》「囂」字構形異同表】

尚書篇目	書古文訓	古文尚書晁刻	上圖本（八）	上圖本（影）	上圖（元）	觀智院 b	天理本	古梓堂 b	足利本	內野本	九條本 島田本 b	神田本 b 岩崎本	敦煌本	石經	戰國楚簡	囂
咸有一德	顎		罵								囂					仲丁遷于囂作仲丁

唐石經	書古文訓	晁刻古文尚書	上圖本（八）	上圖本（影）	足利本	古梓堂本	天理本	觀智院本	上圖本（元）	內野本	島田本	九條本	神田本	岩崎本		敦煌本	魏石經	漢石經	戰國楚簡	咸有一德
河亶甲居相作河亶甲	河亶命屋眛延河亶命	河亶命屋眛延河亶命	河亶甲居相作河亶甲	河亶甲居相作河亶甲	河亶甲居相作河亶甲			河亶甲居相作河亶甲		河亶甲居相作河亶甲										河亶甲居相作河亶甲

987、亶

「亶」字在傳鈔古文《尚書》有下列不同字形：

（1）亶亶₁ 亶亶₂ 亶亶₃

敦煌本 P2748、上圖本（元）、上圖本（八）「亶」字或作亶亶₁，上所從「㐭」字俗變作「面」，所從「旦」俗寫變似「且」；敦煌本 P3670、神田本或作亶亶₂，岩崎本、九條本或作亶亶₃，所從「旦」日、一間多一短直筆。

【傳鈔古文《尚書》「亶」字構形異同表】

亶	戰國楚簡	石經	敦煌本	岩崎本／神田本b	九條本／島田本b	內野本	上圖（元）	觀智院本b	天理本b	古梓堂本b	足利本	上圖本（影）	上圖本（八）	古文尚書晁刻	書古文訓	尚書篇目
河亶甲居相作河亶甲						亶							亶	亶		咸有一德
河亶甲居相作河亶甲													亶	亶		咸有一德
誕告用亶其有眾			亶 P3670			亶						亶				盤庚中
惟人萬物之靈亶聰明作元后			亶b													泰誓上
在亶乘茲大命惟文王德			亶 P2748	亶									亶			君奭

唐石經	書古文訓	晁刻古文尚書	上圖本（八）	上圖本（影）	上圖本（元）	觀智院本	天理本	古梓堂本	足利本			岩崎本	神田本	九條本	島田本	內野本		敦煌本	魏石經	漢石經	戰國楚簡	咸有一德
祖乙圯于耿烾祖乙	祖乙圯亐耿烾祖乙	祖乙圯亐耿作祖乙	祖乙圯于耿作祖乙	祖乙圯亐耿作祖乙					祖乙圯亐㑅祖乙							祖乙圯亐㑅祖乙						祖乙圯于耿作祖乙

988、耿

「耿」字在傳鈔古文《尚書》有下列不同字形：

（1）耿：耿

足利本、上圖本（影）、上圖本（八）「耿」字或作耿，偏旁「火」字寫與「大」混同。

（2）鮮隸釋

《隸釋》錄漢石經〈立政〉「以覲文王之耿光」「耿光」作「鮮光」，耿、鮮義可相通。

【傳鈔古文《尚書》「耿」字構形異同表】

耿	戰國楚簡	石經	敦煌本	岩崎本	神田本b	九條本	島田本b	內野本	上圖（元）b	觀智院b	天理本b	古梓堂b	足利本	上圖本（影）	上圖本（八）	古文尚書晁刻	書古文訓	尚書篇目
祖乙圯于耿作祖乙								耿										咸有一德
陟丕釐上帝之耿命													耿	耿	耿		耿	立政
以覲文王之耿光	鮮隸釋														耿		耿	立政

十八、盤庚上

盤庚上	戰國楚簡	漢石經	魏石經	敦煌本 S11399	敦煌本 P2643	敦煌本 P3670	岩崎本	神田本	九條本	島田本	內野本	上圖本（元）	觀智院本	天理本	古梓堂本	足利本	上圖本（影）	上圖本（八）	晁刻古文尚書	書古文訓	唐石經
盤庚五遷將治亳殷民咨胥怨作盤庚三篇											盤庚五遷將治亳殷民咨胥怨作盤庚三篇	盤庚五遷治亳殷民咨怨作盤庚三篇				盤庚五亳將治亳殷民咨胥怨作盤庚三篇	盤庚五遷將治亳殷民作盤庚三篇	盤庚五遷將治亳殷民資胥怨徙盤庚三篇	盤庚五遷將治乳亳殷民資胥怨徙盤庚弍篇	盤庚五遷將治亳殷民咨胥怨作盤庚三篇
盤庚遷于殷民不適有居											盤庚遷于殷民弗適有居	盤庚上盤庚遷于殷民弗適有居				盤庚遷于殷民弗適有居	盤庚遷于殷民弗適有居	盤庚遷于殷民弗適有居	盤庚遷于殷民亞適有居	盤庚遷于殷民亞適有居	盤庚遷于殷民不適有居

989、庚

「庚」字在傳鈔古文《尚書》有下列不同字形：

（1）庚：庚 漢石經·盤庚 庚1 庚2 庚3 庚4

漢石經〈盤庚中〉「盤庚作惟涉河以民遷」「庚」字作庚，《說文》篆文作庚，敦煌本 P2643 作隸書庚1，直筆下加一飾點。《書古文訓》或少一點作庚2，上圖本（元）或變作庚3，上圖本（八）或上少一橫作庚4。

（2）康：康1康2

〈微子之命〉「成王既黜殷命殺武庚」上圖本（八）「庚」字或作康1，上

圖本（影）或作「康」₂此形，與「康」字或作「康」、「康」等同形，乃「庚」字形近而誤作「康」。

【傳鈔古文《尚書》「庚」字構形異同表】

庚	戰國楚簡	石經	敦煌本	岩崎本	神田本b	九條本／島田本b	內野本	觀智院／上圖本（元）b	天理本	古梓堂本b	足利本	上圖本（影）	上圖本（八）	古文尚書晁刻	書古文訓	尚書篇目
盤庚五遷將治亳殷民咨胥怨作盤庚三篇											庚		庚		庚	盤庚上
盤庚遷于殷民不適有居															庚	盤庚上
盤庚作惟涉河以民遷		庫漢	庫 P2643					庚					庚		庚	盤庚中
盤庚乃登進厥民			庫 P2643										庚			盤庚中
盤庚既遷奠厥攸居			庫 P2643 / 庚 P2516													盤庚下
越三日庚戌柴望													庚		庚	武成
成王既黜殷命殺武庚												康	康			微子之命
越三日庚戌												庚	康			召誥

盤庚上	戰國楚簡	漢石經	魏石經	敦煌本 S11399	敦煌本 P2643	敦煌本 P3670	岩崎本	神田本	九條本	島田本	內野本	上圖本（元）	觀智院本	天理本	古梓堂本	足利本	上圖本（影）	上圖本（八）	晁刻古文尚書	書古文訓	唐石經
率籲眾慼出矢言曰我王來											率籲眾慼出矢言曰我王	衛籲眾感出矢言曰我王來	率籲眾慼出矢言曰我王			率籲眾慼出矢言曰我王來	率籲眾感出矢言曰我王來	率籲眾感出矢言曰我王來	率籲眾慼出矢言曰我王來	衛籲勱感出戾言曰我王徠	衛籲勱感出戾言曰我王來

990、籲

「籲」字在傳鈔古文《尚書》有下列不同字形：

（1）籲：籲₁ 籲₂ 籲₃ 籲₄

上圖本（影）「籲」字或作籲₁，偏旁「籥」字所从三口省變作「吅」，敦煌本 P3670、S2074、岩崎本、上圖本（元）或作籲₂，復偏旁「竹」字變作「艹」，上圖本（元）或作籲₃，三口省變作「口」；九條本或又省變作籲₄。

（2）喻：喻

敦煌本 P2630〈立政〉「籲俊尊上帝」「籲」字作喻，乃假同音之「喻」字為「籲」。

【傳鈔古文《尚書》「籲」字構形異同表】

籲	戰國楚簡	石經	敦煌本	岩崎本	神田本b／九條本b	島田本b	內野本	上圖本（元）	觀智院b	天理本b	古梓堂b	足利本	上圖本（影）	上圖本（八）	古文尚書晁刻	書古文訓	尚書篇目
率籲公眾慼出矢言								籲				籲	籲	籲		籲	盤庚上
予若籲懷茲新邑			籲 P3670	籲			籲					籲	籲	籲		籲	盤庚中
無辜籲天			籲b				籲					籲	籲	籲		籲	泰誓中
以哀籲天徂厥亡出執							籲	籲				籲	籲	籲			召誥
籲俊尊上帝			籲 S2074 喻 P2630				籲	籲				籲	籲	籲		籲	立政

991、慼

「慼」字在傳鈔古文《尚書》有下列不同字形：

（1）慼：慼慼慼₁ 慼慼₂ 慼₃

《說文》心部「慽」字「憂也」，「慼」字移「心」於下，與「慽」字同。敦煌本 P2643、足利本、上圖本（八）「慼」字或作慼慼慼₁，所从「戚」內「上」形變作「止」，九條本、上圖本（元）或作慼慼₂，「戚」內「小」形多

一畫，岩崎本或作「戚」₃，「小」形變作「非」。

（2）戚：「戚」₁「戚戚」₂「戚戚」₃

〈盤庚中〉「保后胥戚鮮」「戚」字敦煌本 P3670 作「戚」₁，爲「戚」字，上圖本（元）作「戚」₂，其內「上」形之下作「心」，當是「小」形之訛變，此亦「戚」字。

〈多方〉「不肯戚言于民」「戚」字內野本作「戚」，敦煌本 S2074 作「戚」₂，爲（1）「戚」₁省其下「心」，當亦「戚」字。《說文》頁部「籲」字下引「商書曰『率籲眾戚』」，段注曰：「『戚』今本作『戚』，俗字也，衛包所改」，足利本、上圖本（影）此處「戚」字作「戚戚」₃，與（1）「戚」₁「戚」₂形相較省形，疑爲「戚」字之訛，與「戚戚」₂類同。《說文》心部「慼」字「憂也」，「戚」字「戉也」，作「戚」乃「慼」（感）之假借。

（3）「儢」₁「儢」₂

《書古文訓》「感」字作「儢」₁，爲「戚」字隸訛，與漢碑作「儢」楊統碑相類，此形訛从人从戚，所从「戚」又訛變。《書古文訓》或訛从人从戚作「儢」₂，與「儢」₁類同，亦「戚」字之訛變誤增偏旁「人」。

（4）「高」隸釋

《隸釋》錄漢石經〈盤庚中〉「保后胥戚鮮」作「保后胥高鮮」，「戚」字作「高」魏三體石經文公「公孫敖會晉侯于戚」「戚」字古文作「邍」，王國維曰：「《書・盤庚》『保后胥戚』漢石經作『高』，疑古本作邍，今文家讀爲『高』，古文家讀爲『戚』耳。《汗簡》作「邍」汗 1.9（按又作「邍」），《古文四聲韻》引古孝經作「邍邍」四 5.16 引義雲章作「邍邍」四 5.16，皆此字訛誤。」其說是也，漢石經作「高」，爲「戚」字古文之假借，此處「感」字原當作「戚」。

【傳鈔古文《尚書》「感」字構形異同表】

感	戰國楚簡	石經	敦煌本	岩崎本	神田本b	九條本	島田本b	內野本	上圖本（元）	觀智院b	天理本b	古梓堂b	足利本	上圖本（影）	上圖本（八）	古文尚書晁刻	書古文訓	尚書篇目
率籲眾感出矢言								感	戚				感	感	感		戚	盤庚上

保后胥感鮮	高 隸釋	感 P3670 感 P2643	感		感		憑	感	感		慼	盤庚中
不肯感言于民		感 S2074	感	感			感		感		慼	多方

992、戚

「戚」字在傳鈔古文《尚書》有下列不同字形：

（1）感

《書古文訓》「戚」字作感，此爲「感」字，上爲「戚」字之隸書俗訛，與漢碑作慼楊統碑類同，此形下又多一短橫。「戚」字金文作戚 戚姬簋，《說文》篆文作戚，戰國作㦲郭店.尊德7㦲郭店.語叢1.34慼詛楚文，漢代則作慼漢帛書.老子甲後188㦲孫臏300，又變作从人，如慼春秋事語94慼漢印徵㑶禮器碑陰等。

【傳鈔古文《尚書》「戚」字構形異同表】

戚	戰國楚簡	石經	敦煌本	岩崎本b	神田本b	九條本	島田本b	內野本	上圖本（元）	觀智院b	天理本	古梓堂b	足利本	上圖本（影）	上圖本（八）	古文尚書晁刻	書古文訓	尚書篇目
周公曰未可以戚我先王																	慼	金縢

盤庚上	戰國楚簡	漢石經	魏石經	敦煌本 S11399	敦煌本 P2643	敦煌本 P3670	岩崎本	神田本	九條本	島田本	內野本	上圖本（元）	觀智院本	天理本	古梓堂本	足利本	上圖本（影）	上圖本（八）	晁刻古文尚書	書古文訓	唐石經
既爰宅于茲重我民無盡劉					連宅民云畫劉						无爰宅亏兹重我民巨盡劉	无爰宅于茲重我民巨盡劉					既爰宅于茲重我民無盡劉	既爰宅亏兹重我民無盡劉	无爰宅亏兹重我民上畫劉	尧爰宅亏丝重教民無盡劉	既爰宅于茲重我民无盡劉

993、劉

「劉」字在傳鈔古文《尚書》有下列不同字形：

（1）⿰魏三體 ⿰魏三體（篆）劉 劉₁ 釿₂ 劉₃ 劉₄ 劉₅ 釿劉₆

　　魏三體石經〈君奭〉「劉」字古文作⿰，其右爲「刀」之訛，篆體作⿰，《說文》金部「鎦」字「殺也」，徐鍇曰：「《說文》無『劉』字，偏旁有之，此字又史傳所不見，疑此即『劉』字也。从金从戼刀，字屈曲傳寫誤作田爾」，《隸辨》⿰劉君神道碑下云：「『劉』本从『戼』，『戼』古酉字，他碑皆變從『卯』，復省爲『厶』『囗』。《漢書·王莽傳》云：『受命之日，丁卯也，丁火漢氏之德也，卯劉姓以爲字也。』據此疑變隸之初，『劉』已從『卯』此碑獨從『戼』亦爲僅見」。

　　《書古文訓》「劉」字作劉 劉₁，劉₁左上猶隸定作「戼」，劉₁則變作「囗囗」；九條本或作劉₂，左上變作二厶形，與釿居延簡甲1531 釿華山亭碑劉桐柏廟碑同形；敦煌本P2748作劉₃，與劉居延簡甲1531類同，敦煌本S799作劉₄，左上變似「夗」，復與「金」上二畫共筆；上圖本（元）或作劉₅，左上訛變作⿰，亦與「金」共筆，神田本、觀智院本或各作釿劉₆，所從「金」下形訛作「豆」。

【傳鈔古文《尚書》「劉」字構形異同表】

劉	戰國楚簡	石經	敦煌本	岩崎本	神田本b	九條本b	島田本b	內野本	上圖（元）	觀智院b	天理本	古梓堂b	足利本	上圖本（影）	上圖本（八）	古文尚書晁刻	書古文訓	尚書篇目
重我民無盡劉			釿					劉									劉	盤庚上
公劉克篤前烈至于大王			劉 S799															武成
咸劉厥敵		劉 魏	劉 P2748			劉											劉	君奭
一人冕執劉立于東堂									釿b									顧命

盤庚上	戰國楚簡	漢石經	魏石經	敦煌本 S11399	敦煌本 P2643	敦煌本 P3670	岩崎本	神田本	九條本	島田本	內野本	上圖本（元）	觀智院本	天理本	古梓堂本	足利本	上圖本（影）	上圖本（八）	晁刻古文尚書	書古文訓	唐石經
不能胥匡以生卜稽曰其如台						弗能胥賃呂生卜乩曰亓如台					弗能胥达呂生卜乩曰其如台	弗能胥达呂生卜乩曰其如台				不能胥匡以生卜稽曰其如台	弗能胥匡以生卜稽曰其如台	弗能胥匡呂生卜乩曰其如台	亞耐胥匡呂生卜乩曰亓如台	不能胥匡以生卜稽曰其如台	不能胥匡以生卜稽曰其如台
先王有服恪謹天命茲猶不常寧						先王又服恭謹之命烝弗常益					先王ナ服恭謹天命茲猶弗常寍	先王有服恭謹天命茲猶弗常寍				先王有服恪謹天命茲猶不常寧	先王有服恪謹天命茲猶不常寧	先王有服恪謹天命茲猶弗常寧	先王ナ舩恭謹死命絲孫亞覍寍	先王ナ舩恭謹死命絲孫亞覍寍	先王有服恪謹天命茲猶不常寧

994、恪

「恪」字在傳鈔古文《尚書》有下列不同字形：

（1） 悫 汗 4.59 悫

《汗簡》錄《古尚書》「恪」字作： 悫 汗 4.59，與古璽作 字表 10.18 同形，此形移「心」於下，與「忓」字亦作「忈」 會志盤類同。「恪」字《說文》未見，見於《爾雅·釋詁》：「恪，敬也」虛各切，《一切經音義》謂「恪，古文悫」，《說文》心部「悫」字「敬也」，與「恪」（悫）字爲聲符繁化。

神田本、岩崎本、內野本、上圖本（元）、上圖本（八）、《書古文訓》「恪」字或作悫，爲 悫 汗 4.59 之隸定。

（2） 悫

內野本「恪」字或作愙，爲「恪」字作愙之訛誤，其上所從「各」訛作「文」。

(3) 寉

《書古文訓》〈微子之命〉「恪愼克孝」「恪」字作寉，爲《說文》「寉」字篆文之隸定，其下引「《春秋傳》曰『以陳備三寉』」，徐鉉謂「今俗作『恪』」，然今本《左傳》襄公25年作「三恪」，魏孔羨碑作「三容」，古璽作字表10.18 漢印作漢印徵，「恪」字當非俗字〔註334〕。

【傳鈔古文《尚書》「恪」字構形異同表】

傳抄古尚書文字 恪 [汗4.59]	戰國楚簡	石經	敦煌本	岩崎本b	神田本b	九條本b	島田本b	內野本	上圖本(元)	觀智院b	天理本	古梓堂b	足利本	上圖本(影)	上圖本(八)	古文尚書晁刻	書古文訓	尚書篇目
先王有服恪謹天命							[愙]	[愙]	[愙]						[愙]		[愙]	盤庚上
恪愼克孝								[愙]									[寉]	微子之命

盤庚上	戰國楚簡	漢石經	魏石經	敦煌本 S11399	敦煌本 P2643	敦煌本 P3670	岩崎本	神田本	九條本	島田本	內野本	上圖本(元)	觀智院本	天理本	古梓堂本	足利本	上圖本(影)	上圖本(八)	晁刻古文尚書	書古文訓	唐石經
不常厥邑于今五邦						弗常厰邑于今又邦				弗常身邑至于今又五邦	弗常厰邑至于今又五邦					不常厥邑至于今五邦		弗常厥邑于今又邦	弗常厥邑至于今又五邦	弜常屰邑亐于今又五邦	不常厥邑于今又邦

〔註334〕參見黃錫全，《汗簡注釋》，武漢：武漢大學出版社，1993，頁374、頁381。

今不承于古罔知天之斷命						今弗兼于古宫知天之㫁命	今弗兼于古宫知天之㫁命	今弗兼于古宫知天㞢㫁命			今不兼于古罔知天之斷命	今弗承亏宫知天㞢斷命	今弗承亏宫知天㞢㫁命
												今亞承亏古宫知㞢㞢㫁命	今不承于古罔知天之斷命

995、斷

「斷」字在傳鈔古文《尚書》有下列不同字形：

（1）𤔲汗6.82𤔲四4.21𣃔𣃔𣃔₁𣃔𣃔𣃔₂𣃔₃𣃔₄𣃔₅

《汗簡》、《古文四聲韻》錄《古尚書》「斷」字作：𤔲汗6.82𤔲四4.21，即《說文》古文从𠧢作𣃔，𠧢古文叀（《說文》叀字古文作𠧢），下引「周書曰『𣃔𣃔猗無它技』」段注云：「許所據壁中古文也」，源自金文作𣃔量侯簋，其左爲「叀」，𤔲汗6.82𤔲四4.21𣃔說文古文斷左形皆有訛變。此即「叀刂」（剸）字，與「斷」音義皆近。

敦煌本 P2516、岩崎本、《書古文訓》「斷」字或作𣃔𣃔𣃔₁，爲𣃔說文古文斷之隸古定。敦煌本 P2643、P3871、上圖本（元）或左下多一畫各作𣃔𣃔𣃔₂，岩崎本、上圖本（元）或變作𣃔₃；九條本或變作𣃔₄；岩崎本或變作𣃔₅，復其右所从「召」訛作「台」。

（2）𣃔汗6.76𣃔四4.21𣃔₁𣃔₂𣃔₃

《汗簡》、《古文四聲韻》錄《古尚書》「斷」字又作：𣃔汗6.76𣃔四4.21，即《說文》古文一作𣃔，左所从亦古文「叀」字，其右𣃔、𣃔形皆「刀」之訛，如「則」字作𣃔曾侯乙鐘𣃔楚帛書乙𣃔郭店語叢1.34𣃔老子丙6𣃔魏石經偏旁「刀」之變；此形與戰國楚簡作𣃔郭店.語叢2.35𣃔郭店.六德44𣃔包山134𣃔信陽2.1類同。

《書古文訓》「斷」字或作𣃔₁，爲𣃔說文古文斷之隸古定，又或訛變作𣃔₂𣃔₃。

（3）絕：𤔲

內野本〈盤庚上〉「罔知天之斷命」「斷」字作𤔲，與該本「絕」字作𤔲同

形（參見"絕"字），漢簡「斷」字亦有作𦀖孫臏 167，乃以同義之「絕」字爲「斷」。

（4）斷

內野本、足利本、上圖本（影）、上圖本（八）「斷」字或作斷，其左形省變，《玉篇》斤部「断」字同「斷」，断爲俗字，「米」爲省略符號。

（5）䲆䲆䱱

內野本、足利本、上圖本（影）、上圖本（八）〈秦誓〉「斷斷猗無他伎」「斷」字作䲆䲆䱱，乃（1）𦀖1 之訛誤，訛作从魚从占。

【傳鈔古文《尚書》「斷」字構形異同表】

斷 傳抄古尚書文字	戰國楚簡	石經	敦煌本	岩崎本 神田本b	九條本 島田本b	內野本	上圖 觀智院b 天理本 古梓堂b	足利本	上圖本（影）	上圖本（八）	古文尚書晁刻 書古文訓	尚書篇目
罔知天之斷命			𦀖		斷	𦀖		断	断	断	𦀖	盤庚上
乃斷棄汝不救乃死			𦀖 P2643 𦀖 P2516			𦀖		斷	斷	斷	𦀖	盤庚中
惟克果斷乃罔後艱					斷			斷	斷	斷	𦀖	周官
斷制五刑以亂無辜			𦀖		斷			斷	斷	斷	𦀖	呂刑
斷斷猗無他伎			𦀖 P3871		䲆	斷		䲆	䲆	䱱	𦀖	秦誓

盤庚上	戰國楚簡	漢石經	魏石經	敦煌本 S11399	敦煌本 P2643	敦煌本 P3670	岩崎本	神田本	九條本	島田本	內野本	上圖本（元）	觀智院本	天理本	古梓堂本	足利本	上圖本（影）	上圖本（八）	晁刻古文尚書	書古文訓	唐石經
矧曰其克從先王之烈							矧曰亓兓加兓先王之烈				矧曰亓克加先王业烈	矧曰其克加先王业烈				矧曰其克從先王之烈	矧曰其克加先王业烈	矧曰其克加先王业烈	敳曰亓克加先王业熙	矧曰亓克從先王业熙	矧曰其克從先王之烈
若顛木之有由蘗天其永我命于茲新邑							若顛木之有由梓天其永我命于茲新邑				若顛木业有由梓天亓永我命亏茲新邑	若顛木之有由梓天亓永我命亏茲新邑				若顛木之有由蘗天其永我余于茲新邑	若顛木之荀由蘗天亓永我命亏茲新邑	若顛木不出有由梓天亓永我命亏茲新邑	若顛木业才卤卤梓天亓永我命亏茲新邑	若顛木业有由蘗天其永我命于茲新邑

996、蘗

「若顛木之有由夏蘗」《說文》木部「欁」字欁，或體从木辥聲作「蘗」櫱，古文作朩，又作梓，下引「〈商書〉曰『若顛木之有卣欁』」，丂部「卣」字下引作「卣枿」並謂古文作「由枿」，《釋文》引馬融云：「顛木而肄生曰『枿』」，《撰異》謂據《說文》知漢代今文作「卣」，壁中古文作「由」，「枿」字原作「欁」，轉寫從俗作「枿」，或云「枿」為「棒」之訛體。

「蘗」字在傳鈔古文《尚書》有下列不同字形：

（1）朩汗3.30 朩四5.11 朩₁

《汗簡》錄《古尚書》「蘗」字作：朩汗3.30，《古文四聲韻》錄作「朩」字：朩四5.11，《說文》木部「欁」字或體作「蘗」，古文一作朩，《書古文訓》〈盤庚上〉「若顛木之有由夏蘗」「蘗」字作朩₁，作此古文形體。

（2）　榛汗 3.30　榛榛.四 5.11　榛梓₁梓₂

《汗簡》錄《古尚書》「櫱」字又作：榛汗 3.30，《古文四聲韻》錄作「榛」字：榛四 5.11，《說文》古文一作梓，其右為夲之訛變，變自中山王壺作夲形。岩崎本、內野本、上圖本（元）「櫱」字或作榛梓₁，為梓說文古文欙之隸變，上圖本（八）或作梓₂，偏旁「木」字變作「扌」。

（3）　蘖蘗₁槀₂櫱₃蘖₄

內野本、上圖本（元）、足利本、上圖本（影）、上圖本（八）「櫱」字或作蘖₁，岩崎本或作蘗₁，敦煌本 P2643 作槀₂，皆欙說文或體欙之隸變俗訛；《書古文訓》或作櫱₃，偏旁「木」字訛作「米」；敦煌本 P2516 作蘖₄，其上訛從「薛」。

【傳鈔古文《尚書》「櫱」字構形異同表】

傳抄古尚書文字 櫱 榛四 5.11 榛汗 3.30	戰國楚簡	石經	敦煌本	岩崎本 神田本b 九條本b 島田本b	內野本	上圖 上智院b	觀智院b 天理本	古梓堂 足利本	上圖本（元）	上圖本（影）	上圖本（八）	古文尚書晁刻	書古文訓	尚書篇目
若顛木之有由櫱			榛		梓		梓		蘖	蘖	梓		榛	盤庚上
爾惟麴櫱若作和羹			槀 P2643 蘖 P2516		蘖		蘗		蘖	蘖	蘖		蘖	說命下

盤庚上	戰國楚簡	漢石經	魏石經	敦煌本 S11399	敦煌本 P2643	敦煌本 P3670	岩崎本	神田本	九條本	島田本	內野本	上圖本（元）	上圖本（影）	觀智院本	天理本	古梓堂本	足利本	上圖本（八）	晁刻古文尚書	書古文訓	唐石經
紹復先王之大業底綏四方							紹復先王之大業底綏三方			紹復先王之大業底綏四方	紹復先王出大業底綏三方		紹復先王之大業底梓四方				紹復先王之大業底綏四方	紹復先王之大業底綏三方		櫱復先王之大業底綏三匚	紹復先王之大業底綏四方

997、紹

「紹」字在傳鈔古文《尚書》有下列不同字形：

（1）𢍰魏三體.綽

《書古文訓》「紹」字皆作𢍰，與《說文》糸部「紹」字古文从「邵」作 類同，為此形之隸定，魏三體石經〈無逸〉「不寬綽厥心」「綽」字三體皆作「紹」，古文作 ，「紹」「𢍰」聲符更替。

（2）

敦煌本 P2516、岩崎本、上圖本（元）、九條本「紹」字或作 ，偏旁「糸」字下形省作一畫。

【傳鈔古文《尚書》「紹」字構形異同表】

紹	戰國楚簡	石經	敦煌本	岩崎本	神田本b	九條本	島田本b	內野本	上圖本（元）	觀智院b	天理本b	古梓堂b	足利本	上圖本（影）	上圖本（八）	古文尚書晁刻	書古文訓	尚書篇目
紹復先王之大業									𥬖								𢍰	盤庚上
其爾克紹乃辟于先王永綏民			紐 P2643 紹 P2516	紹					紹								𢍰	說命下
紹天明即命																	𢍰	大誥
紹聞衣德言往敷求于殷先哲王																	𢍰	康誥
王來紹上帝自服于土中				紹													𢍰	召誥
格其非心俾克紹先烈						紹											𢍰	冏命
汝肇刑文武用會紹乃辟						紹											𢍰	文侯之命
不永念厥辟不寬綽厥心 *魏石經綽字三體皆作紹		魏	綽 P3767												綽	綽		無逸

盤庚上	戰國楚簡	漢石經	魏石經	敦煌本 S11399	敦煌本 P2643	敦煌本 P3670	岩崎本	神田本	九條本	島田本	內野本	上圖本（元）	觀智院本	天理本	古梓堂本	足利本	上圖本（影）	上圖本（八）	晁刻古文尚書	書古文訓	唐石經
盤庚斅于民由乃在位以常舊服正法度							盤庚學于民由乃位吕常舊服正度				盤庚斅于民曰由乃在位以常舊服正法度	盤庚學于民曰由乃在位以常舊服正法度				盤庚敦于民曰由乃在位以常舊服正法度	盤庚敦于民曰由乃在位以常舊服、正法度	盤庚敦亏民曰由迺在位吕常舊服正法度	盤庚斅亏民繇迺圣位吕常舊舩昰企㢭		盤庚斅于民由乃在位以常舊服正法度

998、斅

「斅」字在傳鈔古文《尚書》有下列不同字形：

（1）學

〈盤庚上〉「盤庚斅于民」岩崎本、上圖本（元）「斅」字作學學，《說文》教部「斅」字[圖]（當爲古籀）其下「[圖]篆文斅省」。

（2）斅：敦敦敦

足利本、上圖本（影）、上圖本（八）「斅」字或作敦敦敦，所從「學」字上形省作三點。

【傳鈔古文《尚書》「斅」字構形異同表】

斅	戰國楚簡	石經	敦煌本	岩崎本 神田本b	九條本b 島田本b	內野本	上圖（元） 觀智院b	天理本b 古梓堂b	足利本	上圖本（影）	上圖本（八）	古文尚書晁刻	書古文訓	尚書篇目
盤庚斅于民			學	斅			學		敦	敦	敦		斅	盤庚上
惟斅學半念終始典于學		斅	斅 P2643 斅 P2516		斅	斅	斅		敦	敦	敦		斅	說命下

999、學

「學」字在傳鈔古文《尚書》有下列不同字形：

（1）𢺃1、𢺈2、學3、学4

《書古文訓》「學」字多作𢺃1，與《說文》教部「𢽾」字𢽾（當爲古籀）同形，「學」𢽅爲篆文。上圖本（元）「學」字或變作𢺈、學2，上圖本（八）或變作學3；內野本、足利本、上圖本（影）、上圖本（八）或上形省作三點俗作学4。

【傳鈔古文《尚書》「學」字構形異同表】

學	戰國楚簡	石經	敦煌本	岩崎本b	神田本b 九條本	島田本b	內野本	上圖本（元）	觀智院b 天理本	古梓堂本b	足利本	上圖本（影）	上圖本（八）	古文尚書晁刻	書古文訓	尚書篇目
舊學于甘盤			學 P2516				学	學			学	学	学		𢺃	說命下
學于古訓乃有獲							學	學			學	学	學		𢺃	說命下
惟𢽾學半念終始典于學							学	學			学	学	学			說命下
以公滅私民其允懷學古入官								學			学	学			𢽾	周官

盤庚上	戰國楚簡	漢石經	魏石經	敦煌本 S11399	敦煌本 P2643	敦煌本 P3670	岩崎本	神田本	九條本	島田本	內野本	上圖本（元）	觀智院本	天理本	古梓堂本	足利本	上圖本（影）	上圖本（八）	晁刻古文尚書	書古文訓	唐石經
曰無或敢伏小人之攸箴						曰戈或敢伏小民之攸箴					曰臣或敢依小民出適箴	曰臣或敢伏小民之適箴				曰無或敢伏小民之攸箴	曰無或敢伏小民出適箴	曰亡或敢伏小民出適箴		曰亡或敢伏小人出迶箴	曰亡或敢伏小人之攸箴

1000、箴

「箴」字在傳鈔古文《尚書》有下列不同字形：

（1）箴₁箴₂

上圖本（元）「箴」字作箴₁箴₂，偏旁「竹」字作「艸」，箴₂形復所從
「咸」訛多「心」作「感」。

【傳鈔古文《尚書》「箴」字構形異同表】

箴	戰國楚簡	石經	敦煌本	岩崎本 b	神田本 九條本 b	島田本 b	內野本	上圖院 b 觀智院 b	古梓堂本 天理本 b	足利本	上圖本（影）	上圖本（八）	古文尚書晁刻	書古文訓	尚書篇目
日無或敢伏小人之攸箴								箴							盤庚上
猶胥顧于箴言								箴							盤庚上

盤庚上	戰國楚簡	漢石經	魏石經	敦煌本 S11399	敦煌本 P2643	敦煌本 P3670	岩崎本	神田本	九條本	島田本	內野本	上圖本（元）	觀智院本	天理本	古梓堂本	足利本	上圖本（影）	上圖本（八）	晁刻古文尚書	書古文訓	唐石經
王命眾悉至于庭王若曰格汝眾							王命眾悉至于廷王若曰格女眾				王命眾悉至于王廷王若曰格女眾	王命眾悉至于朝廷王若曰格汝眾	王命眾悉至于朝庭王若曰格汝眾				王命眾悉至于朝庭王若曰格汝眾	王命眾悉至于朝廷王若曰格汝眾		王命眾悉至于廷王若曰戏女眾	王命眾悉至于廷王若曰格汝

1001、庭

「庭」字在傳鈔古文《尚書》有下列不同字形：

（1）庭₁達庭₂庭₃

內野本「庭」字或作庭₁，所從「廴」變作「辶」，敦煌本 P3670.P2643P2748、
P2630、S2074、觀智院本或作達庭₂，復所從「壬」直筆下伸，與庭武威簡.

泰射39 庭 西狹頌 庭 曹全碑 等同形，岩崎本、島田本、九條本、上圖本（元）或作 達₃，「壬」變似「手」。

（2）廷：廷廷

內野本、《書古文訓》「庭」字或作 廷廷，江聲謂應作「廷」「唐衛包始改作『庭』，非」，小盂鼎記宮廟南門內爲大廷，三門內爲中廷，「廷」字作 盂 鼎二，《書古文訓》作「廷」與之相合。

【傳鈔古文《尚書》「庭」字構形異同表】

庭	戰國楚簡	石經	敦煌本	岩崎本	神田本b	九條本 島田本b	內野本	上圖（元）觀智院b	天理本 古梓堂b	足利本	上圖本（影）	上圖本（八）	古文尚書晁刻	書古文訓	尚書篇目
王命眾悉至于庭			達			廷	廷					達		廷	盤庚上
咸造勿褻在王庭			隹 P3670 達 P2643				達					達		廷	盤庚中
乃命于帝庭							達b					達			金縢
今爾又曰夏迪簡在王庭			庭 P2748											廷	多士
迪簡在王庭			庭 P2630 達 S2074			達	庭			庭	庭	庭		廷	多方
四征弗庭							庭							廷	周官
茲既受命還出綴衣于庭							達b							廷	顧命

盤庚上	戰國楚簡	漢石經	魏石經	敦煌本 S11399	敦煌本 P2643	敦煌本 P3670	岩崎本	神田本	九條本	島田本	內野本	上圖本（元）	觀智院本	天理本	古梓堂本	足利本	上圖本（影）	上圖本（八）	晁刻古文尚書	書古文訓	唐石經
古我先王亦惟圖任舊人共政							古我先王亦惟圖任舊人共政				古我先王亦惟圖任舊人共政	古我先王亦惟圖任舊人共政				古我先王亦惟圖任舊人共政	古我先王亦惟圖任舊人共政	古我先王亦惟圖任舊人共政	古我先王亦惟圖任舊人共政	古我先王亦惟圖任舊人共政	古我先王亦惟圖任舊人共政
王播告之脩不匿厥指							王播告之脩不匿厥指				王播告之脩不匿厥指	王播告之脩不匿厥指				王播告之脩不匿厥指	王播告之脩不匿厥指	王播告之脩不匿厥指	王播告之脩不匿厥指	王播告之脩不匿厥指	王播告之脩不匿厥指

1002、指

「指」字在傳鈔古文《尚書》有下列不同字形：

（1）指₁拵指₂拮₃拮指₄

《書古文訓》「指」字作指₁，《隸辨》引《五經文字》云：「指，石經作指；敦煌本 P2643、P2516、內野本或作拵指₂，《集韻》上聲五5旨韻「旨」字「或作旨」，旨與漢碑作旨白石神君碑同形；岩崎本、島田本或作拮₃，所從「旨」字作旨而上筆變作撇；敦煌本 P2516、岩崎本、上圖本（元）或作拮指₄，偏旁「扌」字與「才」形混。

【傳鈔古文《尚書》「指」字構形異同表】

指	戰國楚簡	石經	敦煌本	岩崎本	神田本b	九條本	島田本b	內野本	上圖（元）	觀智院b	天理本	古梓堂b	足利本	上圖本（影）	上圖本（八）	古文尚書晁刻	書古文訓	尚書篇目
王播告之脩不匿厥指			指						信								指	盤庚上
指乃功不無戮于爾邦			指 P2643 指 P2516	指					指								指	西伯戡黎
今爾無指告予顛隮若之何其			指 P2643 指 P2516	指					指								指	微子
予曷其極卜敢弗于從率寧人有指疆土							指b	指									指	大誥

1003、旨

「旨」字在傳鈔古文《尚書》有下列不同字形：

（1）旨 旨 旨

敦煌本 P2643、P2516、上圖本（元）、《書古文訓》「旨」字作旨 旨 旨，《集韻》上聲五5旨韻「旨」字「或作旨」，皆與漢碑作旨白石神君碑同形。

【傳鈔古文《尚書》「旨」字構形異同表】

旨	戰國楚簡	石經	敦煌本	岩崎本	神田本b	九條本	島田本b	內野本	上圖（元）	觀智院b	天理本	古梓堂b	足利本	上圖本（影）	上圖本（八）	古文尚書晁刻	書古文訓	尚書篇目
王曰旨哉說乃言惟服			旨 P2643 旨 P2516		旨				旨								旨	說命中

盤庚上	戰國楚簡	漢石經	魏石經	敦煌本S11399	敦煌本P2643	敦煌本P3670	岩崎本	神田本	九條本	島田本	內野本	上圖本（元）	觀智院本	天理本	古梓堂本	足利本	上圖本（影）	上圖本（八）	晁刻古文尚書	書古文訓	唐石經
王用丕欽罔有逸言民用丕變						王用丕歛定又逸言民用丕變					王用丕歛官有逸言民用丕變	王用丕歛官又逸言民由丕變				王用丕欽罔有逸言民用丕變	王用丕欽宣有逸言民用丕變	王用丕欽宣有逸言民用丕變	王用丕欽定ナ俗…民用丕彰	王用丕欽定ナ俗中民用丕彰	王用丕欽罔有逸言民用丕變
今汝聒聒起信險膚						今女憼憼之起仁險膚					今女憼憼之起信險膚	今女憼之起信險膚				今女聮之起信險膚		今女聮聮之起伈險膚		今女聲聲起伈險膚	今汝聒聒起信險膚

1004、聒

「今汝聒聒」「聒」字唐石經亦同，然《說文》心部「憸」字「善自用之意。从心銛聲。〈商書〉曰『今汝憸憸』。錔，古文从耳」段注謂馬本、鄭本皆作「憸」，「衛包因鄭云『憸讀如聒耳之聒』竟改經文作『聒聒』，開成石經从之」，又謂壁中文作「錔」，「孔安國易从耳為心，蓋由伏生尚書如是」，是漢代今文作「憸」，古文作「錔」。

「聒」字在傳鈔古文《尚書》有下列不同字形：

（1）錔汗5.65　錔四5.11　錔六342　錔1

《汗簡》、《古文四聲韻》錄《古尚書》「聒」字作：錔汗5.65　錔四5.11　錔六書通342，與《說文》心部「憸」字古文从耳作錔類同，錔汗5.65所从「耳」上少一畫，錔四5.11　錔六342所从「昏」（舌）皆訛少「口」形，前者復「金」形訛變。

《書古文訓》「聒」字作錔1，為錔說文古文憸之隸古定。

（2）𨥋𨥋₁𨥚₂

岩崎本、上圖本（元）「聐」字各作𨥋𨥋₁，內野本作𨥚₂，左上爲「金」字訛變，皆「銛」字之訛誤。

【傳鈔古文《尚書》「聐」字構形異同表】

聐 傳抄古尚書文字 鐈 汗 5.65 鐈 四 5.11 鐈 六 342	戰國楚簡	石經	敦煌本	岩崎本	神田本b	九條本	島田本b	內野本	上圖（元）	觀智院b	天理本	古梓堂b	足利本	上圖本（影）	上圖本（八）	古文尚書晁刻	書古文訓	尚書篇目
今汝聐聐起信險膚			𨥋					𨥚	𨥋				聐聐				銛	盤庚上

1005、險

「險」字在傳鈔古文《尚書》有下列不同字形：

（1）瞼

「險」字《書古文訓》作瞼₁，《說文》目部新附「瞼」字「目上下瞼也」居奄切，與「險」字音義有別，「險」字篆文𩇕，偏旁「阝」臣傳寫誤爲「目」，《書古文訓》作瞼₁，當爲「險」字訛誤。

（2）險

足利本、上圖本（影）「險」字作險₂，所從「僉」字作僉，與「命」字作僉形混同（參見"命""僉"字）。

【傳鈔古文《尚書》「險」字構形異同表】

險	戰國楚簡	石經	敦煌本	岩崎本	神田本b	九條本	島田本b	內野本	上圖（元）	觀智院b	天理本	古梓堂b	足利本	上圖本（影）	上圖本（八）	古文尚書晁刻	書古文訓	尚書篇目
今汝聐聐起信險膚													險	險			瞼	盤庚上

1006、膚

「膚」字在傳鈔古文《尚書》有下列不同字形：

（1）膚₁膚₂𡪻₃𡪻₄膚₄

　　上圖本（元）「膚」字作膚1，上從偏旁「虍」字之隸變俗寫；岩崎本作膚2，復變所從「月」爲「日」；內野本、上圖本（八）作膚膚3，所從「月」作「肉」字；上圖本（影）作膚4，其中省訛作「口」。

【傳鈔古文《尚書》「膚」字構形異同表】

膚	戰國楚簡	石經	敦煌本	岩崎本	神田本b	九條本 島田本b	內野本	上圖本（元）	觀智院b	天理本	古梓堂b	足利本	上圖本（影）	上圖本（八）	古文尚書晁刻	書古文訓	尚書篇目
今汝聒聒起信險膚			膚				膚	膚				膚	膚	膚			盤庚上

盤庚上	戰國楚簡	漢石經	魏石經	敦煌本S11399	敦煌本P2643	敦煌本P3670	岩崎本	神田本	九條本	島田本	內野本	上圖本（元）	觀智院本	天理本	古梓堂本	足利本	上圖本（影）	上圖本（八）	晁刻古文尚書	書古文訓	唐石經
予弗知乃所訟非予自荒茲德						予弗知乃所訟非予自荒茲惪				予弗知乃所訟非予自荒茲悳	予弗知乃所訟非予自荒茲德						予弗知乃所訟非予自荒茲悳	予弗知乃所訟非予自荒茲悳		予亞知乃所訟非予自荒茲德	予弗知乃所訟非予自荒茲德

1007、所

「所」字在傳鈔古文《尚書》有下列不同字形：

（1）所魏三體所1所2

　　魏三體石經〈無逸〉「所」字古文作所，與金文作所不易戈所魚鼎七所所鼎所中山王壺同形，《說文》篆文作所，从斤戶聲。敦煌本S799、P2748、岩崎本、上圖本（八）或作所所1，爲所魏石經所說文篆文所之隸變俗寫；觀智院本、上圖本（元）或訛作所2，左下訛作「月」。

【傳鈔古文《尚書》「所」字構形異同表】

所	戰國楚簡	石經	敦煌本	岩崎本	神田本b	九條本	島田本b	內野本	上圖本（元）	觀智院本b	天理本	古梓堂本	足利本	上圖本（影）	上圖本（八）	古文尚書晁刻	書古文訓	尚書篇目
予弗知乃所訟			所					所							所	所		盤庚上
民之所欲天必從之			所												所			泰誓上
所過名山大川	所 S799		所												所			武成
所寶惟賢則邇人安							所b								所			旅獒
乃得周公所自以爲功代武王之說															所			金縢
凡大木所偃盡起而築之							所b								所			金縢
天閟毖我成功所															所			大誥
故殷禮陟配天多歷年所		所 魏	所 P2748															君奭
違上所命從厥攸好															所b			君陳
則罔所愆							所b											秦誓

盤庚上	戰國楚簡	漢石經	魏石經	敦煌本S11399	敦煌本P2643	敦煌本P3670	岩崎本	神田本	九條本	島田本	內野本	上圖本（元）	觀智院本	天理本	古梓堂本	足利本	上圖本（影）	上圖本（八）	晁刻古文尚書	書古文訓	唐石經
惟汝含德不惕予一人						惟女含惠弗惠予一人	惟安含真弗惠予一人				惟安含惠床惠予一人	惟女含惠不惕予一人				惟汝含惠不惕予一人	惟汝含德不惕予一人	惟女含惠不愚予一人	惟女含惠不愚予一人	惟女含真亞愚予弌人	惟女含德不惕予弌人

1008、含

「含」字在傳鈔古文《尚書》有下列不同字形：

（1）含 **魏石經**

魏三體石經〈無逸〉「含」字古文作 ![含]，所從「今」字與金文 ![A]師旂鼎 ![A]諫

簋 ![A]卯簋 ![A]師虎簋 ![A]召伯簋 ![A]召伯簋 ![A]毛公鼎同形，戰國「含」字作 ![含]燕下都

215.11 ![含]中山王鼎 ![含]郭店.語叢 **1.38** ![含]郭店.性自 **52** ![含]信陽 **1.65** 等形。

（2）![函]

《書古文訓》〈無逸〉「不啻不敢含怒」「含」字作 ![函]，「函」、「含」音同義

可通，古相通用，《禮記·月令》「羞與含桃」《釋文》云：「本亦作含」，《漢書

·律曆志》「太極函二爲一」，顏注曰：「讀與『含』同」。

（3）![含含]

內野本、足利本、上圖本（影）、上圖本（八）、《書古文訓》「含」字或作 ![含含]，

所從「今」字訛作「令」。

（4）![含]

敦煌本 P3767「含」字作 ![含]，所從「口」字訛作「日」。

【傳鈔古文《尚書》「含」字構形異同表】

含	戰國楚簡	石經	敦煌本	岩崎本	神田本b	九條本	島田本b	內野本	上圖（元）	觀智院b	天理本b	古梓堂b	足利本	上圖本（影）	上圖本（八）	古文尚書晁刻	書古文訓	尚書篇目
惟汝含德不惕予一人														![含]	![含]		![含]	盤庚上
不啻不敢含怒	![魏]	![魏]	![含]P3767 ![含]P2748					![含]					![含]	![含]	![含]		![函]	無逸

1009、惕

「惕」字在傳鈔古文《尚書》有下列不同字形：

（1）![惕]汗 **4.59** ![惕]四 **5.16** ![惕]1 ![惕]2

《汗簡》、《古文四聲韻》錄《古尚書》「惕」字作： ![惕]汗 **4.59** ![惕]四 **5.16**，與

![趙]趙孟壺同形，移「心」於下，金文又作 ![蔡]蔡侯盤 ![蔡]蔡侯尊。上圖本（八）、《書

古文訓》「惕」字或作 ![惕]1，岩崎本或作 ![惕]2。

（2）![惕惕]

內野本、上圖本（元）「惕」字或作𢙢𢙢，亦移「心」於下，然所從「易」日形下橫筆拉長，與「易」混同。

【傳鈔古文《尚書》「惕」字構形異同表】

尚書篇目	書古文訓	古文尚書晁刻	上圖本（八）	上圖本（影）	上圖本（元）	觀智院b	天理本	古梓堂b	足利本	上圖本（元）b	內野本	島田本b	九條本	神田本b	岩崎本b	敦煌本	石經	戰國楚簡	傳抄古尚書文字 惕 𢙢汗4.59 𢙢四5.16
盤庚上	惕	惕														惷			惟汝含德不惕予一人
囧命		惕										惕							嗣先人宅丕后怵惕惟厲中夜以興

唐石經	書古文訓	晁刻古文尚書	上圖本（八）	上圖本（影）	古梓堂本	天理本	觀智院本	上圖本（元）	內野本	島田本	九條本	神田本	岩崎本	敦煌本 P3670	敦煌本 P2643	敦煌本 S11399	魏石經	漢石經	戰國楚簡	盤庚上
予若觀火予亦拙謀作乃逸	予若觀火予亦拙謀作乃逸	予若觀火予亦拙謀作乃逸	予若觀火予亦拙謀作乃逸	予若觀火予亦拙謀作乃逸	予若觀火予亦拙謀作乃逸			予若觀火予亦拙謀作乃逸	予若觀火予亦拙謀作乃逸				予若觀火予亦拙謀作乃逸							予若觀火予亦拙謀作乃逸

1010、拙

「拙」字在傳鈔古文《尚書》有下列不同字形：

（1）烛

《書古文訓》〈盤庚上〉「予亦拙謀」「拙」字作烛，《說文》火部「烛」字「火光也。從火出聲。〈商書〉曰『予亦烛謀』讀若巧拙之拙」段注云：「此與段『妝』爲『好』、段『狟狟』爲『桓桓』、段『𦱤』爲『箋』同，壁中古文段『烛』爲『拙』也，今尚書作『拙』者，蓋孔安國以今字讀之」。壁中古文、《書古文訓》作烛，爲「拙」之假借字。

（2）𢫹汗3.31 𢫹四5.14 烛

《汗簡》、《古文四聲韻》錄《古尚書》「拙」字作：［拙］汗3.31［拙］四5.14，岩崎本、內野本、上圖本（元）〈盤庚上〉「予亦拙謀」、《書古文訓》〈周官〉「心勞日拙」「拙」字作［拙］1，所從「矢」當是「火」之誤，［拙］四5.14形則其右所從「出」訛變，《箋正》云：「薛本〈盤庚〉『予亦拙謀』作『炪』，是采《說文》『炪』下所引《書》作之。而〈周官〉『心勞日拙』作『知』，蓋當時有訛火旁作矢者，僞本用為古文，非也」。

（3）［拙］

上圖本（元）「拙」字或作［拙］，偏旁「扌」字與「才」混同。

【傳鈔古文《尚書》「拙」字構形異同表】

傳抄古尚書文字　拙　［拙］汗3.31　［拙］四5.14	戰國楚簡	石經	敦煌本	岩崎本	神田本b	九條本	島田本b	內野本	上圖本（元）	觀智院b	天理本	古梓堂b	足利本	上圖本（影）	上圖本（八）	古文尚書晁刻	書古文訓	尚書篇目
予亦拙謀				［拙］			［拙］	［拙］									炪	盤庚上
心勞日拙									［拙］								知	周官

盤庚上	戰國楚簡	漢石經	魏石經	敦煌本S11399	敦煌本P2643	敦煌本P3670	岩崎本	神田本	九條本	島田本	內野本	上圖本（元）	觀智院本	天理本	古梓堂本	足利本	上圖本（影）	上圖本（八）	晁刻古文尚書	書古文訓	唐石經
若網在綱有條而不紊							若网在經又縢而弗紊				若網在經有絛而弗紊	若網在綱ナ絛而弗紊				若網在綱ナ條而不紊	若網在綱有絛而不紊	若网在綱有條而弗紊	若网在綱ナ絛而弜紊	若网在綱有條而弜紊	

1011、網

「網」字在傳鈔古文《尚書》有下列不同字形：

（1）［网］1［冈］2［网］3

《說文》「網」字篆文作［网］，或从糸作「網」［網］，籀文从亡作［网］，甲骨文

・ 1413 ・

作 ⬚甲3112 ⬚乙3947 反 ⬚乙5329 ⬚庫653 等形。岩崎本作 ⬚₁，為 ⬚說文篆文网之隸定；上圖本（元）「網」字作 ⬚₂，即「罔」字或作 ⬚，《汗簡》錄部首「网」字作：⬚汗3.39，與此類同，為 ⬚甲3112 ⬚戈网瓬形之變，⬚、⬚₂形內「乂」變作「又」；《書古文訓》作 ⬚₃，為 ⬚說文籀文网之隸古定。

【傳鈔古文《尚書》「網」字構形異同表】

網	戰國楚簡	石經	敦煌本	岩崎本	神田本b	九條本 島田本b	內野本	上圖觀智院b	天理本	古梓堂本b	足利本	上圖本（影）	上圖本（八）	古文尚書晁刻	書古文訓	尚書篇目
若網在綱有條而不紊				网				冈							冈	盤庚上

盤庚上	戰國楚簡	漢石經	魏石經	敦煌本S11399	敦煌本P2643	敦煌本P3670	岩崎本	神田本	九條本	島田本	內野本	上圖本（元）	觀智院本	天理本	古梓堂本	足利本	上圖本（影）	上圖本（八）	晁刻古文尚書	書古文訓	唐石經
若農服田力穡乃亦有秋					若農服田力晉乃乂穢					若農服田力嗇乃迺亦广秋	若農服田力晉乃乂穢					若農服田力穡乃亦有秋	若農服田力穡乃亦有秋	若農服田力穡迺亦有秋	若農服田力番迺亦大穢	若農服田力穡乃亦有穢	若農服田力穡乃亦有秋

1012、農

「農」字在傳鈔古文《尚書》有下列不同字形：

（1）⬚汗1.5 ⬚四1.12 ⬚₁ ⬚₂ ⬚₃ ⬚₄ ⬚ ⬚ ⬚₅ ⬚₆

《汗簡》、《古文四聲韻》錄《古尚書》「農」字作：⬚汗1.5 ⬚四1.12，從艸從辰，源自甲骨文作 ⬚乙282 ⬚後2.13.2，亦從林作 ⬚後2.39.17 ⬚甲96。《說文》古文或從林作 ⬚，《說文繫傳‧校勘記》卷上《繫傳六》作 ⬚，段注云：「小徐從艸大徐從林」，偏旁「艸」、「林」義類相通。

《書古文訓》「農」字或作 ⬚₁，為傳抄古文 ⬚汗1.5 ⬚四1.12 之隸古定。敦煌本P2643或隸定作 ⬚₂，敦煌本S6017、岩崎本、上圖本（元）、上圖本（八）

或作𦭧𦭧3，所從「辰」字皆篆文🀰之隸變俗寫（參見"辰"字），岩崎本、九條本或作𦭧4，偏旁「艹」字省作二點。《書古文訓》或作𦭧𦭧𦭧𦭧5，其下皆「辰」字篆文🀰之隸古定訛變，又或訛誤作𦭧6。

（2）農農農

敦煌本 P2748、內野本、足利本、上圖本（影）、上圖本（八）「農」字或作農農農，下為「辰」字篆文🀰之隸變俗寫。

【傳鈔古文《尚書》「農」字構形異同表】

傳抄古尚書文字 農 𦭧汗1.5 𦭧四1.12	戰國楚簡	石經	敦煌本	岩崎本b 神田本b 九條本b 島田本b	內野本	上圖本（元） 觀智院b 天理本 古梓堂b	足利本	上圖本（影）	上圖本（八）	古文尚書晁刻	書古文訓	尚書篇目
若農服田力穡乃亦有秋			農		𦭧	𦭧		農			𦭧	盤庚上
惰農自安			𦭧 P2643 𦭧			𦭧					𦭧	盤庚上
次三日農用八政									𦭧		𦭧	洪範
薄違農父若保宏父					辰	農		農	農"	農	𦭧	酒誥
茲予其明農哉彼裕我民			農 P2748 𦭧 S6017			農		農	農	農	𦭧	洛誥
稷降播種農殖嘉穀			辰		農			農	農	農	𦭧	呂刑

盤庚上	戰國楚簡	漢石經	魏石經	敦煌本 S11399	敦煌本 P2643	敦煌本 P3670	岩崎本	神田本	九條本	島田本	內野本	上圖本（元）	觀智院本	天理本	古梓堂本	足利本	上圖本（影）	上圖本（八）	晁刻古文尚書	書古文訓	唐石經
汝克黜乃心施實德于民					女克黜乃心實惠于民						女克黜乃心施實惠旅于民	女克黜乃心施實德于民					汝克黜乃心施實德于民	女克黜乃心施實德於民	女克黜乃心念寔惠于民	女克黜專心念寔惠實德于民	汝克黜乃心施實德于民

「施實德于民」，內野本誤作「施實德施于民」、上圖（元）作「施實德於于民」，皆因「于」字與「於」字通用，且受上文「施」字影響而重複「於」字，內野本又將「於」誤作「施」，蓋由上圖本（八）原多一「施」字而改作「于」字可知。

盤庚上	戰國楚簡	漢石經	魏石經	敦煌本S11399	敦煌本P2643	敦煌本P3670	岩崎本	神田本	九條本	島田本	內野本	上圖本（元）	觀智院本	天理本	古梓堂本	足利本	上圖本（影）	上圖本（八）	晁刻古文尚書	書古文訓	唐石經
至于婚友丕乃敢大言汝有積德																					

1013、婚

「婚」字在傳鈔古文《尚書》有下列不同字形：

（1）婚1 婚2 昏婚3 婚4

上圖本（八）「婚」字作婚1，右上多一飾點；《書古文訓》作婚2，偏旁「昏」字作「昬」，上圖本（元）、上圖本（影）作昏婚3，復右上多一點，漢簡作婚流沙簡.簡牘3.22；岩崎本作婚4，右所从「昏」省作「民」。

【傳鈔古文《尚書》「婚」字構形異同表】

婚	戰國楚簡	石經	敦煌本	岩崎本	神田本b	九條本	島田本b	內野本	上圖本（元）	觀智院本b	天理本	古梓堂本b	足利本	上圖本（影）	上圖本（八）	古文尚書晁刻	書古文訓	尚書篇目
至于婚友				婚					昏					婚	婚		婚	盤庚上

1014、友

「友」字在傳鈔古文《尚書》有下列不同字形：

（1）犮犮₁犮₂

敦煌本 S799、九條本、內野本、上圖本（元）、觀智院本、上圖本（八）「友」字或作犮犮₁，右上多一飾點，與「犮」字形近；上圖本（影）或作犮₂，為此形之變。

【傳鈔古文《尚書》「友」字構形異同表】

友	戰國楚簡	石經	敦煌本	岩崎本b	神田本b	九條本	島田本b	內野本	上圖（元）	觀智院b	天理本b	古梓堂b	足利本	上圖本（影）	上圖本（八）	古文尚書晁刻	書古文訓	尚書篇目
至于婚友									犮						犮			盤庚上
王曰嗟我友邦冢君			犮 S799															牧誓
侯甸男衞矧太史友內史友						犮		友										酒誥
越友民保受王威命明德																		召誥
惟孝友于兄弟克施有政									犮b					犮				君陳

盤庚上	戰國楚簡	漢石經	魏石經	敦煌本 S11399	敦煌本 P2643	敦煌本 P3670	岩崎本	神田本	九條本	島田本	內野本	上圖本（元）	觀智院本	天理本	古梓堂本	足利本	上圖本（影）	上圖本（八）	晁刻古文尚書	書古文訓	唐石經
乃不畏戎毒于遠邇惰農自安				乃弗畏我代毒	乃弗畏我毒于遠迩惰農自安	于遠迩惰農自安	乃弗畏戎毒于遠迩惰農自安		乃弗畏戎毒遠邇惰農自安		乃弗畏戎毒于遠迩惰農自女		乃不畏戎毒于遠迩惰農自安				乃不畏我毒于遠迩惰農自安	迺不畏我毒亏遠迩惰農自安		乃亞畏戎毒亏遠邇懷棘自安		乃不畏戎毒于遠邇惰農自安

1015、勞

「勞」字在傳鈔古文《尚書》有下列不同字形：

（1）勞₁勞₂勞:勞₃

岩崎本、九條本「勞」字或作勞₁，偏旁「力」字訛作「刀」，敦煌本 P2748 或作勞₂，復與其上冖合書訛似「万」；足利本、上圖本（影）、上圖本（八）或作勞:勞₃，漢簡作勞居延簡甲 78，其上火火省形，與「營」字作營類同。

（2）煢₁煢煢煢 煢煢煢₂

《書古文訓》「勞」字或作煢₁，爲《說文》古文從「悉」作煢之隸定，源自金文作煢鑄 中山王鼎等形；又或訛變作煢煢煢煢 煢煢₂。

【傳鈔古文《尚書》「勞」字構形異同表】

勞	戰國楚簡	石經	敦煌本	岩崎本b	神田本b	九條本b	島田本b	內野本	上圖本（元）	觀智院b	天理本b	古梓堂b	足利本b	上圖本（影）	上圖本（八）	古文尚書晁刻	書古文訓	尚書篇目
不昏作勞不服田畝														勞	勞			盤庚上
予敢動用非罰世選爾勞			勞 P2643											勞	勞		煢	盤庚上
予念我先神后之勞爾先														勞	勞		煢	盤庚中
昔公勤勞王家														勞	勞		煢	金縢

亦厥君先敬勞				勞勞			𤕟	梓材
厥父母勤勞稼穡	劳 P2748			勞勞勞			𤕟	無逸
舊勞于外爰暨小人	劳 P2748			勞勞			𤕟	無逸
不聞小人之勞	劳 P2748			勞勞芳			𤕟	無逸
作偽心勞日拙				勞			𤕟	周官
服勞王家				勞勞			𤕟	君牙

1016、畮

「畮」字在傳鈔古文《尚書》有下列不同字形：

（1）𤱶汗 6.74 𤲬畝.四 2.3 𤱶畮田畮畮1田畮2

《汗簡》錄《古尚書》「畮」字作：𤱶汗 6.74，即《說文》田部「畮」（畮）字篆文𤱶，與金文作𤱶賢簋𤱶賢簋𤱶師袁簋𤱶兮甲盤同形。《古文四聲韻》錄此形作「畝」字：𤲬畝.四 2.3，「畝」當為「畮」字之誤。

敦煌本 P2643、S11399、岩崎本、島田本、內野本、上圖本（八）、《書古文訓》「畮」字或作畮田畮畮1，即𤱶說文篆文畮之隸定，內野本或作畮2，右形為「每」字𤱶隸變俗作。

（2）畮1畮2

上圖本（元）、足利本、上圖本（影）、上圖本（八）「畮」字或作畮1，《說文》「畮」字或體从田十久作「畮」𤱶，此形「久」變作「人」，上圖本（影）或作畮2，復變作「卜」形。

【傳鈔古文《尚書》「畮」字構形異同表】

畮 傳抄古尚書文字 𤱶汗 6.74 𤲬畝.四 2.3	戰國楚簡	石經	敦煌本	岩崎本 神田本b 九條本 島田本b	內野本	觀智院b 上圖（元） 天理本b 古梓堂b	足利本	上圖本（影）	上圖本（八）	古文尚書晁刻	書古文訓	尚書篇目
不昏作勞不服田畮			畮 P2643 畮 S11399		畮	畮	畮	畮	畮		畮	盤庚上

| 朕畝天亦惟休于前寧人 | | | | 晦b | 晦 | | 畝 | 畝 | 畝 | 晦 | 大誥 |
| 唐叔得禾異畝同穎 | | | | | 晘 | | 畝 | 畝 | 畝 | 晦 晦 | 微子之命 |

1017、畝

「畝」字在傳鈔古文《尚書》有下列不同字形：

（1）魏石經

魏三體石經〈多方〉「今爾尚宅爾宅畝爾田」「畝」字古文作，篆隸二體作，《說文》攴部「畝」字下引「〈周書〉曰『畝尒田』」魏石經之左形疑爲「攴」之訛變。

（2）田：田

《書古文訓》〈伊訓〉「恆于遊畝」「畝」字作田，「田」、「畝」音義皆同，《儀禮・王制》「天子諸侯無事則歲三田」、《孟子》「今王田獵於此」皆以「田」爲「畝」字，「畝」爲「田」字之增義符。

【傳鈔古文《尚書》「畝」字構形異同表】

畝	戰國楚簡	石經	敦煌本	岩崎本b	神田本b	九條本	島田本b	內野本	上圖（元）	觀智院b	天理本	古梓堂b	足利本	上圖本（影）	上圖本（八）	古文尚書晁刻	書古文訓	尚書篇目
恆于遊畝																	田	伊訓
今爾尚宅爾宅畝爾田		畝魏																多方

1018、黍

「黍」字在傳鈔古文《尚書》有下列不同字形：

（1）黍1黍2

內野本、足利本、上圖本（影）、上圖本（八）「黍」字多作黍1，其下少一畫俗訛作「●　」，上圖本（元）或作黍2，其下俗訛作「小」。

【傳鈔古文《尚書》「黍」字構形異同表】

黍	戰國楚簡	石經	敦煌本	岩崎本	神田本b	九條本	島田本b	內野本	觀智院b	上圖本（元）	天理本	古梓堂本b	足利本	上圖本（影）	上圖本（八）	古文尚書晁刻	書古文訓	尚書篇目
越其罔有黍稷			黍 P2643					黍		黍			黍	黍	黍			盤庚上
其藝黍稷								黍					黍	黍				酒誥
黍稷非馨明德惟馨														黍				君陳

盤庚上	戰國楚簡	漢石經	魏石經	敦煌本 S11399	敦煌本 P2643	敦煌本 P3670	岩崎本	神田本	九條本	島田本	內野本	上圖本（元）	觀智院本	天理本	古梓堂本	足利本	上圖本（影）	上圖本（八）	晁刻古文尚書	書古文訓	唐石經
汝不和吉言于百姓惟汝自生毒				姙惟女自生毒							女弗味吉言于百姓惟女自生毒	女弗味吉言于百姓惟女自生毒			没不和吉言于百姓惟汝自生毒		汝不和吉言于百姓惟汝自生毒	汝不和吉言于百姓惟女自生毒	女不和吉言于百姓惟女自生毒	女弗味吉言于百姓惟女自生毒	汝不和吉言于百姓惟汝自生毒
乃敗禍姦宄以自災于厥身				姦宄以自災于厥身							廼敗禍姦宄以自災于厥身	乃敗禍姦宄以自災于厥身				乃敗禍姦宄以自災于厥身		乃敗禍姦宄以自災于厥身	廼敗禍姦宄以自災于厥身	廼敗禍姦宄以自災于厥身	乃敗禍姦宄以自災于厥身	廼敗禍姦宄以自災于厥身

乃既先惡于民乃奉其恫				尢先惡于民乃	乃尢先惡亏民乃奉亓恫			西先先惡亏民乃奉亓恫	乃尢先惡于民奉其恫			乃既先惡	西先先惡亏民西奉其恫	西无先惡亏民乃奉其恫	乃既先惡亏民乃奉亓恫

1019、惡

「惡」字在傳鈔古文《尚書》有下列不同字形：

（1）〔漢石經〕**惡**₁

漢石經〈康誥〉「時乃引惡」「惡」字作〔圖〕，與秦簡作**惡**睡虎地 **13.65**、漢代作**惡**漢帛書.老子甲 **13惡**武威簡.少牢 **20惡**定縣竹簡 **88** 等同形，敦煌本 P2643 作**惡**₁，與**惡**孫子 **96** 類同。

（2）**惡惡**₁**惡**₂

「惡」字敦煌本 P2516、S799、P3871、島田本、九條本、內野本、上圖本（元）、足利本、上圖本（影）、上圖本（八）多作**惡惡**₁，《顏氏家訓・書證》謂當時俗字「『惡』上安『西』」即指此形，《干祿字書》「**惡**惡：上俗下正」，慧琳《音義》卷六《大般若經》第五百一卷音義：「惡，經文從『西』作『**惡**』，因草隸書訛謬也」，張涌泉謂「『惡』俗作『**惡**』，可能與改旁便寫有關〔註335〕」；岩崎本或變作**惡**₂，為俗訛字。岩崎本「惡」字或作**惡**，與**惡**居延簡乙 **16.11惡**徐美人墓志同形，漢簡又作**惡**武威簡.服傳 **59惡**武威簡.雜占木簡，當皆「惡」之俗訛字。

（3）**亞**

《書古文訓》「惡」字多作**亞**，《說文》「亞」字「醜也，象人局背之形」，二字音同義類可通，乃假「亞」為「惡」字。

（4）**亞弗**

《書古文訓》〈泰誓下〉「除惡務本」「惡」字作**亞弗**，乃「亞」字與「弗」

〔註335〕參見張涌泉，《敦煌俗字研究》，頁 380，上海：上海教育出版社，1996。

字作𠁥形近訛混。

【傳鈔古文《尚書》「惡」字構形異同表】

惡	戰國楚簡	石經	敦煌本	岩崎本／神田本b	九條本／島田本b	內野本	上圖（元）／觀智院b	天理本b	古梓堂本b	足利本	上圖本（影）	上圖本（八）	古文尚書晁刻	書古文訓	尚書篇目
乃既先惡于民乃奉其恫		燕	惡 P2643		惡		惡			惡	惡	惡			盤庚上
惟其能爵罔及惡德		惡	惡 P2643 / 惡 P2516				惡			惡	惡	惡			說命中
除惡務本			惡 S799		惡b					惡	惡	惡	𠁥		泰誓下
遵王之道無有作惡					惡b	惡				惡	惡	惡	亞		洪範
時乃引惡		惡 漢								惡	惡	惡	亞		康誥
爲惡不同同歸于亂										惡	惡		亞		蔡仲之命
彰善癉惡樹之風聲			惡							惡	惡	惡	亞		畢命
驕淫矜侉將由惡終			惡							惡	惡				畢命
人之有技冒疾以惡之			惡 P3871		惡	惡				惡	惡	惡	亞		秦誓

1020、恫

「恫」字在傳鈔古文《尚書》有下列不同字形：

（1）𠍲 侗

岩崎本、上圖本（元）、《書古文訓》「恫」字作𠍲侗，乃假「侗」爲「恫」字，《說文》人部「侗」字引《詩》曰：「神罔時侗」，段注云：「《大雅・思齊》文，今本作『恫』。傳曰：『恫，痛也』按痛者恫之本義，許所據本作『侗』，稱之以見《毛詩》假『侗』爲『恫』也」。

【傳鈔古文《尚書》「恫」字構形異同表】

恫	戰國楚簡	石經	敦煌本	岩崎本	神田本b	九條本	島田本b	內野本	上圖（元）	觀智院本b	天理本	古梓堂b	足利本	上圖本（影）	上圖本（八）	古文尚書晁刻	書古文訓	尚書篇目
乃奉其恫			恫						恫								恫	盤庚上

盤庚上	戰國楚簡	漢石經	魏石經	敦煌本 S11399	敦煌本 P2643	敦煌本 P3670	岩崎本	神田本	九條本	島田本	內野本	上圖本（元）	觀智院本	天理本	古梓堂本	足利本	上圖本（影）	上圖本（八）	晁刻古文尚書	書古文訓	唐石經
汝悔身何及相時憸民	命作身何及相缺散下缺孔作悔			及			汝悔身何及相音惡民				汝意身何及相音憸民	以悔身何及相當憸民				汝悔身何及相時憸民	汝悔身何及相時憸民	女悔身何及相當惡民	女意身何及眛旹憸民	汝意身何及相時憸巳	

1021、身

「身」字在傳鈔古文《尚書》有下列不同字形：

（1）命 **隷釋**

「汝悔身何及」《隷釋》錄漢石經殘碑作「（缺）命何及」「身」字作「命」，二字意義相通。

【傳鈔古文《尚書》「身」字構形異同表】

身	戰國楚簡	石經	敦煌本	岩崎本	神田本b	九條本	島田本b	內野本	上圖（元）	觀智院b	天理本	古梓堂b	足利本	上圖本（影）	上圖本（八）	古文尚書晁刻	書古文訓	尚書篇目
汝悔身何及		命 隷釋																盤庚上

1022、憸

「憸」字在傳鈔古文《尚書》有下列不同字形：

（1）𢽅 **隸釋**

「相時憸民」《隸釋》錄漢石經殘碑作「相（缺）𢽅（缺）」「憸」字作𢽅，為「散」字之變，《撰異》謂古文尚書作「惢」，枚氏（偽）古文尚書作「憸」，今文尚書作「散」，三字義同。

（2）𠂢憸.汗4.59 𠂢四2.27 惢六159 惢惢1 惢2 惢惢3 惢4 惢5

《古文四聲韻》、《訂正六書通》錄《古尚書》「憸」字作：𠂢四2.27 惢六159，《汗簡》錄此形下注「憸」字𠂢憸.汗4.59，當為「憸」字之誤。《說文》心部「憸」字「憸，詖也，憸利於上佞人也」，「惢」字「疾利口也」，下引《詩》曰：「相時惢民」，《詩》乃《商書》之誤，為〈盤庚上〉「相時憸民」句，《韻會》十四「憸」下云：「古作『惢』。」《說文》引《書》『相時惢民』，《箋正》云「（惢、憸）音同（按皆息廉切）義相似，而《說文》不合為一字」，「冊」字金文作：𝍢般甗 𝍢作冊大鼎 𝍢吳方彝 𝍢頌鼎 𝍢頌壺 𝍢師虎簋 𝍢師酉簋等形，《說文》古文作𝍢，惢汗4.59 𠂢四2.27 惢六書通159之上形當由「冊」字作𝍢而來。

《書古文訓》、內野本「憸」字或作惢思1，即《說文》「惢」字篆文惢之隸定；《書古文訓》或作惢2，即傳抄古文惢汗4.59 𠂢四2.27 惢六書通159之隸古定，敦煌本P2643、岩崎本或變作惢惢3，內野本、上圖本（八）或上形訛變作「回」作思4形；上圖本（元）或作惢5，其上形近「毋」、「毋」，當亦惢汗4.59隸古定之形訛。

（3）憸1 憸2 捡3 捡4

敦煌本P2630「憸」字作憸1，右下「从」形變作「灬」；上圖本（影）、上圖本（八）或作憸2，所從「吅」共筆作「罒」；九條本或作捡3，上圖本（影）或作捡4，偏旁「忄」字與「扌」混同，捡4復所從「僉」與寫本「命」字或作命混同。

（4）譣

〈立政〉「其勿以憸人」《說文》言部「譣」字下引「周書曰『勿以譣人』」，偏旁「言」、「心」古可相通，如《說文》「諄」字或體從心作「忳」。

【傳鈔古文《尚書》「愍」字構形異同表】

愍	戰國楚簡	石經	敦煌本	岩崎本	神田本b	九條本	島田本b	內野本	上圖(元)	觀智院b	天理本	古梓堂b	足利本	上圖本(影)	上圖本(八)	古文尚書晁刻	書古文訓	尚書篇目
汝悔身何及相時愍民		散 隸釋	愍 P2643						愍		愍		愍	愍	愍		愍	盤庚上
則罔有立政用憸人			憸 P2630					憸	憸				憸	憸	憸		愍	立政
繼自今立政其勿以憸人								憸	憸				憸	憸	憸		愍	立政
爾無昵于憸人								愍	愍				憸	憸			愍	囧命

盤庚上	戰國楚簡	漢石經	魏石經	敦煌本 S11399	敦煌本 P2643	敦煌本 P3670	岩崎本	神田本	九條本	島田本	內野本	上圖本(元)	觀智院本	天理本	古梓堂本	足利本	上圖本(影)	上圖本(八)	晁刻古文尚書	書古文訓	唐石經
猶胥顧于箴言其發有逸口					猷胥顧于箴言亓……發又蘠口						猷胥顧于箴言其發有俗口					猶胥顧于箴言其發有逸口	猶胥顧于箴言其發有逸口	猶胥顧于箴言其發有逸口	猷胥顧于箴言……亓發大俗口		猶胥顧于箴言其發有逸口

1023、發

「發」字在傳鈔古文《尚書》有下列不同字形：

（1）發1 叢2 莪3 莪4 發 發 籖5

敦煌本 P2516「發」字作發1，所從「殳」寫作「攵」；內野本作叢2，岩崎本或作莪3，上圖本（元）或作莪4，所從「癶」俗書合筆變作「业」、「㳄」、「一」形，莪3莪4復右下「殳」作「攵」；上圖本（元）、足利本、上圖本（影）、上圖本（八）或作發 發 籖5，上作「癶」之省變，其下訛變作「放」。

【傳鈔古文《尚書》「發」字構形異同表】

發	戰國楚簡	石經	敦煌本	岩崎本b / 神田本b	九條本 / 島田本b	內野本	上圖本(元)	觀智院b	天理本b	古梓堂b	足利本	上圖本(影)	上圖本(八)	古文尚書晁刻	書古文訓	尚書篇目
言其發有逸口				〔發〕	〔發〕	〔發〕					〔發〕	〔發〕				盤庚上
我其發出狂			〔發〕P2516	〔發〕	〔發〕	〔發〕					〔發〕	〔發〕				微子
肆予小子發				〔發〕		〔發〕					〔發〕	〔發〕				泰誓上
以姦宄于商邑今予發						〔發〕						〔發〕				牧誓
惟有道曾孫周王發						〔發〕					〔發〕	〔發〕	〔發〕			武成
發號施令罔有不臧				〔發〕		〔發〕					〔發〕	〔發〕	〔發〕			冏命
德刑發聞惟腥				〔發〕		〔發〕					〔發〕	〔發〕	〔發〕			呂刑

盤庚上	戰國楚簡	漢石經	魏石經	敦煌本S11399	敦煌本P2643	敦煌本P3670	岩崎本	神田本	九條本	島田本	內野本	上圖本(元)	觀智院本	天理本	古梓堂本	足利本	上圖本(影)	上圖本(八)	晁刻古文尚書	書古文訓	唐石經
矧予制乃短長之命汝曷弗告朕				矧予制乃短長之命汝曷弗告朕	矧予制乃短長之命汝曷弗告朕	矧予制乃短長之命汝曷弗告朕					矧予制乃短長之命汝曷弗告朕	矧予制乃短長之命汝曷弗告朕				矧予制乃短長之命汝曷弗告朕	矧予制乃短長之命汝曷弗告朕	矧予制乃短長之命汝曷弗告朕		矧予制乃短長之命汝曷弗告朕	矧予制乃短長之命汝曷弗告朕

而胥動以浮言恐沈于眾			而胥煙以浮言恶流亏眾	而胥煙呂浮言	而胥煙居浮言恶流亏眾	而胥勳以浮言恶沈亏眾	而胥勳以浮言恶沈亏眾	而胥煙以浮言恶沈亏眾	而胥煙以浮言恶沈亏眾
若火之燎于原不可嚮邇					启火之燎于原來可面迩	若火之燎于原弗可寁迩	若火之燎亏原弗可寁迩	若火之燎亏原弗可寁迩	若火之燎亏原不可寁邇

1024、嚮

「嚮」字在傳鈔古文《尚書》有下列不同字形：

（1）汗 3.39 四 3.24 宣宣1 宣2 宣3 宦4 寚5 宣6 宣7

《汗簡》、《古文四聲韻》錄《古尚書》「嚮」字作：汗 3.39 四 3.24，《類篇》「嚮」字古文作「宣」，上圖本（八）「嚮」字或作宣1、觀智院本或作宣宣1，皆為此形之隸定，其下从「旦」。《書古文訓》〈盤庚上〉「若火之燎于原不可嚮邇」「嚮」字作宣2，宣2 與「盇」字或變作宣同形，「皿」形析離，黃錫全以為此假「盇」為「嚮」〔註336〕，汗 3.39 為「盇」字，所从「旦」為「皿」之訛誤，然而俗書有「日」（冃）混作「罒」之例，如「勖」字九條本作勖，敦煌本 S799 作勖，「冒」字九條本或作冒，觀智院本或作冒，《書古文訓》「嚮」字或作宣2，當為宣3 宦4 形之俗訛，與「盇」字「皿」形析離變作宣，僅為形體訛同之同形異字。宣3 宦4 當為「享」字《古文四聲韻》錄古孝經四 3.24 之隸古定訛變，《古尚書》「嚮」字作汗 3.39 四 3.24 當為四 3.24 享.古孝經之變。「享」字又錄貪 含 合 合 四 3.24 崔希裕纂古等形，與「響」字作寚宣四 3.24

〔註336〕說見：黃錫全，《汗簡注釋》，武漢：武漢大學出版社，1993，頁 272～273。

籀韻【窨】四3.24崔希裕纂古類同，【嚮】嚮.汗3.39【嚮】四3.24【寶窆窨】響.四3.24等形當爲「享」字借作「嚮」（響）。「享」字古作【亯】虢弔鐘【亯】虢季氏簋【亯】十年陳侯午錞【合】會章作曾侯乙鎛形，【亯貪會合會】享.四3.24【寶窆窨】響.四3.24其上宀、宀與中間八、亡、文、立、心、亼等形皆【亯】虢弔鐘【亯】虢季氏簋【亯】十年陳侯午錞上形【合】所訛變，【日】、貝、目、日、旦、音等或「享」字下形【日】所變。【窨】響.崔希裕纂古疑即【合】享.四3.24崔希裕纂古字，亦「享」字【亯】虢弔鐘形之訛，與《說文》穴部从穴音聲訓「地室」之「窨」字當爲形體訛同，但爲相異二字，「響」字又錄【蜜】四3.24籀韻，亦非《說文》虫部「蠠」字或體「蜜」，只是形體訛同之二字。

　　《書古文訓》「嚮」字或作【宣】3，「響」字作【宦】4，上圖本（元）「嚮」字或作【寰】5，觀智院本或作【窻】6【窻】7，【宦】4【寰】5【窻】6【窻】7皆【宣】3之訛體。

　　（2）向：【向】

　　岩崎本〈盤庚上〉「若火之燎于原不可嚮邇」「嚮」字作「向」【向】，「向」、「嚮」古今字。

　　（3）【嚮】1【嚮嚮】2【嚮】3

　　內野本、足利本、上圖本（影）、上圖本（八）「嚮」字或作【嚮】1【嚮嚮】2【嚮】3，所从偏旁「鄉」字筆畫略異。

【傳鈔古文《尚書》「嚮」字構形異同表】

傳抄古尚書文字〔嚮〕【嚮】汗3.39【嚮】四3.24		戰國楚簡	石經	敦煌本	岩崎本神田本b九條本	島田本b	內野本	上圖本（元）觀智院b天理本b古梓堂b	足利本	上圖本（影）	上圖本（八）	古文尚書晁刻	書古文訓	尚書篇目
不可嚮邇				【嚮】P3670	【向】		【嚮】	【寰】		【嚮】	【嚮】	【嚮】	【宣】	盤庚上
嚮用五福威用六極										【嚮】	【嚮】		【窆】	洪範
伻嚮即有僚明作有功				【嚮】P2748			【嚮】			【嚮】	【嚮】	【嚮】	【宣】	洛誥
嚮于時夏弗克庸帝				【嚮】P2748			【嚮】			【嚮】	【嚮】	【嚮】	【寰】	多士
牖間南嚮敷重篾席							【嚮】	【窆】b		【嚮】	【嚮】	【嚮】	【窆】	顧命
西序東嚮敷重底席							【嚮】	【宣】b		【嚮】	˅	【嚮】	【窆】	顧命

東序西嚮敷重豐席			𥦢	𥦣b	✓	✓	𥦣	✓	顧命
西夾南嚮敷重筍席			𥦢	𥦣b	✓	✓	𥦢	✓	顧命

1025、燎

「燎」字在傳鈔古文《尚書》有下列不同字形：

（1）𤓯₁ 尞₂

敦煌本 P2643「燎」字作𤓯₁，《書古文訓》作尞₂，乃「尞」字篆文𤓎隸變，其下原从火變作「灬」又變作「小」，魏碑作𤓎魏元丕碑。《說文》火部「尞」字「紫祭天也」，「燎」字「放火也」，《漢書·禮樂志》「雷電尞」，顏注曰：「尞，古燎字」，「尞」爲「燎」字初文。

【傳鈔古文《尚書》「燎」字構形異同表】

燎	戰國楚簡	石經	敦煌本	岩崎本	神田本b	九條本	島田本b	內野本	上圖（元）b	觀智院b	天理本	古梓堂b	足利本	上圖本（影）	上圖本（八）	古文尚書晁刻	書古文訓	尚書篇目
若火之燎于原			𤓯 P2643														尞	盤庚上

盤庚上	戰國楚簡	漢石經	魏石經	敦煌本 S11399	敦煌本 P2643	敦煌本 P3670	岩崎本	神田本	九條本	島田本	內野本	上圖本（元）	觀智院本	天理本	古梓堂本	足利本	上圖本（影）	上圖本（八）	晁刻古文尚書	書古文訓	唐石經
其猶可撲滅則惟汝眾自作弗靖				敢可撲滅惟 眾自作弗靖	元猷可撲城則惟女眾自作弗靖	亓猷可撲城 眾自作弗靖			亓猶可撲城則惟女 眾自作弗靖	亓猶可撲滅則惟女 眾自作弗靖	其猶可撲滅則惟女 眾自作弗靖						其猶可撲滅則惟汝眾自作弗靖	其猶可撲滅則惟汝眾自作不靜	亓猷可撲威則惟女 眾自作弗靖	亓猷可撲威則惟女眾自作弗靖	亓猶可撲滅則惟女眾自作弗靖

1026、撲

「撲」字在傳鈔古文《尚書》有下列不同字形：

（1）撲₁撲₂撲₃

足利本「撲」字作撲₁，其右上變作「⁺⁺」，上圖本（影）、上圖本（八）作撲₂，岩崎本作撲₃，其右變作「業」與「僕」字作僕建武泉范類同，此形又上變作「⁺⁺」（參見"業"字）。

（2）㩵

敦煌本 P3670「撲」字作㩵，从「扌」从「僕」，其右與（1）撲₂同，「撲」「撲」聲符更替。

（3）樸

上圖本（元）「撲」字作樸，偏旁「扌」字變作「木」，誤作「樸」。

【傳鈔古文《尚書》「撲」字構形異同表】

撲	戰國楚簡	石經	敦煌本	岩崎本	神田本b	九條本 島田本b	內野本	上圖（元）b 觀智院b	天理本b 古梓堂b	足利本	上圖本（影）	上圖本（八）	古文尚書晁刻	書古文訓	尚書篇目
其猶可撲滅			㩵 P3670	樸				樸		撲	撲	撲		撲	盤庚上

1027、樸

「樸」字在傳鈔古文《尚書》有下列不同字形：

（1）樸₁樸₂

「樸」字內野本作樸₁，其右上變作「⁺⁺」，足利本訛變作樸₂。

（2）撲₁撲₂

上圖本（八）作撲₁，岩崎本作撲₂，偏旁「木」字變作「扌」，誤為「撲」字，撲₂形其右變作「業」。

【傳鈔古文《尚書》「樸」字構形異同表】

樸	戰國楚簡	石經	敦煌本	岩崎本	神田本b	九條本	島田本b	內野本	上圖（元）	觀智院b	天理本	古梓堂b	足利本	上圖本（影）	上圖本（八）	古文尚書晁刻	書古文訓	尚書篇目
既勤樸斲惟其塗丹護								攮	樸					樸	撲		樸	梓材

1028、靖

「靖」字在傳鈔古文《尚書》有下列不同字形（參見"靜"字）：

（1）彭：彭₁彭₂彭₃

《書古文訓》「靖」字多作彭₁，內野本或作彭₂，敦煌本 P2643 或作彭₃，上圖本（元）作彭₃，皆借「彭」為「靖」。

（2）靜：靜

上圖本（八）〈盤庚上〉「則惟汝眾允自作弗靖」「靖」字作靜，「靜」為「靖」之音同假借。

【傳鈔古文《尚書》「靖」字構形異同表】

靖	戰國楚簡	石經	敦煌本	岩崎本	神田本b	九條本	島田本b	內野本	上圖（元）	觀智院b	天理本	古梓堂b	足利本	上圖本（影）	上圖本（八）	古文尚書晁刻	書古文訓	尚書篇目
則惟汝眾允自作弗靖			靖 P3670 靖 P2643					彭							靜		彭	盤庚上
自靖人自獻于先王			彭 P2643	彭				彭									彭	微子
嘉靖殷邦								彭										無逸

盤庚上	戰國楚簡	漢石經	魏石經	敦煌本 S11399	敦煌本 P2643	敦煌本 P3670	岩崎本	神田本	九條本	島田本	內野本	上圖本（元）	觀智院本	天理本	古梓堂本	足利本	上圖本（影）	上圖本（八）	晁刻古文尚書	書古文訓	唐石經
非予有咎遲任有言曰	言曰			非予又咎遲任又言曰	非予又咎遲任又言曰	遲任ナ言曰					非予ナ咎遲任ナ言曰	非予有咎遲任有言曰			非予有咎遲任有言曰		非予有咎遲任有言曰	非予又咎遲任有言曰	非予ナ咎遲任ナ甘曰			

1029、遲

「遲任有言」，于省吾云：「蓋『遟』即『遲』，殷周金文作『遟』或『𢓊』，晚周古文作『迡』。『任』本應作『壬』，殷人多以十幹（干）爲名」〔註337〕。

「遲」字在傳鈔古文《尚書》有下列不同字形：

（1）迡：迡汗1.8 迡四1.18 迡迡迡1

《汗簡》、《古文四聲韻》錄《古尚書》「遲」字作：迡汗1.8 迡四1.18，與《說文》「遲」字或體作迡同形，段注云：「揚雄傳〈甘泉賦〉曰『靈遟迡兮』……『迡』即遲字也。然《文選》作『迡迡』，與《漢書》異，《玉篇》、《汗簡》亦皆作『迡』，《集韻》引尚書『迡任』又未必眞壁中古文也。」按作「迡」爲「迡」之訛，《集韻》平聲一6脂韻「迡」字「人名，迡任古賢人，《書》『迡任有言』」亦引作「迡」。《玉篇》「𡰥」古文「夷」字，《汗簡》、《古文四聲韻》錄《古尚書》「夷」字作：𡰥汗3.43 𡰥四1.17，魏三體石經〈立政〉「夷」字古文亦作𡰥，楚簡「遲」字作迡包198 迡天星觀.卜，與迡說文或體遲从「𡰥」同形。

尚書敦煌本、日古寫本「夷」字或作𡰥𡰥形，蓋其古文作「𡰥」與「尼」字寫作尼尼衡方碑混同，因筆劃接近且形近而寫誤，尚書各寫本偏旁「尼」字亦見誤作「𡰥」者，如「昵」字作昵P2516（參見 "夷" "昵" 字）。漢碑「遲」字或作迡三公山碑，《隸辨》云：「『𡰥』與『尼』相似，因訛從『尼』。〈盤庚〉『遲任有言』《古文尚書》作『迡任』，〈李翊碑〉『棲迡不就』『遲』亦作『迡』」。

敦煌本 P2643、岩崎本、《書古文訓》「遲」字或作迡迡迡1，爲迡說文或

〔註337〕于省吾，《尚書新證》卷1.17，頁71～72，台北：藝文印書館。

體遲之隸定。

（2）遲：遲₁遲₂

內野本「遲」字或作遲₁，《說文》「遲」字籀文从「屖」作遲，源自金文作遲仲叔父簋遲伯遲父鼎遲元年師旋簋，與遲漢印徵遲費鳳碑類同；上圖本（八）或作遲₂，所從「辛」上多一畫變作「幸」。

（3）遲：遲遲

敦煌本P3670、上圖本（元）、足利本、上圖本（影）「遲」字或作遲遲，與漢代作遲孫臏315遲禮器碑遲韓勑碑類同，當爲遲說文籀文遲之隸變，所從「辛」變作「羊」。

【傳鈔古文《尚書》「遲」字構形異同表】

遲 傳抄古尚書文字 遲开1.8 遲四1.18	戰國楚簡	石經	敦煌本	岩崎本b	神田本 九條本	島田本b	內野本	上圖（元）b	觀智院b	天理本b	古梓堂b	足利本	上圖本（影）	上圖本（八）	古文尚書晁刻	書古文訓	尚書篇目
遲任有言			遲 P3670 遲 P2643					遲			遲	遲	遲	遲	遲	遲	盤庚上

盤庚上	戰國楚簡	漢石經	魏石經	敦煌本 S11399	敦煌本 P2643	敦煌本 P3670	岩崎本	神田本	九條本	島田本	內野本	上圖本（元）	觀智院本	天理本	古梓堂本	足利本	上圖本（影）	上圖本（八）	晁刻古文尚書	書古文訓	唐石經
人惟求舊器非求舊惟新	人維舊礼求上有二字校孔作舊下缺字		人惟求舊器非求舊惟新	舊器 惟 新	人惟求舊器非求舊惟新	新	人惟舊器非求舊惟新			人惟求舊器非求舊惟新	人惟求舊器非求舊惟新	人惟求舊器非求舊惟新				人惟求舊當非求舊惟新	人惟求舊當非求舊惟新	人惟求舊器非求惟新		人惟求舊器非求舊惟新	人惟求舊器非求舊惟新

1030、求

「求」字在傳鈔古文《尚書》有下列不同字形：

（1）殺**隸釋**

〈盤庚上〉「人惟求舊器非求舊惟新」《隸釋》錄漢石經作「人維舊（缺二字）殺舊（缺）」《潛夫論・交際篇》用作「人惟舊器惟新」，敦煌本 P2643、岩崎本皆「舊」字上添補「求」字，《風俗通・窮通篇》、《三國志・王朗與許靖書》亦作「人惟求舊」。「器非求舊」「求」字《隸釋》錄漢石經作殺，此即「救」字，偏旁「殳」、「攵」相通，《周禮・大司徒》「以求地中」，鄭玄注曰：「故書『求』作『救』」，〈堯典〉「方鳩僝功」，敦煌本《經典釋文・堯典》P3315 作「岂（方）救俟珠（功）」，《說文》辵部「述」下引作「旁述僝功」，《說文》人部「俟」下引作「旁救俟功」，是「求」、「述」、「救」可通用（參見"鳩"字）。

【傳鈔古文《尚書》「求」字構形異同表】

求	戰國楚簡	石經	敦煌本	岩崎本	神田本b	九條本b	島田本b	內野本	上圖（元）	觀智院b	天理本b	古梓堂b	足利本	上圖本（影）	上圖本（八）	古文尚書晁刻	書古文訓	尚書篇目
人惟求舊			人惟求舊 P2643	人惟求舊														盤庚上
器非求舊惟新		殺 隸釋																盤庚上
高宗夢得說使百工營求諸野									而									說命上
求于殷先哲王		魏																康誥

盤庚上	戰國楚簡	漢石經	魏石經	敦煌本 S11399	敦煌本 P2643	敦煌本 P3670	岩崎本	神田本	九條本	島田本	內野本	上圖本（元）	觀智院本	天理本	古梓堂本	足利本	上圖本（影）	上圖本（八）	晁刻古文尚書	書古文訓	唐石經
古我先王暨乃祖乃父胥及逸勤				古我先王暨乃祖乃父胥及逸勤	古我先王暨乃祖乃父胥及逸勤	古我先王暨乃祖乃父胥及逸勤			古我先王暨乃祖乃父胥及逸勤	古我先王暨乃祖乃父胥及逸勤	古我先王暨乃祖乃父胥及逸勤	古我先王暨乃祖乃父胥及逸勤				古我先王暨乃祖乃父胥及逸勤	古我先王暨乃祖乃父胥及逸勤	古我先王暨乃祖乃父胥及逸勤	古我先王暨乃祖乃父胥及逸勤	古我先王暨乃祖乃父胥及逸勤

予敢動用非罰世選爾勞			予敢用用非罰世選爾勞	予敢墅用非罰世選爾勞	予敢運用非罰世選爾勞			予敢墅用非罰世選爾勞	予敢勤用非罰世選爾勞	予敢動用非罰世選爾勞	予敢動用非罰世選爾勞	予敢動用非罰世選爾勞
予不掩爾善茲予大享于先王			予弗㐣爾善茲予大會于先王	予弗㐣爾善茲予大會于先王	予弗㐣爾善茲予大會于先王			予弗㐣爾善茲予大會于先王	予不掩爾善茲予大會于先王	予不掩爾善茲予大會于先王	予不掩爾善茲予大亯于先王	予不掩爾善茲予大亯于先王

1031、掩

「掩」字在傳鈔古文《尚書》有下列不同字形：

（1）〔古文形〕汗 3.39〔古文形〕四 3.29〔㝃〕1

《書古文訓》作〔㝃〕1，當為《說文》「㝃」字古文作〔形〕之隸古定訛變，《汗簡》、《古文四聲韻》錄《古尚書》此形〔形〕汗 3.39〔形〕四 3.29 注為「奄」字，《箋正》云：「『奄』與『㝃』原異字，而『㝃蓋』、『奄覆』義相通，音亦近，故僞書以『㝃』、『寁』作『奄』」，此借「㝃」（古文作〔形〕）字為「奄」，又借為「掩」字。

（2）〔弇弇〕1〔弇〕2

「掩」字《釋文》云：「本又作弇」，敦煌本 P3670、P2643、上圖本（元）作〔弇弇〕1，岩崎本作〔弇〕2，為「弇」之省訛。「掩」「弇」音義近同相通用。

【傳鈔古文《尚書》「掩」字構形異同表】

掩	戰國楚簡	石經	敦煌本	岩崎本b 神田本b	九條本 島田本b	內野本	上圖(元) 觀智院b	天理本 古梓堂本b	足利本	上圖本(影)	上圖本(八)	古文尚書晁刻	書古文訓	尚書篇目
予不掩爾善		弇 P3670 弇 P2643	弇				弇						窊	盤庚上

盤庚上	戰國楚簡	漢石經	魏石經	敦煌本 S11399	敦煌本 P2643	敦煌本 P3670	岩崎本	神田本	九條本	島田本	內野本	上圖本(元)	觀智院本	天理本	古梓堂本	足利本	上圖本(影)	上圖本(八)	晁刻古文尚書	書古文訓	唐石經
爾祖其從與享之作福作災				尔祖亓刕登與之作福作災	尔祖亓朋與合之作福作災	尔祖亓刕興脅之作福猴災					尔祖其刕与合之作福雁災	尔祖亓刕興脅出作福雁災				尔祖其從與享之作福依災	尔祖其從與享之作福依災	尒且亓朋與享之作福作災	尔祖亓刕為晉出巳福巳災	尔祖亓從享之作福作災	爾祖其從享之作福作災
予亦不敢動用非德予告汝于難				予亦其敢動用非惪予告女于難	予亦非敢動用非惪予告女于難	予亦沸敢動用非惪予吾女難					予亦希敢動用非惪予告女于難	予亦非敢頓用非惪予告女于難				予亦不敢動用非惪予告女于難	予亦不敢動用非惪予告女于難	予亦不敢動用非惪予告女于難	予亦亞敢動用非惪予告女于難		予亦不敢動用非德予告汝于難

若射之有志汝無侮老成人無弱孤有幼各長于厥居	有志女母翁侮成人母流侮老成人汝無弱		若射之女云右侮成人云弱孤又幻各長于年居	若射之文志辜老侮成之左弱孤又幻客長于年屋	若射之文志女云右侮先成人云弱孤有幻客長于年屋	若射出大志女云右惻成人云弱孤又幻各長于厥屋	若射之有志女云侮先成人云弱孤有幻各長于年屋	若射之有志汝亡老侮先成人亡弱孤大幻各長于年屋	若射之有志汝亡老侮成人亡弱孤大幻各長其屋	无射之有志女云老侮成人亡弱孤大幼各長其屋	若躾出大志女亡侮老成人亡弱孤大幼各長于年屋	**若 有 志** 老侮成人 无弱孤有幼各長于厥居			

「汝無侮老成人」《隸釋》錄漢石經作「女毋翁侮成人」，敦煌本 P3670、P2643、岩崎本、內野本、上圖本（元）、上圖本（八）作「女亡老侮成人」，唐石經作「汝無老侮成人」，皆作「老（翁漢石經）侮成人」字，與下句「無弱孤有幼」句法結構相同，鄭玄注云：「老、弱皆輕忽之意也」亦老、弱對舉，是今本誤作「侮老成人」，足利本作「汝無老侮老成人」多一老字，當受此影響。

1032、射

「射」字在傳鈔古文《尚書》有下列不同字形：

（1）躲躲躲

敦煌本 P3670、P2643、P3871、九條本、內野本、《書古文訓》「射」字或作躲躲躲，《說文》矢部「躲」字躲从矢从身，篆文「躲」从寸作「射」躲，「躲」爲古文，與「上」字先列古文作「丄」，後列「丄篆文丄」例同。

【傳鈔古文《尚書》「射」字構形異同表】

射	戰國楚簡	石經	敦煌本	岩崎本神田本b	島田本b九條本	內野本	上圖本（元）觀智院b	天理本	古梓堂b	足利本	上圖本（影）	上圖本（八）	古文尚書晁刻	書古文訓	尚書篇目
若射之有志			躲 P3670 P2643											躲	盤庚上

| 仡仡勇夫射御 | | ![]P3871 | 躲 躱 | | | | | | | | 躱 | 泰誓 |

1033、老

「老」字在傳鈔古文《尚書》有下列不同字形：

（1）耇

〈泰誓中〉「播棄犁老」岩崎本作「老」字作耇，《說文》老部「耇」字「老人面凍黎若垢。从老省句聲」，其義與「老」可通。

【傳鈔古文《尚書》「老」字構形異同表】

老	石經	敦煌本	岩崎本b	神田本九條本	島田本b	內野本	上圖（元）	觀智院b	足利本	上圖本（影）	上圖本（八）	書古文訓	
汝無侮老成人	隸釋女毋翕侮成人	P3670、P2643女亡老侮成人	女亡老侮成人			女亡老侮成人	女亡侮老成人		汝亡老侮老成人	汝無老侮老成人	女亡老侮成人		盤庚上
播棄犁老			耇										泰誓中

1034、幼

「幼」字在傳鈔古文《尚書》有下列不同字形：

（1）幼 幼 幼₁ 幼₂

敦煌本 P3670、P2516、岩崎本「幼」字或作幼 幼 幼₁，偏旁「幺」字在左上且與「力」共筆，金文作 ![] 禹鼎形，漢代作「幺」在上![]漢帛書老子乙 236 下![]漢印徵；岩崎本或作幼₂，與 ![]武威簡.士相見 11 ![]孔宙碑 ![]曹全碑同形，《說文》篆文作![]，此从「力」之篆形隸定，又與幺共筆。

（2）幻 幼

敦煌本 P2643、內野本、上圖本（元）、足利本、上圖本（影）、上圖本（八）「幼」字多作幻 幼形，偏旁「力」字變作「刀」。

（3）紉

《書古文訓》〈盤庚中〉「曷不暨朕幼孫有比」「幼」字作紉，偏旁「幺」字訛作「糸」。

（4）劣

上圖本（元）〈盤庚上〉「無弱孤有幼」「幼」字作劣，當是（1）劣幼幼₁形——偏旁「幺」字在左上——之訛誤，所從「力」字復變作「刀」，此形訛近「劣」字。

【傳鈔古文《尚書》「幼」字構形異同表】

幼	戰國楚簡	石經	敦煌本	岩崎本b	神田本b	九條本b	島田本b	內野本	上圖（元）	觀智院b	天理本	古梓堂b	足利本	上圖本（影）	上圖本（八）	古文尚書晁刻	書古文訓	尚書篇目
無弱孤有幼			劣 P3670 幼 P2643	幼				幼	劣					幼				盤庚上
曷不暨朕幼孫有比			幼 P2643 幼 P2516	幼					幼						幼		幼	盤庚中
延洪惟我幼沖人嗣無疆大歷服			劣	幼									幼	幼	幼			大誥
伯父伯兄仲叔季弟幼子童孫皆聽朕言			劣	幼									幼	幼	幼			呂刑

盤庚上	戰國楚簡	漢石經	魏石經	敦煌本 S11399	敦煌本 P2643	敦煌本 P3670	岩崎本	神田本	九條本	島田本	內野本	上圖本（元）	觀智院本	天理本	古梓堂本	足利本	上圖本（影）	上圖本（八）	晁刻古文尚書	書古文訓	唐石經
勉出乃力聽予一人之作猷				勉廼力聽予一人出征猷	勉出乃力聽茶一人出征猷	勉出乃力聽茶一人之作猷					勉出廼力聽予弌人出作猷	勉出乃力聽予一人之作猷					勉出廼力聽子一人出作猷	勉出廼力聽予一人之作猷	勉出廼力聽予一人出作猷	勉出廼乃力聽予一人之作猷	勉出乃力聽予弌人出征猷

無有遠邇用罪伐厥死				亡又遠迩用皋伐斗元	亢迳迩用皋伐手死	正又遠迩用皋伐斗元	三又遠迩用皋伐厥死	三有遠迩用皋伐厥宛	七有逺通用皋伐年死	壬有遠迿通用皋伐斗元	三有遠迿近用罪伐其元	亡大遠邊用皋伐手荒	無有遠邇用罪伐厥死
用德彰厥善邦之臧惟汝眾				用惠彰斗善邦之臧惟女眾	用惠勤手善邦之臧惟女眾	用惠勤手善邦出臧惟女眾	用德勤厥善邦之臧惟女眾	用惠彰烏善邦出臧惟女眾	用惠歖年壽邦出臧惟女眾	用惠彰手善邦之臧惟女扁	用德彰厥善邦之臧惟汝眾
邦之不臧惟予一人有佚罰				邦之弗臧惟亏一人亣佚罰	邦之弗臧惟亏一人亣佚罰	邦之弗臧惟亏一人亣佚罰	邦之弗臧惟亏一人亣佚罰	邦之不臧惟予玉人亣佚罰	邦出不臧惟予一人有佚罰	邦之弜臧惟予弋人大佚罰	邦之不臧惟予一人有佚罰
凡爾眾其惟致告自今至于後日				凡佘眾亓惟致吉自今至于後日	凡佘眾亣惟致吉自佘至于後日	凡佘眾亓惟致告自佘至于後日	凡爾眾其惟致告自今至于後日	凡尔眾亓惟致告自今至于後日	凡尔眾亣惟致告自今至于後日	凡尔眾其惟致告自今至于後日	凡爾眾其惟致告自今至于後日

各恭爾事齊乃位度乃口													
各共爾事齊乃位度爾口孔作口下缺			各與介事坐乃位庀有口	各僕介事坐乃位庀有口	各冀鑫乃位庀有口			合冀介事齊乃位度迴口	龔尓事齊乃位庀乃口			各恭介亳坐乃位度迴口	各亳介支齋乃位度迴口	各亳介支坐乃位度迴口	各亳介支坐乃位度迴口	各冀介亳坐一畫位庀尊口
罰及爾身弗可悔			罰及介身弗可悔	罰及介	罰及尓身			罰及介身弗可悪	罰及尓身弗可悪			罰及介身可悪	罰及介身弗可悔	罰及介身不可悔	罰及介身弜可悪

「各恭爾事齊乃位度乃口」《隸釋》錄漢石經作「各共爾事齊乃位度爾口」。

十九、盤庚中

盤庚中	戰國楚簡	漢石經	魏石經	敦煌本 P3670	敦煌本 P2516	敦煌本 P2643	岩崎本	神田本	九條本	島田本	內野本	上圖本（元）	觀智院本	天理本	古梓堂本	足利本	上圖本（影）	上圖本（八）	晁刻古文尚書	書古文訓	唐石經
盤庚作惟涉河以民遷		〔圖〕		盤庚作惟涉河以區殷	盤庚作惟涉河呂民餐	盤庚作惟涉河呂民餐					盤庚作惟涉河呂民餐	盤庚作惟涉河以民餐				盤庚作惟涉河呂民遷	〔圖〕	〔圖〕	盤庚迮惟涉河呂民餐		〔圖〕

1035、涉

「涉」字在傳鈔古文《尚書》有下列不同字形：

（1）

《書古文訓》「涉」字或作隸古定字，與《汗簡》錄義雲章作汗 5.61、楚簡作楚帛書甲 3.17包山 218 反郭店.老子甲 8 同形，源自甲金文作佚 699京津 4470甲 296格伯簋格伯簋格伯簋格伯簋等形。

（2）涉海₁涉₂涉₃

敦煌本 P3670、內野本「涉」字或作涉海₁，右上所从「止」訛作「山」；敦煌本 P2516、岩崎本、上圖本（元）涉₂ 形，復右下多一點；敦煌本 S799 作涉₃，復右下訛作「少」。

【傳鈔古文《尚書》「涉」字構形異同表】

涉	戰國楚簡	石經	敦煌本	岩崎本 神田本b 九條本 島田本b 內野本	上圖（元） 觀智院本b 天理本 古梓堂本b 足利本	上圖本（影）	上圖本（八）	古文尚書晁刻	書古文訓	尚書篇目
盤庚作惟涉河以民遷			涉 P3670	涉	海					盤庚中
若涉大水其無津涯			涉 P2643 涉 P2516	涉		涉			涉	微子

斬朝涉之脛剖賢人之心	涉 S799								㴱	泰誓下
己予惟小子若涉淵水									㴱	大誥
若蹈虎尾涉于春冰	涉								㴱	君牙

盤庚中	戰國楚簡	漢石經	魏石經	敦煌本P3670	敦煌本P2516	敦煌本P2643	岩崎本	神田本	九條本	島田本	內野本	上圖本(元)	觀智院本	天理本	古梓堂本	足利本	上圖本(影)	上圖本(八)	晁刻古文尚書	書古文訓	唐石經
乃話民之弗率誕告用亶其有眾				乃話民之弗率誕告用亶其有眾	乃話民之弗率誕告用亶其文眾	乃話民之弗率誕告用亶其文眾	乃話民之弗率誕告用亶其有眾		乃話民之弗率誕告用亶其有眾	乃話民之弗率誕告用亶其有眾	乃話民之弗率誕告用亶其有眾	乃話民之弗率誕告用亶其有眾			乃話民之弗率誕告用亶其有眾			乃話民之弗率誕告用亶其有眾	乃話民之弗率誕告用亶其有眾	乃話民之弗率誕告用亶其有眾	乃話民之弗率誕告用亶其有眾

1036、話

「話」字在傳鈔古文《尚書》有下列不同字形：

（1）舚1譮2

《書古文訓》「話」字或作舚1，《古文四聲韻》錄籀韻作：舚四 4.16，《玉篇》舌部「舚」字古文話，疑「舚」為「話」字會意之異體；《書古文訓》又作譮2，為《說文》篆文譮隸古定。

【傳鈔古文《尚書》「話」字構形異同表】

話	戰國楚簡	石經	敦煌本	岩崎本	神田本b	九條本	島田本b	內野本	上圖本(元)	觀智院本b	天理本	古梓堂本b	足利本	上圖本(影)	上圖本(八)	古文尚書晁刻	書古文訓	尚書篇目
乃話民之弗率																	舚	盤庚中
自一話一言																	譮	立政

盤庚中	戰國楚簡	漢石經	魏石經	敦煌本 P3670	敦煌本 P2516	敦煌本 P2643	岩崎本	神田本	九條本	島田本	內野本	上圖本（元）	觀智院本	天理本	古梓堂本	足利本	上圖本（影）	上圖本（八）	晁刻古文尚書	書古文訓	唐石經
咸造勿褻在王庭盤庚乃登進厥民				咸造勿褻在王庭盤庚乃登進厥民	咸造勿褻在王庭盤庚乃登進厥民	咸造勿褻在王庭盤庚乃登進手民	咸造勿褻在王庭盤庚乃登進厥民			咸造勿褻在王庭盤庚乃登進厥民	咸造勿褻在王庭盤庚乃登進厥民	咸造勿褻在王庭盤庚乃登進厥民				咸造勿褻在王庭盤庚乃登進厥邑	咸造勿褻在王庭盤庚乃登進厥邑	咸造勿褻在王庭盤庚乃登進厥民		咸造勿褻在王庭盤庚乃登進厥民	咸造勿褻在王庭盤庚乃登進厥民
曰明聽朕言無荒失朕命				曰明聽朕言無荒失朕命	曰明聽朕言無荒失朕命	曰明聽朕言無荒失朕命	曰明聽朕言無荒失朕命			曰明聽朕言無荒失朕命	曰明聽朕言無荒失朕命	曰明聽朕言無荒失朕命				曰明聽朕言無荒失朕命	曰明聽朕言無荒失朕命	曰明聽朕言無荒失朕命		曰明聽朕言無荒失朕命	曰明聽朕言無荒失朕命
嗚呼古我前后罔不惟民之承	民之承			嗚呼古我前后罔不惟民之承	嗚呼古我前后罔不惟民之承	嗚呼古我前后罔不惟民之承	為于古我前后罔不惟民之承			嗚呼古我前后罔不惟民之承	嗚呼古我前后罔不惟民之承	嗚呼古我前后罔不惟民之承				嗚呼古我前后罔不惟民之承	嗚呼古我前后罔不惟民之承	嗚呼古我前后罔不惟民之承		嗚呼古我前后罔不惟民之承	嗚呼古我前后罔不惟民之承
保后胥慼鮮以不浮于天時	保后胥慼鮮以不浮	保后胥高慼作鮮以不浮下缺		保后胥慼鮮以不浮于天時	保后胥慼鮮以不浮于天時	保后胥慼鮮以不浮于天時	保后胥慼鮮以不浮于天時			保后胥慼鮮以不浮于天時	保后胥慼鮮以不浮于天時	保后胥慼鮮以不浮于天時				保后胥慼鮮以不浮于天時	保后胥慼鮮以不浮于天時	保后胥慼鮮以不浮于天時		保后胥慼鮮以不浮于天時	保后胥慼鮮以不浮于天時

										殷降大虐先王不懷厥攸作
殷降大虐先王不懷厥攸作	殷降大虐先王不	殷降大虐先王弗襄年迿作	殷浮大虐先王弗襄年迿作	殷降大虐先王弗襄年迿作			殷降大虐先王弗襄年迿作	殷降大虐先王弗襄年迿作		殷降大虐先王不懷年迿作
視民利用遷汝曷弗念我古后之聞		眎民利用隉女曷弗念我古后之聞	眎民利用隉女曷弗念我古后之聞	眎民利用隉女曷弗念我古后之聞			眎民利用隉女曷弗念我古后之聞	視民利用遷汝曷弗念我古后之聞		承汝俾汝惟歆康共非汝有咎比于罰
承汝俾汝惟喜康共非汝有咎比于罰		承與畀女惟喜康共非汝有咎比于罰	承女畀女作喜康共非女又各比于罰	承安俾安惟喜康共非予又各比于罰			安惟喜康共非女又各比于罰	美汝俾汝惟喜康共非改有咎比于罰		承女畀女惟歆康共非女又各比于罰
予若顙懷茲新邑		予若顙襄茲新邑	予若顙襄茲新邑	予若顙襄茲新邑			予若顙襄茲新邑	予若顙懷茲新邑		予端顙襄茲新邑

亦惟汝故以不從厥志											亦惟女故以不初其志
今予將試以汝遷安定厥邦											今予將試以女遷安定厥邦
汝不憂朕心之攸困乃咸大不宣乃心											女亞憂朕心之攸困乃咸大亞宣乃心
欽念以忱動予一人爾惟自鞠自苦											欽念以忱動予弌人尒惟自鞠自苦

1037、鞠

「鞠」字在傳鈔古文《尚書》有下列不同字形：

（1）鞠1 鞠鞠鞠2鞠3

內野本、上圖本（影）或作鞠1，偏旁「革」字由《說文》篆文革而稍變，其上廿形訛似⁺⁺下加一短橫；敦煌本 P3670、P2643、P2516、岩崎本、上圖本（元）、上圖本（八）「鞠」字或作鞠鞠2，偏旁革字與魏三體石經隸體作草同形，足利本、上圖本（影）、上圖本（八）或變作鞠2，內野本、足利本或多一畫作鞠3（參見"革"字）。

（2）鞫

《書古文訓》〈盤庚中〉「爾惟自鞠自苦」「鞠」字作鞫，《說文》𡴆部「籟」字「𧷎窮理罪人也。从𡴆从言竹聲」，秦簡「籟」字隸省變作「鞫」：鞫睡虎地33.33、漢代作鞫漢帛書老子乙前 105 上鞫一號墓竹簡 147，《集韻》入聲九 1 屋韻「籟」字或體作「鞫」、「䩭」，《爾雅·釋言》「鞫」「窮也」。《說文》革部「鞠」字訓「蹋鞠也」，《爾雅·釋言》「鞠」字「穀、鞠：生也」、「幼、鞠：穉也」，「鞠」與「鞫」（籟）同音（皆居六切），今本此處作「鞠」爲「鞫」（籟）之假借。

（3）鞣

上圖本（元）〈盤庚中〉「爾惟自鞠自苦」「鞠」字作鞣，其右形从公从木，漢碑「鞠」字或訛作鞣華芳墓志陰，其右與鞣相類，當是所从「匊」之誤。

【傳鈔古文《尚書》「鞠」字構形異同表】

鞠	戰國楚簡	石經	敦煌本	岩崎本	神田本b	九條本b	島田本b	內野本	上圖（元）	觀智院b	天理本b	古梓堂b	足利本	上圖本（影）	上圖本（八）	古文尚書晁刻	書古文訓	尚書篇目
爾惟自鞠自苦			鞠 P3670 鞠 P2643	鞠				鞠	鞣				鞠	鞠	鞠		鞫	盤庚中
鞠人謀人之保居敘欽			鞠 P2643 鞠 P2516	鞠				鞠	鞠				鞠	鞠	鞠			盤庚下

兄亦不念鞠子哀					鞠			鞠	鞠 鞠				康誥
無遺鞠子羞					鞠 鞠			鞠	鞠 鞠				康王之誥

盤庚中	戰國楚簡	漢石經	魏石經	敦煌本 P3670	敦煌本 P2516	敦煌本 P2643	岩崎本	神田本	九條本	島田本	內野本	上圖本（元）	觀智院本	天理本	古梓堂本	足利本	上圖本（影）	上圖本（八）	晁刻古文尚書	書古文訓	唐石經
若乘舟汝弗濟臭厥載				若乘舟汝弗濟臭厥載	若乘舟汝弗濟臭厥載	若乘舟汝弗濟臭厥載	若乘舟汝弗濟臭手載				若乘舟汝弗濟臭年載	水雁舟弗濟臭			若乘舟汝弗濟臭年載	若乘舟汝弗濟臭年載	若乘舟女不濟臭其載		若乘舟女亞涂臭年飢	若乘舟汝弗濟臭厥載	

1038、臭

「臭」字在傳鈔古文《尚書》有下列不同字形：

（1）戻戻

岩崎本、上圖本（元）「臭」字或作戻戻，所从「犬」又下多一撇，訛似「犮」字，與「夭」字或作戻岩崎本戻P2516、「友」字敦煌本、日古寫本或作戻相混近。

【傳鈔古文《尚書》「臭」字構形異同表】

臭	戰國楚簡	石經	敦煌本	岩崎本 神田本b	九條本 島田本b	內野本 上圖（元） 觀智院b	天理本 古梓堂b	足利本 上圖本（影）	上圖本（八）	古文尚書晁刻	書古文訓	尚書篇目
若乘舟汝弗濟臭厥載			臭 P3670 戻 P2643			戻						盤庚中
今予命汝一無起穢以自臭			臭 P2643 臭 P2516	戻								盤庚中

唐石經	書古文訓	晁刻古文尚書	上圖本（八）	上圖本（影）	上圖本	足利本	古梓堂本	天理本	觀智院本	上圖本（元）	內野本	島田本	九條本	神田本	岩崎本	敦煌本P2643	敦煌本P2516	敦煌本P3670	魏石經	漢石經	戰國楚簡	盤庚中
爾忱不屬惟胥以沈	尒忱亞屬惟胥吕沈	尒忱亞屬惟胥吕沈	尒忱不屬惟胥以沈	尒忱弗屬惟胥以沈	仐忱弗屬惟胥以沈	仐忱弗屬惟胥以沈				爾忱弗屬惟胥吕沈	尒忱弗屬惟胥以沈				尒忱弗屬惟胥吕沈	尒忱弗屬惟胥吕沈		尒忱弗屬惟胥吕沈				爾忱不屬惟胥以沈
亞亓或桰自怒曷瘳	亞亓或桰自怒曷瘳	亞亓或桰自怒曷瘳	不亓或桰自怒曷瘳	不亓或桰自怒曷瘳	不亓或乱自怒害瘳	不亓或乱自怒害瘳				不亓或乱自怒害瘳	帛亓或乱自怒害瘳	其或迪桰作自怒孔作咎	帛亓或乱自怒害瘳		帛亓或乱自怒害瘳	帛亓或乱自怒咎瘳		帛亓或乱自怒咎瘳				不其或稽自怒曷瘳

1039、怒

「怒」字在傳鈔古文《尚書》有下列不同字形：

（1）[glyph]魏石經 态态态

魏三體石經〈無逸〉「不啻不敢含怒」「怒」字古文作[glyph]，从女从心，與[glyph] 盇壺同形，「奴」、「女」聲符更替，楚簡作[glyph]郭店.性自2[glyph]郭店.老子甲34形。《說文》[glyph]列爲「恕」字古文，《古文四聲韻》錄籀韻「怒」字作态四4.11，《集韻》去聲七11莫韻「怒」字云：「《說文》恚也。古作『态』、『悠』」。[glyph]當爲「怒」字古文，《說文》誤入「恕」字下。

敦煌本P2643、P3767、P2748、岩崎本、島田本、內野本、上圖本（元）、足利本、上圖本（影）、上圖本（八）、《書古文訓》「怒」字多作态态态。

（2）怨隸釋

《隸釋》錄漢石經〈盤庚中〉「自怒曷瘳」「怒」字作怨，「怨」、「怒」義類近同。

（3）[glyph]恕汗4.59 [glyph]恕四4.10 [glyph]悠

《汗簡》、《古文四聲韻》錄《古尚書》「恕」字作：[glyph]恕汗4.59 [glyph]恕四4.10，

然《尚書》中未見「恕」字，注「恕」當是「怒」之誤，其上從《說文》「奴」字古文從人作 [圖], 聲符更替爲古文，《書古文訓》「怒」字或作 [圖], 與此同形。

【傳鈔古文《尚書》「怒」字構形異同表】

怒　傳抄古尚書文字 [圖] 恕汗 4.59 [圖] 恕四 4.10	戰國楚簡	石經	敦煌本	岩崎本 神田本b 九條本 島田本b	內野本	上圖 觀智院b 天理本 古梓堂b 足利本	上圖本（影）	上圖本（八）	古文尚書晁刻	書古文訓	尚書篇目
自怒曷瘳		怨 隸釋	怒 P3670 怘 P2643		怘	忢	忢 忢			忢	盤庚中
罔罪爾眾爾無共怒			怘 P2643 怒 P2516		怘	怘				忢	盤庚下
刳剔孕婦皇天震怒							怘		悠	悠	泰誓上
帝乃震怒不畀洪範九疇				怘b	慫					悠	洪範
不啻不敢含怒	[圖]魏		忢 P3767 怘 P2748					忢		悠	無逸

1040、瘳

「瘳」字在傳鈔古文《尚書》有下列不同字形體：

（1） [圖]瘳1 [圖]瘳2 [圖][圖]瘳3 [圖][圖]瘳4 [圖][圖]瘳5

敦煌本 P2643「瘳」字或作 [圖]1，足利本或作 [圖]2，其右下「彡」變似「夂」；敦煌本 P2643、岩崎本或作 [圖][圖]3，「彡」變作「● 」；P3670P2516 或作 [圖][圖]4，「彡」變作「小」；島田本、上圖本（元）或變作 [圖][圖]5（參見 "文" "珍" 字）。

（2）廖：[圖][圖]

內野本、上圖本（八）「瘳」字或作 [圖][圖]，偏旁「疒」混作「广」，而訛混作「廖」。

【傳鈔古文《尚書》「瘳」字構形異同表】

尚書篇目	書古文訓	古文尚書晁刻	上圖本（八）	上圖本（影）	上圖（元）	觀智院本b	天理本	古梓堂b	足利本	內野本	島田本b	九條本	神田本b	岩崎本	敦煌本	石經	戰國楚簡	瘳
盤庚中	廖		廖		廖										瘝 P3670 / 療 P2643			自怒曷瘳
說命上	廖	瘳	瘳		療										瘳 P2643 / 瘳 P2516			若藥弗瞑眩厥疾弗瘳
金縢	廖												瘳b					王翼日乃瘳

唐石經	書古文訓	晁刻古文尚書	上圖本（八）	上圖本（影）	上圖本（元）	觀智院本	天理本	古梓堂本	足利本	九條本	島田本	內野本	神田本	岩崎本	敦煌本P2643	敦煌本P2516	敦煌本P3670	魏石經	漢石經	戰國楚簡	盤庚中
女亞慈兄㠯恩䢔炎	女亞慈兄㠯恩䢔炎	女亞慈兄㠯恩䢔炎	女不謀長㠯思迴炎	改不謀長㠯思迴炎	女弗甚長㠯思迴炎			汝不謀長㠯恩迴災			女弗甚兄㠯思迴炎	女弗甚長㠯思乃炎			女弗慈兄㠯恩乃災	女弗慈兄㠯恩乃災	女弗慈兄昌思乃炎				汝不謀長以思乃災
女誕勸憂今亓大今宧後女何生圶上	女誕勸憂今亓大今宧後女何生圶上	女誕勸憂今亓大今宧後女何生圶上	余誕勸憂今其有今罔後女何生在正	汝誕勸憂今其有今罔後汝何生在上	女誕勸憂今亓大今宧後女何生在上			女誕勸憂今其有今宧後汝何生在上			余誕勸憂今亓大今宧後女何生在上	女誕勸憂今亓大今宧後女何生在上			女誕勸憂今亓大今宧後女何生在上	奈亓大今宧後女何生圶上（下缺）	芺弗慈疾昌思乃炎 / 及誕勸憂	永誕孔作勸憂今其有今罔後女何（下缺）			汝誕勸憂今其有今罔後汝何生在上

今予命汝一無起穢以自臭

今予命汝一無起穢以自臭

今予命女一亡起穢吕自臭

今予命女一亡起穢吕自臭

今予命女一亡起穢吕自臭

今予命女一亡起穢吕自臭

今予命女一亡起穢吕自臭

今予命女弋亡起噅吕自臭

1041、穢

「穢」字在傳鈔古文《尚書》有下列不同字形：

（1）穢：穢漢石經 穢穢₁ 穢穢₂ 秇₃

漢石經〈盤庚中〉「穢」字作穢，所从「歲」內之屮形訛似「小」，內野本、上圖本（影）、上圖本（八）或作穢穢₁，敦煌本 P2516、岩崎本或作穢穢₂，右上「止」形訛作「山」，與漢碑作穢魯峻碑穢淮源廟碑同形；足利本或作秇₃，其右亦爲「歲」字，與《古文四聲韻》錄山二四 4.14 崔希裕纂古同形，「山」爲「止」之訛，「＝」爲省略符號（參見“歲”字）。

（2）𢆉₁ 𢆏₂ 𢆏₃ 𢆳₄

《書古文訓》「穢」字作𢆉₁，移禾於下，其上「歲」字形與傳抄《古尚書》崇汗 5.68 𡿰六 275 同形，《集韻》去聲七 20 廢韻「薉」字《說文》蕪也。或从禾作『穢』，古作『𢆉』。敦煌本 P2643 作𢆏₂，當𢆉₁形之訛，左下「小」形爲「禾」所訛變，岩崎本或作𢆏₃，復「止」形訛作「山」；內野本、足利本、上圖本（影）、上圖本（八）或作𢆳₄，左下訛變作「衣」，此亦「穢」字作𢆉₁形之訛。

（3）噅：噅

《書古文訓》〈盤庚中〉「一無起穢以自臭」「穢」字作噅，《玉篇》口部「噅」字「火外切。鳥鳴也。」此假音近之「噅」字爲「穢」。

【傳鈔古文《尚書》「穢」字構形異同表】

穢	戰國楚簡	石經	敦煌本	岩崎本	神田本b	九條本	島田本b	內野本	上圖(元)	觀智院b	天理本	古梓堂b	足利本	上圖本(影)	上圖本(八)	古文尚書晁刻	書古文訓	尚書篇目
一無起穢以自臭		穢漢	戕 P2643 / 穢 P2516					戕					戕	戕	戕		喊	盤庚中
穢德彰聞			穢					秖					秒	穢	穢		叢	泰誓中

盤庚中	戰國楚簡	漢石經	魏石經	敦煌本 P3670	敦煌本 P2516	敦煌本 P2643	岩崎本	神田本	九條本	島田本	內野本	上圖本(元)	觀智院本	天理本	古梓堂本	足利本	上圖本(影)	上圖本(八)	晁刻古文尚書	書古文訓	唐石經
恐人倚乃身迂乃心予迂續乃命于天					恐人倚乃身迂乃心予迂續乃命于天	恐人倚乃身迂乃心予迂續乃命于天	恐人倚乃身迂乃心予迂續乃命于天				恐人倚乃身迂乃心予迂續乃命于天	恐人倚乃身迂乃心予迂續乃命于天				恐人倚乃身迂乃心予迂續乃命于天	恐人倚乃身迂乃心予迂續乃命于天	恐人倚乃身迂乃心予迂續乃命于天	恐人倚乃身迂乃心予迂續乃命于天	恐人倚乃身迂乃心予迂續乃命于天	恐人倚乃身迂乃心予迂續乃命于天

1042、迂

「于」字在傳鈔古文《尚書》有下列不同字形：

（1）迂迂迂

敦煌本 P2516、內野本、上圖本（八）、《書古文訓》「迂」字作迂迂迂，所从「于」字其下曲折作亐。

【傳鈔古文《尚書》「迓」字構形異同表】

迓	戰國楚簡	石經	敦煌本	岩崎本b	神田本b	九條本	島田本b	內野本	上圖（元）	觀智院b	天理本	古梓堂b	足利本	上圖本（影）	上圖本（八）	古文尚書晁刻	書古文訓	尚書篇目
恐人倚乃身迓乃心			迓 P2643 迓 P2516					迓							迓		迓	盤庚中

1043、迓

「迓」字尙書敦煌寫本、日古寫本多作「御」（或 卸 ）字，《匡謬正俗》引作「予御續乃命於天」、〈牧誓〉「弗御克奔以役西土」皆作「御」字，訓爲「迎」，《撰異》云：「此唐初本作『御』之證。唐石經以下作『迓』者，衛包改也。」《說文》「訝」相迎也，或體从辵作「迓」，作「御」者爲假借字。

「迓」字在傳鈔古文《尙書》有下列不同字形：

（1）御：御御₁ 䙷㣲₂ 㣲₃㣲₄

《書古文訓》「迓」字皆作「御」字，作御御₁，或下移偏旁「卩」字作䙷㣲₂；岩崎本、上圖本（元）或變作㣲₃，上圖本（元）或作㣲₄，皆篆文「御」字御之隸變（參見"御"字）。

（2）卸：卸₁卸₂卸₃卸₄

敦煌本「迓」字皆作「卸」字：P2643 作卸₁、S799、P2748 或少右上一畫作卸₂，P2516 作卸₃，所从「止」訛作「山」；神田本作卸₄亦爲「卸」字。偏旁止、辵古相通，「卸」即「御」字，金文「御」字或从止作 御鬲。

（3）迂

上圖本（影）〈牧誓〉「弗迓克奔以役西土」「迓」字作迂，所从「牙」訛作「于」，乃誤爲「迂」字。

【傳鈔古文《尚書》「迓」字構形異同表】

迓	戰國楚簡	石經	敦煌本	岩崎本b	神田本b	九條本	島田本b	內野本	上圖（元）觀智院b	天理本b	古梓堂b	足利本	上圖本（影）	上圖本（八）	古文尚書晁刻	書古文訓	尚書篇目
予迓續乃命于天			卸 P2643 卸 P2516	御					俹							御	盤庚中
弗迓克奔以役西土			卸 S799	智b									迁			御	牧誓
旁作穆穆迓衡			卸 P2748											迓		衞	洛誥
敬迓天威									御							衞	顧命

1044、續

「續」字在《尚書》中僅見於此：〈盤庚中〉「予迓續乃命于天」，在傳鈔古文《尚書》有下列不同字形：

（1）賡：賡

《書古文訓》「續」字作賡，與《汗簡》錄古尚書、說文「續」字賡**汗 6.80**同形，為《說文》古文作賡「賡」字之隸古定。

（2）績：績

敦煌本 P2643、上圖本（影）「續」字作「績」績，二字偏旁形混又韻近而誤作，且二字古有相通之例（詳見"績"字）。

【傳鈔古文《尚書》「續」字構形異同表】

續	戰國楚簡	石經	敦煌本	岩崎本b	神田本b	九條本	島田本b	內野本	上圖（元）觀智院b	天理本b	古梓堂b	足利本	上圖本（影）	上圖本（八）	古文尚書晁刻	書古文訓	尚書篇目
予迓續乃命于天			績 P2643 續 P2516										績			賡	盤庚中

盤庚中	戰國楚簡	漢石經	魏石經	敦煌本 P3670	敦煌本 P2516	敦煌本 P2643	岩崎本	神田本	九條本	島田本	內野本	上圖本（元）	觀智院本	天理本	古梓堂本	足利本	上圖本（影）	上圖本（八）	晁刻古文尚書	書古文訓	唐石經
予豈汝威用奉畜汝眾				予豈女愚	予豈女畏用奉畜女然	予豈女畏用奉畜女然					予豈女畏用奉畜女眾	予豈女畏用奉畜女眾				予豈女畏用奉畜汝眾	予豈女畏用奉畜汝眾	予豈女畏用奉畜女眾	予豈女畏用奉畜女眾	予豈女畏甹奉畜女眾	予豈女畏用奉畜女眔
予念我先神后之勞爾先	之勞爾先			予念我先神后之勞爾先	予念我先神石之勞爾先	予念我先神后之勞爾先					予念我先神后之勞爾元	予念我先神后之勞爾先				予念我先神后之勞爾先	予念我先神后之勞爾先	予念我先神后之勞爾先		予念我先神后之勞爾先	予念我先神后之勞爾先
予丕克羞爾用懷爾然	子丕 下缺	子丕 下缺		予丕克羞爾用懷爾然	予丕克羞爾用懷爾然	予丕克羞爾用懷爾然					予丕克羞爾用懷爾然	予丕克羞爾用懷爾然				予丕克羞爾用懷爾然	予丕克羞爾用懷爾然	予丕克羞爾用懷爾然		予丕克羞爾用懷爾然	先予丕克羞爾用懷爾然

1045、羞

「羞」字在傳鈔古文《尚書》有下列不同字形：

（1）［羞隸釋　羞羞羞₁　羞羞羞₂　羞₃］

《隸釋》錄漢石經〈洪範〉「使羞其行而邦其昌」「羞」字作羞隸釋，漢石經又作羞漢石經.儀禮.既夕，與秦簡从又作羞睡虎地8.11類同，羞隸釋所从「羊」之上形訛作「艹」與其下筆畫析離；敦煌本P2630、觀智院本、上圖本（影）、上圖本（八）或作羞羞羞₁，所从「丑」字下少一畫，俗書常見；敦煌本P2516、神田本或作羞羞羞₂，所从「羊」字訛變作「夫」；上圖本（元）或變作羞₃。

【傳鈔古文《尚書》「羞」字構形異同表】

羞	戰國楚簡	石經	敦煌本	岩崎本	神田本b	九條本	島田本b	內野本	上圖(元)	觀智院院b	天理本	古梓堂b	足利本	上圖本(影)	上圖本(八)	古文尚書晁刻	書古文訓	尚書篇目
予丕克羞爾用懷爾然			P2643 P2516						（古文）						（古文）			盤庚中
今我既羞告爾于朕志			P2643 P2516												（古文）			盤庚下
惟口起羞惟甲冑起戎			P2643 P2516												（古文）			說命中
以濟兆民無作神羞			S799	（古文）b											（古文）			武成
使羞其行而邦其昌	（古文）隸釋				（古文）b										（古文）			洪範
爾大克羞耇惟君						（古文）	（古文）						（古文）	（古文）	（古文）	（古文）		酒誥
爾尚克羞饋祀						（古文）	（古文）						（古文）	（古文）	（古文）	（古文）		酒誥
惟羞刑暴德之人			P2630			（古文）	（古文）						（古文）	（古文）	（古文）	（古文）		立政
無遺鞠子羞									（古文）b						（古文）			康王之誥

盤庚中	戰國楚簡	漢石經	魏石經	敦煌本 P3670	敦煌本 P2516	敦煌本 P2643	岩崎本	神田本	九條本	島田本	內野本	上圖本(元)	觀智院本	天理本	古梓堂本	足利本	上圖本(影)	上圖本(八)	晁刻古文尚書	書古文訓	唐石經
失于政陳于茲高后丕乃崇降罪疾曰		于茲高后丕乃知礼作降闢疾曰 下缺				失于政敕于茲高老玉乃崇降罪疾曰	失于政敕于茲高后乃崇降罪疾曰				失于政敕于茲高后丕乃崇降罪疾曰	失于政敕于茲高后丕乃崇降罪疾曰				失于政敕于茲高后丕乃崇降罪疾曰		失于政敕于茲高后丕乃崇降罪疾曰		失于政敕于茲高后丕乃崇降罪疾曰	失于政敕于茲高后丕乃宗降罪疾曰

1046、疾

「疾」字在傳鈔古文《尚書》有下列不同字形：

（1）疾：疾₁疾疾₂

《書古文訓》「疾」字或作疾₁，為《說文》篆文𤕫之隸古定。內野本、足利本、上圖本（八）「疾」字或作疾疾₂，所从「矢」字訛作「失」

（2）𤶃𤶃𤶃𤶃𤶃𤶃₁𤶃𤶃𤶃₂

《書古文訓》「疾」字或作𤶃𤶃𤶃𤶃𤶃等形，乃《說文》古文作𤶃之隸古定訛變，或右上多一點作𤶃𤶃𤶃₂，與戰國作�(陶彙 3.566)�(璽彙 1433)�(包山 220)�(包山 207)�(包山 247)�(郭店.性自 42)�(郭店.語叢 1.110)等形同。

（3）𤳊

《書古文訓》「疾」字或作𤳊，為《說文》籀文作𤳊之隸古定稍變，王國維謂「按𤳊从𤳊省，从廿，廿，古文疾。〔註338〕」其說是也，乃假「智」（𤳊）為「疾」字，梁十九年鼎「亡智」李學勤謂「或讀『無疾』」。〔註339〕

【傳鈔古文《尚書》「疾」字構形異同表】

疾	戰國楚簡	石經	敦煌本	岩崎本b	神田本b 九條本 島田本b	內野本	上圖（元）	觀智院b 天理本 古梓堂b	足利本	上圖本（影）	上圖本（八）	古文尚書晁刻	書古文訓	尚書篇目
高后丕乃崇降罪疾日			疾 P2643										𤶃	盤庚中
先后丕降與汝罪疾日			疾 P2643										𤶃	盤庚中
若藥弗瞑眩厥疾弗瘳			疾 P2643											說命上
二日疾						疾							𤳊	洪範
武王有疾周公作金縢						疾							𤶃	金縢
王有疾弗豫						疾							𤶃	金縢

〔註338〕說見，王國維，《海寧王靜安先生遺書》，頁 228，台北：臺灣商務印書館，1968，。
〔註339〕說見，李學勤，《新出青銅器研究》，頁 206，北京：文物出版社，1990。

經文									篇名
天亦惟用勤毖我民若有疾								痰	大誥
若有疾惟民其畢棄咎								痰	康誥
乃疾厥子								疾	康誥
其眷命用懋王其疾敬德					疾	疾	痰	痰	召誥
宅新邑肆惟王其疾敬德				疾	疾	疾	疾	痰	召誥
無有遘自疾萬年厭乃德	疾 P2748							痰	洛誥
爾無忿疾于頑				疾		疾		痰	君陳
疾大漸惟幾病日臻								痰	顧命
人之有技冒疾以惡之				疾	疾	疾	疾	痰	秦誓

盤庚中	戰國楚簡	漢石經	魏石經	敦煌本 P3670	敦煌本 P2516	敦煌本 P2643	岩崎本	神田本	九條本	島田本	內野本	上圖本（元）	觀智院本	天理本	古梓堂本	足利本	上圖本（影）	上圖本（八）	晁刻古文尚書	書古文訓	唐石經
曷虐朕民汝萬民乃不生生	民女萬民乃不生			害虐朕区女万区乃弗生生	害虐朕民女万民乃弗生生	害虐朕民女万民乃弗生生			害虐朕民女万民乃弗生生	害虐敏区女萬邑迺弗生生	害虐朕氒女万迺乃弗生	害虐朕民女万民迺弗生生				害虐朕民汝万民迺弗生生	害虐朕民女万民迺弗生生	害虐朕民汝万民迺弗生生	晁虐朕民女万民迺弗生生	害虐朕民女万民迺亞生生	害虐朕民汝萬民乃弗生生	
暨予一人猷同心先后丕降與汝罪疾				泉予一人猷同心先后丕降与女辠痰日	泉予一人猷同心先后丕降其辠痰日	泉予一人猷同心先后丕萍与女辠痰日			泉予弌人猷同心先后丕降與女辠痰日	泉予一人猷同心先后丕降与女辠痰日		泉予一人猷同心先后丕降與女辠痰日	泉予一人猷同心先后丕降兄女辠痰日			盈予一人猷同心先后丕降與女辠痰日	泉予一人猷同心先后丕降兄女辠痰日	盈予弌人猷同心先后丕降其女辠痰日	泉予一人猷同心先后丕降與女辠痰日	泉予弌人猻同心先后丕夆异女辠痰日	暨予一人猷同心先后丕降與汝罪疾	

曷不暨朕幼孫有比故有爽德

自上其罰汝汝罔能迪

古我先后既勞乃祖乃父

汝共作我畜民汝有戕則在乃心

1047、戕

「戕」字在傳鈔古文《尚書》有下列不同字形：

（1）戕：[戕字形]

敦煌本 P2643、P2516、岩崎本、九條本、上圖本（元）「戕」字或作[戕字形]，所從「爿」變似「牛」，與敦煌本 P2643「臧」字作[臧字形]類同，漢碑偏旁「爿」字多變作此形，如[臧字形]白石神君碑.臧等。

（2）近：[近字形]隸釋

《隸釋》〈盤庚中〉「汝有戕則在乃心」，「戕」字作近，吳汝綸《尚書故》謂「疑爲『斨』字之訛」其說是也，《釋名》曰：「斨，戕也，所伐皆戕毀也」，「斨」、「戕」音同義亦近，爲義符更替。

【傳鈔古文《尚書》「戕」字構形異同表】

戕	戰國楚簡	石經	敦煌本	岩崎本	神田本b	九條本	島田本b	內野本	上圖本（元）	觀智院b	天理本	古梓堂b	足利本	上圖本（影）	上圖本（八）	古文尚書晁刻	書古文訓	尚書篇目
汝有戕則在乃心		近 隸釋	找 P2643 戕 P2516				戕	戕							戕			盤庚中
戕敗人宥王啓監厥亂爲民							我	戕						戕	戕			梓材
日無胥戕無胥虐							戕							戕	戕			梓材

盤庚中	戰國楚簡	漢石經	魏石經	敦煌本 P3670	敦煌本 P2516	敦煌本 P2643	岩崎本	神田本	九條本	島田本	內野本	上圖本（元）	觀智院本	天理本	古梓堂本	足利本	上圖本（影）	上圖本（八）	晁刻古文尚書	書古文訓	唐石經
我先后綏乃祖乃父乃祖乃父	我先后綏乃…	[漢石經字形] 乃祖乃父		我先后綏乃祖乃父	我先后綏乃祖乃父	我先后綏乃祖乃父					我先后綏迺祖迺父迺祖迺父	我先后綏迺祖迺父…				我先后綏迺祖迺父	我先后綏迺祖迺父…	我先后綏迺祖迺父…	我先后綏迺祖迺父…	栽先后綏乃祖乃父乃祖乃父	[唐石經字形]我先后綏乃祖乃父乃祖乃父

乃斷棄汝不救乃死茲予有亂政同位具乃貝玉					乃斷棄女弗救乃死茲予又亂政同位乃具貝玉							
乃祖先父丕乃告我高后曰					乃祖先父丕乃告我高后曰							

「乃祖先父丕乃告我高后曰」「乃祖先父」內野本、足利本、上圖本（影）、上圖本（八）、《書古文訓》作「乃祖乃父」。

唐石經	書古文訓	晁刻古文尚書	上圖本（八）	上圖本（影）	足利本	古梓堂本	天理本	觀智院本	上圖本（元）	內野本	島田本	九條本	神田本	岩崎本	敦煌本 P2643	敦煌本 P2516	敦煌本 P3670	魏石經	漢石經	戰國楚簡	盤庚中
丕刑于朕孫迪高后丕乃崇降弗祥	丕刑于朕孫迪高后丕乃崇降弗祥	作丕刑于朕子孫迪高后丕乃崇降弗祥	作丕刑于朕子孫迪高后丕乃崇降弗祥	作丕刑于朕子孫迪高后丕乃崇降弗祥	作丕刑于朕子孫迪高后丕乃崇降弗祥				作丕刑于朕子孫迪高后丕乃崇降弗祥	作丕刑于朕子孫迪高后丕乃崇降弗祥				作丕刑于朕迪高后丕乃崇降弗祥	作丕刑于朕迪高后丕乃崇降弗祥	作丕刑于朕迪高后丕乃崇降弗祥	作丕刑于朕迪高后丕乃崇降弗祥		興降降永		作丕刑于朕孫迪高后丕乃崇降弗祥
	嗚呼今予告汝不易敬大恤	嗚呼今予告汝不易永敬大恤	嗚呼今予告汝不易永敬大恤	嗚呼今予告汝不易永敬大恤	嗚呼今予告汝不易永敬大恤				嗚呼今予告汝不易永敬大恤	嗚呼今予告汝不易永敬大恤				嗚呼今予告汝不易永敬大恤	嗚呼今予告汝不易永敬大恤	嗚呼今予告汝不易永敬大恤	於戲弗作崇降嗚呼今予			嗚呼今予告汝不易永敬大恤
	亡胥絕遠女分猷念以相從	亡胥絕遠女分猷念以相從	亡胥絕遠女分猷念以相從	無胥絕遠汝分猷念以相從	亡胥絕遠女分猷念以相從				亡胥絕遠女分猷念以相從	亡胥絕遠女分猷念以相從				亡胥絕遠女分猷念以相從	亡胥絕遠女分猷念以相從	絕遠女比猶作猷念以相從				無胥絕遠汝分猷念以相從
	各設中于乃心乃有弗吉弗迪	各設中于乃心乃有弗吉弗迪	各設中于乃心乃又弗吉弗迪	各設中于乃心乃又弗吉弗迪	各設中于乃心乃有弗吉弗迪				各設中于乃心乃又弗吉弗迪	各設中于乃心乃又弗吉弗迪				各設中于乃心乃有弗吉弗迪	各設中于乃心乃又弗吉弗迪	各會設作中下頭				各設中于乃心乃有不吉不迪

顛越不共暫遇姦宄我乃劓殄滅之

顛越弗襲暫遇姦宄我乃劓殄滅之

顛越弗襲暫遇姦宄我乃劓殄滅之

顛越弗襲暫遇姦宄我乃劓殄滅土

顛奧弗襲暫遇姦宄我乃劓殄滅之

顛奧弗襲暫遇姦宄我乃劓殄滅出

顛奧弗恭暫遇文宄我乃劓殄滅之

顛周弗恭暫遇姦宄我乃劓殄滅出

冀戎亞襲暫遇是宄我乃劓殄滅之

1048、劓

「劓」字在傳鈔古文《尚書》有下列不同字形：

（1）劓｜劓｜劓₁ 劓₂ 劓₃

敦煌本 P2643、P2516、S2074、岩崎本、內野本、上圖本（元）、《書古文訓》「劓」字或作劓｜劓｜劓₁，《說文》刀部「劓」（劓）字正篆作劓，下引「《易》曰『天且劓』」，漢石經「劓」字作劓漢石經.易.困；岩崎本、九條本或作劓₂，左上「自」形少一畫；岩崎本或訛作劓₃。

（2）劓

內野本「劓」字或作劓，所從「鼻」字下訛作「大」，《說文》刀部「劓」（劓）字或體從鼻作「劓」劓。

【傳鈔古文《尚書》「劓」字構形異同表】

劓	戰國楚簡	石經	敦煌本	岩崎本b 神田本b 九條本b 島田本b	內野本	上圖本（元） 觀智院b 天理本 古梓堂b	足利本	上圖本（影） 上圖本（八）	古文尚書晁刻	書古文訓	尚書篇目
我乃劓殄滅之			劓 P2643 劓 P2516			劓				劓	盤庚中
非汝封又曰劓刵人 無或劓刵人										劓	康誥
曰欽劓割夏邑天惟 時求民主			劓 S2074	劓	劓					劓	多方

爰始淫為劓刵椓黥 *岩崎本.內野本作「刵劓」		劓	劓						劓	呂刑
閱實其罪劓辟疑赦其罰惟倍		劓	劓						劓	呂刑
閱實其罪墨罰之屬千劓罰之屬千		劓	劓						劓	呂刑

盤庚中	戰國楚簡	漢石經	魏石經	敦煌本 P3670	敦煌本 P2516	敦煌本 P2643	岩崎本	神田本	九條本	島田本	內野本	上圖本（元）	觀智院本	天理本	古梓堂本	足利本	上圖本（影）	上圖本（八）	晁刻古文尚書	書古文訓	唐石經
無遺育無俾易種于茲新邑				亡遺育亡卑易種于茲新邑	亡遺育亡卑易種于茲新邑	亡遺育亡卑易種于茲新邑				亡遺育亡俾易種于茲新邑	三遺育亡俾易種于茲新邑	亡遺育亡俾易種于茲新邑			亡遺育亡俾易種于茲新邑	亡遺育亡俾易種于茲新邑		亡遺育亡昇易蘇亏茲新邑	無遺育無俾易種于茲新邑	往哉生生令予將試
往哉生生令予將試以汝遷永建乃家	建乃家			往才生亡令予將試呂女舉永建乃家	往才生亡令予將試呂女舉永建乃家	往才生亡令予將試呂女舉永建乃家				往才生亡令予將試呂女舉永建乃家	往才生亡令予將試呂女舉永建乃家	往才生亡令予將試呂女舉永建乃家			往才生亡令予將試呂女舉永建乃家	往才生亡令予將試呂女舉永建乃家		往才生生令予將試呂女舉永建乃家		

二十、盤庚下

盤庚下	戰國楚簡	漢石經	魏石經	敦煌本	敦煌本 P2516	敦煌本 P2643	岩崎本	神田本	九條本	島田本	內野本	上圖本（元）	觀智院本	天理本	古梓堂本	足利本	上圖本（影）	上圖本（八）	晁刻古文尚書	書古文訓	唐石經
盤庚既遷奠厥攸居乃正厥位		殷缺一字既下缺			盤庚元舉真氒適乃正氒位	盤作元舉真氒迺乃正氒位	盤庚元舉真乃迺乃正氒位					盤庚既奠真氒迺居迺正身位	盤庚既奠真氒迺居迺正身位				盤庚既遷奠厥迺居迺正厥位	盤庚既遷奠厥攸迺居迺正厥位	盤庚旡遷奠其攸居迺正其位	盤庚旡豉真年直居齒正年位	盤庚旡豉真厥攸居乃正厥位	
綏爰有眾曰無戲怠懋建大命		殷白女罔台民孔作無勖懋作建大命			綏爰少報曰亡戲怠橪建大命	綏爰少報曰亡戲怠林建大命	綏爰文報曰亡戲怠橪建大命					綏爰有眾曰亡戲怠懋建大命	綏爰亐眾曰已戲怠懋建大命				綏爰有眾曰亡戲怠懋建大命	綏爰有眾河亡戲怠懋建大命	綏爰有眾曰亡戲怠懋建大命	媺爰有絹曰亡戲怠懋建大命	綏爰有眾曰無戲怠懋建大命

「無戲怠」《隸釋》錄漢石經作「女罔台民」，《撰異》謂此係今文，「罔」通「無」，「台」通「怠」。

1049、戲

「戲」字在傳鈔古文《尚書》有下列不同字形：

（1）**戲** 漢石經尚書殘碑　戲戲 **隸釋** 戲₁ 戲₂ 戲戲₃ 戲戲₄

上圖本（八）「戲」字或作戲₁，左形與「虛」隸變作虛相混，上圖本（影）或作戲₂，敦煌本 P2516、岩崎本、足利本、上圖本（影）或作戲戲₃，左形亦訛與「虛」相混（參見"虛"字），偏旁「戈」字變作「戊」，《隸釋》錄漢石經〈盤庚中〉、〈無逸〉、〈君奭〉、〈立政〉「嗚呼」作「於戲」，「戲」字作戲戲，

漢石經殘碑作[戲]石經尚書殘碑，與[戲]₂[戲]₃ 類同，上圖本（元）或從「戎」作[戲戲]₄；偏旁「戈」字繁化變作「戊」、「戎」，其義類相通。

【傳鈔古文《尚書》「戲」字構形異同表】

戲	戰國楚簡	石經	敦煌本	岩崎本b	神田本b	九條本	島田本b	內野本	上圖（元）	觀智院b	天理本	古梓堂本b	足利本	上圖本（影）	上圖本（八）	古文尚書晁刻	書古文訓	尚書篇目
無戲怠 *隸釋作「女罔台民」		台民 隸釋	戲 P2643 戲 P2516					戲						戲	戲			盤庚下
惟王淫戲用自絕			戲 P2643 戲 P2516					戲						戲	戲			西伯戡黎

盤庚下	戰國楚簡	漢石經	魏石經	敦煌本P2516	敦煌本P2643	岩崎本	神田本	九條本	島田本	內野本	上圖本（元）	觀智院本	天理本	古梓堂本	足利本	上圖本（影）	上圖本（八）	晁刻古文尚書	書古文訓	唐石經
今予其敷心腹腎腸	今我 下缺 孔作予			今予有疒心腹腎腸	今予亓疒心腹腎腸	今予亓專心腹腎腸				今予亓專心腹腎腸	今予其敷心腹腎腸				今予其敷心腹腎腸	今予其敷心腹腎腸	今予其敷心腹腎腸		今予亓專心腹腎腸	今予亓專心腹腎腸

1050、腹

「腹」字在傳鈔古文《尚書》有下列不同字形：

（1）[腹腹]

足利本、上圖本（影）「腹」字或作[腹腹]，其右與「復」字作[復復]同，由[復復]之右形省簡，與該本「夏」字由[夏夏]形省寫作[夏]形近訛混（參見“復”字）。

【傳鈔古文《尚書》「腹」字構形異同表】

腹	戰國楚簡	石經	敦煌本	岩崎本	神田本b	九條本	島田本b	內野本	上圖（元）	觀智院b	天理本	古梓堂b	足利本	上圖本（影）	上圖本（八）	古文尚書晁刻	書古文訓	尚書篇目
今予其敷心腹腎腸			腹 P2643												腹 腹			盤庚下

1051、腎

「腎」字在傳鈔古文《尚書》有下列不同字形：

（1）腎₁賢₂

上圖本（影）「腎」字作腎₁，偏旁「月」訛多一畫作「目」；上圖本（八）作賢₂，偏旁「月」字混作「貝」，而寫作「賢」。

【傳鈔古文《尚書》「腎」字構形異同表】

腎	戰國楚簡	石經	敦煌本	岩崎本	神田本b	九條本	島田本b	內野本	上圖（元）	觀智院b	天理本	古梓堂b	足利本	上圖本（影）	上圖本（八）	古文尚書晁刻	書古文訓	尚書篇目
今予其敷心腹腎腸			腎 P2643												腎 賢			盤庚下

1052、腸

「腸」字在傳鈔古文《尚書》有下列不同字形：

（1）腸₁腸腸₂腸₃

上圖本（影）「腸」字作腸₁，偏旁「易」字所從日與下橫合書，訛似「易」；敦煌本 P2516、岩崎本、上圖本（元）作腸腸₂，敦煌本 P2643 作腸₃，偏旁「易」字變作「昜」，腸₃形其下復變作「易」。

【傳鈔古文《尚書》「腸」字構形異同表】

腸	戰國楚簡	石經	敦煌本	岩崎本 / 神田本b	九條本 / 島田本b	內野本	上圖本（元）/ 觀智院b	天理本b / 古梓堂本b	足利本	上圖本（影）	上圖本（八）	古文尚書晁刻	書古文訓	尚書篇目
今予其敷心腹腎腸			敭 P2643 / 腸 P2516							腸		腸	腸	盤庚下

盤庚下	戰國楚簡	漢石經	魏石經	敦煌本	敦煌本 P2516	敦煌本 P2643	岩崎本	神田本	九條本	島田本	內野本	上圖本（元）	觀智院本	天理本	古梓堂本	足利本	上圖本（影）	上圖本（八）	晁刻古文尚書	書古文訓	唐石經
歷告爾百姓于朕志				歷告余百姓于朕志	歷告余百姓于朕志	歷告余百姓于朕志					歷告余百姓于朕志	歷告余百姓于朕志					歷告余百姓于朕志	歷告余百姓于般志	歷告余百姓于朕志	歷告余百姓于朕志	歷告余百姓于朕志
罔罪爾眾爾無共怒				罔罪余眾余亡共怒	罔罪余眾余亡共怒	罔罪余眾余亡共怒					罔罪余眾余亡共怒	罔罪余眾余亡共怒					罔罪余眾余亡共怒	無罪余眾余亡共怒	罔罪余眾余亡共怒	罔罪余眾余亡共怒	罔罪余眾余亡共怒
協比讒言予一人古我先王將多于前功				協比讒言予一人古我先王將多于前功	協比讒言予一人古我先王將多于前功	協比讒言予一人古我先王將多于前功					叶比讒言予一人古我先王將多于前功	叶比讒言予一人古我先王將多于前功					叶比讒言予一人古我先王將多于前功	叶比讒言予弌人吾我先王將多于前功	叶比讒言予一人古我先王將多于前功	叶比讒言予一人古我先王將多于前功	叶比讒言中予弌人古我先王將多于前功

1053、多

「多」字在傳鈔古文《尚書》有下列不同字形：

（1）魏石經i1

魏三體石經〈多方〉、〈君奭〉「多」字古文作，《說文》古文作，與麥鼎郭店.老子甲 14 同形，內野本、上圖本（八）「多」字或作i1，爲此形之隸古定。

（2）123

《書古文訓》「多」字或作1，爲篆文之隸古定，源自毓且丁卣命簋召尊觴仲多壺多父鼎秦公簋郭店.語叢 1.89 等形，敦煌本 P2516、岩崎本或各變作2，神田本、岩崎本、內野本或變作3，其上「夕」變作「口」。

【傳鈔古文《尚書》「多」字構形異同表】

多	戰國楚簡	石經	敦煌本	岩崎本	神田本b	九條本	島田本b	內野本	上圖(元)	觀智院b	天理本	古梓堂本b	足利本	上圖本(影)	上圖本(八)	古文尚書晁刻	書古文訓	尚書篇目
有夏多罪								〔字形〕							〔字形〕		〔字形〕	湯誓
古我先王將多于前功			〔字形〕P2516															盤庚下
王人求多聞時惟建事			〔字形〕P2516															說命下
嗚呼乃罪多參在上			〔字形〕P2516															西伯戡黎
多瘠罔詔			〔字形〕P2516	〔字形〕														微子
功多有厚賞不迪有顯戮				〔字形〕b				〔字形〕										泰誓下
乃惟四方之多罪逋逃			〔字形〕S799	〔字形〕														牧誓
王曰封予不惟若茲多誥							〔字形〕	〔字形〕									〔字形〕	酒誥
茲殷多先哲王在天							〔字形〕	〔字形〕									〔字形〕	召誥
惟王有成績予旦以多子								〔字形〕							〔字形〕		〔字形〕	洛誥

出處文句									楷字	篇目
王曰多士昔朕來自奄				〔古文〕			〔古文〕		多	多士
故殷禮陟配天多歷年所	〔魏〕			〔古文〕					多	君奭
惟爾多方	〔魏〕			〔古文〕					多	多方
惟予一人膺受多福				〔古文〕					多	君陳
嘉績多于先王			〔古文〕	〔古文〕					多	畢命
予小子永膺多福							〔古文〕		多	畢命
朕言多懼朕敬于刑有德惟刑			〔古文〕	〔古文〕					多	呂刑
無敢不多汝則有大刑					〔古文〕				多	費誓
我皇多有之昧昧我思之					〔古文〕	〔古文〕			多	秦誓

1054、前

「前」字在傳鈔古文《尚書》有下列不同字形：

（1）萟：〔古文〕魏石經 〔古文〕1 〔古文〕2 〔古文〕3 〔古文〕4 〔古文〕5

魏三體石經〈君奭〉「前」字古文作〔古文〕，即《說文》止部「萟，不行而進謂之萟」篆文作〔篆〕，爲「前進」義之本字，與金文作〔金〕兮仲鐘 〔金〕追簋 〔金〕善鼎、楚簡作〔楚〕郭店.尊德2 等同形。

敦煌本 P2643、九條本、內野本、上圖本（元）、上圖本（八）、《書古文訓》「前」字或作〔古文〕1，爲篆文〔篆〕之隸定，敦煌本 P3670、岩崎本、上圖本（八）或下多一畫作〔古文〕2，下形與楚簡或作〔楚〕包山122 〔楚〕郭店.窮達9 類同；敦煌本 P2516、上圖本（影）或作〔古文〕3，所從「舟」訛作「丹」；敦煌本 S799 或作〔古文〕4，「山」形爲「止」之訛；九條本、上圖本（元）或各變作〔古文〕5，其上爲楚簡或作〔楚〕郭店.老子甲3 〔楚〕郭店.老子甲4 形之隸變。

（2）〔古文〕

上圖本（影）「前」字或作〔古文〕，左下「月」形寫與「日」混同。

【傳鈔古文《尚書》「前」字構形異同表】

前	戰國楚簡	石經	敦煌本	岩崎本 神田本b	九條本 島田本b	內野本	上圖（元） 觀智院b	天理本 古梓堂b	足利本	上圖本（影）	上圖本（八）	古文尚書晁刻	書古文訓	尚書篇目
嗚呼古我前后			歬 P3670 歬 P2643	歬			歬						歬	盤庚中
古我先王將多于前功			歬 P2643 歬 P2516	歬		歬	歬						歬	盤庚下
公劉克篤前烈至于大王			歬 S799			歬					歬		歬	武成
前徒倒戈攻于後以北			歬 S799			歬				前	歬		歬	武成
予曷其不于前寧人圖功攸終						歬				歬	歬		歬	大誥
朕畝天亦惟休于前寧人				歬		歬				前			歬	大誥
遏佚前人光在家不知						歬					歬		歬	君奭
弗克經歷嗣前人恭明德		 魏				歬					歬		歬	君奭
前人敷乃心乃悉命汝					歬	歬					歬		歬	君奭
爾尚蓋前人之愆					歬	歬					歬		歬	蔡仲之命
仰惟前代時若訓迪厥官						歬					歬		歬	周官
先輅在左塾之前						歬	歬				歬		歬	顧命
次輅在右塾之前						歬	歬				歬		歬	顧命
以休于前政				歬		歬							歬	畢命
追配于前人				歬		歬					歬		歬	君牙
實賴左右前後有位之士				歬		歬					歬		歬	冏命
追孝于前文人汝多修		 魏			歬	歬				前	歬		歬	文侯之命

盤庚下	戰國楚簡	漢石經	魏石經	敦煌本	敦煌本 P2516	敦煌本 P2643	岩崎本	神田本	九條本	島田本	內野本	上圖本（元）	觀智院本	天理本	古梓堂本	足利本	上圖本（影）	上圖本（八）	晁刻古文尚書	書古文訓	唐石經
適于山用降我凶德		凶德			適于山用降我凶悳	適于山用洚我凶悳	適亏山用洚我凶惠				適亏山用降我凶德	適亏山用降我凶惠				適亏山用降我凶德	適亏山用降我凶德	適亏山用降我凶惠	適于山用降我凶悳	適于山用夅我凶惪	適于山用降我凶悳
嘉績于朕邦今我民用蕩析離居	綏祗作績 下缺				嘉績于朕邦今我民用蕩析離居	嘉績于朕邦今我民用蕩析離居	嘉績于朕邦今我民用蕩析離居				嘉績于朕邦今我民用蕩析離居	嘉績于朕邦今我民用蕩析離居				嘉績亏朕邦今我民用蕩析離居	嘉績亏朕邦今我民用蕩析離居	嘉績亏朕邦今我民用蕩析離居	嘉績亏朕邦今我民用蕩析離居	嘉績亏朕當今我民用蕩析離居	嘉績于朕邦今我民用蕩析離居

1055、蕩

「蕩」字在傳鈔古文《尚書》有下列不同字形：

（1）蕩蕩₁蕩₂蕩蕩₃

足利本、上圖本（影）「蕩」字或作蕩蕩₁，所从「昜」與「易」訛近；岩崎本或作蕩₂，敦煌本 P2643、P2516、上圖本（八）或作蕩蕩₃，所从「昜」皆訛作「易」（參見"易"字）。

【傳鈔古文《尚書》「蕩」字構形異同表】

蕩	戰國楚簡	石經	敦煌本	岩崎本b	神田本b	九條本b	島田本b	內野本	上圖本（元）	觀智院b	天理本b	古梓堂b	足利本	上圖本（影）	上圖本（八）	古文尚書晁刻	書古文訓	尚書篇目
今我民用蕩析離居			蕩 P2643 / 蕩 P2516											蕩	蕩			盤庚下
以蕩陵德實悖天道			蕩											蕩				畢命

盤庚下	戰國楚簡	漢石經	魏石經	敦煌本	敦煌本 P2516	敦煌本 P2643	岩崎本	神田本	九條本	島田本	內野本	上圖本（元）	觀智院本	天理本	古梓堂本	足利本	上圖本（影）	上圖本（八）	晁刻古文尚書	書古文訓	唐石經
罔有定極爾謂朕曷震動萬民以遷	〔今無爾惠誓孔作 桓震 動萬民以遷〕			宅又定挺亦胃朕害震埴万区吕舉	宅又定挺亦胃朕害震埴万民吕舉	宅又定極尓胃朕害震埴万民吕舉					宅广定挺尓謂般 宅震埴万民	宅有定極尓冒朕害震埴万民			無冇定桎尓謂般娛震動万民吕遷	無冇定桎尓謂般震動万民吕遷	宅有定極尓謂朕害震動万民以遷	宅有定極尓謂朕易震動万民以遷	宅有定極尓謂朕害震動万民以遷	宅有定極尓胃朕害震動万民吕舉	罔有定極爾謂朕曷震動萬民以舉
肆上帝將復我高祖之德	肆上下劃			肆上帝將復我高祖之惪	肆上帝將復我高祖之惪	肆上帝將復我高祖之惪					肆上帝將復我高祖世惪				肆上帝將復我高祖之惪	肆上帝將復我高祖之惪	肆上帝將復我高祖之惪	肆上帝將復我高祖之惪	肆上帝將復我高祖世惪	肆上帝將復我高祖世惪	肆上帝將復我高祖之德

亂越我家朕及篤敬恭承民命				樂越我家朕及竺敬龔恭水民命	樂越我家朕及竺敬龔恭水民命	樂粤我家朕八竺敬龔恭民命		亂粤我家般及竺敬龔恭水民命	樂粤我家朕及竺敬龔恭水民命		亂越我家朕及竺敬恭承民命	亂越我家朕及厚敬龔恭承民命	樂越我家朕及篤敬恭承民命	亂越我家朕及竺敬龔恭承民命	亂越我家朕及篤敬恭承民命

1056、篤

「篤」字在傳鈔古文《尚書》有下列不同字形：

（1）篤：**篤**漢石經 **篤**1

漢石經〈洛誥〉「越御事篤前人成烈」「篤」字作**篤**，偏旁「竹」字隸變俗書多與「艸」相混，如**崖**漢印徵 **篤**孔宙碑等，敦煌本 P2748 作**篤**1，亦變作从「艸」。

（2）**竺竹竺**1 **竺**2

敦煌本 P2643、S6017、內野本、上圖本（元）、《書古文訓》「篤」字或作**竺竹竺**1，《說文》馬部「篤」字訓「馬行頓遲也」，二部「竺」字訓「厚也」，二字皆竹聲，「竺」爲「篤厚」本字，古假借「篤」爲「竺」字，段注曰：「《爾雅》、《毛傳》皆曰『篤，厚也』，今經典絕少作『竺』者，惟〈釋詁〉尚存其舊，假借之字行而眞字廢矣。篤，馬行鈍遲也，聲同而義略相近，故假借之字專行」。敦煌本 P2516 S799、岩崎本、島田本或作**竺**2，爲「竺」字之變，其下所从「二」俗作「工」。

（3）厚

上圖本（八）〈盤庚下〉「朕及篤敬恭承民命」「篤」字作**厚**，「篤」、「厚」二字同義。

【傳鈔古文《尚書》「篤」字構形異同表】

篤	戰國楚簡	石經	敦煌本	岩崎本b／神田本b	九條本	島田本b	內野本	上圖（元）／觀智院b	古梓堂本b／天理本	足利本	上圖本（影）	上圖本（八）	古文尚書晁刻	書古文訓	尚書篇目
朕及篤敬恭承民命			笂 P2643／篤 P2516				笠	竺			厚			笠	盤庚下
公劉克篤前烈至于大王			笠 S799		笠b		笠				笠			笠	武成
予嘉乃德曰篤不忘					空b									笠	微子之命
汝受命篤弼丕視功載			篤 P2748				竺							笠	洛誥
篤敘乃正父罔不若予			篤 P2748／竺 S6017				笠				笠			笠	洛誥
公功棐迪篤罔不若時			篤 P2748				笠				笠			笠	洛誥
越御事篤前人成烈	篤 漢		篤 P2748				笠				笠			✓	洛誥
則禋于文王武王惠篤敘			篤 P2748				笠				笠			✓	洛誥
嗚呼篤棐時二人			篤 P2748			笠	笠				笠			笠	君奭
惟乃祖乃父世篤忠貞			笠				笠			篤	笠			笠	君牙

盤庚下	戰國楚簡	漢石經	魏石經	敦煌本	敦煌本 P2516	敦煌本 P2643	岩崎本	神田本	九條本	島田本	內野本	上圖本（元）	觀智院本	天理本	古梓堂本	足利本	上圖本（影）	上圖本（八）	晁刻古文尚書	書古文訓	唐石經
用永地于新邑肆予沖人					用永地于新邑肆予沖人	用永地于新邑肆予沖人					用永地于新邑肆予沖人	用永地于新邑肆予沖人					用永地于新邑肆予沖人	用永地于新邑肆予沖人	用永地于新邑肆予沖人	用永地于新邑肆予沖人	用永地于新邑肆予沖人

1057、沖

「沖」字在傳鈔古文《尚書》有下列不同字形：

（1）沖沖沖₁沖₂

敦煌本 P2748、S6017、內野本、《書古文訓》「沖」字或作沖沖沖₁，偏旁「氵」變作「冫」，《玉篇》冫部「冲，俗沖字」，上圖本（影）或連筆作沖₂。

【傳鈔古文《尚書》「沖」字構形異同表】

尚書篇目	書古文訓	古文尚書晁刻	上圖本（八）	上圖本（影）	上圖本（元）	觀智院b	天理本	古梓堂本	足利本	上圖本（影）	內野本	島田本b	九條本	神田本b	岩崎本b	敦煌本	石經	戰國楚簡	沖
盤庚下				沖						沖	沖								用永地于新邑肆予沖人
召誥											沖								今沖子嗣則無遺壽耇
洛誥	沖									沖	沖					沖 P2748			公曰己汝惟沖子惟終
洛誥	沖									沖						沖 P2748 沖 S6017			公明保予沖子
洛誥	沖									沖									予沖子夙夜毖祀
君奭				沖						沖	沖					沖 P2748			迪惟前人光施于我沖子

盤庚下	戰國楚簡	漢石經	魏石經	敦煌本 P2516	敦煌本 P2643	岩崎本	神田本	九條本	島田本	內野本	上圖本（元）	觀智院本	天理本	古梓堂本	足利本	上圖本（影）	上圖本（八）	晁刻古文尚書	書古文訓	唐石經
非廢厥謀弔由靈各非敢違卜				非廢身慈弔縣霧各非敢違卜	非廣卡慈弔縣霧各非敢違卜	非廢手慈呈縣霧各非敢違卜				非廢身慈弔縣霧各非敢違卜	非廢身慈弔縣霧各非敢違卜				非廢厥謀弔縣霧各非敢違卜	非廢厥謀弔縣霧各非敢違卜	非廢身慈弔縣霧各非敢違卜	非廢其謀弔縣霧各非敢違卜	非廢厥謀弔由靈各非敢違卜	非廢厥謀弔由靈各非敢違卜

1058、弔

「弔」字在傳鈔古文《尚書》有下列不同字形：

（1）弔：𠧪魏石經弔₁予弔₂吊₃

魏三體石經〈君奭〉「君奭弗弔」「弔」字古文作𠧪，源自甲金文作𠧪甲1870𠧪
後2.13.2 𠧪弔父丁簋 𠧪弔父丁簋 𠧪弔車觚 𠧪弔鼎 𠧪弔尊 𠧪陳公子甗 𠧪毛弔盤等形。

《書古文訓》「弔」字或隸定作弔₁，敦煌本P2643、P2516、P2748、足利
本、上圖本（影）、上圖本（八）或作予弔₂，中直筆未上貫，下形變似「巾」；
敦煌本P2748或變作吊₃。

（2）予：予予

岩崎本、內野本、上圖本（元）、足利本、上圖本（影）、上圖本（八）「弔」
字或作予予，爲（1）予弔₂形之再變，形近訛混作「予」。

（3）弗：弗

上圖本（影）〈多士〉「弗弔旻天大降喪于殷」「弗弔」作「不弗」，「弔」字
訛作「弗」弗，乃形近而訛；〈費誓〉「無敢不弔」，「不弔」作「不弔」，其上
更注「弔」字。

【傳鈔古文《尚書》「弔」字構形異同表】

弔	戰國楚簡	石經	敦煌本	岩崎本	神田本b	九條本	島田本b	內野本	上圖（元）	觀智院b	天理本	古梓堂b	足利本	上圖本（影）	上圖本（八）	古文尚書晁刻	書古文訓	尚書篇目
非廢厥謀弔由靈			予 P2643 吊 P2516						予				吊		予			盤庚下
弗弔天降割于我家不少															予			大誥
惟弔茲不于我政人得罪								予					弔		弔			康誥
弗弔旻天大降喪于殷			弔 P2748					予					弔	弗	予		弔	多士
周公若曰君奭弗弔		魏	吊 P2748										予弔	予	予		弔	君奭
無敢不弔								予					弔	弗弔	予		弔	費誓

1059、靈

「靈」字在傳鈔古文《尚書》有下列不同字形：

（1）上博1緇衣14四2.22

戰國楚簡上博1〈緇衣〉14引今本〈呂刑〉「苗民弗用靈〔註340〕」「靈」字作上博1緇衣14，《古文四聲韻》錄《古尚書》「靈」字作：四2.22，《汗簡》錄此形汗5.63而其下脫注，皆假「霝」爲「靈」字，《說文》雨部「霝」字「雨零也，从雨叩叩聲」，金文作沈子它簋季嬴霝德盉此簋蔡姑簋善夫克鼎頌鼎郳公釛鐘。

（2）四2.22

《古文四聲韻》錄《古尚書》「靈」字一作：四2.22，《汗簡》錄此形汗5.63而其下脫注，《汗簡》「龍」字作汗5.63（參見"龍"字），楚簡「龗」字〔註341〕作天星觀.卜望山1.卜秦13.8，四2.22爲「龗」字之省形，从雨从龍，《玉篇》龍部「龗」字下「龗，同上」，《說文》龍部「龗」字「龍也，从龍霝聲」，四2.22乃假「龗」（龗）爲「靈」字。

（3）四2.22₁₂₃₄₅₆

《古文四聲韻》錄《古尚書》「靈」字又作：四2.22 古尚書又山海經，《汗簡》錄此形汗5.63而其下脫注，《箋正》謂「此宜作，道家書有此形，疑是漢以來符籙中字，不可於六書求也」，黃錫全以爲此乃形之寫誤：「ˇˇˇ延長便成或，訛書作，繼而誤以爲从ˀˀˀ或弱。齊宋顯伯造塔銘『靈』作猶存古形」〔註342〕其說可從。

〔註340〕郭店〈緇衣〉引作〈呂型〉員：「非甬（用）㞷，折（制）以坓（刑），隹作五虐之坓（刑）曰澟。」

上博〈緇衣〉引作〈呂型〉員：「䜌（苗）民非甬（用）霝（命），折（制）以型（刑），隹作五之型（刑）曰法。」

今本〈緇衣〉引作〈甫刑〉曰：「苗民匪用命，制以刑，惟作五虐之刑曰法。」

今本〈呂刑〉曰：「苗民弗用靈，制以刑，惟作五虐之刑曰法。」

〔註341〕《楚系簡帛文字編》以爲其下从黽，釋爲「黿」字，頁822（滕壬生，《楚系簡帛文字編》，武漢：湖北教育出版社，1995）。

〔註342〕黃錫全，《汗簡注釋》，武漢：武漢大學出版社，1993，頁397。

敦煌本 P2643「靈」字作 🔣₁，九條本或作 🔣₂，《古文四聲韻》錄 🔣🔣四
2.22 崔希裕纂古，皆猶見由 🔣（霝）演變之迹；敦煌本 P2516、S2074、岩崎本、
內野本、上圖本（元）、足利本、上圖本（影）、上圖本（八）、《書古文訓》或
作 🔣🔣🔣₃，與《古文四聲韻》錄 🔣四 **2.22 崔希裕纂古**同形；《書古文訓》或作
此形之訛：🔣₄🔣₅。〈多方〉「不克靈承于旅」「靈」字上圖本（影）作 🔣₆，其
上更正爲 🔣，乃誤作「窮」字。

（4）🔣**漢石經.書.序記**

漢石經《尚書》序記「靈」字作 🔣，爲《說文》玉部「靈」字之省形，「靈」
字或體从巫作「靈」。

（5）🔣₁🔣₂

上圖本（八）「靈」字或作 🔣₁，足利本、上圖本（影）或作 🔣₂，其下所
從「火」訛變作「大」，「灵」爲俗字。

（6）🔣

敦煌本 P2748、岩崎本「靈」字或作 🔣🔣，其下所從「巫」俗訛作「並」。

【傳鈔古文《尚書》「靈」字構形異同表】

靈 傳抄古尚書文字 🔣🔣🔣四 2.22	戰國楚簡	石經	敦煌本	岩崎本b	神田本b	九條本	島田本b	內野本	上圖（元）	觀智院b	天理本b	古梓堂b	足利本	上圖本（影）	上圖本（八）	古文尚書晁刻	書古文訓	尚書篇目
非廢厥謀弔由靈各非敢違卜			🔣 P2643 🔣 P2516	🔣				🔣	🔣				🔣	🔣	🔣		🔣	盤庚下
惟人萬物之靈亶聰明作元后			🔣										🔣	🔣	🔣		🔣	泰誓上
今惟我周王丕靈承帝事			🔣 P2748					🔣					🔣	🔣	🔣		🔣	多士
不克靈承于旅			🔣 S2074	🔣		🔣							🔣	🔣🔣	🔣		🔣	多方
惟我周王靈承于旅			🔣 S2074	🔣		🔣							🔣	🔣	🔣		🔣	多方

苗民弗用靈	上博1緇衣14 / 郭店緇衣27		霝	霝		霝	霝	霝		霝 呂刑

盤庚下	戰國楚簡	漢石經	魏石經	敦煌本	敦煌本P2516	敦煌本P2643	岩崎本	神田本	九條本	島田本	內野本	上圖本（元）	觀智院本	天理本	古梓堂本	足利本	上圖本（影）	上圖本（八）	晁刻古文尚書	書古文訓	唐石經
用宏茲賁鳴呼邦伯師長百執事之人				用宏茲賁鳥呼邦伯師戻百執事人	用庅茲賁鳥虖邦伯師戻百執事之人	用庅茲賁鳥虖邦伯師戻百執事之人	用庅茲賁鳥虖邦伯師戻百執事之人		用庅茲賁鳥虖邦伯師戻百執事出人		用庅茲賁鳥虖邦伯師長百執事之人	用宏茲賁鳥虖邦伯師長百執事之人				用宏茲賁鳥虖邦伯師長百執事之人	用宏茲賁鳥虖邦伯師長百執事之人	用庅茲賁鳥虖邦伯師長百執事出人	用宏茲賁鳥虖邦伯師長百執事之人	用宏茲賁鳴呼邦伯師長百執事之人	用宏茲賁鳴呼邦伯師長百執事之人

1060、宏

「宏」字在傳鈔古文《尚書》有下列不同字形：

（1）庅

岩崎本〈盤庚下〉「用宏茲賁」「宏」字作庅₁，偏旁「宀」作「广」，二者俗書常混作，且義類相通，為義符更替。

（2）左

九條本〈酒誥〉「若保宏父」「宏」字作左，假「左」為「宏」字，又俗書有省略形符只寫聲符以代本字者。《說文》又部「左」字正篆，或體从肉為「肱」。

【傳鈔古文《尚書》「宏」字構形異同表】

宏	戰國楚簡	石經	敦煌本	岩崎本	神田本b	九條本	島田本b	內野本	上圖本（元）	觀智院b	天理本	古梓堂本b	足利本	上圖本（影）	上圖本（八）	古文尚書晁刻	書古文訓	尚書篇目
用宏茲賁			宏 P2643	庅														盤庚下
若保宏父					左													酒誥

盤庚下	戰國楚簡	漢石經	魏石經	敦煌本	敦煌本 P2516	敦煌本 P2643	岩崎本	神田本	九條本	島田本	內野本	上圖本（元）	觀智院本	天理本	古梓堂本	足利本	上圖本（影）	上圖本（八）	晁刻古文尚書	書古文訓	唐石經
尚皆隱哉予其懋簡相爾		秉禾作貳子其勖勉作簡相爾		尚皆隱才予亓懋柬相尔		尚皆隱才予亓懋柬相尔	尚皆隱㚔予亓標奧相尔	尚皆隱才予亓懋東相尔			尚皆隱才予亓懋東相爾	尚皆隱才予亓懋奧相尔	尚皆隱才予亓懋簡相尔				尚皆隱㚔予亓懋簡相尔	尚皆隱文予亓懋簡相尔	尚皆隱才予亓懋柬相尔	尚皆愿才予亓懋柬昧尔	尚皆隱哉予亓懋柬昧爾

1061、隱

「隱」字在傳鈔古文《尚書》有下列不同字形：

（1）秉 隸釋

「尚皆隱哉」《隸釋》「隱」字錄作秉，乃今文作「乘」，孫星衍《尚書今古文注疏》謂《周禮》「稾人」鄭眾注、「宰夫」鄭玄注皆云：「乘，計也」，「言當計度之，亦由云『隱度』」，今古文「乘」、「隱」字同義通用。

（2）愿

《書古文訓》「隱」字作愿，《說文》心部「愿」字「謹也」，乃假「愿」為「隱」字。

（3）隐1隱隱2隱3陰4

上圖本（元）「隱」字作隐1，與秦簡、漢簡或作隐睡虎地 38.126 隐武威簡.士相見 14 同形；敦煌本 P2643、P2516、岩崎本、上圖本（元）作愿隱2，當

變自[隱]定縣竹簡37[隱]武梁祠畫像題字[隱]漢石經.春秋.隱元年等形；足利本作[隱]3，右上訛變似「正」形；上圖本（影）作[隱]4，復所從「心」訛作三點。

【傳鈔古文《尚書》「隱」字構形異同表】

隱	戰國楚簡	石經	敦煌本	岩崎本b 神田本b	九條本 島田本b	內野本	上圖（元） 觀智院b	天理本	古梓堂本	足利本	上圖本（影）	上圖本（八）	古文尚書晁刻	書古文訓	尚書篇目
尚皆隱哉		秉 隸釋	隱 P2643 隱 P2516				陰			隱	隱	隱		悥	盤庚下

盤庚下	戰國楚簡	漢石經	魏石經	敦煌本	敦煌本 P2516	敦煌本 P2643	岩崎本	神田本	九條本	島田本	內野本	上圖本（元）	觀智院本	天理本	古梓堂本	足利本	上圖本（影）	上圖本（八）	晁刻古文尚書	書古文訓	唐石經
念敬我眾朕不肩好貨		念敬我眾朕不		敬念我眾朕弗肩好貨	念敬我眾朕弗肩好貨	念敬我眾朕弗肩好貨					念敬我眾朕弗肩毋貨	念敬我眾朕弗肩好貨				念敬我眾朕弗肩好貨	念敬我眾朕弗肩好貨	念敬我眾朕不肩好貨	尒念敬我眾朕弜肩野貨		念敬我眾朕不肩好貨
敢恭生生鞠人謀人之保居				敬朕生生鞠人慕人之保居	敬朕生生鞠人慕人之保居	敢朕生生鞠人慕人之保居					敢朕生生鞠人慕人之保居	敢朕生生鞠人之保居				敬恭生生鞠人謀人之保居	敢恭生生鞠人謀人之保居	敢朕生生鞠人慕人之保居	敢朕生生鞠人慕人之采居		敢朕生生鞠人謀人之保居

					敘欽			欽			若 否	敘欽
亇敘欽今我既羞告爾于朕志				敘欽今我旡羞告爾于朕志	欽今我旡羞告爾于朕志	敓欽今我旡羞告爾于朕志		欽今我旡羞告爾于朕志	敘欽今我旡羞告爾于朕志	敘欽今我既羞告爾于朕志	敘欽今我既羞告爾于朕志	敘欽令我旡羞告爾于朕志
若否罔有弗欽無總于貨寶				若否空亡弗欽亡總于貨瑶	若否空文弗欽亡總于貨瑶		若否空大弗欽亡總亏貨寶	若否宦有弗欽亡總亏貨寶	若否亡有弗欽亡總于貨室	若否宦有弗欽亡總于貨寶	嶪弜空大亞欽亡總亏賜瑶
生生自庸式敷民德永肩一心				生生自庸式專民惪永肩一心	生生自庸式專民德永肩弌心		生生自庸式專民德永肩一心	生生自庸式專民德永肩一心	生生自庸式專民德永肩弌心	生生自庸式專民惪德永肩一心	生生自貪式專民惪卹肩式心

二十一、說命上

唐石經	書古文訓	晁刻古文尚書	上圖本（八）	上圖本（影）	足利本	古梓堂本	天理本	觀智院本	上圖本（元）	內野本	島田本	九條本	神田本	岩崎本	敦煌本P2643	敦煌本P2516	敦煌本	魏石經	漢石經	戰國楚簡	說命上
高宗夢得說使百工營求諸野	高宗寱得說亯百工營求彭壄	高宗夢得說使百工營求諸壄	高宗夢得說使百工營求諸壄	高宗夢得說使百工營求彭壄	高宗夢得說使百工營求諸壄				高宗夢得說使百工營求彭壄	高宗夢得說攀百工營求彭壄				高宗夢得說攀百工營求彭壄	高宗夢得說攀百工營求彭壄	高宗夢得說攀百工營求諸壄					高宗夢得說使百工營求諸野
得諸傳巖延兔命弐篇	尋彭傳巖延兔命弐篇	得諸傳巖作說命三篇	得諸傳巖作說命三篇	得諸傳巖作說命三篇	尋彭傳巖作說命三篇				尋彭傳巖作說命三篇	尋彭傳巖作說命三篇				尋彭傳巖作說命三篇	尋彭傳巖作說命三篇	尋諸傳巖作說命三篇					得諸傳巖作說命三篇

1062、傳

「傳」字在傳鈔古文《尚書》有下列不同字形：

（1）傳₁傳₂

敦煌本 P2643、P2516、上圖本（元）、上圖本（八）「傳」字或作傳₁，此形所從「甫」下變作「田」且其上少一點；上圖本（影）、上圖本（八）或作傳₂，所從「專」俗變作「専」（參見"薄"字）。

【傳鈔古文《尚書》「傅」字構形異同表】

傅	戰國楚簡	石經	敦煌本	岩崎本	神田本b	九條本	島田本b	內野本	上圖（元）b	觀智院b	天理本	古梓堂b	足利本	上圖本（影）	上圖本（八）	古文尚書晁刻	書古文訓	尚書篇目
得諸傅巖作說命三篇			傅 P2643 傳 P2516						傅					傳		傅		說命上
說築傅巖之野			傅 P2643 傳 P2516						傅					傅		傅		說命上
立太師太傅太保									傅b					傅	傅	傅		周官
少師少傅少保曰三孤														傅	傅	傅		周官

1063、巖

「巖」字在傳鈔古文《尚書》有下列不同字形：

（1）嚴

《書古文訓》「巖」字或作嚴，所從「嚴」字為《說文》吅部「嚴」字古文𠪚、傳抄古文嚴汗 **1.10** 古尚書嚴四 **2.28** 古尚書之隸古定。

（2）巖巖₁巖₂嵒₃

敦煌本 P2643、岩崎本「巖」字或作巖巖₁，與巖華山廟碑同形，二口間多一點或一直筆；敦煌本 P2516 或作巖₂，復所從二口變作二點；上圖本（元）作嵒₃，右之口形變似「人」（參見"嚴"字）。

（3）岩：岩

內野本、足利本、上圖本（影）「巖」字或作「岩」。

【傳鈔古文《尚書》「巖」字構形異同表】

巖	戰國楚簡	石經	敦煌本	岩崎本b 神田本b	九條本 島田本b	內野本	上圖本(元) 觀智院b	天理本 古梓堂b	足利本	上圖本(影)	上圖本(八)	古文尚書晁刻	書古文訓	尚書篇目
得諸傅巖作說命三篇			巖 P2643 巖 P2516	巖					岩	岩			巖	說命上
說築傅巖之野			巖 P2643 巖 P2516	巖		岩		巖	岩	岩			巖	說命上

說命上	戰國楚簡	漢石經	魏石經	敦煌本 P2516	敦煌本 P2643	岩崎本	神田本	九條本	島田本	內野本	上圖本(元)	觀智院本	天理本	古梓堂本	足利本	上圖本(影)	上圖本(八)	晁刻古文尚書	書古文訓	唐石經
王宅憂亮陰三祀既免喪				王宅憂亮龡三祀既免喪	王宅憂亮龡三祀无免喪	王宅憂亮龡三祀无免喪				王宅憂亮陰三祀无免喪	王宅憂亮陰三祀无免喪				王宅憂亮陰三祀既免喪	王宅憂亮陰三祀既免喪	王宅憂亮陰三祀既免喪	王宅憂亮龡三祀既免喪	王宅憂亮龡弍祀无免喪	王宅憂亮陰三祀既免喪
其惟弗言群臣咸諫于王曰				亓惟弗言羣臣咸諫于王曰	亓惟弗言羣臣咸諫于王曰	亓惟弗言羣臣咸諫于王曰				亓惟弗言諫于王曰	其惟弗言群臣咸諫于王曰				其惟弗言群臣咸諫于王曰	其惟弗言群臣咸諫于王曰	其惟不言群臣咸諫于王曰	亓惟弗言羣臣咸諫于王曰	亓惟弜言羣臣咸諫于王曰	亓惟弗言羣臣咸諫于王曰

嗚呼知之曰明哲明哲實作則			烏呼知之日明哲慇懃實作則	烏諱知之日明火雾明慇實作則	爲孛知之日明慇實任則			烏諱知之日明慇實作則	爲孛知之日明慇實作則			嗚呼知之日明哲明哲實作則	烏呼知之日明哲各各實作則	烏呼知之日明哲實作則		繹序知之曰明哲明哲實作則
天子惟君萬邦百官承式			天子惟君萬邦百官承式	天子惟君萬邦百官承戎				天子惟君萬邦百官承式	天子惟君萬邦百官衆式			天子惟君萬邦百官衆式	天子惟君萬邦百官衆式	天子惟君萬邦百官承		則亢學惟惆萬當官承
王言惟作命不言臣下罔攸稟令			王言惟作命弗言臣下定適稟令	王言惟作命弗言臣下定適稟令				王言惟作命弗言臣下定適稟令	王言惟作命弗言臣下定適稟令			王言惟作命不言臣下定適稟令	王言惟作命弗言臣下定攸稟令	王言惟作命亂言臣丁宅曹亩令		王言惟作命不言臣下罔攸稟令

1064、稟

「稟」字在傳鈔古文《尚書》有下列不同字形：

（1）亩

《書古文訓》「稟」作亩，《說文》亩字或體从广从禾作「廩」，「稟」省广，「廩」（亩）「稟」音義近同相通。

（2）稟稟

敦煌本 P2516、岩崎本、上圖本（元）「稟」作稟稟，其下從「米」，米、禾義類相通，「稟」字金文即從禾或從米：稟召伯簋 稟睘卣，古璽或從米璽彙 0327璽彙 0313（參見"懍"字）。

（3）稟稟

內野本、足利本、上圖本（影）、上圖本（八）「稟」字作稟稟，所從「禾」俗混作「示」。

【傳鈔古文《尚書》「稟」字構形異同表】

稟	戰國楚簡	石經	敦煌本	岩崎本b	神田本b	九條本島田本b	內野本	上圖本（元）觀智院b	古梓堂b天理本	足利本	上圖本（影）	上圖本（八）	古文尚書晁刻	書古文訓	尚書篇目
臣下罔攸稟令			稟 P2643 稟 P2516	稟			稟	稟		稟	稟	稟		亶	說命上

說命上	戰國楚簡	漢石經	魏石經	敦煌本 P2516	敦煌本 P2643	岩崎本	神田本	九條本	島田本	內野本	上圖本（元）	觀智院本	天理本	古梓堂本	足利本	上圖本（影）	上圖本（八）	晁刻古文尚書	書古文訓	唐石經
王庸作書以誥曰以台正于四方				王庸作書以誥曰以台正于四方	王庸作書臣誥曰以台正于四方	王庸作書臣誥曰以台正于四方		王庸作書以誥曰以台正于四方		王庸作書以誥曰以台正于四方	王庸作書以誥曰以台正于四方				王庸作書以誥曰以台正于四方	王庸作書以誥曰以台正于四方	王庸作書以誥曰以台正于四方	王庸作書以誥曰以台正于四方	王庸矤書曰誥曰台正于四方	王庸作書以誥曰台正于四方

1065、默

「默」字在傳鈔古文《尚書》有下列不同字形：

（1）𪐴

敦煌本 P2516「默」字作𪐴，所從「犬」字俗變作「大」。

（2）嚜

《書古文訓》「默」字作嚜，《尚書隸古定釋文》卷 5.7 云：「《史記‧賈生傳》『于嗟嚜嚜兮，生之無故』《漢書》作『默默』，是二字古通。又〈婁壽碑〉『元嚜有成』《字原》云：『義作默』。」《說文》犬部「默」字「讀若墨」，嚜與「默」音同假借。

【傳鈔古文《尚書》「默」字構形異同表】

尚書篇目	書古文訓	古文尚書晁刻	上圖本（八）	上圖本（影）	觀智院b	天理本	古梓堂b	足利本	內野本	上圖（元）	島田本b	九條本	神田本b	岩崎本b	敦煌本	石經	戰國楚簡	默
說命上	嚜															𪐴 P2516			恭默思道

說命上	戰國楚簡	漢石經	魏石經	敦煌本	敦煌本P2516	敦煌本P2643	岩崎本	神田本	九條本	島田本	內野本	上圖本（元）	觀智院本	天理本	古梓堂本	足利本	上圖本（影）	上圖本（八）	晁刻古文尚書	書古文訓	唐石經
夢帝賚予良弼其代予言				夢帝賚予良弼亓代予言	夢帝賚予良弼亓代予言	夢帝賚予良弼亓代予言	夢帝賚予良弼亓代予言				夢帝賚予良弼亓代予言	夢帝賚予良弼亓代予言	夢帝賚予良弼其代予言			号帝賚予良弼其代予言	夢帝賚予良弼其代予言	夢帝賚予良弼其代予言	夢帝賚予良弼亓代予	夢帝賚予良弼亓代予言	夢帝賚予良弼其代予言
乃審厥象俾以形旁求于天下				乃審厥象俾以形旁求于元下	乃審為象甲目形旁求于天下	乃審厥為象甲目顙旁求亐天下	乃審厥象俾				乃審厥象俾目形旁求	乃審厥夢俾	乃審厥象俾以形旁求于天下			乃審厥象俾目私旁求于天下	迺審其象俾以形旁求亐天下	迺審為象俾以形旁求亐天下	迺審其象俾以形旁求亐天下	迺審厥象俾以形旁求亐天下	乃審厥象俾以形旁求亐天下

1066、審

「審」字在傳鈔古文《尚書》有下列不同字形：

（1）**寀寀₁寀₂岽₃**

敦煌本 P2643、岩崎本、內野本、上圖本（元）「審」字或作**寀寀₁**，《書古文訓》或作**寀₂**，爲《說文》古文作**㝰**之隸定；《書古文訓》或作**岽₃**，偏旁「宀」訛作「山」。

（2）**審審**

敦煌本 P2516、岩崎本、內野本、觀智院本、足利本、上圖本（八）「審」字或作**審審**，《說文》篆文从「番」**宷**之隸變，與**寀**西狹頌同形。

審	戰國楚簡	石經	敦煌本	岩崎本b	神田本b	九條本	島田本b	內野本	上圖（元）	觀智院b	天理本	古梓堂b	足利本	上圖本（影）	上圖本（八）	古文尚書晁刻	書古文訓	尚書篇目
乃審厥象			寀 P2643 審 P2516				宷	宷							審	審	崇	說命上
嗣茲予審訓命汝								審	審b						審	寀	顧命
其審克之五刑之疑有赦			宷									審		審	宷		呂刑
五罰之疑有赦其審克之			宷									審		審	宷		呂刑
惟察惟法其審克之			宷												宷		呂刑
咸庶中正其刑其罰其審克之			審											審	宷		呂刑

1067、形

「形」字在傳鈔古文《尚書》有下列不同字形：

（1）𠛬

岩崎本「形」字作𠛬，當為「刑」（𠛬）字之訛變（參見"刑"字），「刑」、「形」音同通用，傳鈔古文「刑」字作𠛬P3315、𠛬四 2.21 崔希裕纂古，𠛬即由「刑」（𠛬）變作𠛬P3315𠛬四 2.21 崔希裕纂古之過渡。

【傳鈔古文《尚書》「默」字構形異同表】

形	戰國楚簡	石經	敦煌本	岩崎本b	神田本b	九條本	島田本b	內野本	上圖（元）	觀智院b	天理本	古梓堂b	足利本	上圖本（影）	上圖本（八）	古文尚書晁刻	書古文訓	尚書篇目
俾以形旁			形 P2643	𠛬														說命上

說命上	戰國楚簡	漢石經	魏石經	敦煌本	敦煌本 P2516	敦煌本 P2643	岩崎本	神田本	九條本	島田本	內野本	上圖本（元）	觀智院本	天理本	古梓堂本	足利本	上圖本（影）	上圖本（八）	晁刻古文尚書	書古文訓	唐石經
說築傳巖之野惟肖爰立作相					說築傳巖之楚惟肖爰立佐相	說築傳巖之豊淮作相					說築傳巖之蓺惟肖爰立作相	說築傳巖之蓺惟肖爰立作相				說築傳巖之蓺惟肖爰立作相	說築傳巖之楚惟肖爰立作相	說築傳巖之野惟肖爰立作相	兊筑傳嚴山樴惟肖爰立埏睞	說築傳嚴之野惟肖爰立作相	說築傳巖之野惟肖爰立作相

1068、築

「築」字在傳鈔古文《尚書》有下列不同字形：

（1）𡋹₁𡋹₂

《書古文訓》「築」字或作𡋹₁，爲《說文》古文作𡋹之隸古定訛變，上所從「竹」隸古作「𠂹」形，其下訛變作「至」。《書古文訓》又作𡋹₂，與《汗簡》、《古文四聲韻》錄演說文「築」字作：𡋹汗 2.21𡋹四 5.4 同形。段玉裁改𡋹作𡋹（𡋹），云「从土箮聲」，𡋹、𡋹所從𤔔、𤔔即楚簡「箮」字：𤔔郭店.老子甲 24𤔔郭店.老子甲 36𤔔郭店.唐虞 9，「箮」「築」皆端紐覺部，「箮」亦假借爲「築」字，如郭店簡𤔔郭店.窮達「戰（釋）板△（築）而差（佐）天子」。楚帛書「簯」字𤔔楚帛書 2.2「可㠯出師△邑」从攴箮聲，即「築」字，𡋹、簯皆「築」字之異體，二字聲符、形符皆異。

（2）築₁萊築₂築築₃築₄築₅

內野本、足利本、上圖本（影）、上圖本（八）「築」字或作築₁，所從𠬞變作「几」，敦煌本 P2643、P3871、岩崎本或變作「口」作萊築₂，皆由篆文𤔔之隸變，秦、漢代作𤔔睡虎地 45.16𤔔漢帛書老子甲後 253𤔔武威簡.服傳 24，魏碑變作從「口」作𤔔魏受禪碑；敦煌本 P2516、上圖本（元）或作築築₃，所從「工」變作「丷」；九條本或訛作築₄；上圖本（八）或作築₅，其下訛從「心」。

（3）筑₁筑₂

「築」字《書古文訓》〈說命上〉「說築傳巖之野」作筑₁，《說文》竹部「筑」

字「以竹曲五弦之樂也」竹亦聲，此假同音「筑」字爲「築」。〈金縢〉「盡起而築之」九條本亦作「筑」字作筑₂，偏旁「竹」變作「⁺⁺」，右下變作「几」。此處《釋文》云：「築，音竹，本亦作『筑』……馬融云『築，拾也』」，《正義》：「鄭、王皆云『築，拾也』」，《爾雅・釋言》：「筑，拾也」，《撰異》謂「『筑』與『掇』雙聲，故得訓拾，『筑』、『築』皆非正字」而爲假借字。

【傳鈔古文《尚書》「築」字構形異同表】

尚書篇目	書古文訓	古文尚書晁刻	上圖本（八）	上圖本（影）	足利本	古梓堂本	天理本	觀智院本b	上圖本（元）	內野本	島田本b 九條本	神田本b 岩崎本	敦煌本	石經	戰國楚簡	築
說命上	筑		築	築				築					菜 P2643 築 P2516			說築傳巖之野
金縢	篮		愁	築	葉					築	筑b					盡起而築之
費誓	篙		莱	築	築					築	築		築 P3871			甲戌我惟築無敢不供

唐石經	書古文訓	晁刻古文尚書	上圖本（八）	上圖本（影）	上圖本（元）	觀智院本	天理本	古梓堂本	足利本	內野本	島田本	九條本	神田本	岩崎本	敦煌本 P2643	敦煌本 P2516	敦煌本	魏石經	漢石經	戰國楚簡	說命上
																					王置諸其左右命之曰朝夕納誨

1069、置

「置」字在傳鈔古文《尚書》有下列不同字形：

（1）置置₁置₂

敦煌本 P2516、岩崎本「置」字作置置₁，偏旁「罒」（网）字變似「月」；上圖本（元）作置₂，其下所從「直」字變與「且」混同。

【傳鈔古文《尚書》「置」字構形異同表】

置	戰國楚簡	石經	敦煌本	岩崎本	神田本b	九條本b	島田本b	內野本	上圖（元）	觀智院b	天理本	古梓堂b	足利本	上圖本（影）	上圖本（八）	古文尚書晁刻	書古文訓	尚書篇目
王置諸其左右			置 P2516	置					置									說命上

1070、誨

「誨」字在傳鈔古文《尚書》有下列不同字形：

（1）汗 1.6 四 4.17 唘唘唘喜

《汗簡》、《古文四聲韻》錄《古尚書》「誨」字作：汗 1.6 四 4.17，敦煌本 P2643、P2516、P2748、P3767、岩崎本、上圖本（元）、《書古文訓》或作唘唘唘喜，爲此形之隸定。甲骨文即有珠 523 字，從口從每，偏旁口、言義類近同而相通，如甲骨文、金文、《說文》「咏」字即「詠」（《說文》詠字或體），《說文》「吟」字或作「訡」、「嘖」字或作「讀」等。「誨」、「唘」爲義符更替。

（2）誨₁誨₂

內野本「誨」字或作誨₁誨₂，右從「每」字隸變俗形。

【傳鈔古文《尚書》「誨」字構形異同表】

誨 汗 1.6 四 4.17	傳抄古尚書文字	戰國楚簡	石經	敦煌本	岩崎本	神田本b	九條本b	島田本b	內野本	上圖（元）	觀智院b	天理本	古梓堂b	足利本	上圖本（影）	上圖本（八）	古文尚書晁刻	書古文訓	尚書篇目
命之曰朝夕納誨				唘 P2643 唘 P2516	唘					唘								唘	說命上
敬天之休拜手稽首誨言				誨 P2748					誨									喜	洛誥
時予乃或言爾攸居 *P2748 作「或誨言」				唘 P2748															多士

猶胥訓告胥保惠胥教誨	P3767		海								㖷	無逸

說命上	戰國楚簡	漢石經	魏石經	敦煌本	敦煌本 P2516	敦煌本 P2643	岩崎本	神田本	九條本	島田本	內野本	上圖本（元）	觀智院本	天理本	古梓堂本	足利本	上圖本（影）	上圖本（八）	晁刻古文尚書	書古文訓	唐石經
以輔台德若金用汝作礪					吕輔台㥁吕輔台㥁	吕補若金用女作砅	吕輔台㥁若金用安作砅				吕輔台㥁若金用女作砅	以輔台㥁若金用汝作砺				吕輔台㥁若金用汝作礪	吕輔台㥁若金用陝作砺	以輔台㥁若金用女作礪	吕補台㥁燊金用女㢟砅	吕補台㥁燊金用女㢟砅	以輔台德若金用女作礪
若濟巨川用汝作舟楫若歲大旱					若濟巨川用汝作舟	作舟楫若歲	若濟岻川用女作舟楫若歲大旱				若濟巨川用女作舟楫若歲大旱	若濟巨川用女作舟楫若歲大旱				若濟巨川用汝作舟楫若歲大旱	若濟巨川川用女作舟楫若歲大旱	若濟巨川用女作舟楫若歲大旱	燊濟巨川用女𢀉舟楫燊歲大旱		若濟巨川用女作舟楫若歲大旱

1071、巨

「巨」字在傳鈔古文《尚書》有下列不同字形：

（1）岻

　　岩崎本「巨」字作岻，爲「距」字之訛誤，與九條本「距」字作「距」寫作岻類同（參見“距”字）。岻之偏旁「止」訛作「山」，所從「巨」俗訛作「臣」，此假「距」爲「巨」字。

【傳鈔古文《尚書》「巨」字構形異同表】

巨	戰國楚簡	石經	敦煌本	岩崎本	神田本b	九條本	島田本b	內野本	上圖（元）	觀智院b	天理本	古梓堂b	足利本	上圖本（影）	上圖本（八）	古文尚書晃刻	書古文訓	尚書篇目
若濟巨川用汝作舟楫			岠															說命上

1072、楫

「楫」字在傳鈔古文《尚書》有下列不同字形：

（1）楫

岩崎本「楫」字作楫，右所從「咠」訛與「胥」字作胥混同，《龍龕手鏡》「揖」字作「揖」，右形與此同（參見"揖"字）。

（2）揖

敦煌本 P2643「楫」字作揖，偏旁「木」字訛作「扌」。

（3）櫼₁猴₂

內野本、上圖本（八）「楫」字作櫼₁，上圖本（元）作猴₂，偏旁「木」字訛似「才」，其右皆從「戩」。「楫」、「櫼」聲符更替。

【傳鈔古文《尚書》「楫」字構形異同表】

楫	戰國楚簡	石經	敦煌本	岩崎本	神田本b	九條本	島田本b	內野本	上圖（元）	觀智院b	天理本	古梓堂b	足利本	上圖本（影）	上圖本（八）	古文尚書晃刻	書古文訓	尚書篇目
若濟巨川用汝作舟楫			揖 P2643	楫				櫼	猴						櫼			說命上

唐石經	書古文訓	晁刻古文尚書	上圖本（八）	上圖本（影）	足利本	古梓堂本	天理本	觀智院本	上圖本（元）	內野本	島田本	九條本	神田本	岩崎本	敦煌本 P2643	敦煌本 P2516	敦煌本	魏石經	漢石經	戰國楚簡	說命上
用女弖霖雨启卣心沃朕心	用女弖霖雨启卣心沃朕心		用女作霖雨啓迺心沃朕心	用汝作霖雨啓迺心沃朕心	用汝作霖雨啓迺心沃朕心				用女作霖雨啓迺心沃朕心	用女作霖雨启迺心沃朕心				用女作霖雨启乃心沃朕心		用安作霖雨启乃心沃朕心					用汝作霖雨啓乃心沃朕心
若藥弗瞑眩乃眩乇疾弗瘳			若藥弗瞑眩其疾弗瘳	若藥弗瞑眩其疾弗瘳	若藥弗瞑眩厥疾弗瘳				若藥弗瞑眩厥疾弗瘳	若藥弗瞑眩厥疾弗瘳				若藥弗瞑眩身疾弗瘳		若藥弗瞑眩身疾弗瘳					若藥弗瞑眩厥疾弗瘳

1073、藥

「藥」字在傳鈔古文《尚書》有下列不同字形：

（1）[藥字形]

足利本、上圖本（影）「藥」字作[藥字形]，所從「樂」字與該本或作[樂字形]同形，疑爲「樂」字省形[樂字形]三羊鏡3之訛變（參見"樂"字）。

【傳鈔古文《尚書》「藥」字構形異同表】

藥	戰國楚簡	石經	敦煌本	岩崎本	神田本b	九條本	島田本b	內野本	上圖本（元）	觀智院b	天理本	古梓堂b	足利本	上圖本（影）	上圖本（八）	古文尚書晁刻	書古文訓	尚書篇目
若藥弗瞑眩厥疾弗瘳													[藥字形]	[藥字形]				說命上

1074、瞑

「瞑」字在傳鈔古文《尚書》有下列不同字形：

（2）瞑：瞋瞑₁瞑₂瞋₃瞋₄

內野本、上圖本（八）「瞑」字作瞋瞑₁，偏旁「目」字右直筆拉長與「耳」混同；敦煌本 P2516 作瞑₂，右上「宀」訛作「穴」；上圖本（元）變作瞋₃，右為「冥」之訛；岩崎本訛作瞋₄，偏旁「目」字俗混作「貝」，「冥」訛作「負」（員）。

（2）眄

《書古文訓》「若藥弗瞑眩」「瞑」字作眄，《說文》宀部「宎」字下「讀若〈周書〉『若藥不眄眩』」所引與此同。「瞑」訓翕目也，「眄」訓目偏合也，二字音義近同。

【傳鈔古文《尚書》「瞑」字構形異同表】

瞑	戰國楚簡	石經	敦煌本	岩崎本	神田本b 九條本	島田本b	內野本	上圖（元）b	觀智院b	天理本	古梓堂b	足利本	上圖本（影）	上圖本（八）	古文尚書晁刻	書古文訓	尚書篇目
若藥弗瞑眩厥疾弗瘳			瞑 P2516	瞋			瞋	瞋					瞑			眄	說命上

說命上	戰國楚簡	漢石經	魏石經	敦煌本	敦煌本 P2516	敦煌本 P2643	岩崎本	神田本	九條本	島田本	內野本	上圖本（元）	觀智院本	天理本	古梓堂本	足利本	上圖本（影）	上圖本（八）	晁刻古文尚書	書古文訓	唐石經
若跣弗視地厥足用傷				若跣不眡地手足用傷	若跣弗眡地手足用傷	若跣不眡地手足用傷	若跣弗眡地手足用傷				若跣書眡地手足用傷	若跣原眡地厥足用傷				若跣弗視地厥足用傷	若跣弗視地其足用傷	若跣弗視地厥足用傷	若跣弗眡地厥足用傷	若跣亞眡坙年足用傷	

1075、傷

「傷」字在傳鈔古文《尚書》有下列不同字形：

（1）傷傷₁傷傷₂傷₃傷傷₄

足利本「傷」字或作傷傷₁，上圖本（影）或作傷傷₂，上圖本（八）或

作[圖]3，皆為篆文[圖]之隸定俗寫，「日」形與其上合筆，如秦漢作[圖]睡虎地10.2[圖]縱橫家書127[圖]武威醫簡24[圖]武氏石闕銘[圖]永安四年鏡等形；敦煌本 P2643、上圖本（八）或作[圖][圖]4，與[圖]江陵167號漢墓簡[圖]定縣竹簡91類同，所从「易」與「易」混同。

（2）[圖]

《書古文訓》「傷」字多省作[圖]，此當為俗書有省略形符只寫聲符以代本字者。

【傳鈔古文《尚書》「傷」字構形異同表】

傷	戰國楚簡	石經	敦煌本	岩崎本	神田本b	九條本	島田本b	內野本	上圖本（元）	觀智院b	天理本	古梓堂b	足利本	上圖本（影）	上圖本（八）	古文尚書晁刻	書古文訓	尚書篇目
若跣弗視地厥足用傷			傷 P2643												[圖]			說命上
謂暴無傷													傷	傷			昜	泰誓中
大傷厥考心																	昜	康誥
民罔不盡傷心													傷	傷	傷		昜	酒誥
無敢傷牿牿之傷													傷	傷			昜	費誓

說命上	戰國楚簡	漢石經	魏石經	敦煌本	敦煌本 P2516	敦煌本 P2643	岩崎本	神田本	九條本	島田本	內野本	上圖本（元）	觀智院本	天理本	古梓堂本	足利本	上圖本（影）	上圖本（八）	晁刻古文尚書	書古文訓	唐石經
惟暨乃僚罔不同心以匡乃辟					[圖]	[圖]	[圖]		[圖]		[圖]	[圖]				[圖]	[圖]	[圖]	[圖]	[圖]	[圖]

俾率先王迪我高后以康兆民				俾循先王迪我高后昌康兆匹	果衛先王迪我高后昌康兆民	果率先王迪我高后昌康屯民			俾循先王迪我高后以康兆民	俾率先王迪我高后以康兆民	俾修先王迪我高后以康兆民	昇衛先王迪我高后昌康兆民	俾率先王迪我高后以康兆民
嗚呼欽予時命其惟有終				烏呼欽予肯命亓惟大彔	烏寧欽予肯命亓憷彔	烏寧欽予肯命亓惟又彔			烏寧欽予肯命其惟大彔	烏摩欽予時命其惟有終	烏摩欽予肯命其惟有終	絰摩欽予肯命亓惟大彔	嗚呼欽予時命其惟有終
說復于王曰惟木從繩則正后從諫則聖				說復于王曰惟木刚繩則正后刚諫則聖	說後于王粵惟木刚繩剚正后刚諫剚聖	說後于王曰惟木刚繩則正后刚諫則聖			說復亏王曰惟木刚繩則正后刚諫則聖	說後亏王曰惟木從繩則正后從諫則聖	說復亏王曰惟木從繩則正后從諫則聖	兑復亏王曰惟木從繩則正后刚諫則聖	說復于王曰惟木從繩則正后從諫則聖

1076、繩

「繩」字在傳鈔古文《尚書》有下列不同字形：

（1）繩繩1繩2繩3

敦煌本 P2516、岩崎本「繩」字作繩繩1，右从「黽」字之隸變俗寫，與
繩武威簡.服傳1繩流沙簡.屯戌1繩袁博殘碑繩漢石經.詩.抑等同形；內野本、足

利本、上圖本（影）或變作繩₂，上圖本（元）或變作繩₃。

【傳鈔古文《尚書》「繩」字構形異同表】

尚書篇目	書古文訓	古文尚書晁刻	上圖本（八）	上圖本（影）	上圖本（元）	觀智院b	天理本	古梓堂b	足利本	內野本	島田本b	九條本	神田本b	岩崎本	敦煌本	石經	戰國楚簡	繩
說命上			繩	繩	繩			繩	繩			繩			繩 P2643 繩 P2516			惟木從繩則正
冏命			繩	繩	繩			繩				繩			繩			匡其不及繩愆糾謬

唐石經	書古文訓	晁刻古文尚書	上圖本（八）	上圖本（影）	上圖本（元）	觀智院本	天理本	古梓堂本	足利本	內野本	島田本	九條本	神田本	岩崎本	敦煌本 P2643	敦煌本 P2516	敦煌本	魏石經	漢石經	戰國楚簡	說命上
后克聖臣不命其承	后克聖臣弗命亓承	后克聖臣不命其承	后克聖臣弗命其承	后克聖臣弗命其承	后克聖臣弗命亓承	后克聖臣弗命亓承		后克聖臣弗命亓承		后克聖臣弗命亓承					君克聖臣弗命亓承	君克聖臣弗命亓承				后克聖臣不命其承
疇敢弗祗若王之休命	疇敢弗祗若王之休命		疇敢弗祗若王之休命	疇敢弗祗若王之休命	疇敢弗祗若王之休命	疇敢弗祗若王之休命		疇敢弗祗若王大休命		疇敢弗祗若王之休命					疇敢弗祗若王之休命	疇敢弗祗若王之休命				疇敢不祗若王之休命

二十二、說命中

說命中	戰國楚簡	漢石經	魏石經	敦煌本	敦煌本P2516	敦煌本P2643	岩崎本	神田本	九條本	島田本	內野本	上圖本（元）	觀智院本	天理本	古梓堂本	足利本	上圖本（影）	上圖本（八）	晁刻古文尚書	書古文訓	唐石經
惟說命總百官乃進于王				惟說令總百官乃進于王	惟說令總百官乃進于王	惟說命總百官乃進于王					惟說命總百官延進于王	惟說命總百官乃進于王				惟說余總百官延進于王	惟說余總百官延進于王	惟說貪總百官延進于王	惟說命總百官粵進于王	惟說命總百官粵進于王	惟說命總百官乃進于王
曰嗚呼明王奉若天道建邦設都				曰嗚呼明王奉若天道建邦設都	曰嗚呼明王奉若天道建邦設都	曰嗚呼明王奉若天道建邦設都					曰嗚呼明王奉若天道建邦設都	曰嗚呼明王奉若天道建邦設都				曰嗚呼明王奉若天道建邦設都	曰嗚呼明王奉若天道建邦設都	曰嗚呼明王奉若天道建邦設都	曰嗚呼明王奉若天道建邦設都	曰嗚呼明王奉乘衛建當設都	曰嗚呼明王奉若天道建邦設都
樹后王君公承以大夫師長				尌后王君公承以大夫師	尌后王君公承以大夫師	尌后王君公承臣大夫師長					樹后王君公承以大夫師長	樹后王君公承以大夫師長				樹后王君公承以大夫師長	尌后王君公承以大夫師長	尌后王君公承以大夫師長	尌后王君公承以大夫師長	尌后王君公承以大夫師長	尌后王君公承以大夫師長

1077、樹

「樹」字在傳鈔古文《尚書》有下列不同字形：

（1）[古文字形]汗3.30 [古文字形]四4.10 對對₁ 尌₂ 尌₃

《汗簡》、《古文四聲韻》錄《古尚書》「樹」字作：[古文字形]汗3.30 [古文字形]四4.10，從古文「豆」字[古文字形]，《說文》籀文作[古文字形]，石鼓文從又作[古文字形]，王國維謂「从寸者，

從又之變也」〔註343〕。

上圖本（八）、《書古文訓》「樹」字或作⿰𣎳對 1，爲對說文籀文樹之隸定，《書古文訓》又或所從「豆」訛變作對 2；敦煌本 P2516、岩崎本、上圖本（元）或俗變作尌尌 3，右上所從「木」訛作「十」。

（2）科汗 3.30 彩四 4.10

《汗簡》、《古文四聲韻》錄《古尚書》「樹」字又作：科汗 3.30 彩四 4.10，左形移木於下，《箋正》云：「此形碧落碑有之，本作對，從攴加刀，止取緻密，非有它也，此依之，下仍从寸。」《古文四聲韻》錄雲臺碑作彩四 4.10 與此形類同，楚簡從「攴」作科郭店.語叢 3.46，科汗 3.30 彩四 4.10 其右疑即「攴」之訛，未必從刀。

（3）树

上圖本（影）「樹」字或俗訛作树。

【傳鈔古文《尚書》「樹」字構形異同表】

樹 科汗 3.30 彩四 4.10 傳抄古尚書文字	戰國楚簡	石經	敦煌本	岩崎本	神田本b	九條本	島田本b	內野本	上圖（元）	觀智院b	天理本b	古梓堂b	足利本	上圖本（影）	上圖本（八）	古文尚書晁刻	書古文訓	尚書篇目
樹后王君公			尌 P2516	尌					對						對	對	對	說命中
樹德務滋除惡務本			科b														對	泰誓下
付畀四方乃命建侯樹屏																	對	康王之誥
彰善癉惡樹之風聲			對											树			對	畢命

〔註343〕參見王國維，《海寧王靜安先生遺書》，頁 218，台北：臺灣商務印書館，1968。

版本				
唐石經	不惟逸豫惟以亂民惟天聰明	惟聖時憲惟臣欽若惟民從乂	惟口起羞惟甲冑起戎	惟衣裳在笥惟干戈省厥躬
書古文訓	亞惟俗念惟㠯𥳑民惟夨聰明	惟聖旹憲惟臣欽若従民㓼乂	惟口起毒惟甲冑起戎	惟衣常圶笥惟干戈省厥躬
晁刻古文尚書	不惟逸豫惟㠯乱民惟天聰明	惟聖旹憲惟臣欽若惟民従乂	惟口起羞惟甲冑起戎	惟衣裳在笥惟干戈省其躬
上圖本（八）	不惟逸豫惟㠯乱民惟天聰明	惟聖旹憲惟臣欽若惟民従乂	惟口起羞惟甲冑起戎	惟衣裳在笥惟干戈省其躬
上圖本（影）	弗惟逸念惟㠯乱民惟天聰明	惟聖旹遻惟臣欽若惟民従乂	惟口起羞惟甲冑起戎	惟衣裳在笥惟干戈省身躬
足利本	弗惟逸念惟㠯乱民惟天聰明	惟聖旹憲惟臣欽若惟民従乂	惟口起羞惟甲冑起戎	惟衣裳在笥惟干戈省厥躬
古梓堂本				
天理本				
觀智院本				
上圖本（元）	弗惟逸念惟㠯成樂哀	惟聖旹憲惟臣欽若惟区刑乂	惟口起羞惟甲冑起戎	惟衣裳在笥惟干戈省身躬
內野本	弗惟逸念惟㠯𩆩区惟天聰明	惟聖旹憲惟臣欽若惟区刑乂	惟口起羞惟甲冑起戎	惟衣裳在笥惟干戈青身躬
島田本				
九條本				
神田本				
岩崎本	弗惟逸念惟臣牽民惟天聰明	惟聖旹憲惟臣欽若惟民刑乂	惟口起羞惟甲冑起戎	惟衣裳在笥惟干戈青升躬
敦煌本 P2643	弗惟逸念惟臣牽民惟天聰明	惟聖旹憲惟臣欽若惟民刑乂	惟口起羞惟甲冑起戎	惟衣裳在笥惟干戈青升躬
敦煌本 P2516	弗惟逸念惟㠯牽民惟天聰明	惟聖旹慈惟臣欽若惟区刑乂	惟口起羞惟甲冑起戎	惟衣裳在笥惟干戈青升躬
敦煌本				
魏石經				
漢石經				
戰國楚簡				
說命中	不惟逸豫惟以亂民惟天聰明	惟聖時憲惟臣欽若惟民從乂	惟口起羞惟甲冑起戎	惟衣裳在笥惟干戈省厥躬

1078、衣

「衣」字在傳鈔古文《尚書》有下列不同字形：

（1）衣：充1仚仚2仌3

《書古文訓》「衣」字或作充1，爲《說文》篆文𧘇之隸古定，或作篆文字形仚仚2，或訛變作仌3，源自甲金文作𧘇甲337𧘇粹85𧘇天亡簋𧘇孟鼎𧘇豆閉簋𧘇頌鼎等形。

（2）服：服服

〈康誥〉「紹聞衣德言」內野本、上圖本（八）「衣」字作服服，爲「服」字，劉起釪謂此「當由僞〈孔傳〉釋此句作『繼其所聞服行其德言』，因而改『衣』爲『服』。段玉裁曾指出日古寫本常因僞傳改經文」〔註344〕其說是也。《甲骨文編》「衣」字下云〔註345〕：「象形。卜辭『衣』『殷』通用，合祭稱『衣祭』即『殷祭』」，于省吾《尚書新證》謂：「『衣』、『殷』古並通。〈大豐簋〉、〈庚嬴鼎〉『衣祀』即『殷祀』，〈沈子它簋〉『克衣』即『克殷』。言今民傷哉，敬述汝文考，續聞殷之德言」〔註346〕，此處作「衣」爲是。

【傳鈔古文《尚書》「衣」字構形異同表】

衣	戰國楚簡	石經	敦煌本	岩崎本	神田本b	九條本 島田本b	內野本	上圖（元）	觀智院b	天理本	古梓堂b	足利本	上圖本（影）	上圖本（八）	古文尚書晁刻	書古文訓	尚書篇目
惟衣裳在笥																仚	說命中
血流漂杵一戎衣																仌	武成
紹聞衣德言							服							服		充	康誥
綴衣虎賁																仚	立政
虎賁綴衣																仌	立政
茲既受命還出綴衣于庭																仚	顧命

〔註344〕參見顧頡剛、劉起釪著，《尚書校釋譯論》3，北京：中華書局，2005，頁1310。

〔註345〕《甲骨文編》卷8.9，頁355，中國社會科學院考古研究所，北京：中華書局，1996。

〔註346〕參見于省吾《尚書新證》卷二.13，台北：藝文印書館。

說命中	戰國楚簡	漢石經	魏石經	敦煌本	敦煌本 P2516	敦煌本 P2643	岩崎本	神田本	九條本	島田本	內野本	上圖本（元）	觀智院本	天理本	古梓堂本	足利本	上圖本（影）	上圖本（八）	晁刻古文尚書	書古文訓	唐石經
王惟戒茲允茲克明乃罔不休					王惟戒茲允茲克明乃罔不休	王惟戒茲允茲克明乃罔不休	王惟戒茲允茲克明乃罔不休				王惟戒茲允茲克明乃罔不休	王惟戒茲允茲克明乃罔不休				王惟戒茲允茲克明乃罔不休	王惟戒茲允茲克明乃罔不休	王惟戒茲允茲克明乃罔不休	王惟戒茲允亨明乃罔不休	王惟戒茲允茲克明乃罔不休	王惟戒茲允茲克明乃罔不休
惟治亂在庶官官不及私昵					惟治舉在庶官官不及私昵	惟治舉在庶官官不及私昵	惟治舉在庶官官不及私昵				惟治舉在庶官官不及私昵	惟治舉在庶官官不及私昵				惟治亂在庶官官不及私昵	惟治亂在庶官官不及私昵	惟治亂在庶官官不及私昵	惟治亂在庶官官不及私昵	惟治亂在庶官官不及私昵	惟治亂在庶官官不及私昵

1079、昵

「昵」字在傳鈔古文《尚書》有下列不同字形：

（1）昵昵₁眼₂昵₃

敦煌本 P2643、岩崎本「昵」字或作昵₁，偏旁「日」字右直筆拉長；岩崎本或作眼₂，漢碑「尼」字作尼衡方碑，偏旁「尼」字右下變作「工」；敦煌本 P2516 或作昵，偏旁「尼」字作「㠯」，當由尼衡方碑變作㠯再省作「㠯」，與「夷」字古文作「㠯」混同（參見"夷"字）。

（2）昵₁眼眼₂昵₃眼₄眼₅

上圖本（元）「昵」字或作昵₁，偏旁「日」字訛作「目」，所從「尼」字右下變作「工」，上圖本（元）、上圖本（影）、上圖本（八）或作眼眼₂，訛從

「目」復其右直筆拉長，變似「耳」；內野本、上圖本（八）或作昵3，，偏旁
「日」字訛作「耳」；上圖本（影）或作眶4，復「尼」字右下訛作「土」；上
圖本（影）或作眂5，變作从耳从臣。

（3）追

敦煌本 P2516〈高宗肜日〉「典祀無豐于昵」「昵」字作追，此誤寫爲「逗」
字，「逗」爲「追」之訛，《說文》「遲」字或體作遲，漢碑「遲」字或作遲三
公山碑，即「追」之訛（參見“遲”字）。

（4）尼尼1㞾尾2

〈高宗肜日〉「典祀無豐于昵」「昵」字敦煌本 P2643 作尼1，岩崎本、《書
古文訓》作㞾尾2，即「尼」字尼衡方碑之變，《書古文訓》「昵」字餘作尼1，
皆假「尼」爲「昵」字。

（5）睏膃1睏2膃3

〈冏命〉「爾無昵于憸人」「昵」字岩崎本、足利本、上圖本（八）作睏膃1，
上圖本（影）變从「目」作睏2，內野本變从「耳」作膃3，皆爲「睏」字，
與「昵」爲聲符更替。

【傳鈔古文《尚書》「昵」字構形異同表】

昵	戰國楚簡	石經	敦煌本	岩崎本	神田本b	九條本	島田本b	內野本	上圖（元）	觀智院b	天理本b	古梓堂b	足利本	上圖本（影）	上圖本（八）	古文尚書晁刻	書古文訓	尚書篇目
官不及私昵			昵 P2643 昵 P2516	眶				昵						眶	眶		尼	說命中
典祀無豐于昵			尼 P2643 追 P2516	㞾			昵	昵					昵	眶	昵		尾	高宗肜日
昵比罪人淫酗肆虐			眶	昵										昵	昵		尼	泰誓中
爾無昵于憸人			睏	膃									膃	膃	膃		尼	冏命

說命中	戰國楚簡	漢石經	魏石經	敦煌本P2516	敦煌本P2643	岩崎本	神田本	九條本	島田本	內野本	上圖本（元）	觀智院本	天理本	古梓堂本	足利本	上圖本（影）	上圖本（八）	晁刻古文尚書	書古文訓	唐石經
惟其能爵罔及惡德				惟亓能爵宮及惡德	惟亓能爵宮及惡德	惟亓能爵宮及惡德				惟亓能爵宮及惡德	惟其能爵宮及惡德	惟願能爵罔及惡德				惟願能爵罔及惡德	惟其亀爵罔及惡德	惟其祿爵宮及惡德	惟亓耐爵宮及惡德	惟亓能爵宮及惡德	

1080、爵

「爵」字在傳鈔古文《尙書》有下列不同字形：

（1）₁ ₂ ₃

敦煌本 P2643「爵」字作₁，與金文作伯公父勺作金爵、《說文》篆文作同形，爲篆文之隸古定字。《書古文訓》變作从寸：₂，从又、从寸相同，敦煌本 S799 省變作₃。

【傳鈔古文《尚書》「爵」字構形異同表】

爵	戰國楚簡	石經	敦煌本	岩崎本 神田本b	九條本 島田本b	內野本	上圖本（元） 觀智院b	天理本b 古梓堂本	足利本	上圖本（影）	上圖本（八）	古文尚書晁刻	書古文訓	尚書篇目
惟其能爵罔及惡德			爵 P2643 爵 P2516											說命中
列爵惟五分土惟三			爵 S799										爵	武成

唐石經	書古文訓	晁刻古文尚書	上圖本（八）	上圖本（影）	足利本	古梓堂本	天理本	觀智院本	上圖本（元）	內野本	島田本	九條本	神田本	岩崎本	敦煌本 P2643	敦煌本 P2516	敦煌本	魏石經	漢石經	戰國楚簡	說命中
																					惟其賢慮善以動
																					動惟厥時有其善喪厥善矜其能
																					喪厥功惟事事乃其有備
																					有備無患無啓寵納侮

1081、患

「患」字在傳鈔古文《尚書》有下列不同字形：

（1）患

《書古文訓》「患」字作患，爲《說文》古文作患之隸古定。

【傳鈔古文《尚書》「患」字構形異同表】

患	戰國楚簡	石經	敦煌本	岩崎本	神田本b	九條本	島田本b	內野本	上圖（元）	觀智院b	天理本b	古梓堂b	足利本	上圖本（影）	上圖本（八）	古文尚書晁刻	書古文訓	尚書篇目
有備無患			患 P2516														患	說命中

說命中	戰國楚簡	漢石經	魏石經	敦煌本	敦煌本 P2516	敦煌本 P2643	岩崎本	神田本	九條本	島田本	內野本	上圖本（元）	觀智院本	天理本	古梓堂本	足利本	上圖本（影）	上圖本（八）	晁刻古文尚書	書古文訓	唐石經
無恥過作非惟厥攸居					亡恥過作非惟年攸居		亡恥過作非惟年攸居			亡恥過作非惟年攸居	亡恥過作非惟厥攸居	亡恥過作非惟年攸居					亡恥過作非惟厥攸居	亡恥過作非惟年攸居	上恥過作非惟厥攸居	亡恥過進非惟年攸居	無恥過進非惟厥攸居

1082、恥

「恥」字在傳鈔古文《尚書》有下列不同字形：

（1）恥：恥恥

敦煌本 P2516、上圖本（元）「恥」字作恥恥，所從「心」左少一點，與漢碑作恥尹宙碑同形，《干祿字書》「恥恥：上俗下正」。

（2）耻：耻₁耴₂耴山₃

內野本、足利本、上圖本（影）、上圖本（八）「恥」字或作耻₁，爲（1）恥恥之訛變，此形所從「心」與「止」作 S799 居延簡.甲 11 武威醫簡

70<img_char>魯峻碑形近（參見"止"字），漢碑即有變作从「止」之形：<img_char>譙敏碑，《說文》心部「恥」字从心耳聲，此形變「心」爲形近且與「恥」音近之「止」旁，而作从耳止聲。岩崎本「恥」字或作<img_char>₂<img_char>₃，「止」旁訛作「正」、「山」等。

【傳鈔古文《尚書》「恥」字構形異同表】

恥	戰國楚簡	石經	敦煌本	岩崎本	神田本b	九條本	島田本b	內野本	上圖（元）	觀智院b	天理本	古梓堂b	足利本	上圖本（影）	上圖本（八）	古文尚書晁刻	書古文訓	尚書篇目
無恥過作非惟厥攸居			恥 P2516	耳丂						恥				耻 耻 耻				說命中
其心愧恥若撻于市			恥 P2516	耻					耻 恥					耻				說命下

1083、醇

「醇」字在傳鈔古文《尚書》有下列不同字形：

（1）<img_char>汗6.82<img_char>四1.33<img_char>₁<img_char>₂<img_char>₃

《汗簡》、《古文四聲韻》、《訂正六書通》錄《古尚書》「醇」字作：<img_char>汗6.82<img_char>四1.33，右从《說文》言（亯）部「臺」字<img_char>，金文作<img_char>寡子卣<img_char>不、簋<img_char>禹鼎，此與<img_char>臺于戟<img_char>十年陳侯午錞同形。《書古文訓》作<img_char>₁，爲傳抄《古尚書》「醇」字之隸定，敦煌本或變作<img_char>₂上圖本（元）或變作<img_char>₃。

【傳鈔古文《尚書》「醇」字構形異同表】

醇	傳抄古尚書文字 <img_char>汗6.82 <img_char>四1.33		戰國楚簡	石經	敦煌本	岩崎本	神田本b	九條本	島田本b	內野本	上圖（元）	觀智院b	天理本	古梓堂b	足利本	上圖本（影）	上圖本（八）	古文尚書晁刻	書古文訓	尚書篇目
政事惟醇釐于祭祀					醇 P2643 醇 P2516						醇								醇	說命中

唐石經	書古文訓	晁刻古文尚書	上圖本(八)	上圖本(影)	足利本	古梓堂本	天理本	觀智院本	上圖本(元)	內野本	島田本	九條本	神田本	岩崎本	敦煌本P2643	敦煌本P2516	敦煌本	魏石經	漢石經	戰國楚簡	說命中
政事惟醇時謂弗欽	政叀惟醇疑亏祭祀眚謂弗欽	政事惟醇疑亏祭稷眚胃亞欽	政叀惟醇疑亏祭祀眚謂弗欽	政叀惟醇疑亏祭祀眚謂弗歆	政叀惟醇疑亏祭祀眚謂弗欽	政叀惟醇疑亏祭祀眚謂弗欽			政叀惟醇疑亏祭祀眚胃弗歆	政事惟醇疑亏祭祀眚謂弗欽				政事惟醇疑亏祭祀眚謂弗欽	政事惟醇疑亏祭祀眚謂弗欽	政事惟醇疑亏祭祀眚謂弗欽					政事惟醇疑于祭祀時謂弗欽
礼煩則亂事神則難	礼煩則闌叀神則難	礼煩則亂事神則難	礼煩則亂事神則難	礼煩則亂事神則難	礼煩則亂事神則難				礼煩則華事神則難	禮煩則華事神則難				禮煩則學事神則難	禮煩州亞學事神刑難	礼煩則學事神則難					禮煩則亂事神則難
王曰旨哉說乃言惟服	王曰旨才元酉之言惟服	王曰旨哉說乃言惟服	王曰旨才說乃言惟服	王曰旨才說乃言惟服	王曰旨才說乃言惟服				王曰旨才說乃言惟服	王曰旨哉說乃言惟服				王曰旨才說乃言惟服	王曰旨才說乃言惟服	王曰旨才說乃言惟服					王曰旨哉說乃言惟服
亞弗良亏言予圖聞亏行兌拜稽首	乃弗良于言予罔聞于行說拜稽首		乃弗良亏言予圖聞亏行說拜稽首	乃弗良亏言予圖聞亏行說拜稽首	乃弗良亏言予圖聞亏行說拜稽首				乃弗良亏言予圖聞亏行說拜稽首	乃弗良亏言予圖聞亏行說拜稽首				乃弗良于言予圖聞于行說拜稽首	乃弗良于言予圖聞于行說拜稽首	乃弗良于言予圖聞于行說拜稽首					乃不良于言予罔聞于行說拜稽首

曰非知之艱行之惟艱				曰非知之艱行之惟艱	曰非知大難行之惟難			曰非知之難行之惟艱	曰非知之難行之惟難	曰非知之難行之惟難	曰非知之難行之惟難	曰非知之難行之惟難	曰非知之艱行之惟艱
王忱不艱允協于先王成德				王忱弗艱允協于先王成德	王忱弗艱允協于先王成德			王忱弗艱允叶于先王之成德	王忱弗艱允叶于先王之成德	王忱弗艱允叶于先王成德	王忱不艱允叶于先王成德	王忱不艱允叶于先王成德	王忱亞艱允叶于先王成惪
惟說不言有厥咎				惟說弗言厥咎	惟說弗言厥咎			惟說弗言厥咎	惟說弗言厥咎	惟說弗言有厥咎	惟說不言有其咎	惟說不言有其咎	惟允亞言有厥咎

二十三、說命下

說命下	戰國楚簡	漢石經	魏石經	敦煌本P2516	敦煌本P2643	岩崎本	神田本	九條本	島田本	內野本	上圖本（元）	觀智院本	天理本	古梓堂本	足利本	上圖本（影）	上圖本（八）	晁刻古文尚書	書古文訓	唐石經
王曰來汝說台小子舊學于甘盤				王曰来女說台小子舊學于甘般	王曰来女說台小子舊學于甘盤	王曰来女說台小子舊學亏甘盤				王曰来女說台小子舊學于甘盤	王曰来女說台小子舊學亏甘盤				王曰来汝說朕小子旧学亏甘盤	王曰来汝說朕小子旧学亏甘盤	王曰来女說台小子舊學亏其盤	王曰徠女兒台小子舊斆亏目般	王曰来汝說台小子舊斆亏其盤	王曰來汝說台小子舊斆亏目般
既乃遯于荒野入宅于河				无乃遯于荒野入宅于河	无乃遯于荒野入宅于河	无乃遯于荒野入宅于河				无乃遯于荒野入宅于河	无乃遯亏荒野入宅于河				既迺遯亏荒野入宅亏河	既迺遯亏荒野入宅亏河	无迺遯亏荒野入宅亏河	无鹵遯亏荒堥入宅亏河	无鹵遯亏荒堥入宅亏河	

1084、遯

「遯」字在傳鈔古文《尚書》有下列不同字形：

（1）遯汗1.8 遯四3.16 遯四4.20 遯遯1

《汗簡》、《古文四聲韻》錄《古尚書》「遯」字作：遯汗1.8 遯四3.16，《箋正》謂「此恐遯之誤」，《古文四聲韻》又錄《古尚書》遯四4.20隸定作「逐」字，當為此形之變，亦為「遯」字。《說文》「豚」字古文作豚，金文作豚臣辰卣 豚臣辰盉 豚豚鼎 豚豚卣，疑遯汗1.8 遯四3.16 遯四4.20形所從為省「又」之豚豚豚豚形訛變。敦煌本P2643、P2516、岩崎本、上圖本（元）「遯」字或作遯遯1，為此形之隸變。

（2）遯四4.20

《古文四聲韻》錄《古尚書》「遯」字作：_{（圖）}遁.四4.20，今本尚書有「遯」字而無「遁」字，二字音義近同，疑此形爲_{（圖）}四4.20之省乇寫訛，_{（圖）}四4.20乃爲「豚」字_{（圖）}說文古文豚_{（圖）}臣辰卣_{（圖）}臣辰盉_{（圖）}豚鼎_{（圖）}豚卣之訛變，此假「豚」爲「遁」（遯）字。

（3）_{（圖）}遯

《書古文訓》「遯」字作遯，爲《說文》篆文_{（圖）}之隸古定訛變。

（4）遁：_{（圖）}

上圖本（元）〈微子〉「我不顧行遯」「遯」字作_{（圖）}，《說文》「遁」字「一曰逃也」與「遯」同義，音亦近同相通，二字爲聲符更替。

【傳鈔古文《尚書》「遯」字構形異同表】

傳抄古尚書文字 遯 遯汗1.8 遯四3.16 遁四4.20 豚遁.四4.20	戰國楚簡	石經	敦煌本	岩崎本b 神田本b	島田本b 九條本	內野本	上圖院b 觀智院 天理本	古梓堂本b	足利本	上圖本（影）	上圖本（八）	古文尚書晁刻	書古文訓	尚書篇目
既乃遯于荒野			遯 P2643 遯 P2516	逐				遯					遯	說命下
我不顧行遯			遯 P2643 逐 P2516					遁					遯	微子

說命下	戰國楚簡	漢石經	魏石經	敦煌本 P2516	敦煌本 P2643	岩崎本	神田本	九條本	島田本	內野本	上圖本（元）	觀智院本	天理本	古梓堂本	足利本	上圖本（影）	上圖本（八）	晁刻古文尚書	書古文訓	唐石經
自河徂亳暨厥終罔顯				自河徂亳泉十大定顯		自河徂亳泉𡴎𠬪定顯			自河徂亳泉厥𠬪定顯		自河徂亳泉年𠬪定顯	自河徂亳泉𠬪𠬪定顯				自河徂亳泉厥𠬪罔顯	自河徂亳泉其終定顯	自河徂亳泉厥終罔顯	自河徂亳泉𠬪𠬪罔顯	自河徂亳泉年𠬪定顯

爾惟訓于朕志若作酒醴		余惟訓于朕志若作酒醴	尒惟訓于朕志若作酒醴	尒惟訓于朕志若任酒醴		爾惟訓于朕志若作酒醴	爾惟訓于朕志若任酒醴爾		尒惟訓于朕志若作酒醴	尒惟訓于朕志若作酒醴	尒惟訓于朕志若作酒醴	尒惟訓于朕志奉延酒醴	爾惟訓于朕志若作酒醴
爾惟麴糵若作和羹爾惟鹽梅		尒惟麴糵若作味羹尒惟鹽梅	尒惟麴糵若作味羹尒惟鹽藥	尒惟麴糵若任味羹尒惟鹽檢		爾惟麴藥若作味羹爾惟鹽梅	爾惟麴藥若作味羹爾惟鹽藥		尒惟麴藥若作和羹尒惟鹽梅	尒惟麴糵若作和羹尒惟鹽藥	尒惟麴糵若作和羹尒惟鹽藥	尒惟麴糵崇延味羹尒惟鹽藥	尒惟麴糵若作和羹爾惟鹽梅

1085、麴

「麴」字在傳鈔古文《尚書》有下列不同字形：

（1）**麴₁麴₂**

敦煌本 P2643、P2516、岩崎本「麴」字作**麴麴₁**，與**麴**居延簡甲 1303**麴**晉辟雍碑同形，「麥」字秦、漢簡或作**麦**雲夢日乙 6**麦**居延簡甲 1470A**麦**西陲簡 55.2，《玉篇》「麦」為「麥」之俗字；上圖本（元）作**麴₂**，偏旁「麥」字訛誤作「走」。

【傳鈔古文《尚書》「麴」字構形異同表】

尚書篇目	古文尚書晁刻	書古文訓	上圖本（八）	上圖本（影）	足利本	古梓堂 b	天理本	觀智院 b	上圖（元）	內野本	島田本 b	九條本 b	神田本 b	岩崎本	敦煌本	石經	戰國楚簡	麴糵
說命中					**麴**					**麴**					**麴** P2643 **麴** P2516			爾惟麴糵若作和羹

1086、羹

「羹」字在傳鈔古文《尚書》有下列不同字形：

（1）羹羡₁羗₂羹₃

岩崎本、上圖本（元）「羹」字各作羹羡₁，《說文》鬻部「鬻」（羹）字鬻篆文从羔从美作羹，段玉裁改篆文作羹，羹羡₁與秦、漢簡作羹睡虎地 19.180羗武威簡.少牢 8 類同，其上下類化，足利本、上圖本（影）作羗₂，其下「＝」爲省略符號，原當亦上下類化同形；《書古文訓》作羹₃，爲「鬻」（羹）字或體省形作羹之隸古定訛變，所从「鬲」之下形訛變。

【傳鈔古文《尚書》「羹」字構形異同表】

羹	戰國楚簡	石經	敦煌本	岩崎本	神田本b	九條本	島田本b	內野本	上圖（元）	觀智院b	天理本b	古梓堂b	足利本	上圖本（影）	上圖本（八）	古文尚書晁刻	書古文訓	尚書篇目
爾惟麴糱麯若作和羹			羹 P2643 羹 P2516											羗	羗		羹	說命下

1087、梅

「梅」字在傳鈔古文《尚書》有下列不同字形：

（1）梅汗 3.30 梅四 1.29 棄₁棄棄₂

《汗簡》、《古文四聲韻》錄《古尚書》「梅」字作：梅汗 3.30梅四 1.29，《說文》篆文作楳，此形移木於下，與「棫」字散盤作棫散盤相類。

《書古文訓》「梅」字作棄₁，敦煌本 P2643、內野本作棄棄₂，皆與傳抄《古尚書》「梅」字梅汗 3.30梅四 1.29。

（2）棄棄

上圖本（元）、上圖本（八）「梅」字作棄棄，乃移木於下之（1）棄字訛誤，其下原从「木」訛作「水」，與「海」字作海混同（參見“海”字）。

（3）棅

岩崎本「梅」字作棅，當爲（1）棄字所从「木」訛作「水」，復誤增「木」旁。

【傳鈔古文《尚書》「梅」字構形異同表】

尚書篇目	書古文訓	古文尚書晁刻	上圖本（八）	上圖本（影）	上圖本（元）	觀智院本b	天理本	古梓堂本b	足利本	上圖本	內野本	島田本b	九條本	神田本b	岩崎本	敦煌本	石經	戰國楚簡	傳抄古尚書文字 梅 汗3.30 四1.29
說命下 爾惟鹽梅	棄	棄									棄 衆					棄 P2643			

說命下 爾交脩予罔予棄予惟克邁乃訓	戰國楚簡	漢石經	魏石經	敦煌本 P2516	敦煌本 P2643	岩崎本	神田本	九條本	島田本	內野本	上圖本（元）	觀智院本	天理本	古梓堂本	足利本	上圖本（影）	上圖本（八）	晁刻古文尚書 書古文訓	唐石經
				爾交脩予宅予棄予惟克邁乃䇦	爾交脩予宅予棄予惟克邁乃䇦	尔交脩予宅予棄予惟克邁乃䇦			爾交脩予宅予棄予惟克邁乃䇦	爾交脩予宅予棄予惟克邁乃訓	尒交脩予宅予棄予惟克邁乃䇦				尒交攸予宅予棄予惟克邁乃訓	尒交脩予宅予棄予惟克邁乃言	尒交脩予罔予棄予惟克邁乃言	尒交攸予宅予棄予惟克邁乃訓	尒交攸予宅予棄予惟克邁乃訓

1088、脩

「脩」字在傳鈔古文《尚書》有下列不同字形：

（1）攸

今本《尚書》「脩」字乃借「脩脯」字爲「修」。《書古文訓》「脩」字皆作攸，「修」从「攸」得聲，借「攸」爲「修」。

（2）修修₁修₂修₃

敦煌本 P2748、內野本、上圖本（元）、足利本、上圖本（影）、上圖本（八）「脩」字皆作「修」：內野本、足利本、上圖本（影）、上圖本（八）字形不誤作修₁；上圖本（元）「彡」訛少一畫作修₂；敦煌本 P2748 作修₁，或作修₃，左訛从作「彳」。

（3）循

　　敦煌本 P2516〈說命下〉「爾交脩予罔予棄予」「脩」字作**脩**，左俗訛从作「彳」，與漢碑作**脩**北海相景君碑同形。（參見"修"字）

【傳鈔古文《尚書》「脩」字構形異同表】

尚書篇目	書古文訓	古文尚書晁刻	上圖本（八）	上圖本（影）	足利本	古梓堂本	天理本 觀智院 b	上圖 上圖本（元）	內野本	島田本 b 九條本	神田本 b 岩崎本 b	敦煌本	石經	戰國楚簡	脩
說命下	收		脩	脩	脩	脩	脩		脩		脩	**脩** P2643 **脩** P2516			爾交脩予罔予棄予
說命下	收		脩	脩	脩	脩	脩		脩		脩	**脩** P2643 **脩** P2516			厥脩乃來允懷于茲
說命下	收		脩	脩	脩	脩	脩		脩		脩	**脩** P2643 **脩** P2516			厥德脩罔覺監于先王成憲

唐石經	書古文訓	晁刻古文尚書	上圖本（八）	上圖本（影）	足利本	古梓堂本	天理本	觀智院本	上圖本（元）	內野本	島田本	九條本	神田本	岩崎本	敦煌本 P2643	敦煌本 P2516	魏石經	漢石經	戰國楚簡	說命下
說日王人求多聞時惟建事	兒日王人求多聞時惟建事	說日王人求多聞時惟建事	說日王人求多聞時惟建事	說日王人求多聞時惟建事	說日王人求多聞時惟建事					說日王人求多聞時惟建事	說日王人求多聞時惟建事		說日王人求多聞時惟建事		說日王人求多聞時惟建事	說日至人求多聞時惟建事	說日王人求昌聞當惟建事				說日王人求多聞時惟建事

學于古訓乃有獲事不師古以克永世

匪說攸聞惟學遜志務時敏

1089、務

「務」字在傳鈔古文《尚書》有下列不同字形：

(1) 務1務2

神田本、岩崎本、上圖本（元）、上圖本（八）「務」字或作務1，上圖本（影）或作務2，所从「攵」訛似「夂」，敦煌本 S799 作務，復「矛」變作「予」、「力」變作「刀」。

【傳鈔古文《尚書》「務」字構形異同表】

務	戰國楚簡	石經	敦煌本	岩崎本b	神田本b	九條本	島田本b	內野本	上圖本（元）	觀智院本b	天理本b	古梓堂本b	足利本	上圖本（影）	上圖本（八）	古文尚書晁刻	書古文訓	尚書篇目
惟學遜志務時敏			〔務〕												〔務〕			說命下
樹德務滋除惡務本	〔務〕 S799	〔務〕b																泰誓下
昔君文武丕平富不務咎									〔務〕					〔務〕	〔務〕			康王之誥

說命下	戰國楚簡	漢石經	魏石經	敦煌本	敦煌本 P2516	敦煌本 P2643	岩崎本	神田本	九條本	島田本	內野本	上圖本（元）	觀智院本	天理本	古梓堂本	足利本	上圖本（影）	上圖本（八）	晁刻古文尚書	書古文訓	唐石經
厥脩乃來允懷于茲道積于厥躬				〔厥脩乃來允懷于茲道積于厥躬〕	〔厥脩乃來允懷于茲道積于厥躬〕	〔厥脩乃來允懷于茲道積于厥躬〕				〔厥脩乃來允懷于茲道積于厥躬〕	〔厥脩乃來允懷于茲道積于厥躬〕	〔厥脩乃來允懷于茲道積于厥躬〕			〔厥脩乃來允懷于茲道積于厥躬〕	〔厥脩乃來允懷于茲道積于厥躬〕	〔厥脩乃來允懷于茲道積于厥躬〕	〔厥脩乃來允懷于茲道積于厥躬〕	〔厥脩乃來允懷于茲道積于厥躬〕	〔厥脩乃來允懷于茲道積于厥躬〕	〔厥脩乃來允懷于茲道積于厥躬〕
惟斆學半念終始典于學				〔惟斆學半念終始典于學〕	〔惟斆學半念終始典于學〕	〔惟斆學半念終始典于學〕				〔惟斆學半念終始典于學〕	〔惟斆學半念終始典于學〕	〔惟斆學半念終始典于學〕			〔惟斆學半念終始典于學〕	〔惟斆學半念終始典于學〕	〔惟斆學半念終始典于學〕	〔惟斆學半念終始典于學〕	〔惟斆學半念終始典于學〕	〔惟斆學半念終始典于學〕	〔惟斆學半念終始典于學〕

													厥德脩罔覺監于先王成憲
厥德脩罔覺監于先王成憲			厥惠脩定覺監于先王戊憲	厥惠脩定覺監于先王成憲	手志脩定覺監于先王成憲			真惠脩定覺監于先王成憲	厥德脩定覺監于先王戊憲			厥德脩罔覺監于先王成憲	厥惠依定覺豐亏先王成憲
其永無愆惟說式克欽承			亓惠脩定覺監于先王戊憲	可永亡德惟說式克欽承	亓永亡譽惟說式克歆承			亓永亡德惟說式克欽承	其永亡德惟說式克欽承			其永亡德惟說式克欽承	亓留亡譽惟先式亨欽承
旁招俊乂列于庶位			旁招暖乂列于庶位	旁招暖乂列于庶位	旁招暖乂列于庶位			旁招俊乂列于庶位	旁招暖乂列于庶位			旁招俊乂列于庶位	旁招暖乂列于庶位
王曰嗚呼說四海之內咸仰朕德			王曰烏呼說四海之內咸仰朕惠	王曰烏呼說四海之內咸仰朕惠	王曰烏辠說三兼火內咸仰朕惠			王曰烏辠說四海之內咸仰朕惠	王曰烏辠說四海之內咸仰朕德			王曰烏辠說四海之內咸仰朕德	王曰繹辠兔三兼坐內咸仰朕惠

1090、仰

「仰」字在傳鈔古文《尚書》有下列不同字形：

（1）仰：仰₁ 仰仰作₂ 仰₃ 仰₄ 仰₅ 仰₆

敦煌本 P2643「仰」字作仰₁，右所從「卩」變作「阝」；岩崎本、或變作仰仰作₂，上圖本（元）或作仰₃，足利本、上圖本（影）、上圖本（八）或作仰₄，中所從「匕」（匕）變似「巳」，上圖本（八）或變作仰₅仰₆。

（2）印：印

《書古文訓》〈周官〉「仰惟前代時若」「仰」字作印，《說文》「仰」訓「舉也」，「印」訓「望也（段注本補「也」字），欲有所庶及也」，二字音同義近，段注云：「古印仰多互用」。

【傳鈔古文《尚書》「仰」字構形異同表】

仰	戰國楚簡	石經	敦煌本	岩崎本b	神田本b	九條本	島田本b	內野本	上圖（元）	觀智院b	天理本b	古梓堂b	足利本	上圖本（影）	上圖本（八）	古文尚書晁刻	書古文訓	尚書篇目
四海之內咸仰朕德			仰 P2643	仰					仰									說命下
仰惟前代時若									仰					仰	仰 仰		印	周官
予小子垂拱仰成			仰											仰	仰 仰			畢命

1091、抑

（1）抑抑（字形說明參見“仰”字）

抑	戰國楚簡	石經	敦煌本	岩崎本b	神田本b	九條本	島田本b	內野本	上圖（元）	觀智院b	天理本b	古梓堂b	足利本	上圖本（影）	上圖本（八）	古文尚書晁刻	書古文訓	尚書篇目
克自抑畏文王卑服			抑 P2748											抑	抑			無逸

版本	時乃風股肱惟人良臣惟聖	昔先正保衡作我先王	乃曰予弗克俾厥后惟堯舜	其心愧恥若撻于市
唐石經	時乃風股肱惟人良臣惟聖	昔先正保衡作我先王	乃曰予弗克俾厥后惟堯舜	其心愧恥若撻于市
書古文訓	旹𠄨風股厷惟人㕥臣惟聖	旹先正采衡作我先王	迺曰予強亨卑亝后惟堯䑞	亓心愧恥若撻亏市
晁刻古文尚書				
上圖本(八)	旹迺風股肱惟人良臣惟聖	昔先正保衡作我先王	迺曰予不克俾其后惟堯舜	其心愧恥若撻于市
上圖本(影)	旹迺風股肱惟人良臣惟聖	昔先正保衡作我先王	迺曰予弗克俾厥后惟堯舜	其心愧恥若撻于市
足利本	旹迺風股肱惟人良臣惟聖	昔先正保衡作我先王	迺曰予弗克俾厥后惟堯舜	其心愧恥若撻于市
古梓堂本				
天理本				
觀智院本				
上圖本(元)	旹迺風股肱惟人良臣惟聖	昔先正保衡作我先	乃曰予弗克俾厥后惟堯舜	其心愧恥若撻于市
內野本	旹迺風股肱惟人良臣惟聖	昔先正保衡作我先王	迺曰予弗克俾厥后惟堯舜	亓心愧恥若撻于市
島田本				
九條本				
神田本				
岩崎本	昔乃風股肱惟人良臣惟聖	昔先正保衡作我先王	乃曰予弗克俾厥后惟堯舜	亓心愧恥若撻于市
敦煌本 P2643				
敦煌本 P2516	旹乃風股肱惟人良臣惟聖	昔先正保衡作我先王	乃曰予弗克俾厥后惟堯舜	亓心愧恥若撻于市
敦煌本	旹乃風股肱惟人良臣惟聖	昔先正保衡作我先王	乃曰予弗克俾厥后惟堯舜	亓心愧恥若撻于市
魏石經				
漢石經				
戰國楚簡				
說命下	時乃風股肱惟人良臣惟聖	昔先正保衡作我先王	乃曰予弗克俾厥后惟堯舜	其心愧恥若撻于市

1092、市

「市」字在傳鈔古文《尚書》有下列不同字形：

（1）[字形][字形]

敦煌本 P2643「市」字作[字形]，《書古文訓》作[字形]，爲《說文》篆文[字形]之隸古定。

【傳鈔古文《尚書》「市」字構形異同表】

市	戰國楚簡	石經	敦煌本	岩崎本b / 神田本b	九條本 / 島田本b	內野本	上圖（元）/ 觀智院b	天理本 / 古梓堂b	足利本	上圖本（影）	上圖本（八）	古文尚書晁刻	書古文訓	尚書篇目
其心愧恥若撻于市			[字形] P2643										[字形]	說命下

說命下	戰國楚簡	漢石經	魏石經	敦煌本	敦煌本 P2516	敦煌本 P2643	岩崎本	神田本	九條本	島田本	內野本	上圖本（元）	觀智院本	天理本	古梓堂本	足利本	上圖本（影）	上圖本（八）	晁刻古文尚書	書古文訓	唐石經
一夫不獲則曰時予之辜				[字形]	[字形]	[字形]				[字形]	[字形]	[字形]				[字形]	[字形]	[字形]	[字形]	[字形]	[字形]
佑我烈祖格于皇天爾尚明保予				[字形]	[字形]	[字形]				[字形]	[字形]	[字形]				[字形]	[字形]	[字形]	[字形]	[字形]	[字形]

| 冈俾阿衡專美有商 | | | 宅甲阿衡燉尚ナ商 | 宅甲阿奠尚燉名商 | 宅甲阿奠尚燉ナ商 | 宅俾阿奠尊尚燉ナ商 | 宅俾阿衡尚燉嫩有商 | 闲俾阿衡尊美有商 | 冈俾阿衡尊美有商 | 囦俾阿奠尊美有商 | 宅俾阿奠更燉ナ商 | 宅昜阿奠更燉ナ商 | 周俾阿衡尊美有商 |

「專美有商」敦煌本 P2516 作：「燉（美）尚（專）ナ（有）商」。

1093、專

「專」字在傳鈔古文《尚書》有下列不同字形：

（1）重₁ 尚₂ 尚尚₃

《書古文訓》「專」字作重₁，為《說文》古文尚之隸古定，敦煌本 P2643 作尚₂，其上隸定作「山」且與下形析離，敦煌本 P2516、岩崎本、上圖本（元）作尚尚₃，為尚₂形之訛變。

【傳鈔古文《尚書》「專」字構形異同表】

專	戰國楚簡	石經	敦煌本	岩崎本	神田本b	九條本	島田本b	內野本	上圖（元）	觀智院b	天理本	古梓堂b	足利本	上圖本（影）	上圖本（八）	古文尚書晁刻	書古文訓	尚書篇目
專美有商			尚 P2643 尚 P2516	尚				尊	尚								重	說命下

1094、美

「美」字在傳鈔古文《尚書》有下列不同字形：

（1）燉：燉汗 5.66 燉四 3.5 燉燉₁ 燉₂ 燉₃

《汗簡》、《古文四聲韻》錄《古尚書》「美」字作：燉汗 5.66 燉四 3.5，《箋正》謂「《周禮》『美』作『燉』，薛本依用，此更古『女』」，《周禮‧春官》「以貞來歲之燉惡」，〈初學記〉引「燉」作「美」。此形从女散聲，當源自楚簡「美」字作「娍」娍郭店.老子甲 15 娍郭店.緇衣 1 娍郭店.性自 51，「燉」「娍」皆「美」字或體。

敦煌本 P2643、《書古文訓》「美」字作𢼸𡙇1，爲𤟇汗 5.66𩰚四 3.5 之隸定；敦煌本 P2516 作𡙇2，上圖本（元）作𡙇3，《古文四聲韻》錄「美」字作𡙇四 3.5 籀韻與此類同，右形相類於「微」字或作𢼸P2643 𢽍漢帛書老子甲 85 𢽍漢石經.詩.式微𢽍四 1.21 籀韻等，爲「敚」字篆文𠬪隸變（參見"微"字）。郭店楚簡「美」字又作𡙇郭店.老子丙 7，其下从口，相類於「徵」字作𢽍汗 1.14𢽍四 1.21 或从口作𢽍說文古文徵（詳見"徵"字），此形左與「敢」字作𢻮郭店.老子甲 9 所从同形，故隸變之形與「敢」字左形混同而作𡙇3𡙇四 3.5 籀韻形〔註 347〕。

（2）𦍌美

岩崎本、內野本、足利本、上圖本（影）、上圖本（八）「美」字作𦍌美，其下「大」變作「火」。

【傳鈔古文《尚書》「美」字構形異同表】

傳抄古尚書文字 美 𤟇汗 5.66 𩰚四 3.5	戰國楚簡	石經	敦煌本	岩崎本b	神田本b	九條本b	島田本b	內野本	上圖（元）	觀智院b	天理本b	古梓堂b	足利本	上圖本（影）	上圖本（八）	古文尚書晁刻	書古文訓	尚書篇目
罔俾阿衡專美有商			𢼸P2643 𡙇P2516	𢽍					𡙇								𡙇	說命下
服美于人驕淫矜侉			𦍌	美									美	美	美			畢命

〔註 347〕徐在國謂「因此𡙇應該隸作媺，當爲𡙇字源頭」，《隸定古文疏證》，合肥：安徽大學出版社，2002 頁 83。

版本	惟后非賢不乂惟賢非后不食	其爾克紹乃辟于先王永綏民	說拜稽首曰敢對揚天子之休命
唐石經	惟后非賢不乂惟賢非后不食	亓尒克紹乃辟于先王永綏民	�捧稽首曰敢對揚天子出休命
書古文訓	惟后非臤弜乂惟臤非后弜食	亓尒亨𥾝𠊱于先王𣳆娞民	說拜稽首曰敢對揚天子出休命
晁刻古文尚書	惟后非臤弜乂惟臤非后弜食	亓尒克紹迚偍于先王永綏民	說拜氣首曰敢對揚天子出休食
上圖本（八）	惟后非臤弗乂惟臤非后弗食	亓尒克紹迚偍于先王永綏民	說拜韻首曰敢對揚天子之休命
上圖本（影）	惟后非賢不乂惟賢非君不食	其尒克紹迚偍于先王永綏民	說拜稽首曰敢對揚天子出休命
足利本	惟后非賢不乂惟賢非君不食	其尒克紹迚偍于先王永綏民	說拜稽首曰敢對祂天子之休命
古梓堂本			
天理本			
觀智院本	惟后非賢原迚惟賢非后弗食	其雨克紹乃辟于先王永娞民	說拜韻首曰敢對揚天子之休命
上圖本（元）	惟后非臤弗乂惟臤非后弗食	亓尒克紹迚偍于先王永綏民	說拜凡首曰敢對揚天子出休命
內野本			
島田本			
九條本			
神田本			
岩崎本	惟后非臤弗乂惟賢非后弗食	亓尒克紹乃偍于先王永娞民	說非暗普寫敦對𢿙天行休命
敦煌本 P2643	惟后非臤弗乂惟臤非后弗食	亓尒克紹乃偍于先王永娞民	說拜暗首曰敢對𢿙人子保命
敦煌本 P2516	惟右非臤弗乂惟臤非后弗食	亓尒克紹乃偍于先王永娞民	說拜韻首曰敢對𢿙尭子之休命
魏石經			
漢石經			
戰國楚簡			
說命下	惟后非賢不乂惟賢非后不食	其爾克紹乃辟于先王永綏民	說拜稽首曰敢對揚天子之休命

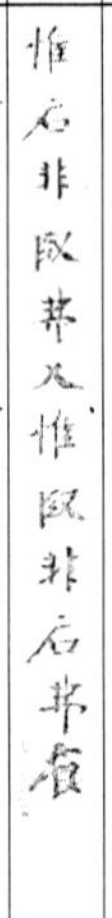

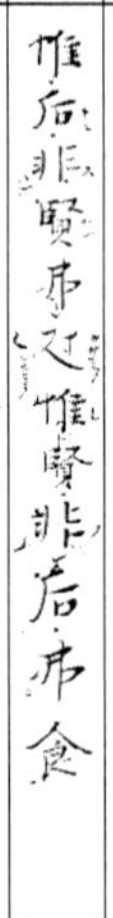

1095、對

「對」字在傳抄、考古文獻《尚書》中的用字，有下列異文異體：

（1）**對對**

敦煌本 P2516、內野本、上圖本（元）、足利本、上圖本（影）、上圖本（八）

「對」字或作對對，乃由漢石經作對漢石經論語殘碑對漢石經.儀禮.鄉飲酒形再變，其左訛作从 ⁺⁺ 从至，爲《說文》或體从士作對之隸訛，金文作對令鼎對對罍對井侯簋對頌簋對毛公鼎。

（2）對對

敦煌本 P2643、岩崎本「對」字或作對對，左形訛作「菫」，亦對說文對字或體之隸定俗訛。

【傳鈔古文《尚書》「對」字構形異同表】

對	戰國楚簡	石經	敦煌本	岩崎本	神田本b	九條本	島田本b	內野本	上圖（元）觀智院b	天理本b	古梓堂本b	足利本	上圖本（影）	上圖本（八）	古文尚書晁刻	書古文訓	尚書篇目
敢對揚天子之休命			對 P2643 P2516	對			對	對				對	對	對		對	說命下
對曰信噫公命我勿敢言								對				對	對	對		對	金縢
對揚文武之光命				對				對				對		對			君牙

二十四、高宗肜日

唐石經	書古文訓	晁刻古文尚書	上圖本（八）	上圖本（影）	足利本	古梓堂本	天理本	觀智院本	上圖本（元）	內野本	島田本	九條本	神田本	岩崎本	敦煌本P2643	敦煌本P2516	魏石經	漢石經	戰國楚簡	高宗肜日
高宗祭成湯有飛雉升鼎耳而雊	高宗祭成湯ナ飛䳠升鼎耳而雊	高宗祭成湯ナ飛䳠升鼎耳而雊	高宗祭成湯有飛䳠升鼎耳而雊	高宗祭成湯有䳦雉升鼎耳而雊	高宗祭成湯有飛雉升鼎耳而雊			高宗祭成湯有飛雉升鼎耳而雊	高宗祭成湯ナ飛䳠升鼎耳而雊	高宗祭成湯ナ飛歸昇鼎耳而雊				高宗祭成湯ナ䳥雉外真耳而雊	高宗祭成湯ナ飛雉外真耳而雊					高宗祭成湯有飛雉升鼎耳而雊

1096、飛

「鼎」字在傳鈔古文《尚書》有下列不同字形：

（1）䳥₁飞₂

岩崎本「飛」字作䳥，左形與飛晉張朗碑類同，由隸書作飛漢石經.易.乾.文言左形訛變，訛變而作贅加偏旁從二「丑」從「飛」。上圖本（影）省形只作右半形飞₂。

【傳鈔古文《尚書》「飛」字構形異同表】

飛	戰國楚簡	石經	敦煌本	岩崎本	神田本b	九條本	島田本b	內野本	上圖本（元）	觀智院本b	天理本	古梓堂b	足利本	上圖本（影）	上圖本（八）	古文尚書晁刻	書古文訓	尚書篇目
有飛雉升鼎耳而雊				䳥										飞				高宗肜日

1097、雉

「雉」字在傳鈔古文《尚書》有下列不同字形：

（1）餹餹

內野本、上圖本（八）、《書古文訓》「雉」字作餹餹，爲《說文》古文从
弟作餹之隸定。

【傳鈔古文《尚書》「雉」字構形異同表】

雉	戰國楚簡	石經	敦煌本	岩崎本b	神田本b 九條本	島田本b	內野本	上圖（元）	觀智院b 天理本	古梓堂本b	足利本	上圖本（影）	上圖本（八）	古文尚書晁刻	書古文訓	尚書篇目
有飛雉升鼎耳而雊							餹						餹			高宗肜日
高宗肜日越有雊雉															餹	高宗肜日

1098、鼎

「鼎」字在傳鈔古文《尚書》有下列不同字形：

（1）鼎₁鼎₂真真₃

「鼎」字《書古文訓》作隸古定字鼎₁，敦煌本 P2643 作鼎₂，《說文》「鼎」
字下云：「籀文以『鼎』爲『貞』字」，「鼎」字金文或作鼎 穆父鼎 真 仲旟父鼎 鼎
攸鼎 真 戔鼎 真 諆鼎 鼎 申鼎 真 邵王鼎 真 中山王鼎 真 無叀鼎 真 龠志鼎 真 沖子鼎
真 伯遟父鼎，皆假「貞」爲「鼎」字，鼎₁鼎₂與鼎 諆鼎 真 邵王鼎同形，敦煌
本 P2516、岩崎本「鼎」字作真真₃，與 真 龠志鼎類同，其下形變作「大」。

（2）鼎₁鼎₂

內野本、足利本、上圖本（八）作鼎₁，《說文》篆文作鼎，此形上少一畫，
上圖本（影）作鼎₂，右下訛誤作「辛」。

【傳鈔古文《尚書》「鼎」字構形異同表】

鼎	戰國楚簡	石經	敦煌本	岩崎本	神田本b	九條本b	島田本b	內野本	上圖（元）	觀智院b	天理本b	古梓堂b	足利本	上圖本（影）	上圖本（八）	古文尚書晁刻	書古文訓	尚書篇目
有飛雉升鼎耳而雊			鼎					真	鼎				鼎	鼎			鼎	說命中 高宗肜日

高宗肜日	戰國楚簡	漢石經	魏石經	敦煌本P2516	敦煌本P2643	岩崎本	神田本	九條本	島田本	內野本	上圖本（元）	觀智院本	天理本	古梓堂本	足利本	上圖本（影）	上圖本（八）	晁刻古文尚書	書古文訓	唐石經
祖己訓諸王作高宗肜日高宗之訓				祖己嘗諸王作高宗肜日高宗之訓	祖己嘗敎王係高宗肜日高宗火嘗	祖己嘗敎王係高宗肜日高宗火嘗			祖己訓於王作高宗肜日高宗之訓	祖己訓於王作高宗肜日高宗之訓	祖己訓諸王作高宗肜日高宗之訓			祖己訓諸王作高宗肜日高宗之訓	祖己訓諸王作高宗肜日高宗之訓	祖己訓諸王作高宗肜日高宗之訓	祖己訓諸王作高宗肜日高宗之訓		祖己訓諸王延高宗肜日高宗之訓	祖己訓諸王作高宗肜日高宗之訓

1099、肜

「肜」字在傳鈔古文《尚書》有下列不同字形：

（1）肜1 肜肜2 舟彡3

敦煌本 P2516「肜」字作肜1，上圖本（元）、足利本作肜肜2，偏旁「彡」字作夂，與「夂」形近，敦煌本 P2643 作舟彡3，其左從「舟」。《撰異》謂「張平子〈思玄賦〉『展泄泄以肜肜』李善注云：『《左傳》『其樂也融融』『融』與『肜』古字通。……但『肜』字未省其部居，《玉篇》、《五經文字》皆云從舟，即丑林切之『肜』字也。《集韻·一東》引李舟《切韻》云：『從肉』玉裁謂皆非也。從肉既無據，從舟亦音韻絕遠，蓋即《說文》丹部之『肜』字。『肜』，徒冬切，疊韻又爲『融』音，同部假借。壁中〈商書〉固然，而《爾雅》釋之，轉寫小

差。……唐石經《尚書》、《爾雅》字皆作『肜』，《五經文字》舟部之『肜』也。
張參曰：『石經變舟作月，變肉作月』孫星衍《尚書今古文注疏》云：「『肜』
即『彤肜』字，從舟，隸省。……從舟，與從丹之『肜』異。……《玉篇》舟
部下云：『今或從舟者作月』其下並有『俞』『肜』二字，皆從舟作月之例。」肜1
形與《玉篇》舟部作『肜』同形。王國維〈殷卜辭所見先公先王考〉謂「古從
『月』之字，後或變而從『舟』」如「朝夕」之「朝」從月，篆文作鞘（𩱵）；
其說是也。

【傳鈔古文《尚書》「肜」字構形異同表】

肜	戰國楚簡	石經	敦煌本	岩崎本b	神田本b九條本	島田本b	內野本	上圖（元）	觀智院b天理本b	古梓堂b	足利本	上圖本（影）	上圖本（八）	古文尚書晁刻	書古文訓	尚書篇目
祖己訓諸王作高宗肜日高宗之訓			彤 P2643 肜 P2516				肜		肜							高宗肜日
高宗肜日越有雊雉			彤 P2643 肜 P2516				肜		肜							高宗肜日

高宗肜日	戰國楚簡	漢石經	魏石經	敦煌本 P2516	敦煌本 P2643	岩崎本	神田本	九條本	島田本	內野本	上圖本（元）	觀智院本	天理本	古梓堂本	足利本	上圖本（影）	上圖本（八）	晁刻古文尚書	書古文訓	唐石經
高宗肜日越有雊雉				高宗肜日越广雊雉	高宗肜日越广雊雉					高宗肜日粤广雊雉	高宗肜日粤广雊雉					高宗肜日粤有雊雉	高宗肜日粤有雊雉	高宗肜日粤有雊雉	高宗肜日越广雊雉	高宗肜日越广雊雉	高宗肜日越广雊雉

祖己曰惟先格王正厥事			祖己曰惟先格王正厥事	祖己曰惟先格王正廾事	祖已曰惟先格王正廾事			祖巳曰惟先格王正厥事	祖己曰惟先格王正厥事		祖己曰惟先格王正廾事	祖己曰惟先裁王正廾事	祖己曰惟先裁王正廾事	祖己曰惟先裁王正廾事
乃訓于王曰惟天監下民典厥義			乃訓于王曰惟先監下典廾誼	乃訓于王曰惟天監下典廾誼	乃訓于王曰惟天監下典廾誼			乃訓于王曰惟天監下典廾誼	乃訓于王曰惟天監下典厥誼		乃訓于王曰惟天監下民典廾誼	乃訓于王曰惟天監下民典廾誼	乃訓于王曰惟癸鑒下民飮廾訟
降年有永有不永非天天民			降年大永大弗永非兒民	降年大永大弗永非天民	降年大永大弗永非兒民			降年大永大永非天夏民	降年大永有不永非天夏民		降年有永有不永非天天民	降年有永有不永非天天民	羍年大弱大弱非癸天民

1100、年

「年」字古作从禾从人： 盂鼎 臣辰卣 庚嬴卣 弔上匜，「人」下加一飾點變作「千」： 郘公鼎 齊癸姜簋 番君召鼎 中山王鼎 十一年車鼎；又下加一橫變作从「壬」： 番君鬲 王孫鐘，魏三體訛變自此形，移「壬」之下半至右，變作从土。

「年」字在傳鈔古文《尚書》有下列不同字形：

（1）魏三體

魏三體石經〈君奭〉「多歷年所」「年」字古文作 ，从禾从土，「土」為「壬」之訛，魏三體訛變自 郑公華鐘 牽弔匜 洹子孟姜壺 齊侯盤等形，乃移「壬」之下半至右，變作从土。

（2）年：₁ ₂ ₃ ₄

敦煌本 P2643、P3767、足利本、上圖本（影）、《書古文訓》「年」字或作 ₁，為《說文》篆文作 之隸定：「年，穀孰也，从禾千聲」。內野本、觀智院本、上圖本（元）、足利本、上圖本（影）、上圖本（八）或作 ₂，「千」訛變作「丁」；岩崎本或變作 ₃；上圖本（影）或變作 ₄。

（3）季：

上圖本（影）「年」字或作 ，乃篆文 隸定作（2）₁形之訛誤，與「季」字混同。

【傳鈔古文《尚書》「年」字構形異同表】

年	戰國楚簡	石經	敦煌本	岩崎本	神田本b	九條本	島田本b	內野本	上圖（元）	觀智院b	天理本	古梓堂b	足利本	上圖本（影）	上圖本（八）	古文尚書晁刻	書古文訓	尚書篇目
降年有永有不永			P2643／P2516														季	高宗肜日
惟十有一年武王伐殷								季							季		季	泰誓上
惟九年大統未集予小子其承厥志			S799					季							季		季	武成
既克商二年王有疾弗豫								季									季	金縢
欲至于萬年								年	季				年	季	季		季	梓材
惟有歷年								年	季				季	季	季		季	召誥
命吉凶命歷年								季					季	季	季		季	召誥
我受天命丕若有夏歷年								季					季	季	季		季	召誥
式勿替有殷歷年								季					季	季	季		季	召誥

經文								篇名
我二人共貞公其以予萬億年		P2748						洛誥
無有遘自疾萬年厭乃德		P2748						洛誥
惟周公誕保文武受命惟七年		P2748						洛誥
爾厥有幹有年于茲洛	隸釋	P2748						多士
作其即位乃或亮陰三年不言		P2748						無逸
肆高宗之享國五十有九年	隸釋	P2748						無逸
或十年或七八年或五六年或四三年		P3767 / P2748						無逸
多歷年所	魏	P2748						君奭
天惟五年須暇之子孫		S2074						多方
六年五服一朝								周官
又六年王乃時巡								周官
惟以永年								畢命
惟呂命王享國百年耄荒								呂刑

唐石經	書古文訓	晁刻古文尚書	上圖本（八）	上圖本（影）	上圖本（元）	觀智院本	天理本	古梓堂本	足利本	內野本	島田本	九條本	神田本	岩崎本	敦煌本P2643	敦煌本P2516	魏石經	漢石經	戰國楚簡	高宗肜日
民中絕命民有不若德不聽罪																				民中絕命民有不若德不聽罪

天既孚命正厥德乃日其如台	天既寸孔作孚	兄元孚命正身憙乃日兀如台	天元孚命正身憙乃日兀如台	兂既孚命正升憙乃日兀如台			天无孚命正身憙迊日其如台	天元孚命正厥德乃日其如台	天既孚余正厥德延日其如台	天无孚命正厥德延曰其如畣	天无孚命正其憙迊曰其如台	天无孚命正其憙迊日其如台	兲无孚命正身憙卑日兀如台
嗚呼王司敬民罔非天胤典祀無豐于昵			烏呼王司敬民区宅非兄胤典祀亡豐于退	烏虖王司敬民宫非天胤典祀亡豐于尼	烏寧王司敬民宅非天亂糞祀無豐于居			烏寧王司敬民宅非兂微典祀亡豐于昵	烏虖王司敬民圉非天亂典祀亡豐于昵	烏虖王司敬民区固非天亂典祀亡豐于昵	烏虖王司敬民宅非天亂典祀亡豐于昵	緜虖王司敬民宅非兲胃糞禩亡豐于尼

1101、豐

「豐」字在傳鈔古文《尚書》有下列不同字形：

（1）𧯮₁𧯮₂

《書古文訓》「豐」字或作𧯮₁𧯮₂，其下从古文「豆」字，為《說文》古文之隸古定訛變。說文古文豐與豊分篆形近，乃金文作天亡簋、豐簋、癲鐘、癲鐘、王盉、豐兮簋形之訛變。

（2）豊：豊豊

敦煌本 P2643、P2516、S799、岩崎本、九條本、觀智院本、上圖本（元）、足利本、上圖本（影）、上圖本（八）「豐」字或作豊豊，乃形近誤為「豊」字。

【傳鈔古文《尚書》「豐」字構形異同表】

豐	戰國楚簡	石經	敦煌本	岩崎本b／神田本b	九條本／島田本b	內野本	觀智院本b／上圖（元）	天理本／古梓堂本b	足利本	上圖本（影）	上圖本（八）	古文尚書晁刻	書古文訓	尚書篇目
典祀無豐于昵			豐 P2643 / 豐 P2516	豐			豐			豐	豐			高宗肜日
王來自商至于豐			豐 S799						豐	豐	豐		豐	武成
成王在豐欲宅洛邑					豐				豐	豐	豐		豐	召誥
王朝步自周則至于豐					豐				豐	豐	豐		豐	召誥
還歸在豐作周官									豐	豐			豐	周官
周公在豐將沒欲葬成周							豐b		豐	豐	豐		豐	周官
東序西嚮敷重豐席							豐b		豐	豐	豐		豐	顧命
王朝步自宗周至于豐									豐	豐	豐		豐	畢命

二十五、西伯戡黎

唐石經	書古文訓	晁刻古文尚書	上圖本（八）	上圖本（影）	足利本	古梓堂本	天理本	觀智院本	上圖本（元）	內野本	島田本	九條本	神田本	岩崎本	敦煌本P2643	敦煌本P2516	魏石經	漢石經	戰國楚簡	西伯戡黎
殷始咎周周人乘黎祖伊恐	殷亂咎周周人乘黎祖龏恐	殷始咎周周人乘黎祖伊恐	殷始咎周周人乘黎祖伊恐	殷亂咎周周人乘黎祖伊恐	殷亂咎周周人乘黎祖伊恐				殷始咎周周人乘黎祖伊恐	殷亂咎周周人乘黎祖伊恐				殷剐咎周周人乘黎祖伊恐	殷亂咎周周人乘黎祖伊恐	殷亂咎周周人乘黎祖伊恐				殷始咎周周人乘黎祖伊恐
奔告于受聚延卤柏咸黎	奔告于受作西伯戡	奔告于受作西伯戡	奔告于受作西伯戡	奔告于度作西伯戡黎	奔告于受作西伯戡				奔告于受作西伯戡黎	奔告于受作西伯戡黎				奔告于受任卤伯戡黎	奔告于受作西伯戡黎	奔告于受作西伯戡黎				奔告于受作西伯戡黎
卤伯无戍黎祖龏恐奔告于王	卤伯既戍黎祖伊恐奔告于王	卤伯既戍黎祖伊恐奔告于王	西伯既戍黎祖伊恐奔告于王	卤伯元戍黎祖伊恐奔告于王	西伯无戍黎祖伊恐奔告于王				西伯既戍黎祖伊恐奔告于王	西伯既戍黎祖伊恐奔告于王				卤伯无戍黎祖伊恐奔告于王	西伯无戍黎祖伊恐奔告于王	西伯无戍黎祖伊恐奔告于王				西伯既戡黎祖伊恐奔告于王

1102、奔

「奔」字在傳鈔古文《尚書》有下列不同字形：

（1）魏三體

魏三體石經〈君奭〉「奔」字古文作，與《說文》篆文作同形，「走也，從夭貴省聲，與走同意，俱从夭」，源自金文作盂鼎，下从三「止」，象疾走之跡多，又三「止」訛作三「屮」作：井侯簋效卣克鼎中山王鼎等形，石鼓文丙鼓从三「走」作石鼓文.田車。

（2）

《書古文訓》「奔」字作，與楚簡作包山6天星觀.策同形，从三牛，為會意字。

【傳鈔古文《尚書》「奔」字構形異同表】

奔	戰國楚簡	石經	敦煌本	岩崎本	神田本b	九條本	島田本b	內野本	上圖本（元）	觀智院b	天理本b	古梓堂本	足利本	上圖本（影）	上圖本（八）	古文尚書晁刻	書古文訓	尚書篇目
奔告于受作西伯戡黎																		西伯戡黎
祖伊恐奔告于王																		西伯戡黎
弗迓克奔以役西土																		牧誓
奔走執豆籩																		武成
矧咸奔走		魏																君奭

1103、戡

「戡」字在傳鈔古文《尚書》有下列不同字形：

（1）戡：汗5.68四2.13六1561戡2

《汗簡》、《古文四聲韻》錄《古尚書》「戡」字作：汗5.68四2.13六156，與《說文》篆文作同形。

《書古文訓》〈康王之誥〉「戡定厥功」「戡」字作1，餘多作「弐」。敦煌本P2516、內野本作戡2，所从「甚」下形變作「止」（參見“甚”字）。

（2）弐：汗5.68四2.1212

《汗簡》、《古文四聲韻》錄《古尚書》「黿」字作：汗5.68四2.12，《箋

正》謂：「經典凡堪任、堪勝、堪定之義通作『堪』，閒作『戡』、『龕』，如《書》『西伯戡黎』、《法言・重黎篇》『劉龕南陽』等文見之。而《說文》三字皆無其說。考以形義，『戡』，刺也，『弐』，殺也，兩文爲近。《說文》『弐』下引《書》『弐黎』，似引以證『弐勝』義。薛本依采，即通以易他『堪』字，是也。〈多方〉〈康王之誥〉堪定字別易以『戡』，亦合。唯郭氏釋『龕』，以它書假借字注之則非，當作『戡』，如上字（� 汗 5.68）」。又《說文》戈部「弐」字從戈今聲，下引「〈商書〉曰『西伯既弐黎』」段注云：「今作『戡黎』，許所據作『弐黎』，邑部『𨞚』下又引『西伯戡𨞚』其乖異或因古文今文不同，與《爾雅》曰：『堪，勝也』郭注引《書》『西伯堪黎』蓋訓勝，則『堪』爲正字，或叚『弐』、或叚『戡』、又或叚『龕』皆以同音爲之也」。《文選・和伏武昌登孫權故城》「西龕收組練」，李善注云：「《尚書・序》曰『西伯戡黎』，『龕』與『戡』音義同」，《撰異》據此謂「唐初尚書本固皆作『戡』也」，又引《左傳》昭 31 年「王心弗堪」《漢書・五行志》作「王心弗弐」，謂「甚聲、今聲古音同在第七部，非『弐』爲本義，『堪』『戡』爲假借也」《爾雅・釋詁上》「戡，克也」，與「堪」、「弐」義通。是傳抄古尚書 𢼸 四 2.12 𢴊 汗 5.68 下注「龕」爲「戡」之假借字，當更注作「戡」，「弐」、「戡」爲聲符更替。

《書古文訓》「戡黎」「戡」字作咸₁咸₂，乃《說文》「弐」字篆文�之訛變，所從「今」變作「令」且右上筆與「戈」合書，咸₁訛似從「戊」，咸₂形則復訛多一畫，從戊從令。

（3）戤

九條本〈君奭〉「惟時二人弗戡」「戡」字作戤，偏旁「戈」字繁化變作「戊」。

（4）戌

《書古文訓》〈君奭〉「惟時二人弗戡」「戡」字作戌，爲「弐」字之訛誤，俗訛作（2）咸₁咸₂再與「成」字作戌訛混。

【傳鈔古文《尚書》「戡」字構形異同表】

傳抄古尚書文字 戡（戡 汗5.68 戡 四2.13 戡 六156 戡 箭四2.12 戡 箭四2.12 戡 箭汗5.68）	戰國楚簡	石經	敦煌本	岩崎本	神田本b	九條本	島田本b	內野本	上圖（元）	觀智院b	天理本	古梓堂b	足利本	上圖本（影）	上圖本（八）	古文尚書晁刻	書古文訓	尚書篇目
奔告于受作西伯戡黎			戡 P2643 戡 P2516		戡												戡	西伯戡黎
西伯既戡黎			戡 P2643 戡 P2516														戡	西伯戡黎
惟時二人弗戡			戡 P2748			戡	戡						戡	戡	戡		戡	君奭
戡定厥功								戡									戡	康王之誥

1104、堪

「堪」字在傳鈔古文《尚書》有下列不同字形：

（1）[堪魏三體]魏三體 戡戡戡1

《尚書》「堪」字一見：〈多方〉「罔堪顧之」，魏三體石經古文作[堪]，與篆文同，敦煌本 S2074、九條本、《書古文訓》作戡戡戡1，「戡」、「堪」音義近同，為義符更替。

【傳鈔古文《尚書》「堪」字構形異同表】

堪	戰國楚簡	石經	敦煌本	岩崎本	神田本b	九條本	島田本b	內野本	上圖（元）	觀智院b	天理本	古梓堂b	足利本	上圖本（影）	上圖本（八）	古文尚書晁刻	書古文訓	尚書篇目
罔堪顧之		堪 魏	戡 S2074			戡											戡	多方

版本	日天子天既訖我殷命	格人元龜罔敢知吉	非先王不相我後人惟王淫戲用自絕	故天棄我不有康食不虞天性
唐石經	日天子天既訖我殷命	格人元龜罔敢知吉	非先王不相我後人惟王淫戲用自絕	故天棄我不有康食不虞天性
書古文訓	日旲學旲无訖戠殷命	戠人元黽宅敢知吉	非先王亞眛戠後人惟王室戲用自斃	故旲弃戠亞㞢康飤亞從旲性
晁刻古文尚書				
上圖本（八）	口天既訖我殷貪	格人元飡宅敢知吉	非先王弗相我後人惟王淫戲用自絕	故天棄我弗有康食弗慮天性
上圖本（影）	日天子既訖我殷余	格人元亀宦敢知吉	非先王弗相我後人惟王淫戲用自絕	故天棄我弗有康食弗虞天性
足利本	四天子天既訖我殷余	格人元亀罔敢知吉	非先王弗相我後人惟王淫戲用自絕	故天棄我弗有康食弗虞天性
古梓堂本				
天理本				
觀智院本				
上圖本（元）	日天子天无訖我殷王命	格人元飡宅敢知吉	非先王弗相我後人惟王淫戲用自絕	故天棄我不有康食弗從天性
內野本	日天子旡无訖戠殷命	格人元飡宅敦知吉	非先王弗相戠後人惟王淫戲用自斃	故旡棄我弗有康登弗從旡性
島田本				
九條本				
神田本				
岩崎本	暑天子天元訖我殷命	格人元飡宅敦知吉	非先王弗相我後人惟王淫戲用自斃	故天弃我弗㞢康食弗從天性
敦煌本 P2643	日天千天元訖我殷命	格人元飡宅敦知吉	非先王弗相我後人惟王淫戲用自斃	故天弃我弗㞢康食弗從天性
敦煌本 P2516	日天子天元訖我殷命	格人元龜宅敦知書	非先王非相我後人惟王淫戲用自絕	故天弃我弗㞢康食弗從天性
魏石經				
漢石經				
戰國楚簡				
西伯戡黎	日天子天既訖我殷命	格人元龜罔敢知吉	非先王不相我後人惟王淫戲用自絕	故天棄我不有康食不虞天性

			弗迪衛箕今我民宅弗欲喪	弗迪率典今我民宅弗欲喪	弗迪衛典今我民宅弗欲喪		弗迪衛典今我民宅弗欲喪	弗迪率典今我民罔弗欲喪	弗迪率典今我民宅弗欲喪	弗迪率典今我民宅弗報喪	弗迪率典今我民宅弗欲喪	亞迪衛箕今我民宅亞欲喪	不迪率典今我民罔弗欲喪	不迪率典今我民罔弗欲喪
			日天害不降畏大命弗埶	日天害不降畏大命弗埶	粵天害不降畏大命弗埶		日堯害不降畏大命弗埶	日天害不降畏大命弗埶	日天昌弗降畏大命亞埶	日天昌弗降畏大命弗埶	日天昌不降畏大命弗埶	日天害亞夲畏大命亞埶	日天昌弗降畏大命不埶	日天罔不降威大命不埶

1105、埶

「大命不埶」《釋文》云：「埶，音至，本又作『埶』」，《說文》女部「埶」字「至也，從女執聲。〈周書〉日（按當為商書）『大命不埶』，讀若摯同」段玉裁改為「執」聲，字改為「埶」，注云：「從執則非聲也」。于省吾《尚書新證》云：「『埶』乃『藝』之訛。《呂覽‧先識》『向埶』，《淮南子‧氾論》作『向藝』，『藝』金文作 𡔦 或 𢌪。毛公鼎『 𡔦 小大楚賦』，番生簋『顧遠能 𢌪』，即『柔遠能邇』，『藝』『邇』同音。〈堯典〉『歸格于藝祖』，『藝』《尚書大傳》作『禰』。然則『大命不藝』者，大命不近也，《詩‧雲漢》『大命近止』，文例有反正耳〔註348〕」其說是也。

「埶」字在傳鈔古文《尚書》有下列不同字形：

（1）埶埶1 埶2 埶3

「埶」字敦煌本 P2643、P2516、《書古文訓》作埶埶1，岩崎本作埶2，上圖本（元）作埶3，皆「埶」字之訛變。

〔註348〕于省吾，《尚書新證》卷 1.25，頁 87，台北：藝文印書館。

（2）韐

上圖本（八）作韐，乃「摯」字移手於廾下。

【傳鈔古文《尚書》「摯」字構形異同表】

摯	戰國楚簡	石經	敦煌本	岩崎本b	神田本b	九條本	島田本b	內野本	上圖（元）	觀智院b	天理本	古梓堂b	足利本	上圖本（影）	上圖本（八）	古文尚書晁刻	書古文訓	尚書篇目
大命不摯			摯 P2643 摯 P2516								褻				韐		摯	西伯戡黎

西伯戡黎	戰國楚簡	漢石經	魏石經	敦煌本 P2516	敦煌本 P2643	岩崎本	神田本	九條本	島田本	內野本	上圖本（元）	觀智院本	天理本	古梓堂本	足利本	上圖本（影）	上圖本（八）	晁刻古文尚書	書古文訓	唐石經
今王其如台王曰嗚呼我生不有命在天				今王其如台王曰嗚呼我生弗念在天	今王其如台王曰嗚呼我生弗又命在天		今王其如台王曰嗚呼我生弗又命在天		今王其如台王曰嗚呼我生弗又命在天	今王其如台王曰嗚呼我生弗有命在天	今王其如台王曰嗚呼我生弗有命在天				今王其如台王曰嗚呼我生弗有命在天	今王其如台王曰嗚呼我生弗有命在天	今王其如台王曰嗚呼我生弗有命在天	今王其如台王曰嗚呼我生弗有命在天	今王其如台王曰緜廗我生弗大命圣矣	今王其如台王曰嗚呼我生不有命在天

祖伊反曰嗚呼乃罪多參在上			祖伊反曰烏呼乃罪昌在上	祖伊反曰烏呼乃罪昌在上	眼伊反曰烏辜乃皋多參在上		祖伊反曰烏辜乃皋多參在上	祖伊反曰烏辜乃皋多參在上		祖伊反曰烏辜延罪多參在上	祖伊反曰烏辜延罪多參在上	祖伊延曰烏辜延罪多參在上	祖尉反曰緜庳辜乃罪昌圣上	祖伊反曰嗚呼乃罪多參在上

1106、參

「參」字在傳鈔古文《尙書》有下列不同字形：

（1）汗 3.34

《汗簡》錄《古尙書》「參」字作：汗 3.34，《說文》晶部「參」字篆文作，與克鼎璽彙 0673 同形，戰國或省作楚帛書甲中山王鼎。

（2）參1參2參3

《說文》「參」字或體省形作，源自籀參父乙盉衛盉毛公鼎召伯簋二等形。岩崎本、上圖本（元）「參」字各作參1，爲說文參字或體之隸定訛變，其下「彡」形變作「●　」；足利本、上圖本（影）或省變作參2，上圖本（八）或作參3，「=」爲省略符號，乃表省「厶」之意。

（3）

《書古文訓》「參」字作，《集韻》平聲四 22 覃韻「參」字古作「」，源自魚鼎匕璽彙 1106陶彙 3.6陶彙 3.10陶彙 3.2 等形。

（4）

敦煌本 P2643、P2516「參」字作，爲（3）之省形，源自戰國作曾侯乙簡 122「△（三）具吳甲」梁上官鼎梁 19 年鼎郭店.語叢 4.3郭店.六德 30包山 12，皆與甲骨文「晶」字作佚 506後 2.9.1 同形。

【傳鈔古文《尚書》「參」字構形異同表】

傳抄古尚書文字 參 （汗 3.34）	戰國楚簡	石經	敦煌本	岩崎本	神田本 b	九條本	島田本 b	內野本	上圖（元）	觀智院 b	天理本	古梓堂本 b	足利本	上圖本（影）	上圖本（八）	古文尚書晁刻	書古文訓	尚書篇目
嗚呼乃罪多參在上			象 P2643 / P2516										叅	參	参		垒	西伯戡黎

西伯戡黎	戰國楚簡	漢石經	魏石經	敦煌本 P2516	敦煌本 P2643	岩崎本	神田本	九條本	島田本	內野本	上圖本（元）	觀智院本	天理本	古梓堂本	足利本	上圖本（影）	上圖本（八）	晁刻古文尚書	書古文訓	唐石經
乃能責命于天殷之即喪				乃能責命于天殷之即喪	乃能責命于天殷之即喪	乃能責命于天殷之即喪			乃能責命于天殷之即喪	乃能責命于天殷之即喪	乃能責命于天殷之即喪				乃能責命于天殷之即喪	乃能責命于天殷之即喪	乃能責命于天殷之即喪	鹵耐責命于天殷之即喪		乃能責命于天殷之即喪
指乃功不無戮于爾邦				指乃功弗亡戮于邦	指乃功弗亡戮于邦	指乃功弗亡戮于邦			指乃功弗亡戮于邦	指乃功不亡戮于邦	指乃功弗亡戮于爾邦				指乃功弗亡戮于爾邦	指乃功弗亡戮于爾邦	指乃功弗亡戮于爾邦	指乃珍弗亡戮于尓邦		指乃功不無戮于爾邦

二十六、微 子

微 子	戰國楚簡	漢石經	魏石經	敦煌本 P2516	敦煌本 P2643	岩崎本	神田本	九條本	島田本	內野本	上圖本（元）	觀智院本	天理本	古梓堂本	足利本	上圖本（影）	上圖本（八）	晁刻古文尚書	書古文訓	唐石經
殷既錯天命微子作誥父師少師				殷无錯天令微子作誥父師少師	殷无錯天命微子作誥父師少師	殷无鐵天命微子任誥父師眎少師				殷兊錯无命微子任誥父師少師	殷元錯天命微子作誥父師少師				殷既錯天余微子作誥父師少師	殷既錯天命微子作誥父師少師	殷既錯天命微子作誥父師少師		殷无錯天命数学迻寡父师少师	殷既錯天命微子作誥父師少師
微子若曰父師少師				微子若曰父師少師	微子若曰父師少師	微子若粤父師少師				微子若曰父師少師	微子若曰父師少師				微子若曰父師少師	微子若田父師少師	微子若曰父師少師		敩学若曰父师少师	微子若曰父師少師
殷其弗或亂正四方我祖厎遂陳于上				殷亓弗或擧正三方我祖厎遞敕亐上	殷亓弗或擧正三方我祖遒敕亐上	殷亓弗或擧正三方我祖厎遠敕亐上				殷亓弗或擧正三方我祖厎速敕亐上	殷亓弗或擧正三方我祖致遂陳亐上				殷其弗或亂正四方我祖致遂陳亐其	殷其弗或擧正三方我祖厎逶陳亐上	殷亓弗或擧正三方我祖遒敕亐上		殷亓亞或爵正三亡弒祖迺敕亐上	殷其弗或亂正四方我祖厎遂陳于上

| | | | 我用沈酗亐酒用畢敗厥惪亐下 | 我用沈酗于酒用畢𣥏亐下 | 我用沈酗亐酒用畢敗手惪手下 | | 我用沈酗于酒用畢敗厥惪于下 | 我用沈酗于酒用畢敗厥惪于下 | 我用沈酗于酒用亂敗厥惪亐下 | 我用沈酗亐酒用亂敗厥惪亐下 | 我用沈酗于酒用畬退年惪于丁 | 我用沈酗于酒用亂敗厥德于下 |
| 我用沈酗于酒用亂敗厥德于下 | | | | | | | | | | | | |

1107、酗

「酗」字在傳鈔古文《尚書》有下列不同字形：

（1）酗：（古文字形）魏三體（字形）1（字形）2（字形）酗3

魏三體石經〈無逸〉「酗于酒德哉」「酗」字古文作（字形），《說文》酉部「酗」字「醉營，从酉凶聲」，《玉篇》「酗」字同「酗」，商承祚謂「《漢書・趙充國傳》注曰：『酗即酗字』是「酗」「酗」音義同」〔註349〕。

敦煌本 P264「酗」字作（字形）1，P2516 作（字形）2，所從「酉」字與魏三體石經作（字形）酉.魏三體同形，爲隸古定字形，岩崎本、上圖本（元）、上圖本（八）或作（字形）酗3，「乂」變作「又」。

（2）（字形）酗

《書古文訓》「酗」字作（字形），「酗」「酗」二字聲旁更替。

【傳鈔古文《尚書》「酗」字構形異同表】

酗	戰國楚簡	石經	敦煌本	岩崎本b	神田本b	九條本	島田本b	內野本	上圖（元）	觀智院b	天理本	古梓堂b	足利本	上圖本（影）	上圖本（八）	古文尚書晁刻	書古文訓	尚書篇目
我用沈酗于酒			（字形）P2643 （字形）P2516						（字形）						（字形）		酗	微子

〔註349〕說見商承祚，《石刻篆文編》卷 14.30，台北：世界書局，1983。

方興沈酗于酒	P2643 / P2516				微子
淫酗肆虐					泰誓中
酗于酒德哉	魏 / P3767 / P2748				無逸

微子	戰國楚簡	漢石經	魏石經	敦煌本P2516	敦煌本P2643	岩崎本	神田本	九條本	島田本	內野本	上圖本（元）	觀智院本	天理本	古梓堂本	足利本	上圖本（影）	上圖本（八）	晁刻古文尚書	書古文訓	唐石經
殷罔不小大好草竊姦宄				殷罔弗小大好中竊姦宄	殷宅弗小大好十竊姦宄	殷宅弗小大好中竊姦宄				殷宅弗小大好中竊姦宄	殷宅弗不小大好十竊新宄				殷罔弗小大好中竊宄宄	殷罔弗小大好中竊宄宄	殷宅弗小大好中竊姦宄		殷宅弗小大好中敿息宄	殷罔不小大好草竊姦宄

1108、竊

「竊」字在傳鈔古文《尚書》有下列不同字形：

（1）竊：竊1 竊2 竊3 竊4 竊5

敦煌本P2643、上圖本（元）「竊」字作竊1，右下變作「禺」，與竊祝睦後碑類同，此爲俗字，《說文》米部「竊」字篆文作竊，「从穴从米，离廿皆聲，『廿』古文疾，『离』古文契」，《隸辨》竊孔寵碑下謂「碑省廿，經典相承用之，今俗作『竊』，非」。敦煌本P2516或作竊2，左下變似「耒」；內野本、足利本、上圖本（影）、上圖本（八）或作竊3，右下从离之隸變俗訛，其下「厶」變作「口」；敦煌本P2516、上圖本（八）或變作竊4；岩崎本、九條本或作竊5，左下訛變作「衤」。

（2）敿

《書古文訓》「竊」字作敿，《說文》所無，《尚書隸古定釋文》卷 5.8 謂

「摭古遺文『竊』字作『敲』」，疑爲从攴离聲之異體。

【傳鈔古文《尚書》「竊」字構形異同表】

竊	戰國楚簡	石經	敦煌本	岩崎本	神田本b	九條本	島田本b	內野本	上圖本（元）	觀智院本b	天理本	古梓堂本b	足利本	上圖本（影）	上圖本（八）	古文尚書晁刻	書古文訓	尚書篇目
殷罔不小大好草竊姦宄			竊 P2643 / 竊 P2516					竊					竊	竊	竊		敲	微子
今殷民乃攘竊神祇之犧牷牲用			竊 P2643 / 竊 P2516					竊					竊	竊	竊		敲	微子
踰垣牆竊馬牛誘臣妾			竊 P3871	竊	竊								竊	竊	竊		敲	費誓

微子	戰國楚簡	漢石經	魏石經	敦煌本 P2516	敦煌本 P2643	岩崎本	神田本	九條本	島田本	內野本	上圖本（元）	觀智院本	天理本	古梓堂本	足利本	上圖本（影）	上圖本（八）	晁刻古文尚書	書古文訓	唐石經
卿士師師非度凡有辜罪				卿士師師非度凡又辜辠	卿士師師非度凡又辜辠			卿士師々非度凡又辜辠	卿士師々非度凡又辜辠	卿士師々非度凡又辜辠	卿士師師非度凡有辜辠			卿士師々非度凡有辜罪		卿士師々非度凡有辜罪	卿士師々非度凡有辜罪	卿士師師非度凡有辜罪	卿士師師非庀凡又辜辠	卿士師師非庀凡又辜辠
乃罔恆獲小民方興相為敵讎				乃罔恆獲小民方興相為敵讎	乃罔恆獲小民方興相為敵讎			乃宕恒獲小民方興相為敵讎	乃宕恒獲小民方興相為敵讎	乃宕恒獲小民方興相為敵讎	乃宕恒獲小民方興相為敵讎			乃宕恒獲小民方興相為敵讎		乃宕恒獲小民方興相為敵讎	乃宕恒獲小民方興相為敵讎	乃宕恒獲小民方興相為敵讎	乃宕亞獲小民工興眛為敵讎	乃罔恆獲小民工方興相為

1109、敵

「敵」字在傳鈔古文《尚書》有下列不同字形：

（1）魏三體 敵1 敵2 敵2 献3 献4 訳5

魏三體石經〈君奭〉「敵」字古文作，敦煌本 P2643 作1，左形變作「商」，敦煌本 S799、P2748、岩崎本、九條本、上圖本（元）或作2，復變偏旁「攵」爲「殳」，其義類可通，漢石經亦變爲「殳」作漢石經.公羊.文 17；敦煌本 P2516 作3，內野本、足利本、上圖本（八）或作4，皆「攵」訛作「欠」；上圖本（元）或訛从「反」作5。

【傳鈔古文《尚書》「敵」字構形異同表】

敵	戰國楚簡	石經	敦煌本	岩崎本b	神田本b	九條本	島田本b	內野本	上圖（元）	觀智院b	天理本b	古梓堂b	足利本	上圖本（影）	上圖本（八）	古文尚書晁刻	書古文訓	尚書篇目
相爲敵讎			敵 P2643 献 P2516	敵					訳									微子
召敵讎不怠			敵 P2643 献 P2516	敵					設									微子
罔有敵于我師			敵 S799															武成
咸劉厥敵		魏	敵 P2748			敵	献						献		敵			君奭

1110、讎

「讎」字在傳鈔古文《尚書》有下列不同字形：

（1）汗 4.59 四 2.24 六書通 145

《汗簡》、《古文四聲韻》、《訂正六書通》錄《古尚書》「讎」字作：汗 4.59 四 2.24 六 145，从心咢聲，咢即《說文》「疇」字或體省作，《說文》「讎」字从雔聲，偏旁「言」、「心」古相通，咢、雔音近同，「愳」爲「讎」字或體

〔註350〕。

(2) ![圖]₁![圖]₂

《書古文訓》「讎」字皆作![圖]₁，岩崎本訛作![圖]₂，此形从心咢聲，「咢」即《說文》口部「咢」字，亦从咢聲（參見"疇"字），此亦「讎」字之異體。

(3) ![圖]₁![圖][圖]₂

敦煌本P2643「讎」字作![圖]₁，即《說文》口部「咢」字，內野本、上圖本（元）、上圖本（八）或作![圖][圖]₂，為此形之訛（參見"疇"字），皆假「咢」為「讎」字。

(4) ![圖]

神田本、上圖本（八）「讎」字或作![圖]，「讐」「讎」音同假借。

【傳鈔古文《尚書》「讎」字構形異同表】

傳抄古尚書文字 讎 汗4.59 四2.24 六145	戰國楚簡	石經	敦煌本	岩崎本b	神田本b 九條本	島田本b	內野本	上圖（元）	觀智院b 天理本	古梓堂b	足利本	上圖本（影）	上圖本（八）	古文尚書晁刻	書古文訓	尚書篇目
相爲敵讎			![圖]P2643	![圖]									![圖]		![圖]	微子
讎斂			![圖]P2643	![圖]		![圖]	![圖]						![圖]		![圖]	微子
召敵讎不怠			![圖]P2643	![圖]		![圖]	![圖]						![圖]		![圖]	微子
撫我則后虐我則讎			![圖]b	![圖]										![圖]	![圖]	泰誓下
乃汝世讎			![圖]b											![圖]	![圖]	泰誓下
殄殲乃讎			![圖]b												![圖]	泰誓下
敢以王之讎民百君子													![圖]		![圖]	召誥

〔註350〕參見徐在國，《隸定古文疏證》，頁53，合肥：安徽大學出版社，2002。

微子	戰國楚簡	漢石經	魏石經	敦煌本P2516	敦煌本P2643	岩崎本	神田本	九條本	島田本	內野本	上圖本（元）	觀智院本	天理本	古梓堂本	足利本	上圖本（影）	上圖本（八）	晁刻古文尚書	書古文訓	唐石經
今殷其淪喪若涉大水其無津涯			今殷亓淪喪若涉大水有亡津涯	今殷亓淪喪若涉大水亓亡津涯	今殷亓淪喪若涉大水亓亡津涯			今殷亓淪喪若涉大水亓亡津涯		今殷其淪喪若涉大水其亡謀涯	今殷其淪喪若涉大水其亡津涯				今殷其淪喪若涉大水其亡津涯	今殷其淪喪若涉大火其亡津涯	今殷其淪喪若涉大火其亡津涯	今殷亓淪岑若彖大水亓亡雘涯	今殷亓淪岑若彖大水亓亡雘涯	今殷其喪若涉大水其無津涯

1111、涯

「涯」字在傳鈔古文《尚書》有下列不同字形：

（1） 汗5.61 涯₁ 涯₂

《汗簡》錄《古尚書》「涯」字作：汗5.61，《說文》新附水部「涯」字「水邊，从水从厓，厓亦聲」，此形从「崖」，《箋正》謂「古止作『厓』，俗加水，徐鉉新附水部。此从『崖』作，夏及諸字書均無」。《書古文訓》作此形之隸定：涯₁，乃「涯」字聲符繁化；岩崎本作涯₂，內所从「圭」其上「土」未出頭。

【傳鈔古文《尚書》「涯」字構形異同表】

	傳抄古尚書文字 涯 汗5.61	戰國楚簡	石經	敦煌本	岩崎本	神田本b	九條本	島田本b	內野本	上圖（元）	觀智院b	天理本	古梓堂b	足利本	上圖本（影）	上圖本（八）	古文尚書晁刻	書古文訓	尚書篇目
	若涉大水其無津涯			涯														涯	微子

微子	戰國楚簡	漢石經	魏石經	敦煌本P2516	敦煌本P2643		岩崎本	神田本	九條本	島田本	內野本	上圖本（元）	觀智院本	天理本	古梓堂本	足利本	上圖本（影）	上圖本（八）	晁刻古文尚書	書古文訓	唐石經
殷遂喪越至于今日父師少師			殷遂喪越至于今日父師少師	殷遂喪越至于今日父師少師	殷遂喪越至于今日父師少師		殷遂喪越至于今日父師少師	殷遂喪越至于今日父師少師	殷遂喪越至于今日父師少師	殷遂喪越至于今日父師少師	殷遂喪越至于今日父師少師	殷遂喪越至于今日父師少師				殷遂喪越至于今日父師少師	殷遂喪越至于今日父師少師	殷遂喪越至于今日父師少師	殷遂喪越至于今日父師少師	殷遂喪越至于今日父師少師	殷遂喪越至于今日父師少師
我其發出狂吾家耄遜于荒			我其發出狂吾家耄遜于荒	我其發出狂吾家施孫于荒	我其發出狂吾家施孫于荒		我其發生狂吾家耗孫于荒				我其發出狂吾家耄遜于荒	我其發出狂莫在家龍遊于荒				我其發出狂吾家耄遊于荒	我其發出狂吾家耄遊于荒	我其發出狂吾家耄遊于荒	我其發出惺奠家藝孫于荒		我亓發出狂吾家耄遊于荒

1112、出

「出」字在傳鈔古文《尚書》有下列不同字形：

（1）[glyph]魏三體 [glyph]郭店緇衣39 [glyph]上博1緇衣20 [glyph][glyph]1

魏三體石經〈君奭〉「出」字古文作[glyph]，上博〈緇衣〉、郭店〈緇衣〉引今本〈君陳〉「出入自爾師虞庶言同則繹」〔註351〕句「出」字各作[glyph]郭店緇衣39 [glyph]上博1緇衣20，源自甲金文作[glyph]前7.28.3 [glyph]乙9091反 [glyph]啓卣 [glyph]永盂 [glyph]頌壺 [glyph]魚鼎匕 [glyph]鄂君啓舟節 [glyph]拍敦蓋。敦煌本P3871、上圖本（八）「出」字或作[glyph][glyph]1。

〔註351〕上博〈緇衣〉引作「〈君陳〉員：『出內自尔帀（師）雺，庶言同。』」

郭店〈緇衣〉引作「〈君陳〉員：『出內自尔師于，庶言同。』」

今本〈緇衣〉引〈君陳〉云：「出入自爾師虞，庶言同。」

（2）生：**生**

岩崎本〈微子〉「我其發出狂」「出」字作**生**，乃訛誤爲「生」字。

【傳鈔古文《尚書》「出」字構形異同表】

出	戰國楚簡	石經	敦煌本	岩崎本	神田本b	九條本	島田本b	內野本	上圖（元）觀智院b	天理本	古梓堂b	足利本	上圖本（影）	上圖本（八）	古文尚書晁刻	書古文訓	尚書篇目
率籲公眾感出矢言														出			盤庚上
我其發出狂				生													微子
其終出于不祥		魏												出			君奭
王出在應門之內														出			康王之誥
相揖趨出														出			康王之誥
出入自爾師虞	郭店緇衣39 上博1緇衣20																君陳
不啻若自其口出		出 P3871		止													秦誓

1113、狂

「狂」字在傳鈔古文《尚書》有下列不同字形：

（1）**煁**魏三體 **煁**汗4.55 **煁**四2.16

魏三體石經〈多方〉「惟聖罔念作狂」「狂」字古文作**煁**，篆體作**狂**，《說文》篆文作**狂**，古文所從「火」當是「犬」之誤，《汗簡》、《古文四聲韻》錄《古尚書》作：**煁**汗4.55 書經**煁**四2.16，與**煁**魏三體同形，《箋正》謂「薛本〈微子〉、〈多方〉作**惺**，〈洪範〉作**狂**，是兼用《說文》**狂**篆**惺**古，郭氏誤記從心爲從火，又更從古文**生**，當作**生**，非僞本文」。

（2）**惺**

《書古文訓》〈微子〉、〈多方〉「狂」字作㣫，爲《說文》古文从心㣫之隸古定，源自戰國楚簡作㣫㣫天星觀㣫包山 22㣫郭店.語叢 2.3。

（3）徃

《書古文訓》〈洪範〉「狂」字作徃，爲《說文》篆文㣫之隸古定，源自甲骨文作㣫後 1.14.8㣫甲 615、古璽作㣫璽彙 0829㣫璽彙 0827。

【傳鈔古文《尚書》「狂」字構形異同表】

傳抄古尚書文字 狂 㣫汗 4.55 㣫四 2.16	戰國楚簡	石經	敦煌本	岩崎本	神田本b	九條本b	島田本b	內野本	上圖（元）	觀智院b	天理本b	古梓堂b	足利本b	上圖本（影）	上圖本（八）	古文尚書晁刻	書古文訓	尚書篇目
我其發出狂			狂 P2643 狂 P2516						狂								㣫	微子
曰狂恆雨若																	徃	洪範
惟聖罔念作狂		㣫魏															㣫	多方
惟狂克念作聖			狂 S2074														㣫	多方

1114、吾

「吾」字在傳鈔古文《尚書》有下列不同字形：

（1）㲒1㲒2㲒3㲒4㲒5

「吾家耄遜于荒」「吾」字敦煌本 P2643、P2516 作㲒1，爲「魚」字篆文㲒之隸變，上圖本（元）作㲒2，其下形訛似「大」，〈泰誓上〉「吾有民有命」「吾」字岩崎本作㲒3，其下訛作「水」，《書古文訓》作㲒4㲒5，爲《汗簡》、《古文四聲韻》錄《古尚書》「魚」字㲒汗 5.63㲒四 1.22 之隸古定，㲒5形下訛作「大」（參見"魚"字）。上述諸本皆假「魚」爲「吾」字，「吾」古音歸魚部，長沙馬王堆漢帛書《戰國策》「今王使慶令臣曰：『魚欲用所善』」亦以「魚」爲「吾」字。

【傳鈔古文《尚書》「吾」字構形異同表】

吾	戰國楚簡	石經	敦煌本	岩崎本b	神田本b 九條本 島田本b	內野本	上圖本（元） 觀智院b	天理本b	古梓堂b	足利本	上圖本（影）	上圖本（八）	古文尚書晁刻	書古文訓	尚書篇目
吾家耄遜于荒 *上圖本（元）吾家 作魚在家			奠 P2643 象 P2516				臭							奚	微子
吾有民有命			象											奚	泰誓上

微子	戰國楚簡	漢石經	魏石經	敦煌本 P2516	敦煌本 P2643	岩崎本	神田本	九條本	島田本	內野本	上圖本（元）	觀智院本	天理本	古梓堂本	足利本	上圖本（影）	上圖本（八）	晁刻古文尚書	書古文訓	唐石經
今爾無指告予顛隮若之何其				今企亡指告予顛隮若之何其	今企亡指告予顛隮若之何其	今尒亡指告予顛隮若火何亓		今甬亡指告予顛隮若山亡何亓	今甬無指告予顛隮若山亡何亓	今甬亡指告予顛隮若之何其	今尒亡指告亭顛隮若之何其				今尒旡指告亭顛隮若之何其	今尒亡指告亭顛隮若之何其	今尒無指告予顛隮若之何其		今尒亡指告予顛隮若业何亓	今尒無指告予顛隮若之何其

1115、隮

「隮」字在傳鈔古文《尚書》有下列不同字形：

（1）𨙙汗6.77，𨾊隋隋1

《汗簡》錄《古尚書》「隮」字作：𨙙汗6.77，《玉篇》「隮，登也，升也」，《說文》無「隮」字，足部「躋」字「登也」與「隮」字音義皆同，乃形符更替。足利本、上圖本（影）「隮」字省作𨾊隋隋1。

（2）隮隮

內野本、觀智院本、上圖本（八）、《書古文訓》「隮」字或作隮，右形爲《汗簡》、《古文四聲韻》錄《古尚書》「齊」字作𤎅汗6.73、𤎅𤎅四1.27亦古史記，

《玉篇》以「亝」爲「齊」字古文，源自 ![圖] 齊陳曼簠 ![圖] 陳侯因育錞 ![圖] 十年陳侯午錞 ![圖] 大貫鎬 ![圖] 包山 7 ![圖] 郭店.窮達 6 ![圖] 璽彙 0608 ![圖] 陶彙 3.1326 等形（參見 "齊" 字）。

（3）![圖]崕崕1 ![圖]崟崕2 ![圖]崧3

「隮」字敦煌本 P2643 作![圖]崕1，《書古文訓》〈微子〉「王子弗出我乃顚隮」作崕1，敦煌本 P2516、岩崎本或變作![圖]崟崕2，《古文四聲韻》錄古文「躋」字作崕四 1.28，當爲此形之訛，「止」訛作「山」，隸定爲「嶜」字，偏旁「足」、「止」相通，如「距」字亦作「距」，「距」訛作「岠」（參見 "距" 字）。上圖本（元）或作![圖]崧3，當爲崕1 形之訛變。

（4）![圖]躋

上圖本（元）〈微子〉「顚隮若之何其」「隮」字作![圖]躋，又「我乃顚隮」句《說文》足部「躋」字下引作「〈商書〉曰『予顚躋』」，「躋，登也」與「隮」字音義皆同，乃形符「足」「阝（阜）」更替。

（5）![圖]踖

《書古文訓》〈微子〉「顚隮若之何其」「隮」字作踖，右從「齊」字古文爲「躋」字。

（6）![圖]隕隕

〈微子〉「我乃顚隮」足利本、上圖本（影）「隮」字各作![圖]隕隕，疑爲「隮」字省作（1）![圖]隔隮1 之訛變，與「隕」字混同，或有他本作「隕」。

（7）![圖]濟

〈微子〉「我乃顚隮」敦煌本 P2516「隮」字作![圖]濟，寫本偏旁「阝」或訛作「氵」，疑此爲「隮」誤作「濟」字，或假借爲「隮」。

（8）![圖]騤汗 6.77

《汗簡》錄《古尚書》「隮」字一作![圖]騤汗 6.77，類同於《古文四聲韻》錄《古尚書》「陸」字作：![圖]騤四 5.4，又《說文》「陸」字古文作![圖]騤，《汗簡》此形注云「隮」乃與前字（隮）相涉而誤，當正爲「陸」字（參見 "陸" 字）。

【傳鈔古文《尚書》「隮」字構形異同表】

傳抄古尚書文字 隮 韲汗6.77	戰國楚簡	石經	敦煌本	岩崎本b / 神田本b	九條本 / 島田本b	內野本	上圖（元） / 觀智院b	天理本 / 古梓堂b	足利本	上圖本（影）	上圖本（八）	古文尚書晁刻 / 書古文訓	尚書篇目
顚隮若之何其			嶞 P2643 嶞 P2516	隆			隋			濟		躋	微子
我乃顚隮			嶞 P2643 濟 P2516	隆			隋	隋				嶞	微子
王麻冕黼裳由賓階隮				隆	隆b		隮	濟	隆			隮	顧命
由阼階隮				隆	隆b		隮	濟	陸			隮	顧命
大史秉書由賓階隮				隆	隆b		隮	濟	陸			隮	顧命

微子	戰國楚簡	漢石經	魏石經	敦煌本 P2516	敦煌本 P2643	岩崎本	神田本	九條本	島田本	內野本	上圖本（元）	觀智院本	天理本	古梓堂本	足利本	上圖本（影）	上圖本（八）	晁刻古文尚書 書古文訓	唐石經
父師若曰王子天毒降災荒殷邦				父師若曰王子天毒降災荒殷邦	父師若曰王子天毒降災荒殷邦	父師若曰王子天毒降災荒殷邦			父師若曰王子天毒降災荒殷邦	父師若曰王子天毒降災荒殷邦	父師若曰王子天毒降災荒殷邦				父師若曰王子天毒降災荒殷邦	父師若曰王子天毒降災荒殷邦	父師若曰王子天毒降災荒殷邦	父師若曰王子天毒降災荒殷邦	父師若曰王子天毒降災荒殷邦

| 方興沈酗于酒乃罔畏畏 | | | 方興沈酗于酒乃宦畏畏 | 方興沈酗于酒乃宦畏畏 | 方興沈酗亐酒乃宦畏畏之 | | | 方興沈酗亐酒迺宦畏畏二 | 方興沈酗于酒乃宦畏畏下 | | | 方興沈酗于酒迺囷畏畏 | 方興沈酗于酒迺囷畏畏 | 方興沈酗亐酒迺宦畏畏 | 方興沈酗亐酒迺宦畫 | 方興沈酗亐酒乃囷畏畏 |
| 咈其耇長舊有位人 | | | 咈其耇舊有位人 | 咈其耇舊义位人 | 咈亓耇淏舊丨位人 | | | 咈亓耇長舊丨位人 | 咈其耇長舊有位人 | | | 咈其耇長旧有位人 | 咈其耇長舊有位义 | 咈其耇長旧有位人 | 豊呕亓耇丛咒舊丨位人 | 咈丗耇長舊有位人 |

1116、耇

「耇」字在傳鈔古文《尚書》有下列不同字形：

（1）耇₁耇耇₂耇₃耇₄耇₅

上圖本（元）、足利本、《書古文訓》「耇」字或少一畫作耇₁；敦煌本 P2748、上圖本（八）或作耇耇₂，所從「口」變作「厶」，上圖本（影）或作耇₃，「口」省變作「、」；《書古文訓》或作耇₄，訛作從考從口。《書古文訓》〈召誥〉「今沖子嗣則無遺壽耇」「耇」字訛作耇₅，其上「耂」變作「屮」。

（2）耇₁耇₂

敦煌本 P2516〈微子〉「咈其耇長」「耇」字作耇₁偏旁「老」字省訛，其上「耂」訛變，上圖本（影）、上圖本（八）「耇」字或作耇₂，其上「屮」形亦由「耂」訛變，與（1）耇₅相類。

【傳鈔古文《尚書》「耇」字構形異同表】

耇	戰國楚簡	石經	敦煌本	岩崎本b	神田本b	九條本	島田本b	內野本	上圖本（元）	觀智院b	天理本b	古梓堂b	足利本	上圖本（影）	上圖本（八）	古文尚書晁刻	書古文訓	尚書篇目
咈其耇長			耇 P2643 / 者 P2516				耆	者					耇	苟	耆		耉	微子
惟商耇成人								耆					耆	耆	耆		耉	康誥
今沖子嗣則無遺壽耇							者	耆					耆	者	耆		耆	召誥
收罔勖不及耇造德不降			蓍 P2748				者	耆					耆	耆	苟		者	君奭

微子	戰國楚簡	漢石經	魏石經	敦煌本 P2516	敦煌本 P2643	岩崎本	神田本	九條本	島田本	內野本	上圖本（元）	觀智院本	天理本	古梓堂本	足利本	上圖本（影）	上圖本（八）	晁刻古文尚書	書古文訓	唐石經
今殷民乃攘竊神祇之犧牷牲用				今殷民乃攘竊神祇之犧牷牲用	今殷民乃攘竊神祇之犧牷牲用	今殷民乃攘竊神祇之犧牷牲用			今殷民乃攘竊神祇之犧牷牲用	今殷民乃攘竊神祇之犧牷牲用	今殷民乃攘竊神祇之犧牷牲用				今殷民乃攘竊神祇之犧牷牲用	今殷民乃攘竊神祇之犧牷牲用	今殷民乃攘竊神祇之犧牷牲用		今殷民乃攘竊神祇之犧牷牲用	今殷民乃攘竊神祇之犧牷牲用

1117、犧

「犧」字在傳鈔古文《尚書》有下列不同字形：

（1）犧1犧2犧3

岩崎本、內野本、上圖本（元）、足利本、上圖本（影）、上圖本（八）「犧」字或作犧1，所从「義」訛作「義」，岩崎本或作犧2，復偏旁「牛」字寫似「才」；

上圖本（八）或作犧3，偏旁「牛」字訛少一畫，寫與「忄」相混。

【傳鈔古文《尚書》「犧」字構形異同表】

犧	戰國楚簡	石經	敦煌本	岩崎本	神田本b	九條本	島田本b	內野本	上圖（元）	觀智院b	天理本	古梓堂b	足利本	上圖本（影）	上圖本（八）	古文尚書晁刻	書古文訓	尚書篇目
今殷民乃攘竊神祇之犧牷牲用			犧						犧				犧	犧	犧			微子
犧牲粢盛			犧			犧									犧			泰誓上

1118、牷

「牷」字在傳鈔古文《尚書》有下列不同字形：

（1）全1全2

「今殷民乃攘竊神祇之犧牷牲用」《書古文訓》作「犧牲牷用」，牷、牲二字序互換。敦煌本 P2643、P2516「牷」字作全1，岩崎本作全2，皆假「全」為「牷」字。

【傳鈔古文《尚書》「牷」字構形異同表】

牷	戰國楚簡	石經	敦煌本	岩崎本	神田本b	九條本	島田本b	內野本	上圖（元）	觀智院b	天理本	古梓堂b	足利本	上圖本（影）	上圖本（八）	古文尚書晁刻	書古文訓	尚書篇目
今殷民乃攘竊神祇之犧牷牲用			全 P2643 全 P2516	全													牷	微子

1119、牲

「牲」字在傳鈔古文《尚書》有下列不同字形：

（1）牲

上圖本（八）〈泰誓上〉「犧牲粢盛」「牲」字作牲，偏旁「牛」字訛少一畫，誤為「性」字。

【傳鈔古文《尚書》「牲」字構形異同表】

尚書篇目	書古文訓	古文尚書晃刻	上圖本（八）	上圖本（影）	上圖本（元）	觀智院b	天理本	古梓堂b	足利本	內野本	島田本b	九條本b	神田本b	岩崎本	敦煌本	石經	戰國楚簡	牲
微子	牲														牲			今殷民乃攘竊神祇之犧牷牲用
泰誓上				牲														犧牲粢盛

唐石經	書古文訓	晃刻古文尚書	上圖本（八）	上圖本（影）	觀智院本	天理本	古梓堂本	足利本	上圖本（元）	內野本	島田本	九條本	神田本	岩崎本	敦煌本P2643	敦煌本P2516	魏石經	漢石經	戰國楚簡	微子
㠯容將食無災降監殷民用乂	㠯容將食亡灾夆豐殷民用乂	呂容將食亡灾降監殷民用乂	吕容將貪亡灾降監殷民用乂	吕容將食亡灾降監殷民用乂					吕容將食亡灾降監殷民用乂	以宓將食亡災降監殷民用乂	吕容將食亡灾降監殷民用乂					吕容將食亡灾降監殷民用乂	吕容將食亡灾降監殷民用乂				以容將食無災降監殷民用乂

1120、容

「容」字在傳鈔古文《尚書》有下列不同字形：

（1）宮 汗 3.39

《汗簡》錄《古尚書》「容」字作：宮 汗 3.3，《說文》「容」字古文從「公」作宮，此形「公」之厶（口）內加一點，與 台 郘公華鐘 台 虢文公鼎 台 膡公劍同形，亦同於「松」字作 汗 3.30 四 1.1 信陽 2.08 璽彙 2402 等所從。

（2）宏₁宏₂

敦煌本 P3871、內野本、上圖本（元）、《書古文訓》「容」字或作宏₁，為宮說文古文容之隸定，與金文作 台 十一年車鼎同形；內野本或變作宏₂，所從「公」右上少一畫。

（3）客₁客₂

九條本「容」字或作**客**₁，其下「谷」形變似「各」，觀智院本或作**客**₂，「谷」上二畫變作一短橫。**宏宏**

【傳鈔古文《尚書》「容」字構形異同表】

傳抄古尚書文字 容 汗3.3	戰國楚簡	石經	敦煌本	岩崎本b	神田本b	九條本	島田本b	內野本	上圖（元）	觀智院b	天理本b	古梓堂b	足利本	上圖本（影）	上圖本（八）	古文尚書晁刻	書古文訓	尚書篇目
以容將食無災			容 P2643 容 P2516						宏								宏	微子
式商容閭																	宏	武成
合由以容王其效邦君																	宏	梓材
率惟謀從容德																	宏	立政
從容以和							宏	容b							客		宏	君陳
有容德乃大							宏	容b									宏	君陳
其心休休焉其如有容			客				宏	容b									宏	秦誓
是能容之			宏 P3871				客	宏									宏	秦誓
是不能容			宏 P3871				客										宏	秦誓

微子	戰國楚簡	漢石經	魏石經	敦煌本 P2516	敦煌本 P2643	岩崎本	神田本	九條本	島田本	內野本	上圖本（元）	觀智院本	天理本	古梓堂本	足利本	上圖本（影）	上圖本（八）	晁刻古文尚書	書古文訓	唐石經
讎斂召敵讎不怠罪合于一																				

1121、斂

「斂」字在傳鈔古文《尚書》有下列不同字形：

（1）斂₁鐱鐷₂欿₃

敦煌本 P2643「斂」字作斂₁，左下「从」省作一橫筆，敦煌本 P2516、岩崎本、上圖本（元）鐱鐷₂，偏旁「攵」字變作「殳」；足利本、上圖本（影）或作欿₃，所从「僉」省變作「臾」（參見"僉"字），偏旁「攵」字俗訛作「欠」。

【傳鈔古文《尚書》「斂」字構形異同表】

斂	戰國楚簡	石經	敦煌本	岩崎本	神田本b	九條本	島田本b	內野本	上圖上圖（元）b	觀智院b	天理本b	古梓堂b	足利本	上圖本（影）	上圖本（八）	古文尚書晁刻	書古文訓	尚書篇目
儺斂			斂 P2643 鐱 P2516	鐷					鐷									微子
斂時五福用敷														欿	欿			洪範

微子	戰國楚簡	漢石經	魏石經	敦煌本 P2516	敦煌本 P2643	岩崎本	神田本	九條本	島田本	內野本	上圖本（元）	觀智院本	天理本	古梓堂本	足利本	上圖本（影）	上圖本（八）	晁刻古文尚書	書古文訓	唐石經
多瘠罔詔商今其有災我興受其敗				多瘠宦詔商今亓大災我興受亓敗	多瘠宦詔商今亓大災我興受亓敗	多瘠宦詔商今亓大災我興受亓敗			多瘠宦詔商今亓大災我興受亓敗	多瘠宦詔高今其有災我興受亓敗	多瘠囡詔商今其有災我興受其敗	多瘠囡詔商今其有災我興受其敗			多瘠囡詔商今其有災我興受其敗	多瘠囡詔商今其有災我興受其敗	罪念亓一商今其有災我興受其敗	多瘠囡詔商今亓大災我興受亓敗	多脊宦詔爾今亓大烖我興受亓想	多瘠囡詔商今亓大災我興受其敗

1122、瘠

「瘠」字在傳鈔古文《尚書》有下列不同字形：

（1）瘠：瘠₁瘠瘠₂

《說文》肉部「膌」字「瘦也」，段注云：「『膌』亦作『瘠』，『瘦』亦作『膄』。凡人少肉則脊呂歷歷然，故其字从『脊』」。敦煌本 P2516「瘠」字作瘠₁，所从「脊」少二畫，敦煌本 P2643、上圖本（元）瘠瘠₂，「月」（肉）俗混作「目」。

（2）脊：脊

《書古文訓》「瘠」字作脊，《說文》䏤部「脊」字「背呂也」，或爲俗書以聲符「脊」爲「瘠」字。

【傳鈔古文《尚書》「瘠」字構形異同表】

瘠	戰國楚簡	石經	敦煌本	岩崎本b	神田本b 九條本b	島田本b	內野本	上圖（元） 觀智院b	天理本b	古梓堂b	足利本	上圖本（影）	上圖本（八）	古文尚書晁刻	書古文訓	尚書篇目
多瘠罔詔			瘠 P2643 瘠 P2516					瘠							脊	微子

微子	戰國楚簡	漢石經	魏石經	敦煌本 P2516	敦煌本 P2643	岩崎本	神田本	九條本	島田本	內野本	上圖本（元）	觀智院本	天理本	古梓堂本	足利本	上圖本（影）	上圖本（八）	晁刻古文尚書	書古文訓	唐石經
商其淪喪我罔爲臣僕				商亓淪喪我㝎爲僕	商亓淪喪我㝎爲僕					商令其淪喪我㝎爲㥖僕	商亓淪喪我㝎爲臣僕					商其淪喪我囝爲臣僕	商其淪喪我㝎爲臣僕	高其淪喪我㝎爲臣僕	商亓淪譽戕㝎爲臣㥖	商亓淪喪我罔爲臣僕

1123、僕

「僕」字在傳鈔古文《尚書》有下列不同字形：

（1）暯

《書古文訓》「僕」字作暯，爲《說文》古文从臣作𦤝之隸古定。

（2）僕₁𦬐₂𦬐₃𦬐₄𦬐₅

岩崎本、內野本、足利本、上圖本（影）、上圖本（八）「僕」字或作僕₁，所從「業」變作從「艹」，上圖本（元）作僕₂，「業」變作「業」敦煌本 P2630、岩崎本或作𦬐₃𦬐₄，其中多一直筆；敦煌本 S2074 作𦬐₅，訛變作从彳从業，與「濮」字或變作濮S799 相類。

【傳鈔古文《尚書》「僕」字構形異同表】

僕	戰國楚簡	石經	敦煌本	岩崎本	神田本b	九條本b	島田本b	內野本	上圖本（元）	觀智院b	天理本b	古梓堂b	足利本	上圖本（影）	上圖本（八）	古文尚書晁刻	書古文訓	尚書篇目
商其淪喪我罔爲臣僕			僕 P2643	𦬐				僕	僕				僕	僕	僕		暯	微子
虎賁綴衣趣馬小尹左右攜僕			𦬐 S2074 𦬐 P2630			𦬐		僕					僕	僕	僕		暯	立政
穆王命伯冏爲周太僕正作冏命			𦬐					僕					僕	僕	僕		暯	冏命
其侍御僕從			𦬐					僕					僕	僕	僕		暯	冏命
今予命汝作大正 *岩崎本.內野本.足利本.上圖本（影）大正作大僕正			𦬐					僕						僕	僕		缺	冏命
正于群僕侍御之臣			僕					僕					僕	僕	僕		暯	冏命
其惟吉士僕臣正			𦬐					✓					✓	✓	僕		暯	冏命

唐石經	書古文訓	晁刻古文尚書	上圖本（八）	上圖本（影）	足利本	古梓堂本	天理本	觀智院本	上圖本（元）	內野本	島田本	九條本	神田本	岩崎本	敦煌本 P2516	敦煌本 P2643	魏石經	漢石經	戰國楚簡	微子
詔王子出迪我舊云刻子	詔王子出迪我舊云刻子	詔王子出迪我舊云刻子	詔王子出迪我舊云刻子	詔王子出迪我舊云刻子	詔王子出迪我舊云刻子	詔王子出迪我舊云刻子	詔王子出迪我舊云刻子			詔王子出迪我舊云刻子		詔王子出迪我舊云刻子		詔王子出迪我舊云刻子	詔王子出迪我舊云刻子	詔王子出迪我舊云刻子				詔王子出迪我舊云刻子

1124、云

「云」字在傳鈔古文《尚書》有下列不同字形：

(1) 貞貞貞$_1$貞$_2$

敦煌本 P2643、P2516、P3871、S799、岩崎本、九條本、內野本、上圖本（元）、足利本、上圖本（影）、上圖本（八）、《書古文訓》「云」字或作貞貞貞$_1$，為「員」字之隸變，內野本或誤从「目」作貞$_2$，戰國楚簡上博1〈緇衣〉、郭店〈緇衣〉引《尚書》〈尹誥〉云（今本〈咸有一德〉）、〈君牙〉云、〈君陳〉云等「云」字亦皆作「員」：郭店.緇衣 5上博.緇衣 3上博.緇衣 10。「云」「員」音同相通，《詩・鄭風》「聊樂我員」《釋文》：「『員』音『云』，本亦作『云』」，《正義》謂「『云』『員』古今字，助句辭也」。

【傳鈔古文《尚書》「云」字構形異同表】

云	戰國楚簡	石經	敦煌本	岩崎本b 神田本b	九條本 島田本b	內野本	上圖（元） 觀智院本b	天理本 古梓堂本b	足利本	上圖本（影）	上圖本（八）	古文尚書晁刻	書古文訓	尚書篇目
詔王子出迪我舊云刻子			貞 P2643 / 貞 P2516	貞			貞						貞	微子
日月逾邁若弗云來			貞 P3871	貞							貞	貞	貞	秦誓

雖則云然尚猷		鳥 P3871	貞	貞				貞	身	貞	秦誓

微子	戰國楚簡	漢石經	魏石經	敦煌本 P2516	敦煌本 P2643	岩崎本	神田本	九條本	島田本	內野本	上圖本（元）	觀智院本	天理本	古梓堂本	足利本	上圖本（影）	上圖本（八）	晁刻古文尚書	書古文訓	唐石經
王子弗出我乃顛隮			王子弗出我乃顛隮	王子弗出我乃顛隮	王子弗出我乃顛隮	王子弗出我乃顛隮				王子弗出我乃顛隮	王子弗出我乃顛隮				王子弗出我迺顛隮	王子弗出我迺顛隮	王子弗出我迺顛隮	王學亞出成卤顛嵞	王子弗出我乃顛隮	王子弗出我乃顛隮
自靖人自獻于先王我不顧行遯				自靖人自獻于先王我弗顧行遯	自靖人自獻于先王我弗顧行遯					自靖人自獻于先王我弗顧行遯	自靖人自獻于先王我弗顧行遁					自靖人自獻于先王我弗顧行遯	自靖人自獻于先王我弗顧行遯	自靖人自獻于先王我弗顧行遯	自彭人自獻于先王成亞鶊行遯	自靖人自獻于先王我不顧行遯